"复旦通识"丛书编委会名单

编委会主任: 吴晓明

编委会成员(按姓名拼音排序):

    陈明明   陈焱   陈引驰   范康年   傅华

    黄洋   刘欣   曲卫国   石磊   汤其群

    童兵   汪源源   王德峰   王志强   吴泉水

    熊庆年   杨继

主　　编: 孙向晨

执行主编: 任军锋

复旦通识丛书 | 译介系列

GREECE, ROME,
AND THE ANTEBELLUM UNITED STATES

古典传统在美国

[美]卡尔·理查德——著　史晓洁——译

THE
GOLDEN
AGE
OF THE
CLASSICS
IN
AMERICA

生活·讀書·新知 三联书店

Copyright © 2020 by SDX Joint Publishing Company.
All Rights Reserved.
本作品版权由生活·读书·新知三联书店所有。
未经许可,不得翻印。

THE GOLDEN AGE OF THE CLASSICS IN AMERICA:Greece,
Rome,and the Antebellum United States by Carl J. Richard
Copyright © 2009 by the President and Fellows of Harvard College
Published by arrangement with Harvard University Press
through Bardon-Chinese Media Agency
Simplified Chinese translation copyright ©(year)
by SDX Joint Publishing (Shanghai) Co.,Ltd.
ALL RIGHTS RESERVED

图书在版编目(CIP)数据

古典传统在美国 /(美)卡尔·理查德著;史晓洁译. —北京:生活·读书·新知三联书店,2020.7
(复旦通识丛书)
ISBN 978-7-108-06643-5

Ⅰ.①古… Ⅱ.①卡…②史… Ⅲ.①文学研究—美国—近代 Ⅳ.①I712.064

中国版本图书馆 CIP 数据核字(2020)第 061371 号

责任编辑 韩瑞华
封面设计 高 熹
责任印制 黄雪明
出版发行 生活·讀書·新知 三联书店
          (北京市东城区美术馆东街 22 号)
邮 编 100010
印 刷 常熟高专印刷有限公司
排 版 南京前锦排版服务有限公司
版 次 2020 年 7 月第 1 版
     2020 年 7 月第 1 次印刷
开 本 635 毫米×965 毫米 1/16 印张 26.75
字 数 285 千字
定 价 79.00 元

总　序

进入新世纪,"通识教育"在中国大学方兴未艾,生机勃勃,这无疑是中国大学教育自我更新的新起点。"通识教育"旨在关心人格的修养、公民的责任、知识的整全、全球的视野,进而为新世纪中国文化传统的接续与光大承担起自身的责任。

通识教育是教育自我反思的产物,它要摆脱"概论"式"知识传授"的陋习,要摆脱教学与育人脱节的怪圈;它要努力将课堂与书院构建成教师与学生之间的学术-生活共同体,培养学生的学术想象力、理论贯通力、阅读与思考的能力以及写作与表达的能力,为学生的终身学习奠定扎实的基础。

"通识教育"须依托于专业教育,它需要教师具备相当的专业学术积累,同时要求教师能够自觉地克服专业视野本身的局限,这无疑对教师的知识结构、理论视野、教学方法以及学术修养都提出了巨大的挑战。因而"通识教育"在中国同时也是教师自我挑战与成长的过程。

在通识教育改革的探索中,复旦大学敢为天下先,率先在国内的大学中提出"通识教育"的原则。2005年成立"复旦学院"至今,逐步形成了以五大"住宿书院"与七大模块"核心课程"为代表的复旦通识教育模式，并以此为载体全面构建了复旦通识教育体系。我们的愿景日趋清晰，我们的行动路线更加务实。

"复旦通识"丛书正是我们推进复旦乃至整个中国通识教育的重要组成部分。通过复旦的创新实践以及国内外各高校的经验积累，我们要为中国的通识教育开创自身的传统，确立自身的标尺，践行自身的道路，同时也需要借鉴世界文明传统中的优秀成果。丛书初步拟定分三大系列：

"读本系列"：它是教师在核心课程教学基础上的独立著述，是服务于教学工作的学术著作；它绝不是普及性的概论式读物，而是注重思想性与理论高度的论著。读本围绕教学内容，并在教学基础上发散出去，既有聚焦的深度，又有视野的广度；有知识，更有关怀。读本可作为核心课程教学过程中的参考用书，也将成为好学之士进入相关领域的路线图。通过这个系列，教师的教学成果得以逐渐积累，课程内涵得以不断升华，从而真正实现教学与科研的结合。

"译介系列"：它重在译介域外那些将通识教育纳入世界文明统序中考察的标志性著述。译著重视论题的历史脉络，强调理论视野与现实关切；其论题不会只限于通识教育，不会就观念谈观念，就方法谈方法，而是在广泛的知识背景下深入对某一专题的认识，包括对通识本身的理解。大学教育，尤其是通识教育，承载着一个文明的传统赓续与精神形塑，它存亡继绝又返本开新。通过针对性的译介工作，希望能够为中国通识教育提供更宽广的思想脉络和更扎实的现实感，进而更加明确中国通识教育的历史使命和伟大目标。

"论丛系列":通识教育既需要大学管理者的决策推动,又需要教师的持续努力,更需要学生的积极投入。通识教育背后的根本动力是大学管理者、大学教师与大学生们对通识教育的重要性及其使命的高度认同和思想共识。大学通识教育的实践者们既是行动者,也是思想者。他们的思考永远是最鲜活的,其中既有老校长们对于通识教育高瞻远瞩的观念梳理、问题诊断以及愿景展望,也有广大教师针对具体课程脚踏实地的反思与总结,更有学者对高等教育以及通识教育领域精深细致的研究。

我们希冀这一丛书能够帮助中国大学通识教育实践进一步凝聚共识,明确方向,扎实推进。惟愿"复旦通识"丛书不断推陈出新,日月光华,旦复旦兮。是为序。

"复旦通识"丛书编委会

目 录

前言 ...1

第一章 古典学的产生条件：学校、家庭及社会 ...1
       文法学校 ...2
       高等院校 ...8
       新的希腊化风潮 ...19
       新的教学法 ...25
       罗马的持续吸引力 ...29
       古典学传承的典型案例：亚当斯家族 ...37
       其他家族 ...49
       美国社会中的古典学 ...52

第二章 民主 ...69
       民主时代的经典演讲 ...70
       雅典式民主的复兴 ...76
       罗马的持续吸引力 ...89
       女性在民主社会中的作用 ...92
       恺撒的持续影响 ...102

　　　　有关联邦权力的争论 ... 115
　　　　卡尔霍恩采用的混合政府理论 ... 119

第三章　田园主义与功利主义 ... 132
　　　　古典田园主义 ... 133
　　　　功利主义者对古典语言要求发起的攻击 ... 141
　　　　古典主义的回击 ... 149

第四章　民族主义 ... 166
　　　　美国优越性的主张 ... 167
　　　　罗马：命定扩张论者眼中的民族主义典范 ... 177
　　　　美国民族主义与希腊传统的复兴 ... 181
　　　　新古典主义雕塑中的民族主义 ... 183
　　　　作为古典文明唯一传承者的美国 ... 185

第五章　浪漫主义 ... 188
　　　　富有民主气息的浪漫主义时代的民族文学 ... 189
　　　　奴性的去除 ... 192
　　　　拥抱"古典精神" ... 195
　　　　先验论者的新柏拉图主义与斯多葛学派 ... 199
　　　　浪漫主义与古典神话 ... 211

浪漫主义与普鲁塔克 ...234

第六章　基督教 ...240
　　　　传统的伙伴关系 ...240
　　　　对古典主义道德观的批评 ...243
　　　　对古典主义道德观的辩护 ...264
　　　　继续携手前行 ...279

第七章　奴隶制 ...286
　　　　具有正面效应的奴隶制 ...286
　　　　奴隶制与古典共和国 ...287
　　　　亚里士多德——南方的代言人 ...295
　　　　废奴主义者与古典共和国 ...305
　　　　自然法则之辩 ...313
　　　　古典文学的情感约束 ...317

结语 ...320
注释 ...332
索引 ...387
译后记 ...411

前　言

本书首次以整本书的篇幅,来研究希腊和罗马的古典文明对南北战争发生前的美国所产生的影响。在此之前,已有多部学术专著探讨过希腊和罗马的古典文明对美国建国者们的影响,但这些文明对后面几代美国人的影响如何,并未得到学者们的同等重视。[1]

迈耶·莱因霍尔德(Meyer Reinhold)的《美国的古典学：美国的希腊与罗马遗产》(*Classica Americana: The Greek and Roman Heritage in the United States*, 1984)和卡罗琳·温特尔(Caroline Winterer)的《古典主义文化：1780年至1910年间美国知识分子生活中的古希腊与古罗马》(*The Culture of Classicism: Ancient Greece and Rome in American Intellectual Life, 1780-1910*, 2002)两部著作都对此进行过充分的讨论,但这两本书涵盖范围广阔,并非专门针对南北战争之前这一时期进行的论述。此外,温特尔的作品虽然出色但很简略,主要关注的是19世纪的教育体系,对于古典文明与民主政治间的相互影响、工业革命、民族主义、浪漫主义、第二次大觉醒、奴隶制等同样重要的问题只是一带而过。

她近来的另一本著作《古代的镜子：1750年至1900年间的美国女性与古典传统》(The Mirror of Antiquity: American Women and the Classical Tradition, 1750–1900, 2007)从内容方面来讲同样优秀，但可惜还是太过简短，有关美国南北战争以前女性的论述只有区区50页纸。[2]

更令人不安的是，在莱因霍尔德那部开创性著作中有一个假设，即在美国建国初期和南北战争之前，古典学的影响呈现出下降趋势。事实上，莱因霍尔德还仿效希腊诗人赫西奥德(Hesiod)，进一步用金属来标示古典学的衰退，将革命与宪政时期说成美国古典学的"黄金时代"，而将建国初期与南北战争之前称作"白银时代"。这种用金属来标示文明衰退的做法后来又被学者们用来指称罗马文学的衰退。(但与赫西奥德不同的是，莱因霍尔德并未指出古典文学影响更糟糕的"青铜时代"与"铁器时代"是什么时候。)奇怪的是，莱因霍尔德本人的许多研究却恰恰与他的结论相反。莱因霍尔德的判断或许更多地源于他(以及许多其他美国人)对于美国建国时期及南北战争之前的美国人的评价存在差异，而非基于古典文学对这两类人群施加影响的程度。美国的建国者们被人们尊奉为先锋，是他们击退了世间最强大的力量，确保了国家独立，起草了世界历史上最经得起考验的成文宪法。而他们的缺陷，比如延续了奴隶制，却被宽容地搪塞过去。与之形成对比的是，南北战争之前的这一代人却因为未能阻止这场灾难性的内战而臭名昭著，在这场战争中死亡的美国人数超过了美国历史上的任何一场战争。[3]

事实上，南北战争之前，美国各地的人们仍然像建国者们一样运用古典文学,将之作为各种象征符号、知识与思想的首要来源。同父辈一样,南北战争之前的美国人利用古典元素来进行交流,以期打动对方,说服他人。他们继续从古典传统中寻找个人行为、社会活动及政府形式的楷模与反面典型。他们坚持将古典文学研究视作培养德行所不可或缺的元素,将他们喜爱的古代作家视作良师益友。他们依旧对古典时代那些推翻自由的图谋耿耿于怀,并执着于将其揭示出来。同父辈一样,他们从古典文献中获得了一种认同感与决心,这种意识将他们彼此紧密联系在一起,仿佛与祖先们身处同一个战壕。他们不断地从古代诗人与政治理论家们的作品中获取鼓吹乡村与农业生活方式的田园牧歌。他们坚持称颂古典作家与艺术家们所展现出来的简朴、道德规范与对大自然的热爱。简而言之,古典文明继续为美国人提供了一套最重要的意识形态工具。就连实用主义者、民族主义者、道德理论家及宗教人士对古典文学的批评也和父辈如出一辙,他们同样也未能打破古典文学对美国教育体系的实际垄断。

事实上,我们或许应当将莱因霍尔德的说法颠倒过来,把美国南北战争之前说成古典学的"黄金时代",而将美国建国时期称作"白银时代"。毕竟,古典学不再只局限于东部贵族精英这一小圈子,而影响到新的经济阶层与地理区域,正是发生在南北战争之前的那段时期。随着公立学校与私立学校数量呈指数级增长,中产阶级首次大规模地接触到了古典文学,古典学被扩展到了美国文明的边陲地带。新的城镇被冠以古典名称,城市里随处可见希腊式建筑,新古典主义建筑的涓涓细流逐渐化作一波汹涌的洪流。"雅典娜神庙式的图书馆"被建立起来,用以存放古典书籍与艺术作品。随着女子学校与女子学院的建立，无数女性首次得到了古典文学方面的训练。虽然有些美国人仍然视科尔内利娅（Cornelia）等罗马女性为女孩子德行与忠贞的楷模，而更多人则开始欣赏她们的智慧与博学。在一些北方城市，学校首次为黑人开设古典学课程。印刷术的进步产生了大量便宜的文法书籍与杂志，这些书籍仔细剖析了古典文学及古典文明的各个方面；制造商们大批量地复制了便宜的古典主义及新古典主义雕塑、绘画与装饰品，用以装点朴素的住宅；学院里的授课者们乘坐火车到处演讲，有关希腊神话与历史的流行读物被四处传播，就连在最小的城镇里也能看到此类历史小说，这一切都进一步推动了古典文学的普及。越来越多的美国人前往意大利旅行（目的地中也包括希腊，只是规模略小），瞻仰古典文明的遗址，几乎所有人都被这样的体验深深地感染了。人们甚至模仿希腊的样式来建造墓地，使用希腊式的骨灰瓮。简而言之，古典学得到如此大规模的民主化，可谓有史以来第一次。古典学不再只是东部男性贵族的特权，而为更广泛的社会群体所享有。

此外，新的教学法也极大地提升了学生对古典文学的理解。已经盛行了几百年的无趣的死记硬背式手段，强调的是古典作品中美与意义等精确的技术要点；这种手段正逐渐被报告形式所取代，后者旨在向学生们阐明这些作品产生的历史情境，激发学生的"古典精神"。一度仅被视作文法规则依据的希腊与罗马文学名著，在许多学生的心目中变得生动起来。随着民主制度的扩散以及希腊共和国声望的改善，希腊语最终走出了拉丁语的阴影，不再只是被拉丁语掩去光芒的丑小鸭。希腊戏剧第一次成为重要的教学内容。古典学的研究范围也逐渐拓展，不再像建国初期那代人仅仅关注古代政治历史与政治理论，而将希腊戏剧与罗马诗歌中的古典神话也包括在内，让那些被剥夺了政治权利或者只关注自我提升的人与古典文学有了更深的联系，而这在以前是根本不可能的。

新的教学法催生了最早的民族文学。当先验论者在自己的文章、信件与对话中详尽地讨论古典神话的同时，浪漫主义作家们则用这些内容来充实自己的故事结构与意义。随着浪漫主义文学的出现，古典文明中的情感元素，正如希腊戏剧与神话中所体现的那样，越来越受到重视，并且得以加强，但并未取代先前在美国独占鳌头的更偏重理性的元素。古代政治历史与理论仍然被人们所研究与敬畏，先验论者也比建国者们更能包容柏拉图主义与斯多葛学派的某些元素，但现在美国人比以往更加充分地接触到了古典世界中富于激情与神秘的一面。如同文艺复兴并未真正构成古典学的"重生"——因为古典学从未消亡——而只是拓展了所研究作品的范围、产生了新的解释精神一样，南北战争之前的美国古典主义也扩展并深化了启蒙运动。

不过，古典学也产生了一定的负面影响。南北战争前，美国南方人崇尚的是支持奴隶制的古典传统。古代希腊与罗马不光允许拥有奴隶，最受尊崇的希腊哲学家之一的亚里士多德甚至还发表过一篇极具影响力的文章，对奴隶制进行了辩护。南北战争前的南方人借由亚里士多德对奴隶制的辩护，及其有关奴隶制是古典文明基础的论断，来说服自己及其他人：奴隶制并不一定是邪恶的，反而具有正向的积极意义。

然而，废奴主义者也不欠缺自己的古典依据。他们引用古人自己撰写的历史来论证：奴隶制是古典文明的最大缺陷。另外，他们利用自然法则——相信普遍的道德准则是可以由人类自己发现的——这一古典理论来争辩称，所有人天生拥有自由的权利。他们这是使用了一种有别于多数古人的方式来解释自然法则，驳斥奴隶制的合法性。在此过程中，他们彰显了该理论的灵活性。如同美国宪法灵活得可以经得起200多年的深刻的社会变迁一般，古典文学也被证明灵活得甚至可以经得起2000多年的深刻的社会变革。

南北战争之前，美国人对希腊罗马古典传统的相互矛盾的解释，再加上他们在解释《圣经》时出现的分歧，催生了一场悲惨的国内战争。等到内战结束，南方成为一片废墟；在各种社会、经济及学术因素的影响之下，古典学逐渐衰退。但及至此时，古典学已经在国家形成的关键时期发挥了重要作用，塑造了这个民族的价值观念。

假如以学术专著的创作数量来衡量古典学的成功与否，那么南北战争之前绝对算不上是"黄金时代"。后来的时代，包括我们现在所处的时代在内，涌现出了更多了不起的学术著作。但若是从有多少美国公众认为古典传统与自己的日常生活密切相关这一角度来看，南北战争之前显然正是美国古典学的"黄金时代"。

尽管南北战争之前，古典传统已相对获得了一定的民主化，但在历史学家们眼中，本研究中所引用的多数原始资料仍属于"精英资源"。我们虽然遗憾拿不到南北战争之前中产阶级对古典文献的兴趣所在等一手的历史证据——就像多数一般性历史证据那样——而只能从贵族阶级的作品中间接了解,但这种情况是在所难免的。生活富裕的美国人有更多的闲暇可以写作,他们的文章更有可能被收录至档案中或得到出版,因为他们在政治事务及其他历来被重视的领域中拥有更高的地位。即便如此,将"精英资源"这一术语默认为就是指称由出身显赫的人士所撰写的文章,这一做法也容易让人产生误解。比如,亚当斯家族虽然诞生过两位总统,但是在相当长的时间里,这个家族只不过是中产阶级家族。而另一些受到古典传统影响的家族,其出身却是十分卑微的,只是后来变得足够优秀,才使得人们愿意发表他们的文章。在一个文化水平相对较高、社会流动性相对较大的国家,这样的故事并不罕见。事实上,美国共和制初期,最具有讽刺意味的就是,"贵族古典学"为中产阶级提供了一种社会流动的渠道,使得约翰·亚当斯(John Adams)等财力有限的聪明人有机会崛起,至少部分程度上可以比得上,甚至超过那些富人对古典知识的学习与解释。至少,历史学家们不应一而再、再而三地把那些对古典知识感兴趣的人归结为贵族,并且声称只有贵族才对古典知识感兴趣。

我要特别感谢保罗·琼金(Paul K. Conkin)、多洛雷斯·埃格·拉韦(Dolores Egger Labbe)、迈克尔·奥布赖恩(Michael O'Brien)及卡罗琳·温特尔,感谢他们对本书原稿的校阅及给出的睿智建议,还要感谢查尔斯·埃贝林(Charles N. Eberline)的巧妙编排与润色。当然,我也要一如既往地感谢亲爱的妻子戴比(Debbie)对我的爱、祈望与支持。

第一章　古典学的产生条件：
学校、家庭及社会

南北战争之前的许多美国人，同他们的祖辈一样，也受到学校、家庭及更广泛意义上的社会等条件的影响，懂得尊重古典知识。这一时期，通晓古典文学的美国人多数最早是在文法学校与学院里接触到这些知识的。随着人口不断增加，以及美国向西扩张，此类学校的数量也在稳定增加。这些学校以希腊语及拉丁语的学习为主，这里的教学与两个世纪前殖民地学生所接受的训练并无太大差异。越来越多的美国人有机会进入高等院校读书，这些高校进一步提高了古典知识的比重。许多女性及黑人首次得到了正规的古典学训练。随着希腊戏剧被补充进古典学课程体系，一度在拉丁语面前黯然失色的希腊语，开始获得了与拉丁语同等重要的地位。父母们在家中也刻意营造学习古典知识的氛围。多数美国领袖继续坚称，古典学对于建立一个有德行的共和制公民社会至关重要。因而，学校课程继续以希腊语与拉丁语为核心，这种情况一直延续至19世纪末。但及至此时，古典学已经给美国社会留下了经久的烙印，塑造着这个新生国家的言辞、艺术、建筑、书籍、戏剧、出版物与法律。

文法学校

美国教育体系的起源可追溯至中世纪的欧洲。即便在宗教改革之后，天主教与基督教也都强调学习古典文学，尤其是荷马（Homer）、西塞罗（Cicero）、维吉尔（Virgil）、贺拉斯（Horace）及奥维德（Ovid）的著作。该教育体系被移植到北美的英国殖民地后，又被一代代传了下去。殖民地文法学校中所讲的"文法"是指希腊语与拉丁语文法，而非英文文法。学生们直到美国独立战争之后，才开始在文法学校里学习母语；但就算到了这个时候，有些教育家仍然认为母语不值得在学校里进行学习。[1]

殖民地时期的美国人应该对马萨诸塞州北安普敦（Northampton）圆山学校（Round Hill School）的课程相当满意，该校始建于南北战争之前，强调的是古典语言，吸引了来自美国各地的学生。事实上，该校还尝试着引入高级的德国标准，其严格程度远超绝大多数的殖民地文法学校。该校的负责人是约瑟夫·科格斯韦尔（Joseph Cogswell）和乔治·班克罗夫特（George Bancroft），他们夸耀称，学生们在这里接受的希腊语与拉丁语训练，包括对埃斯库罗斯（Aeschylus）、索福克勒斯（Sophocles）及尤维纳利斯（Juvenal）作品的阅读，远超大学入学要求。1823 年至 1831 年间，圆山学校的毕业生中共有 291 人进入高等院校深造，其中 50 名学生进入哈佛大学。[2]

圆山学校非常优秀，但也并非绝无仅有。波士顿拉丁语学校在古典知识的教育方面甚至更负盛名。其开设的课程涵盖了《斐德罗篇》(*Phaedrus*)、康涅利乌斯·尼波斯(Cornelius Nepos)、恺撒(Caesar)、萨卢斯特(Sallust)等的作品,奥维德的《变形记》(*Metamorphoses*)、西塞罗的演讲,塔西佗(Tacitus)的《阿古利可拉传》(*Agricola*)和《日耳曼尼亚志》(*Germania*)、贺拉斯的《颂歌集》(*Odes*)和《长短句集》(*Epodes*),希腊文版的福音书及荷马的《伊利亚特》(*Iliad*)。查尔斯·弗朗西斯·亚当斯(Charles Francis Adams)的祖父与父亲曾先后担任美国总统,他本人也曾任南北战争时期的美国驻英公使,他无限崇拜地回忆了自己在该校读书时最喜爱的教师弗朗西斯·詹克斯(Francis Jenks)。那时,亚当斯正就读于哈佛大学,他在日记中这样讲詹克斯:"他以一种简便的方法使我初尝阅读的乐趣,并且激励着我继续阅读,我一直想将这种方法推荐给称职的校长们。在看到我的学习成绩后,他便允许我阅读他专门留在学校里的普鲁塔克①作品,并把这本书送给我,以示区别与奖励。这一做法令我非常兴奋,给予我阅读的动力;我认为这种方法可以用在每一个男孩身上,激励他获得教益。我想,我对历史学科的清晰思路正是得益于此。"[3]

南方也不乏这样的学校。据称,在佐治亚州和南加利福尼亚州的几所寄宿制学校,校园里时时回荡着荷马、维吉尔和贺拉斯的思想,摩西·瓦德尔(Moses Waddel)牧师在这里任教,他的学生中包括后来的财政部部长威廉·克劳福德(William H. Crawford)及

---

① 普鲁塔克(Plutarch),又译普卢塔赫、普卢塔克。(注:本书页下注除特殊说明外均为译注。)

瓦德尔自己的连襟约翰·卡尔霍恩(John C. Calhoun)。在瓦德尔的指导下，卡尔霍恩阅读了拉丁文，研究了希腊语版的《新约圣经》原著，两年后，青年卡尔霍恩升入耶鲁大学。卡尔霍恩的传记作家查尔斯·威尔茨(Charles M. Wiltse)写道："当时的训练几乎无一例外都是关于古典作品的，而摩西·瓦德尔曾担任过牧师的经历，使这位古典学者比多数教师更为严格。他极其重视对古代作品的研究，以至于每天阅读 150 行维吉尔或贺拉斯的作品，在他看来，都只能算是刚刚及格。"在瓦德尔任教过的学校中，学生们创造的纪录是一天阅读 1212 行维吉尔作品。担任富兰克林学院(即后来的佐治亚大学)院长期间，瓦德尔还教过一个名叫亚历山大·斯蒂芬斯(Alexander Stephens)的学生，此人后来成为代表佐治亚州的国会众议员，担任过美利坚联盟国①副总统。历史学家约瑟夫·贝里根(Joseph Berrigan)将斯蒂芬斯敏锐的思维与贴切的语言都归功于其早期接受的古典学训练。[4]

美国是西方国家中唯一大规模向女孩们开设古典学课程的国家。全国有几百所新成立的女子学院使用古典语言给学生授课。1810 年至 1870 年间，半数以上女子学院发布公告称其讲授希腊语、拉丁语或者两样都教。鉴于女子学校不必像男子学校那般关心如何满足大学入学要求这一事实——因为招收女生的大学数量要远远低于招收男生的大学数目——这一数字的意义便更不寻常。在南加利福尼亚州的彭德尔顿(Pendleton)，一群十三四岁的

---

① 美利坚联盟国(Confederate States of America)：又称邦联，是自 1861 年至 1865 年在今天美国南部的一部分地域存在的政权。

女孩在希腊语和拉丁语考试中击败了男生。尽管男生接受的古典知识训练依然比女生多——比如,1790年至1840年间,弗吉尼亚州与北卡罗来纳州91%的男子学校发布招募广告称本校讲授希腊语、拉丁语或两样都教——但女生在希腊语和拉丁语方面的学习较之以往也更多。北卡罗来纳州的一所女子学院甚至被命名为"斯巴达学院",尽管我们还不知道其学生能否像斯巴达姑娘们一样穿着半裸的服装东奔西跑。⁵

女子学院大多由中产阶级女性创建,吸引来的学生既包括中产阶级家庭出身的女孩,也包括上层阶级女性,此类学院的创建证明了阅读是女性的追求,向年轻的女孩们展示了有教养的模范典型。学生们往往先在学院里组建文学社团,继而又在她们所在社区的女性中建立起成年人的文学社团,从城市到乡村都有。此外,女孩们在学院里结下的友谊为其将来的社交网络奠定了基础,正是这些社交网络使得女性成为南北战争之前几场关键性的改革运动中的重要力量。⁶

人们通常认为,古代史是适合女孩子的读物,因而此类书籍不但走进了她们的日常生活,也成为她们接受的正规学术训练的素材。1841年,年轻的哈里奥特·霍里·拉特利奇(Harriott Horry Rutledge)写道:"亲爱的妈妈,我正在阅读罗马史。我看着希腊如何逐渐演变成为罗马的一个省。H姑姑说,我对这些冰冷的古老战士们的热爱,超过了对自己那可爱的娃娃玩偶的喜欢。她说,这是因为我不需要给他们做衣服。其实不是这样的,我喜欢这些书是因为这些书里洋溢着生命和思想。"⁷

到了19世纪50年代,费城等一些北方大城市的几所学校开始向包括男生与女生在内的黑人学生提供古典文学教育。实行男女同校制的有色青年学院声称其开设的古典文学课程包括：维吉尔的《埃涅阿斯纪》(Aeneid)、贺拉斯的《颂歌集》、西塞罗的《演讲》、色诺芬(Xenophon)的《远征记》(Anabasis)及希腊文版的《新约圣经》。在巴尔的摩，为黑人青年开办的威廉·沃特金斯学院(William Watkins Academy)也注重希腊语和拉丁语的教学。同白人女生组建文学社团一样，古典文学教育也推动了一些黑人阅读社团的成立，比如费城有色青年读书会。该学会声称，从古典文学中，"可以获取有关各类话题的丰富思想，在与楷模的交流中，品味得到极大的提升，古典作品中多不胜数的美景丰富了我们的想象力，使我们得以熟知人性以及古代的历史、习俗及行为"。1832年，黑人女生组建了"密涅瓦女子协会"(Minervian Association)，宣称"对心灵的培育是极端重要的，远胜过对身体的修饰"。第二年，华盛顿哥伦比亚特区的黑人为解放奴隶而集资筹备了一项演讲计划，演讲题目包括《论柏拉图与灵魂的不朽》《布鲁图①》(Brutus)及《艾迪生〈加图〉之后记》等。[8]

就连原本旨在教导年轻学子们感受英语语言之辉煌、道德及爱国精神的著名的麦加菲(McGuffey)读物也充满了古典主义色彩。读物中收录了拜伦勋爵(Lord Byron)撰写的《诗人之歌》(Song of the Bard)，诗歌的开头是这样的：

---

① 布鲁图(Brutus)，又译布鲁图斯、布鲁特斯，出身罗马贵族世家，因不满罗马共和国的现状，于公元前44年，伙同一群参议员将恺撒刺杀于庞贝城剧院的台阶上。

> 希腊诸岛啊!希腊诸岛!
> 热情的萨福曾对你无限爱恋,为你唱起颂歌,
> 对敌之战术,和平之艺术,均起源于此,
> 提洛岛在此崛起,太阳神福玻斯自此诞生!
> 永恒的夏日依然照耀着你们,
> 而除了太阳,一切都已沉没。

麦加菲读物中还收录了拜伦笔下的"罗马"和莎士比亚作品《尤利乌斯·恺撒》(*Julius Caesar*)中的情景,比如布鲁图和卡修斯(Cassius)之间的争论,以及安东尼在恺撒遇刺之后发表的演讲。在《古罗马斗兽场一瞥》中,奥维尔·杜威(Orville Dewey)兴高采烈地表示:"我沐浴着月光,前来欣赏古罗马斗兽场。这是遗迹中的王者,没有任何其他遗迹可与之媲美。"在《赫库兰尼姆的最后岁月》里,埃德温·阿瑟斯顿(Edwin Atherstone)讲述了一个被误判下狱的罗马士兵的故事,故事讲述了这位士兵在维苏威火山爆发之后,同儿子一道死去。此外,该读物中还收录了一篇描写亚历山大大帝的未具名文章,以及华盛顿·欧文(Washington Irving)的《庞贝柱描述》(*Description of Pompey's Pillar*)等。鉴于麦加菲系列丛书的编辑威廉·麦加菲(William H. McGuffey)本人就是古典语言领域的专家,那么在英文读本中囊括有关古典世界的材料,这一点也就没那么令人惊讶了。1836年至1920年间,麦加菲读物销售量多达1.2亿册。[9]

高等院校

南北战争之前,美国高等院校的入学标准与殖民地时期的高校入学要求并无太大差异。17世纪中期,当约翰·温思罗普(John Winthrop)的侄子乔治·唐宁(George Downing)申请入读哈佛时,被要求"熟知(塔利)西塞罗、维吉尔等古典文学作家,能够自如运用真正的拉丁语演讲或书写,会创作拉丁文诗歌,能够熟练掌握希腊语"。1816年,当霍勒斯·曼(Horace Mann)申请进入布朗大学读书时,他也面对着极为相似的要求:要能"准确阅读和分析希腊语版《新约圣经》、西塞罗、维吉尔的作品,并能够对这些作品进行句法上的分析……会运用真正的拉丁文来进行表达,(了解)韵律学的规则"。高校只关心这些学生是否具备了阅读拉丁语和希腊语的能力。[10]

但这些并不只是如今的常春藤联盟等最有声望的大学才有的入学要求。从殖民地时期到南北战争时期,美国高校的数量从9所增加到了182所,几乎所有新成立的高校都要求新生熟练掌握多门古典语言。北卡罗来纳州戴维森学院(Davidson College)将掌握拉丁语和希腊语文法以及古代地理作为新生入学条件。它们希望大学新生熟读恺撒和萨卢斯特的作品,西塞罗的《反喀提林演说》(*Catiline*),维吉尔的《牧歌集》(*Bucolics*)、《农事诗》(*Georgics*)和《埃涅阿斯纪》,以及色诺芬的《远征记》。弗吉尼亚州的埃默里和亨利学院要求新生了解古代历史,熟知维吉尔和西塞罗,并熟练掌握希腊语。密西西比州的沙伦学院(Sharon College)

要求新生掌握拉丁语,熟读恺撒、奥维德、维吉尔及萨卢斯特的作品。亚拉巴马大学要求新生具备"着手阅读高级拉丁语及希腊语作家作品的能力"。北卡罗来纳大学要求新生熟练掌握希腊语及拉丁语,熟悉维吉尔的《埃涅阿斯纪》及恺撒与萨卢斯特的作品。南卡罗来纳学院(后来的南卡罗来纳大学)要求新生能够翻译康涅利乌斯·尼波斯、萨卢斯特、恺撒、维吉尔的作品,熟读希腊语版《新约圣经》。[11]

高等院校的课程体系旨在提升大学生们的古典文学知识。南北战争之前,耶鲁大学要求学生们在校四年中,每年都要学习希腊语和拉丁语。宾夕法尼亚州迪金森学院(Dickinson College)的新生需阅读萨卢斯特、贺拉斯及色诺芬的作品,二年级时要学习西塞罗、贺拉斯、色诺芬及欧里庇得斯(Euripides)的著作,三年级时阅读索福克勒斯、欧里庇得斯、西塞罗、尤维纳利斯及珀耳修斯(Perseus)的作品,大四时学习埃斯库罗斯、塔西佗和泰伦提乌斯(Terence)的作品。哈佛、耶鲁、达特茅斯(Dartmouth)、维思(Wesleyan)①等其他多数大学虽然将化学、地理学、英语文法、勘测、导览及现代语言等增设为选修课,但对这些新课程并无太多要求,反倒是始终坚持要求学生掌握古典语言。哥伦比亚大学等一些高校虽然提供了别的研究课程,如科学、现代文学等,但一般来讲,这些学校依然拒绝给那些完成了此类新课程的学生授予文学学士学位,而代之以低一级的证书。耶鲁大学校长杰里迈亚·戴(Jeremiah Day)就是这方面的典型代表,他瞧不起古典学之外的课

---

① Wesleyan University,维思大学,又译卫斯理大学、卫斯理安大学或卫斯廉大学。

程。有一次,在回应耶鲁大学会不会提供以古代盎格鲁-撒克逊语讲授的非学分课程时,他叹了口气,说:"也许用不了多久,就得指派一名老师去削减这方面的课程了。"[12]

就连在地处西北边陲的新成立的学院,古典学也被视为重中之重。南北战争之前,美国西北部成立了为数众多的高等院校,这些高校作为公民自豪感的象征,吸引着移民,也充当着文明的堡垒,抵御着边陲地区令人恐怖的荒蛮。古典学恰如其分地实现了以上各个目标。因而,阿勒格尼学院(Allegheny College)将从维吉尔墓中挖出的部分灰浆以及一片普利茅斯岩(Plymouth Rock)嵌入本校的奠基石中,并按照惯例,在首届开学典礼上发表了拉丁文演讲。俄亥俄大学极其重视希腊语版《新约圣经》、希腊悲剧与演讲、色诺芬、希罗多德(Herodotus)、荷马、萨卢斯特、李维(Livy)、贺拉斯、西塞罗、维吉尔、塔西佗及尤维纳利斯等人的作品。密歇根大学与威斯康星大学也非常重视古典文学教育。1852年,密歇根大学号称其课程重在"对古代社会与现代世界进行鲜明的对比"。每当需要提供非古典学课程,这些学校往往会做出某种愧疚的辩解,正如汉诺威学院(Hanover College)1852年概况中所言:"科学课程的设立旨在满足那些没有时间或(财力)机会学习古典文学课程的学生。"选择非古典学课程的学生通常被认为智力不足或缺乏远大抱负。对30所西北高校所做的一份研究表明:1860年,87%的学生认为古典文学的价值极为显著(而到了1920年,持该观点的学生比例只有17%)。19世纪70年代,普渡大学①某学

---

① Purdue University,又译珀杜大学。

院院长约翰·库尔特(John G. Coulter)回忆称,南北战争之前,古典学课程"享有学术上的绝对权威,其在发展人类智力方面的强大效能从未受到质疑"。后来担任美国总统的詹姆斯·加菲尔德(James Garfield)刚参加工作时就是一名拉丁文教师,1858年在俄亥俄州的西储折中主义研究所(Western Reserve Eclectic Institute,后来的海勒姆学院[Hiram College])教授拉丁语。正如历史学家沃尔特·阿加德(Walter Agard)所言:"古典文学将知识的价值与审美的价值带到了纯粹讲究实用性的边陲地区……维护了西欧传统的重要地位,弥补了日益棘手的新环境所构成的缺憾。"阿加德指出,就连最早提出"边陲地区是美国文化主要决定因素"这一观点的弗雷德里克·杰克逊·特纳(Frederick Jackson Turner)本人也接受过古典文学训练,其教职生涯中的首个岗位就是担任某位拉丁语学者的助理。[13]

南北战争之前的南方地区,古典学也是各个高等院校的主要课程,无论是历史悠久的东南部高校,还是相对较新的西南部高校。同西北地区一样,美国西南部的新高校数量也急剧增加。1824年,纳什维尔(Nashville)周边200英里范围内没有一所高校,到了1848年,已有30所高校,其中9所距离纳什维尔不到50英里的路程。这些高校保留了传统的古典学课程。田纳西州东部的布朗特学院(Blount College)考察了其学生对于维吉尔和贺拉斯的掌握程度。南卡罗来纳学院及维克·福里斯特学院①的学生整个大学四年都要学习古典语言。罗伯特·亨利(Robert Henry)在

---

① Wake Forest College,维克·福里斯特学院,又译维克森林学院。

原本的制度基础上，又补充了大量亚里士多德逻辑学方面的教学内容。北卡罗来纳大学的新生要研究李维、维吉尔和西塞罗，二年级时学习《伊利亚特》、贺拉斯、尤维纳利斯和狄摩西尼(Demos-thenes)的作品，三年级时阅读塔西佗著作和希腊悲剧，四年级时要更多地阅读希腊悲剧作品及贺拉斯的《诗艺》(Art of Poetry)。事实上，1851年至1852年间，北卡罗来纳大学的新生83%的时间花在了学习希腊语和拉丁语上，二年级时花在这上面的时间为60%，三年级时为50%多，四年级时大约有三分之一的时间用于学习这两门语言。(相应地，四年里，学生们用于学习法语的时间占比分别为：0%、18%、47%和18%。)在戴维森学院，学生们一年级时研究西塞罗、李维、贺拉斯的《颂歌集》和《长短句集》、荷马、希罗多德和修昔底德(Thucydides)，二年级时研究贺拉斯的《讽刺诗集》(Satires)和《书信集》(Epistles)、色诺芬的《回忆苏格拉底》(Memorabilia of Socrates)及狄摩西尼和柏拉图的作品，三年级时学习贺拉斯的《诗艺》、欧里庇得斯的《美狄亚》(Medea)及塔西佗和西塞罗的作品，四年级时研究尤维纳利斯和亚里士多德。沙伦学院的学生大一时学习西塞罗的演讲词、贺拉斯、李维和塔西佗，大二时学习希腊语版《新约圣经》、色诺芬、希罗多德、修昔底德、伊索克拉底(Isocrates)、狄摩西尼、柏拉图和亚里士多德，大三时学习《伊利亚特》、欧几里得(Euclid)及古代地理。弗吉尼亚州汉普登-悉尼学院(Hampden-Sydney College)的大一新生要研究西塞罗、萨卢斯特和色诺芬，大二时学习荷马、朗吉弩斯(Longinus)、欧几里得和李维，大三时研究贺拉斯。在华盛顿学院(Washington College，即后来的华盛顿和李大学

[Washington and Lee University]),新生头一年完全就是在学习古典文献。就连在后来因选课制度而声名狼藉的弗吉尼亚大学,学生们若不能熟练掌握拉丁语便无法毕业,所以全校学生仍旧选择古典学课程。到了 1857 年,弗吉尼亚大学已实施选课制度多年,此时拉丁语学院的录取规模仍然远大于该校的其他学院。随后一年,得克萨斯州立法不仅专门划拨土地用于建设得克萨斯大学,而且将"古代语言与现代语言"列为该校所授学科目录之首。[14]

就连军事院校也非常重视对古典文献的学习。1824 年,罗伯特·李(Robert E. Lee)申请进入西点军校时,他请求自己的导师利里(W. B. Leary)写一封推荐信给当时的战争部长约翰·卡尔霍恩。利里知道军校希望自己的学员具备古典学问,他这样写道:"除了阅读荷马、朗吉弩斯、塔西佗和西塞罗的作品之外,罗伯特·李还跟随我阅读了许多知名度不那么高的古代文学典籍。他精通算术与代数,熟知欧几里得。就其跟随我所学知识而言,我敢肯定,他若参加考核,一定不会令我或者他的朋友们失望。"南北战争之后,罗伯特·李成为华盛顿学院院长,他还亲自对学生们的希腊语进行考核。1843 年,当詹姆斯·里翁(James H. Rion)试图进入西点军校读书时尚不足 16 岁,他特别强调称,自己已经阅读过欧几里得、恺撒、维吉尔、萨卢斯特和西塞罗的作品。弗吉尼亚军事学院(Virginia Military Institute)也开设有拉丁语课程。1860 年,《路易斯安那民主》(*Louisiana Democrat*)发表了一篇社论,向意欲申请该校的学生家长保证,在这所新的路易斯安那军事学院(Military Academy of Louisiana,后来的路易斯安那州立大学

[Louisiana State University]），他们的儿子将接受严格的"拉丁语及希腊语训练，不输于美国的任何一所学院"。在这所新学院首任院长、后来的联邦将军威廉·舍曼（William T. Sherman）的管理之下，拉丁语和希腊语成为考核军校新学员最重要的两门课程。[15]

南北战争之前成立的部分新式女子学院也提供古典学课程。1824 年，某报纸刊登了一则凯瑟琳（Catharine）和玛丽·比彻（Mary Beecher）创立的哈特福德女子学院（Hartford Female Seminary）的广告，广告中声称学校提供拉丁语文法、希腊与罗马历史、欧几里得及维吉尔作品等方面的教学。她们的姐姐哈丽雅特·比彻·斯托（Harriet Beecher Stowe）后来不无自豪地回忆了自己翻译的奥维德作品：有一年，这部译作曾在该校的年终表演中被人们所朗诵。特洛伊女子学院（Troy Female Seminary）创办的头 50 年里（1821—1871 年）共录取了 12000 名学生，该学院的创始人埃玛·威拉德（Emma Willard）试图提供可与男学生们所接受的教育媲美的古典学教育。学校副校长阿尔迈拉·费尔普斯（Almira Phelps）曾嘲笑一些人提出的所谓"女生不要去追求男人们的研究"的劝诫，她敦促自己的学生学习古典语言。及至 19 世纪 30 年代中期，马里兰州、俄亥俄州、南卡罗来纳州等地已经建立了多所仿照"特洛伊计划"而创办起来的学校。19 世纪最直言不讳的女权主义者，以伊丽莎白·卡迪·斯坦顿（Elizabeth Cady Stanton）为例，深情地回忆了她们在特洛伊女子学院学习时感受到的"强烈自尊"。辛辛那提女子学院向学生们讲授希腊语和拉丁语，在毕业典礼上向在这两门学科中获得优异成绩的学生颁发奖章。奥伯林学院（Oberlin College）的毕业生玛丽·阿特金斯（Mary Atkins）克服重重困难，经由巴拿马地峡，一路向西来到加利福尼亚，成为贝尼西亚青年女子学院（Benicia Seminary for Young Ladies）院长，该校即后来的米尔斯学院（Mills College）。贝尼西亚青年女子学院对培养出了能够阅读拉丁语的基督教女生而颇为自豪。当教职首次向女性开放后，北方中产阶级女性立即凭借其在女子学院获得的古典学教育，开启了自己的教职生涯。[16]

在南方，女子学院比在全国其余各地更为普及。截至1859年，美国共有39所女子学院，其中32所在南方，除佛罗里达州外，南方的每个州至少拥有一所女子学院。密西西比女子学院院长、牧师威廉·凯里·克兰（William Carey Crane）本人就是一名古典语言学教授，他聘请了卡罗琳·韦（Caroline Way）用拉丁文给学生们授课。南卡罗来纳州斯帕坦堡女子学院（Spartanburg Female College）的学生们就读大学的四年间，有三年在学习拉丁语。南卡罗来纳州女子学院（South Carolina Female Collegiate Institute）要求学生四年里有三年学习拉丁语，并且开设讲授西塞罗《灵魂不灭》（*Immortality of the Soul*）及其他拉丁语读物的高级课程，还开设了一门古代史课程，讲述从波斯战争至奥古斯都统治时期的那段历史。密西西比州沙伦女子学院（Sharon Female College）有一个预科班，讲授希腊语和拉丁语，并开设了一门以古代语言和现代语言为起点的研究课程。阿拉巴马州①的贾德森学院（Judson

---

① 又译：亚拉巴马州。

College)、佐治亚州的维思女子学院(Wesleyan Female College)、北卡罗来纳州的戈尔兹伯勒女子学院(Goldsboro Female Academy)、田纳西州的格林斯伯勒女子学院(Greensboro Female College)及多数其他学校都讲授古代史、希腊语及拉丁语。在路易斯安那州的曼斯菲尔德女子学院(Mansfield Female College),学生们第一年学习维吉尔的作品,第二年研究西塞罗,三年级时研读贺拉斯和尤维纳利斯,四年级时研究李维,并且整个大学四年都要学习希腊语。在这些学院里,除了古典学课程之外,唯一可供选择的课程就是所谓的英文课程,但就连这类课程,通常也会要求选读拉丁语或法语方面的内容。南北战争之后,北卡罗来纳州首位女性物理学家苏珊·迪莫克(Susan Dimock)最喜欢的科目就是拉丁语。等到 19 世纪 50 年代,许多学校都认可里士满女子学院(Richmond Female Institute)的观点,即"两性均应享有同等的自由文化权利"。这便是 1853 年发表在《戈迪女性丛书》(*Godey's Lady Book*)中的一篇讽刺文章中所讲的,要对女孩们进行古典文学教育;文章中讲到,有个女孩正在申请入读某大学,她的母亲表示:

> 我已经教过她西班牙语和拉丁语,
> 也教过她法语;
> 不必担心她的英语不好,
> 找个机会教教她就行。[17]

一些美国女性因为熟知古典学而受到男性的青睐。霍勒斯·曼借用希腊语中表示珍宝的词汇,称自己的嫂嫂、幼儿园运动领袖伊丽莎白·皮博迪(Elizabeth Peabody)为"Miss Thesaura",就是因为她的胸中蕴藏着丰富的古代历史知识。皮博迪的侄子朱利安·霍索恩(Julian Hawthorne)回忆道:"她或许是世上最有学问的人,在女性学术圈子里,她无疑是最有学问的……希腊语、拉丁语、梵语、希伯来语对于莉齐(Lizzie)婶婶来讲,就如同她的母语一般信手拈来。但她并不满足于知道这些知识,她还希望其他人也懂,所以她设计了各种独特的方法来加以指导。"她将柏拉图的《斐多篇》(*Phaedo*)和《克里托篇》(*Crito*)翻译为英文,并与威廉·埃勒里·钱宁(William Ellery Channing)展开了探讨。[18]

美国的教育家们越来越多地借助于在美国出版的古典文法书籍、诗文选集与字典,而不再依赖从欧洲引进。爱德华·埃弗里特(Edward Everett)和乔治·班克罗夫特出版了柏林大学教授菲利普·布特曼(Phillipp Buttman)撰写的《希腊文法》(*Greek Grammar*)的英文版,该书远超同类文法书籍,成为19世纪中期以前大学新生及二年级学生的主要参考书目。1823年,埃弗里特又出版了弗里德里希·雅克布斯(Friedrich Jacobs)编撰的《希腊语读本》(*Greek Reader*)的首部英文版本。这部希腊古典文学选集很快取代《希腊作品集》(*Graeca Majora*,1789),成为最受欢迎的希腊诗文选集。(遭到许多学生鄙夷的《希腊作品集》由一些支离破碎的选文拼凑而成,完全没有任何文法方面的辅助信息,就连上下文背景信息也没有,只不过是在这个大部头的两卷本最后放了一些拉丁文的注释。)在接下来的50多年里,雅克布斯编写的读本又经历了55次编辑,掌握这个读本成为全美各高校的必备入学条件。查尔斯·安东(Charles Anthon)1820年后担任哥伦比亚大学希腊语及拉丁语教授,他出版的经典读本也经过了多达50次的编校,这些读本也大量借鉴了德国的学术研究成果。约翰·皮克林(John Pickering)编辑的《希腊语综合词典》(*Comprehensive Lexicon of the Greek Language*,1826)是当时最畅销的希腊语-英语词典。这些作品对于一般教师而言助益匪浅,他们不必再投入宝贵的时间用以更正以往文本中的诸多错误。[19]

同早些时候一样,学生社团成为古典文献学习的额外途径。这些社团隶属于高校里的某个学会,制定并传授各自的学科知识,颁发各自的证书,运营着各自的图书室(这些图书室的规模有时比其所在高校的图书馆都大),建立并推行各自的行为准则,确立该学生团体的思想基调。社团成员在这些图书室里自由阅读的过程中,大大拓展了自己的古典学视野。比如,美国辉格党协会(American Whig Society)不局限于普林斯顿大学所教授的古典文学内容,而将学习范围扩展到了奥维德、塔西佗、泰伦提乌斯及希罗多德的作品。这些社团在创立之初一般都会以某位古典历史人物的名字作为本社团的象征。比如,美国辉格党协会的信封上就印着引领年轻人登上德行神殿(Temple of Virtue)的智慧女神弥涅耳瓦(Minerva,雅典娜为其希腊名)的名字,这一形象源自色诺芬笔下的大力神赫拉克勒斯(Heracles)惩恶扬善的故事。[20]

毕业典礼是高校毕业生们展现自身古典学问的良机。多数毕业典礼都会安排一名杰出学生代表发表拉丁语毕业演讲词,许多学校的毕业典礼上还安排希腊语演讲或对话。有时，毕业典礼上还会举行一些仪式，向现任领导们引荐这些未来的社会及政治领袖。比如，1835年之后，南卡罗来纳学院院长会带领每一位毕业生来到观众席前排，与来自南卡罗来纳州政界、各部委、商界、种植园及学术界的领军人物一一握手。[21]

新的希腊化风潮

随着民主制度的扩展，再加上西方世界对希腊摆脱奥斯曼帝国获得独立的深深着迷，美国教育家们开始重新重视古希腊语及希腊文化，在学校教育中历来被置于拉丁语之后的希腊相关研究获得了新生。1815年，21岁的爱德华·埃弗里特成为哈佛大学希腊文学诺顿教授（Eliot Professorship）。他曾在欧洲游历四年，其间，他游览了埃尔金大理石雕（Elgin Marbles），凭借拜伦勋爵的介绍信游览了希腊；随后，埃弗里特返回哈佛，成为美国希腊化运动的领袖之一。埃弗里特有关希腊文学与文化的讲座，作为哈佛大学四年级学生的必修课程，覆盖面广，内容详尽，令拉尔夫·沃尔多·爱默生（Ralph Waldo Emerson）等诸多大四学生为之着迷。爱默生回忆道："就连最鲁莽的本科生也发觉，哈佛楼的演讲大厅为他打开了新的视野……让他重新感受到希腊之美的不是演讲词中的原创思想，而是这位演讲者的言谈举止……埃弗里特的才能几乎可与雅典的伯里克利（Pericles）媲美，对年轻人产生了深刻的影响。"爱默生记录下了埃弗里特的几句推理分析："腓尼基人给了希腊人字母，却没有留下一行自己撰写过的文字，而他们的学生却用这些字母为自己竖起了一座不朽的丰碑。希腊留给我们的文献是有史以来最最完整的……现代人充其量只是在模仿他们,用他们来塑造可供自己学习的榜样,但现代人中没有值得学习的榜样。"从查尔斯·弗朗西斯·亚当斯的笔记来看,埃弗里特认为,与其他西方国家一样,罗马的所有文学成就也应归功于希腊:"我们最优秀的戏剧、诗歌、历史及一切现代文学作品都应归功于希腊……他们的品位与当今的我们并无二致,我们的写作方式也十分相似……对希腊文版本的文学作品的研究有其内在价值;只要人与人之间存有默契,这些杰出人士必然会赢得各个时代的欣赏与尊重。"荷马的诗歌"前无古人,后无来者","他的诗歌充分体现了人类的至高智慧"。²²

埃弗里特又将希腊的火炬传递给了他的继任者康涅利乌斯·康韦·费尔顿(Cornelius Conway Felton)。费尔顿获得了蒂宾根大学(University of Tübingen)的博士学位,后来成为哈佛大学校长。在作于1824年的一篇文章中,费尔顿称赞荷马和希罗多德的作品有助于培养"道德和自由"。荷马的叙事诗仿佛"一面镜子,映照出我们最纯真的天性"。六年之后,费尔顿这样写下自己阅读狄摩西尼演讲词时的心情:"我已不再是原来那个我,而是变得更加高尚,似乎我自己就是狄摩西尼,站在裁判席上,宣示着同样的演讲词,劝说聚集在这里的雅典人民要向前辈们一样勇敢无畏,争取同样的荣光。"费尔顿赞扬了欧里庇得斯戏剧中的主人公阿尔克提斯(Alcestis),赞扬她愿意替自己的丈夫去死,说她是"一位高尚的女性……在她身上,一切自我都被融进了对丈夫与孩子的爱意中"。与拉丁语相比,希腊语更得益于希腊良好的声誉,被认为是更加主张平等、强调个体独特性的聪明人所使用的语言。[23]

埃弗里特和费尔顿成功地将"希腊比罗马更优越"这样的信念植入到学生的心目中。查尔斯·弗朗西斯·亚当斯先是声称罗马共和国"最好的制度多借鉴自希腊",随后又在日记中这样提到希腊:"这是一个优秀的民族,他们对世界所做的贡献超越了其他各个民族。他们的心灵迸射出一股动人的力量,而罗马人虽然同样非常优秀,但其力量源于体格而非心灵。"到了1855年,爱默生写道:"历史书中说是罗马战胜了希腊,但我分析了罗马语言,看过了罗马书籍,察看了罗马建筑,挖出了罗马花园里的大理石,结果发现,无论从哪个方面看,希腊都是至高无上的:希腊在艺术、思想以及历史等各个方面都超越了罗马。"[24]

新的希腊化风潮也蔓延到了梅森-迪克逊线(Mason-Dixon Line)的南面。1828年,后来担任颇具影响力的杂志《南方评论》(*Southern Review*)编辑的休·斯温顿·莱加列(Hugh Swinton Legaré)写道:"毫无疑问,美国人若想研究外国文学,首先应该研究古典文学,尤其是希腊文学。"莱加列认为"罗马的名家们对雅典女神缪斯的荣光反映得并不充分"。关于罗马,莱加列这样表示:"等到这个以圣贤与勇士著称的民族终于可以夸耀称拥有一位作家时,已经是罗马建立整整五个世纪之后的事情了。"他称修昔底德为最伟大的历史学家。他认为狄摩西尼的"杰作"是"唯一真正受欢迎的口才典范……就像阿波罗或帕特农(Parthenon)神庙堪称各个时代、各个民族的典范一般,他的杰作也值得人们研究与效仿,他以自己的天才智慧赋予词汇以生命,用以鼓舞大众"。莱加列补充说,"他的自然本能,如同他的感悟力一样,是深沉而剧烈的"。在狄摩西尼朴素但"庄严"的言辞中,"你丝毫看不到一丝做作的影子;不但如此,你甚至会完全忘记他是位演说家,仿佛出现在你眼前的只是一位政治家"。莱加列声称,狄摩西尼"就是那种特殊的人,是上帝的选民,他最早领悟到理想中的榜样是怎样的,并将之视作一切事物中至高无上的、最崇高的、最神圣的,我们难以分辨他是怀着怎样的虔诚来判断深沉的爱与公正但剧烈的洞察力究竟哪个更占优势"。莱加列写道:"所有带着好奇或心存疑虑的人们,都将目光锁定在希泰隆山(Mount Cithaeron)与苏尼乌姆海角(Cape Sunium)之间那个荒芜的小岛以及周边的各个岛屿和海岸上,因为这些岛屿孤零零地突在外面,格外引人注目。这些岛屿的一侧是西方的野蛮人,另一侧则是东方专制统治下的黑暗、静默而死气沉沉的荒地。"希腊语"适用于各种风格与话题——既适用于描述最模糊的细微差别,也可用于给出最严苛的定义;既可用于激情四溢的雄辩,也可用于表达悲怆的情绪;可用于神圣、庄严与多样化的叙事诗,也可用于大胆称颂酒神的赞歌;同样还可用于描绘挽歌的甜蜜、田园牧歌的简朴或喜剧肆无忌惮的欢乐与细腻"。莱加列欣赏这样的文化,认为"在歼灭战中,欧里庇得斯的诗文甚至能软化仇恨与敌对,拯救那些有幸悟得其中道理的人们"。在那次被霍乱困扰的漫长航海途中,莱加列就是靠着阅读雅典伟大悲剧作家们的戏剧作品而挨下去的。[25]

乔治·菲茨休(George Fitzhugh)同样酷爱希腊。他称罗马文明"模仿了希腊文明,却模仿得没那么到位"。在另一部作品中,他宣称:"罗马模仿了希腊,却未能达到希腊的水准,无论是在道德哲学、纯粹的形而上学、诗歌、建筑、雕刻、辩论、戏剧还是绘画等各个领域,皆是如此。"菲茨休主张,美国应效仿希腊,培育不同方言中的文明:"希腊的每个城邦都拥有各自的方言,他们逐渐地发展这些方言,并引以为豪。而现在,方言却被认为是粗俗与乡气的。我们根本无法如希腊人那般,像分辨欧洲葡萄酒的产地似的,分辨哪个人来自哪个地区,除非他们的举止、衣着与方言出卖了他们。"²⁶

希腊戏剧首次在高校课程体系中受到重视,是在南北战争之前。1820年之后,美国学者出版了大量德文版的埃斯库罗斯、索福克勒斯、欧里庇得斯和阿里斯托芬(Aristophanes)的戏剧作品,用于课堂教学。1830年圣诞前夜,知名政治家之子丹尼尔·弗莱彻·韦伯斯特(Daniel Fletcher Webster)从哈佛写信给自己的父亲:"我们已经阅读了希腊语版的《俄狄浦斯》(*Oedipus*)和《美狄亚》,学习了数学中的三角学。这些都是我这学期的主要课程。"南卡罗来纳学院将索福克勒斯的《俄狄浦斯王》(*Oedipus Tyrannus*)作为其1837年课程体系的组成部分(19世纪40年代又将希腊抒情诗补充进来)。亨利·亚当斯(Henry Adams)曾猛烈批评了自己19世纪50年代在哈佛时所接受的教育,但就连他也破例表示欣赏"两三部希腊戏剧"。高校所创作与表演的希腊戏剧,除了面向学生群体外,也开放给普通大众。1845年至1881年间,欧里庇得斯的《美狄亚》曾14次被搬上纽约市的舞台。《南方文学新报》(*Southern Literary Messenger*)等流行杂志开始发表学者们有关希腊剧作家的讨论,比如威廉玛丽学院(College of William and Mary)教授查尔斯·米宁格罗德(Charles Minnigerode)撰写的长篇系列评论。正如迈耶·莱因霍尔德所言:"希腊悲剧作家们被视作有史以来最伟大的作家，主要就是在19世纪。"当然，美国的建国者们并未在高校里研究过希腊戏剧。[27]

新希腊化运动还以别的方式影响了高校课程体系。1856年，威廉·里韦尔斯(William J. Rivers)被授予南卡罗来纳学院新创立的希腊文学教授职位。里韦尔斯写道："对希腊的研究不应局限于那些远古的历史成果，而要与当下关联，发挥独特的效用。"他敦促学生研究雅典政制。同年，弗吉尼亚大学对古代语言方向的教授职位进行了分割，提升了希腊语的地位，将之设立为一个独立的教授席位。这份新的教授席位并非弗吉尼亚大学的虚招，首个希腊语教职被授予乔治·弗雷德里克·霍姆斯(George Frederick Holmes)，他是古典文学领域的专家，也是南北战争之前南方的知识领袖；19世纪美国最伟大的古典学者巴兹尔·兰诺·吉尔德斯利夫(Basil Lanneau Gildersleeve)是继他之后才获得这一殊荣的。1843年，霍姆斯曾发问："继希腊人之后，还有哪个民族曾对人类的文明与进步出过力？这里所指的并非人性尽善尽美的根源。"尽管新希腊化运动使希腊语获得比拉丁语更高地位的尝试最终失败了，但它成功地提升了希腊作家们的地位。[28]

南北战争之前，古希腊在美国影响力的日益提升，部分程度上得益于德国的希腊文化崇拜。埃弗里特在海外游历的四年半间，大部分时间在哥廷根大学(University of Göttingen)，这是欧洲做古典学研究做得最好的大学。返回美国后，埃弗里特用德国的讲座形式取代了传统的背诵方法，后者重在训练学生们记忆精确的文法要点。埃弗里特继而又将好几部古典文学的德语文本翻译为英语。乔治·班克罗夫特是美国最早的历史学家之一，同吉尔德斯利夫一样,他也曾就读于哥廷根大学。1835年,南卡罗来纳学院理事会聘请了一支全新的师资队伍,开始以德国模式讲授古典文学。第二年,德国人弗朗西斯·利伯(Francis Lieber)成为该校历史学与政治经济学教授;利伯曾前往希腊帮助抗击土耳其人,因为其所持自由主义观点而被驱除出普鲁士。1840年,利伯编撰了一部大学教材,名为《杰出历史学家、编年史者等撰述者们笔下的大事件》(*Great Events Described by Distinguished Historians, Chroniclers, and Other Writers*),书中收录了希罗多德对温泉关(Thermopylae)战役①的描述,以及柏拉图对苏格拉底之死的叙述。书中还插入了狄摩西尼和西塞罗的半身像,这些雕像仿佛正低头凝视着利伯的学生们。据说,就连在铁路上与商店里工作的一些德国移民也阅读过希腊原文版的荷马作品。[29]

新的教学法

变革后的教学法不只是更加强调希腊语。正如埃弗里特、费尔顿和吉尔德斯利夫身上所集中体现的,教学法改革还涉及对希腊罗马文化的透彻研究,以将学生们的经典阅读置于恰当的历史情境中,激励他们更加勤奋地学习语言,更重要的是,让学生们充满"希腊罗马精神"。费尔顿公开谴责了对文法规则进行死记硬背等机械做法的过分强调。1830年,他写道:"讲座课程应当包含对希腊物理特性、风景、气候及作品的描述,包括早期与后来的神话,

---

① 又译:德摩比利战役。

以及英雄时代的寓言传统……还应当充分描绘各种形式的私生活、各个方面的意见、人们的精神品格与体型结构等。"费尔顿还补充道:"学生们若要真正了解某位古典作家的德行,必须设法让自己从当前所处的直接影响环境中抽离出来,回到遥远的过去,暂时搁置自己最熟悉的各种联系,忘记自己的国家、偏见、优越感,将自身置于所尝试理解的那些智者同样的处境。"吉尔德斯利夫有一位学生名叫威廉·桑顿(William M. Thornton),后来成为弗吉尼亚大学工程学领域的泰斗,他就吉尔德斯利夫采取的类似教育法发表了自己的观点。虽然该校的其他古典语言学教授同那位能干但缺乏想象力的格斯纳·哈里森(Gessner Harrison)一样,认为文法训练比对文学作品的阅读、理解与研究更为重要,但傲慢又热情的吉尔德斯利夫则为学生们打开了"了解希腊的窗户"。桑顿回忆称:"我们看到了一个活生生的希腊,感受到了这个充满好奇心的民族的冒险精神,它古时候便向世界展示了美与智慧的巅峰,为世界奠定了真理与科学的根本基础。"吉尔德斯利夫继而又先后于 1869 年帮助创立了美国语文学会,1880 年创办了《美国语文学杂志》(American Journal of Philology);他先是在 1878 年担任美国语文学会主席,1880 年至 1919 年又担任《美国语文学杂志》编辑。[30]

休·斯温顿·莱加列本人就是这一新教育观的典型代表,但他仍旧将这一教育方式归功于希腊人本身。他写道:"我们不妨在当前这个共和制国家恢复'旧式希腊学堂'的做法——教育人们,不是把他们当作某个技术对象或非自然对象,人们只能了解其天性中的一部分……而要把他当作一个理智的积极的社会人,教他懂得所有的关系与责任……我不是那种盲目崇拜偶像的人,不会随随便便地亵渎学问,以为学问就是那些整天只会卖弄几句古老的希腊警句,因为荷马用了某种语言来写作而欣赏荷马,而非因为某种语言包含了荷马的作品而欣赏这种语言的书呆子。"[31]

有些拉丁语教授不仅运用了这种新的教学法,而且建立起博物馆,给学生创造一种身临其境的环境,使其仿佛置身于古罗马世界。亨利·弗里兹(Henry Frieze)1854年被任命为密歇根大学古典学教授后,获准前往意大利接触"能够代表古典学的古代艺术样本",以"为该校的古典学博物馆奠定基础"。弗里兹为博物馆收集了大量书本、雕刻作品、石膏模型、地图及照片。博物馆的建立使得弗里兹获得了一种新的教学方法——将古典作家们放置到了恰当的情境中,让学生们直观地感受了孕育这些作家们的社会环境。弗里兹的一名学生詹姆斯·安杰尔(James Angell)后来成为该校校长,他这样回忆自己的老师:"后面几年,他已经不再满足于简单讲述拉丁文学的极端重要性;在他眼里,拉丁文学不仅是天才作家们的作品集,而且是伟大的罗马民族用历史、哲学及诗歌发出的生命呐喊……按照他的理解,相比于拉丁语,罗马语更值得我们去学习;我们应当更加重视罗马民族的成就、思想及活力。"[32]

历史研究最早进入美国学校,是为了让学生们了解必要的历史背景,以更好地理解和欣赏构成其教育核心的古典作品。奥利弗·哥尔德斯密斯(Oliver Goldsmith)有关希腊与罗马历史的教材首次于18世纪70年代出版,随后逐渐被查尔斯·安东、塞缪尔·格里斯沃尔德·古德里奇(Samuel Griswold Goodrich)、威廉·库克·泰勒(William Cooke Taylor)及塞缪尔·惠尔普利

(Samuel Whelpley)编写的新教材所取代。随着历史教学内容不断拓展并涵盖了美国史与世界史之后,古代史领域的课程数量已超过了其他各个领域,而有关古典时期的历史在世界史课程中所占的比重也最大。1860年,美国所使用的113篇世界史课文中,26％的篇幅在讲希腊史与罗马史,只有1400年至1800年间的世界史受到的重视还略微多那么一点点。[33]

可惜的是,所谓的"教学改革"更大程度上讲是一种演变过程,是缓慢而参差不齐的。多年来,哈佛大学的学生一直抱怨约翰·波普金(John Popkin)所使用的死记硬背法太过老套,缺乏吸引力。19世纪20年代后期曾跟随波普金做过研究的一神论神父詹姆斯·弗里曼(James Freeman)这样回忆:"我们学习过程中,他从来不曾想办法激发我们的兴趣。他要求我们费力地阅读荷马的作品,仿佛《伊利亚特》好比一片沼泽,而我们必须定期跋涉其中,艰难向前推进一定的距离,根本无从领会这部不朽史诗的光荣与辉煌、温和与魅力。全班只有极少数人能够比较好地吟诵这部作品,让我们明白他们在讲什么;所以,这样的学习只是枉费时间,而且令我们精神麻痹。"波普金的另一名学生回忆称:"他循规蹈矩,严格要求我们学习所有的文法要点;而他的教学与其说是对学术的狂热追求,倒不如说是在进行严密的言辞批评。"在这点上,波普金类似于南卡罗来纳学院的托马斯·帕克(Thomas Park)以及美国的多数其他教授。1824年,当南卡罗来纳学院的两名学生被发现在小镇上开枪后,受到的惩罚就是被迫在教职工面前背诵《埃涅阿斯纪》里的50行文字;由此可见,就连高校管理人员也认为对古典著作的死记硬背可算得上是一种惩罚。休·斯温顿·莱加列曾抱怨称许多老师"目光狭隘、愚昧无知",他们教的古典文学"庸俗、令人厌恶,没有用处还充内行",他们的教学模式很糟糕。但他补充说,德国语文学家却能"让人们感受到希望与光明"。[34]

罗马的持续吸引力

　　南北战争之前,希腊语虽然已成为与拉丁语并驾齐驱的古典学课程,但拉丁语并未被取代,美国人仍然对罗马历史与文化保持着浓厚的兴趣。丹尼尔·韦伯斯特 15 岁时开始研究维吉尔和西塞罗,从其接触古典文学的年龄来讲,应该算是比较晚的,他回忆道:"我在研究这些古典作家,尤其是西塞罗时获得了快乐,所以不觉得自己的努力是苦差事。我是如此愤怒地谴责喀提林!我是如此急切地为米洛辩护!"他记得,成为一名青年律师后,"我所阅读的书籍,不是法律书,便是拉丁文经典文学……我逐渐熟悉了西塞罗的大多数演讲词,记住了其中大段大段的文字,并且阅读了萨卢斯特、恺撒及贺拉斯的作品。我还将贺拉斯的部分颂歌翻译成了英文押韵短诗,虽然翻译得还不太理想"。韦伯斯特的弟弟放假期间,兄弟俩还一起阅读了尤维纳利斯的作品。韦伯斯特在朝圣者登陆美洲二百年纪念活动中的演讲得到了年迈的美国老一辈建国者约翰·亚当斯的认可,后者赞扬了他的古典学造诣。亚当斯本人就是一名热忱的古典学家,他写道:"(韦伯斯特)有关希腊人与罗马人的观念……非常睿智、深刻,感人至深。"当儿子从哈佛大学写信告知已经阅读完塔西佗《编年史》的头五本时,韦伯斯特想必是非常高兴的。[35]

美国建国初期,西塞罗就是最受美国人敬重的罗马人。马萨诸塞州最高法院首席法官西奥菲勒斯·帕森斯(Theophilus Parsons)推荐人们阅读科尼尔斯·米德尔顿(Conyers Middleton)编写的西塞罗传记,称这部作品尤其适合年轻律师们阅读。美国最高法院法官约瑟夫·斯托里(Joseph Story)在一个孩子去世之后,正是靠着阅读西塞罗的哲学作品而获得些许安慰。斯托里认为经典作品能够"提升人们的品位","以高尚的情操温暖人们的心灵"。他提出一个问题:"有一些法律专家,对于采用罗马规则的法律与公平准则没有丝毫热情,我们该说他们什么好呢?"美国参议员鲁弗斯·乔特(Rufus Choate)吩咐那些跟随他学习法律的人"用心领悟西塞罗"。乔特解释称,西塞罗的作品"陶冶了人们的情操……扩大了那些渴望成为律师与政治家的年轻人的见识"。1844年,他趁着参议院工作不太忙的间隙,翻译了西塞罗抨击喀提林的四篇演说。乔特将西塞罗和狄摩西尼的半身塑像放置在自己的图书室里。休·斯温顿·莱加列写道:"总而言之,如果要说历史上哪个人最充分发挥了自己的潜能的话……几乎所有人都会将这份令人羡慕的殊荣归结到西塞罗身上。"莱加列宣称:"我的目标是获得像西塞罗那样的学问——这些学问有助于促进积极的人生目标,提升人们的情操,将健康有益的事实升华为庄重而令人赞叹的滔滔雄辩。"对于这位罗马的政治家,莱加列津津乐道地表示:

> 他竟然能在讲坛上与参议院演讲中将狄摩西尼的愤怒与力量(他有时会将之混为一谈)、伊索克拉底的热情、柏拉图的

庄严与长篇大论结合起来——他有关伦理学及形而上学话题的对话……丝毫不逊色于雅典人……他最熟悉的书信体诗文更是信手拈来,即便是在病中或悲伤的情境下匆匆完成,也往往能经受得起人类有史以来最严峻的考验与烦扰,可以称得上是人们能够想象得到的最完美的作品典范!更奇妙之处在于,他能够处理好学术与生活的关系。在学术上,他富于探究精神;而在生活中,他又是一位富有生活情调并且活力四射的人。[36]

美国人也钟爱维吉尔和塔西佗。看到维吉尔的作品《农事诗》集优雅与教益于一体,莱加列表示惊叹:"这位诗人能够恰如其分地描绘自己的描述对象,实在是难能可贵——比如,他在描述耕地用的犁时,既没有堕落到使用大白话,也没有为了追求辞藻而脱离了所描述的对象本身;在描绘蜂窝时,他设法赋予这个描述对象以某种史诗般的庄严与生气,而不带丝毫戏谑做作……《农事诗》的尽善尽美是说理诗所难以企及的,若不是目睹了这部作品以及卢克莱修(Lucretius)撰写的《物性论》(*De Rerum Natura*),我们甚至要怀疑'说理诗'这种说法本身就是自相矛盾的。"莱加列欣赏奥古斯都统治时期的罗马文学,正是在这一时期,罗马传统的实用主义取向得到了希腊式优雅的修饰而变得有些温和。杰斐逊·戴维斯(Jefferson Davis)也致力于研究维吉尔。后来担任美国总统的詹姆斯·波尔克(James K. Polk)在北卡罗来纳大学读书期间阅读过大卫·拉姆齐(David Ramsay)的《美国革命史》(*History of the American Revolution*,1789),他称拉姆齐为"西半球的塔西佗,用忠于事实的朴素语言,将激励过美利坚共和国首批建国者的自由精神传递给了后代"。[37]

尽管前往希腊参观仍然存在危险,但越来越多的美国人还是将意大利纳入了自己的欧洲之行目的地。在这些前往罗马、庞贝古城及赫库兰尼姆遗址参观的诸多美国人中,就包括亨利·亚当斯、纳撒内尔·霍桑(Nathaniel Hawthorne)、乔治·班克罗夫特、詹姆斯·弗尼莫尔·库珀(James Fenimore Cooper)、赫尔曼·梅尔维尔(Herman Melville)及查尔斯·萨姆纳(Charles Sumner)。亚当斯回忆称"1870年前的罗马具有一种令人难以抵御的诱惑力","美国的父母离奇地痛恨巴黎,似乎更倾向于认为罗马才是正统的教育渠道"。在罗马的博物馆里潜心钻研了古典艺术之后,霍桑写道:"我似乎感觉到一些未成文的品位规则正在影响着我;虽然希腊的美能够提升我的品位,然而我仍然是一个坚定的哥特风格爱好者。"在梵蒂冈博物馆看过特洛伊先知及其儿子痛苦地挣扎着想要摆脱巨蟒这一著名的希腊风格雕塑《拉奥孔》后,霍桑写道:"有这样一类人,苦苦地挣扎着想要摆脱麻烦,却无奈地陷入困境,他们无法依靠自己的努力获得解脱,就连上帝也帮不了他们。只有最强大的内心,只有那些能够从纷繁复杂中发现统一性的人们,才能创作出这组群雕。"在佛罗伦萨时,他喜欢上了普拉克西特列斯(Praxiteles)作品《维纳斯》(Venus)的另一种形式《美第奇的维纳斯》(Venus de Medici):"当然,这尊雕塑肯定会让人们愿意相信人类的崇高命运,认为这种美好的形式正是大自然对全人类的安排;现实中的人类越是接近这种形式,便越显自然。"在汉尼拔痛击罗马军队的特拉西梅诺湖(Lake Trasimene),霍桑写道:"我不知道自己在萨拉托加(Saratoga)或蒙茅斯(Monmouth)等战场上是否也会有如此强烈的感受,但这些经典的古战场属于全世界,每个人都感觉自己的祖先曾在这里战斗过。"梅尔维尔进行过类似的旅行后,于1857年至1858年间在美国北部及西部做了题为《罗马的雕塑》的讲座。在这场讲座中,梅尔维尔讲到了《贝尔维德勒的阿波罗雕像》(Apollo Belvedere),他说:"这尊雕塑放在那儿本身就令人敬畏。人们一走进这尊雕塑所在的陈列室,便都噤声不语,连轻声嘀咕都没有。这不只是一件供人们观赏的艺术品,因为它的身上散发着一种神性,启发了观者的想象力,使他们看到的不再只是'自然界中生长的粗鄙之物',而会提升他们的批评层次……绅士风范在这尊阿波罗雕塑身上得到了多么完美的体现!还有谁能给出更好的完善意见?塑造这一理想典范的,难道仅仅是艺术而非生活?"班克罗夫特写信给一位来自那不勒斯(Naples)的朋友时,讲到了庞贝古城:"当你看到这座古城的时候,你一定会觉得非常有意思,够你琢磨个好几天的。"他补充道:"虽然说罗马周边的遗迹在宏伟庄严性方面略胜一筹,但那不勒斯附近的遗址则更为奇特。"曾登上过维苏威火山的库珀写道:"赫库兰尼姆的灾难中有一种无与伦比的庄严与壮丽的悲怆感。"他认为,帕埃斯图姆(Paestum)的尼普顿神庙(Temple of Neptune)是"给人印象最深刻的,几乎可以说是我所见过的最威风的建筑"。他沉思道:"放眼历史长河,美国史不过是沧海一粟,何其渺小。"[38]

当然,并非所有的美国人都对自己的罗马之行有深刻印象。1836年,南卡罗来纳州的拉尔夫·伊泽德·米德尔顿(Ralph Izzard Middleton)基本上就对这座城市的古迹无动于衷。他认为,只有古罗马斗兽场值得一看。他声称："凯旋门、摇摇欲坠的古老立柱、残破的雕像、烟熏壁画，一切都不过是装模作样。"梵蒂冈博物馆里的《贝尔维德勒的赫拉克勒斯雕像》(Belvedere Hercules)就是"一块历经风霜的石头，不过是按照人的模样雕刻出了脑袋、胳膊和腿而已"。米德尔顿丝毫感受不到导览书中所讲的这具躯干的"神性光辉"。艺术家们或许可以来看看，他写到，但对于那些"拿着蜡也捏不出狗的形状的人（我就是这种人）来讲，大冷天地专门花几个小时来到梵蒂冈，一面想着天气怎么这么冷，一面还要惊呼这些雕像怎么这么美，实在是可笑至极"。但既然那么多美国旅游者毫不吝惜对这些石头躯干的溢美之词，说明这些古典事物还是值得敬畏的。[39]

罗马民法依旧在美国的法律体系中发挥着重要作用。包括托马斯·杰斐逊（Thomas Jefferson）、亚历山大·汉密尔顿（Alexander Hamilton）、约翰·亚当斯、乔治·威思（George Wythe）、詹姆斯·威尔逊（James Wilson）及塞缪尔·蔡斯（Samuel Chase）等人在内的美国建国者们，都敦促让罗马民法发挥更大作用，他们认为罗马民法比英国习惯法更加理性，是真正建立在自然法则之上的。随着民主的扩散，以及对英格兰恨意的加剧，人们对于习惯法的无秩序性以及容易被法官们滥用的批评之声甚嚣尘上。另一方面，美洲大陆土地充足，劳动力稀少，这与习惯法产生的情境——实行封建制的英格兰——恰恰相反。因而，有些人认为，罗马民法比习惯法更适合于这个新世界。[40]

到了南北战争之前，约瑟夫·斯托里率先带领大家使用罗马法律概念来改革习惯法，在尚未应用习惯法的地区起到了引导作用。斯托里编写的《美国宪法评注》(*Commentaries*，1832 – 1845)①里包含了一系列法律文本,在推动罗马法律的使用方面发挥了影响。随后,约翰·泰勒(John Tyler)当政时期的总检察长莱加列、创作了《法律与政治诠释学》(*Legal and Political Hermeneutics*, 1839)的弗朗西斯·利伯及南卡罗来纳州立法机关成员詹姆斯·默多克·沃克(James Murdoch Walker)加入了斯托里的行列。詹姆斯·默多克·沃克的著作《罗马法学在房地产法中的应用与权威探究》(*An Inquiry into the Use and Authority of Roman Jurisprudence in the Law Concerning Real Estate*，1850)和《习惯法理论》(*The Theory of Common Law*，1852)探讨了习惯法与民法的关系。莱加列的图书室里有 143 部拉丁文著作及 77 部希腊文作品,而英文著作只有 36 部;多数以法语及其他欧洲语言撰写的著作都是有关民法的。他写给《纽约评论》的文章《罗马法律的起源、历史及影响》就是一部有关民法的当代认识的精心之作,其中既有对早期罗马历史的讨论,又有针对近期德国学术成果的探讨。他提到,罗马民法所具有的系统性与合理性使其"绝大部分"内容"不只是适合于其他国家,而是适用于其他所有国家"。他还补充道:"它在波士顿与巴黎同样适用,同样也可以引导拿破仑制定法律,启发斯托里的判决。"专攻罗马法学与民法的专家借鉴了源自更长时期、更多样化的实践中的大量资料,而不局限于习惯

---

① 原文如此。但根据上下文,此处的 *Commentaries* 应指约瑟夫·斯托里编写的《美国宪法评注》,英文全称为 *Commentaries on the Constitution of the United States*。

法形成过程中的那些体验。比如,如何在两个隔河相望的州之间分配使用权,这个问题对于英国这样一个单一政府统治下的岛国来讲并不存在,但这一问题在罗马法中早有涉及;因而,当美国法官们面对此类问题、无法在习惯法里找到解决办法时,便可以翻阅罗马法里的相关理性原则,而不是尝试着从思想褊狭的习惯法传统中摸索新的解决之道。斯托里在称颂莱加列时,就赞扬他对"罗马法理学中各原则的可拓展性与自由度,以及公正的道德准则"的热爱。[41]

当美国根据民法购买或吞并了路易斯安那、佛罗里达、得克萨斯及墨西哥割让土地等原属法国或西班牙管辖的领土后,人们对民法的兴趣渐增。事实上,路易斯安那州还获准保留了一份民法典。罗马民法极大地影响了美国其他各地的水资源法及商业法,奠定了国际法的基础。利用民法概念来将习惯法系统化的渴望,在法学院教授当中尤为盛行,他们试图用一种更加学院化的训练方式来代替法律学徒制,并且在学院化训练中,谁要是掌握了拉丁术语,谁就能赢得更多声望。正是本着这种对罗马法的兴趣,邦联将军艾伯特·派克(Albert Pike)才会在内战期间抽空翻译了整部《罗马民法大全》(*Corpus Juris Civilis*),且视之为一种休闲方式。[42]

美国人还撰写了多部以古罗马为主题的流行戏剧。曾因其诗歌《家,甜蜜的家》(*Home, Sweet Home*)而闻名于世的约翰·霍华德·佩恩(John Howard Payne)还撰写了《布鲁图,或塔昆王朝的覆灭》(*Brutus, or The Fall of Tarquin*, 1818)。除此之外的著名戏剧还包括大卫·保罗·布朗(David Paul Brown)的《塞多留》

(*Sertorius*，1830)、查尔斯·贾里德·英格索尔(Charles Jared Ingersoll)的《尤里安》(*Julian*，1831)、乔纳斯·菲利普斯(Jonas B. Phillips)的《卡米拉斯》(*Camillus*，1833)、纳撒尼尔·班尼斯特(Nathaniel H. Bannister)的《高兰徒斯》(*Gaulantus*，1837)及路易莎·麦科德(Louisa McCord)的《盖约·格拉古》(*Caius Gracchus*，1851)。罗伯特·蒙哥马利·伯德(Robert Montgomery Bird)讲述古罗马角斗士斯巴达克斯(Spartacus)的作品《角斗士》(*The Gladiator*，1831)在舞台上演出超过 1000 次。[43]

古典学传承的典型案例：亚当斯家族

南北战争之前，教育系统对古典文学的重视，反映了多数父母的意志，他们在家中也注重强化古典文学的学习条件。约翰·亚当斯家族就是典型例证，该家族对古典文学的热爱与敬畏的代代传承，不只是通过学校，更是通过家族自身。约翰·亚当斯起初不乐意学，父亲就让他去挖沟渠，用这种方式逼着他回到拉丁语的学习中来。这位未来的总统从中习得了一个教训：掌握古典文学，就能够获得蒸蒸日上的光辉人生；如果不学习古典文学，便只能可怜巴巴地从事体力劳动。亚当斯后来写道："如果说我做出过什么成就的话，那都应归功于那两天在那个令人讨厌的沟渠里的劳动。"亚当斯成功地引导大儿子开启了古典作品的学习之路，到了 1785 年，当约翰·昆西·亚当斯进入哈佛大学时，他父亲得以如此夸耀他："像他拥有如此丰富知识的年轻人很少见。他已经翻译了维吉尔的《埃涅阿斯纪》，苏埃托尼乌斯(Suetonius)的著作，萨卢斯特的全部作品，塔西佗的《阿古利可拉传》《日耳曼尼亚志》及《编年史》中的好几卷，贺拉斯的大部分作品，奥维德的部分作品，恺撒的部分评论性文章等，此外还有西塞罗的多份演讲词……他在希腊语方面的成就无人能及。他对于亚里士多德的《诗学》（Poetics）、普鲁塔克的《名人传》（Lives）①、琉善的《对话录》（Dialogues）②、色诺芬的《赫拉克勒斯的抉择》等也有所涉猎，后来又阅读了几卷荷马的《伊利亚特》。"等到18世纪90年代，约翰·昆西·亚当斯除了喜欢阅读原文版的古典诗歌外，还喜欢看被翻译为各种现代欧洲语言的诗歌版本。在欧洲时，他与欧洲外交官争辩原著及各种译本的优缺点。1806年，担任美国参议员时，精力旺盛的约翰·昆西·亚当斯还是哈佛大学的一名修辞学教授，但父亲非常担心他的身体能否吃得消。约翰·亚当斯担心地写道："亚里士多德、狄奥尼西奥斯（Dionysius Halicarnassensis）、朗吉弩斯、昆体良（Quintilian）、狄摩西尼和西塞罗，再加上二十多位其他作家，就算你是一位见多识广的美国参议员，也不是那么容易阅读与学习的。"[44]

约翰·昆西·亚当斯对古典文学的笃爱却与日俱增。1809

---

① 原文如此。据译者查证资料，《名人传》的完整英文名为《希腊罗马名人传》（The Lives of the Noble Grecians and Romans），又称《对传》（Parallel Lives），简称《名人传》或《传记集》。——参考自1990年商务印书馆出版的《希腊罗马名人传》内容简介。

② 琉善（Lucian）：周作人曾翻译其作品（他照希腊语发音译为路吉阿诺斯），结集为《路吉阿诺斯对话集》出版；1991年，人民文学出版社以《卢奇安对话集》为题印行了这部译著；2003年，止庵根据译者手稿，把这部译著收入"苦雨斋译丛"，更名为《路吉阿诺斯对话集》，由中国对外翻译出版公司重新出版。

年,作为美国首任驻俄罗斯公使即将赴任之时,他随身携带着普鲁塔克的《名人传》,在前往圣彼得堡的轮船上再次阅读了其中有关来库古①和梭伦(Solon)的传记。他继续与欧洲外交官们探讨古典文学的德文、英文及西班牙文等译本的长处。1811 年,他阅读了柏拉图的对话录,将之与西塞罗的对话录进行了对比。他认为,《克里托篇》阐释了一种"崇高的德行";对于《苏格拉底的申辩》(*Apology of Socrates*),他这样讲道:"他温和的言谈举止、对原则的始终不渝、他的嬉笑怒骂、他意气风发而纯洁的学说,全都透着一股神性。"即便是在 1819 年积极投身到美国国务卿任上的事务中时,约翰·昆西·亚当斯仍然订购了西塞罗与塔西佗的作品。他在日记中这样写道:"对于我而言,每天抽两小时来阅读这些作家的作品实在是太奢侈了,但若手头没有西塞罗或塔西佗的书,无异于撕掉了我的一条臂膀,使我不得完整。"约翰·昆西·亚当斯称维吉尔的《农事诗》为"人类思想所能创造的最完美篇章"。他赞扬了其作品的"超凡脱俗性",认为部分段落带给人"20 世纪②最特别的喜悦",能"使人始终沐浴着和谐氛围,感受到心灵的美好"。45

担任总统期间,约翰·昆西·亚当斯经常引经据典。1825年,他引用了贺拉斯的劝诫,并亲自将之从拉丁语翻译为英文:"管好你的灵魂,就必须钳制住你的灵魂,否则你的灵魂必将控制你。用缰绳牵绊住你骄傲的灵魂,用铁索将它牢牢地拴紧。"第二年,他在航行时又想起了贺拉斯的一首颂诗。1827 年,他将塔西佗的原

---

① 来库古(Lycurgus),又译吕库古、莱克格斯。
② 此处存疑。疑为 19 世纪。

著与两个译本进行了对比,最后总结道:"不经过一定的委婉陈述与意译,便无法传递塔西佗的意义,而那样一来,又必然会丧失文字的简洁性。"他讲到,塔西佗的作品"总是充满教益,富有魅力"。第二年,约翰·昆西·亚当斯在连任竞选期间,又在自己的日记中写道:"美国银行总裁尼古拉斯·比德尔(Nicholas Biddle)先生与匹兹堡的弟弟理查德通电话时讨论到一个问题,即'Video meliora proboque, deteriora sequor'这句话到底是贺拉斯讲的,还是奥维德说的。我是从贺拉斯作品中看到这句话的,这位银行总裁也是,爱德华·埃弗里特先生同样如此。现在,他们都已查明,这句话就是出自《变形记》第 7 册第 20—21 行——是美狄亚的演讲。"当儿子查尔斯·弗朗西斯·亚当斯批评西塞罗写给古罗马前三头同盟时期(First Triumvirate)罗马行为的辩护者伦图卢斯(Lentulus)的信中固有的道德原则时,约翰·昆西·亚当斯立即阅读了"这封极度有趣的长信",并将之与两种不同的翻译版本进行了比较。最后,他指出,西塞罗的行为"无可指摘",并且"这些研究融入了那个时代所有的从容淡定"。约翰·昆西·亚当斯摆放在其白宫办公室壁炉台上的六尊青铜半身像就分别是西塞罗、狄摩西尼、荷马、柏拉图、苏格拉底和维吉尔。[46]

无论约翰·昆西·亚当斯的古典文学阅读是否妨碍了他的连任竞选,可以肯定的是,竞选失败使他有了更充裕的时间来研究古典文学。约翰·昆西·亚当斯认为,安德鲁·杰克逊(Andrew Jackson)的当选预示着美国共和制的衰退,他立即开始阅读西塞罗针对马克·安东尼(Mark Antony)的《反腓力辞》(*Philippics*),普鲁塔克撰写的西塞罗、安东尼及布鲁图的生平,以及有关罗马共和国衰落的所有大事年表。他宣称,《反腓力辞》第11篇的"细腻情感"中有这样的话:"聪明人有责任预先考虑到自己身上可能发生的一切,并且坚定地承担它。预防事件发生需要更多智慧,而事件发生后的担当则需要更多的勇气。"他写道:"眼瞅着西塞罗费尽口舌才争取来的共和制权利,被屋大维(Octavius)这样不成熟的男人及安东尼等浪荡之人出卖,真是令人痛心。"虽然这位美国前总统认为《反腓力辞》中的许多内容无论从"形式还是主题"来看都"千篇一律",但他认为"这些言辞中所包含的高尚情感使其永葆生命力"。他甚至还拜读过西塞罗备受嘲弄的诗歌,进而实现了"阅读西塞罗所有现存作品"的目标。他写道:"十个月来,我平均每天花两小时来阅读他的作品,这不禁让我产生了一种渴望,即花至少同样多的时间,甚至更多的时间来更深刻地研究他。"他后悔自己年轻时没能更透彻地研究西塞罗:"假如四十年前,我能坚持不懈、毫不间断地花上一整年时间来研究原版的西塞罗作品,我的时间就不会被这么浪费掉,那么我的生命对于我的国家及同胞或许会更加有用。"他认为西塞罗是"时代洪流中最高贵的灵魂"。约翰·昆西·亚当斯的妻子路易莎辛酸地表示,西塞罗才是他的"挚爱"。[47]

越是在这样的艰难时刻,古典文学对约翰·昆西·亚当斯而言越发重要,成为一股强有力的安慰剂。二十多年前,他曾在《修辞与雄辩术讲稿》(*Lectures on Rhetoric and Oratory*)中强调过古典文学的这一效用:"无论在我生命中的哪个时刻,对文学作品的热爱都不曾成为我的负担,也从不失为一笔宝贵的财富……在与古代圣贤进行对话的过程中,你丝毫不会感到痛苦,而依赖今天的强权者,却会令你感觉非常难堪;假使在你与世界的斗争中出现危机,甚至当友谊也理所当然地离你而去,当你的国家打算自我放弃或弃你于不顾,当祭司与利未人也选择了袖手旁观或坐视不管时,亲爱的朋友,找个避风港吧,你一定能在莱利乌斯(Laelius)与大西庇阿(Scipio)的友谊及西塞罗、狄摩西尼、伯克(Burke)的爱国主义中有所发现。"拉尔夫·沃尔多·爱默生显然需要寻找自己的安慰剂,在南北战争的头一年,他便将这段话摘抄进了自己的日记中。[48]

退休之后,约翰·昆西·亚当斯也花了大量时间来研究拉丁诗歌。在骑车或步行时,他会琢磨贺拉斯的颂歌该如何翻译,不过他叹息"根本没办法把拉丁语里单个词语的意思浓缩为一个英文单词"。他当前的生活"比以往的日子要快乐得多"。将贺拉斯与品达(Pindar)、阿那克里翁(Anacreon)及包括赞美诗作家等其他杰出诗人进行比较研究后,约翰·昆西·亚当斯写道:"贺拉斯的颂诗有哪些重要特征呢?一、统一性,某个重要理念贯穿于整篇诗歌;二、丰富的想象空间;三、风景式的自然描绘;四、崇高庄重的情感;五、简洁精炼的至理名言;六、和谐优美的韵律。"谈到贺拉斯写给洛利乌斯(Lollius)的颂诗时,约翰·昆西·亚当斯欢欣地写道:"这是对朋友多么崇高的赞美啊!他多么清楚自己那卓绝的能力!多么令人赞叹的诗性天赋!但令人悲哀的是,他的所有赞美却给了一个根本不值得的人!"赞扬了奥维德在《变形记》中对猎鹿活动的描绘后,约翰·昆西·亚当斯写道:"译者(指约瑟夫·艾迪生[Joseph Addison])要是没有把它翻译成英文诗的能耐,就不应该斗胆去碰奥维德的《变形记》。"[49]

约翰·昆西·亚当斯依旧热爱并继续引用普鲁塔克的作品。

1838年，他参加了马萨诸塞州普利茅斯公立学校促进协会的会议。这次会议在一个新教圣公会教堂里举行，约翰·昆西·亚当斯在此聆听了教育部长霍勒斯·曼关于创建教师培训机构的倡议。当约翰·昆西·亚当斯在毫无预兆的情况下被要求说几句时，他的意识一下子蒙了，直到他想起普鲁塔克讲的某个斯巴达传统节日。那一回，由老人们组成的唱诗队唱道"我们曾经是英勇的青年"，年轻人组成的唱诗队唱着"但我们现在就是英勇的青年，不妨现在就来考验一下"，而男孩们组成的唱诗队则唱道"但我们会变得更加强大"。约翰·昆西·亚当斯引用这一典故告诉人们，长者现在或许非常强大，声称"我们老于世故，我们英勇无畏"，青年代表会说"你们的强大属于过去，而我们代表的是当下"，而男孩们则会说"从今往后，我们会响应祖国的号召，我们必将超越你们"。约翰·昆西·亚当斯在日记中写道："我讲完之后，台下欢声雷动，听众中爆发出雷鸣般的掌声，我回到原来的座位，坐在我旁边的丹尼尔·韦伯斯特说：'普鲁塔克的话被你派上了大用场。'"第二年，约翰·昆西·亚当斯再次阅读普鲁塔克的文章《论天道正义的延迟》(On the Delay of Divine Justice)时，这样记道："这篇文章实在太让我着迷了，直到太阳落山，我才发现自己除了看书之外什么都没干。"对于自己不拘一格地阅读古典文学作品，他总结道："我把自己比作一只蜂鸟，8月份回来看我的木槿树，此时花儿已经全部盛开，我嗡嗡嗡地盘旋于花瓣之间，不曾停留于任何一处，用一根长长的针状喙，从每个花瓣的底部吸取液体状的花蜜。"[50]

后来，约翰·昆西·亚当斯再次回归政坛，出任普利茅斯的国会代表。有人认为，这一职位对于约翰·昆西·亚当斯这位曾担任过美国总统的人来讲有辱人格。但约翰·昆西·亚当斯引用西塞罗的话说:"我可不会在年纪大了就遗弃自己年轻时保卫过的共和国。"康涅狄格州梅里登(Meriden)的一位制造商对约翰·昆西·亚当斯肯为提交给国会的反对奴隶制请愿书进行辩护甚为感动,也感谢他在法庭上为那些逃到"阿米斯特德号"(Amistad)上的奴隶进行的辩护,送给他一根一码长的象牙手杖,手杖顶端用银和钢包裹着,上面还刻着一只金鹰和一枚戒指,戒指上题写了一行贺拉斯的文字,约翰·昆西·亚当斯将之翻译为"公正而坚韧的人"。约翰·昆西·亚当斯对此非常感激,但他决意要像西塞罗一般正直,他回复称,按照政策规定,他不能接受这些礼物。讽刺的是,西塞罗本人,同绝大多数罗马律师一样,严格说来,是没有工资的,因而对于接受礼物,甚至大笔遗产,都是鲜有愧疚之情的。[51]

同自己的父亲一样,约翰·昆西·亚当斯也对儿子进行了古典文学方面的训练。1812年,他开始督促11岁的大儿子乔治·华盛顿·亚当斯(George Washington Adams)学习古典文学,他所使用的方法与自己父亲当年的手段出奇地相似。他要求儿子学习希腊语和拉丁语,"直到你能正确地书写这两种语言,阅读荷马、狄摩西尼、修昔底德、卢克莱修、贺拉斯、李维、塔西佗的作品,以及西塞罗的所有作品,并且几乎要读得非常轻松愉悦,仿佛这些作品是用英文写的"(原文中有强调)。约翰·昆西·亚当斯还说,乔治研究这些天才人物,不应只是为了"虚荣",而应为了"智慧"。约翰·昆西·亚当斯希望听到儿子称赞自己是位优秀的拉丁语学者,并且"不久之后你还将成为一名优秀的希腊语学者"。1824年,竞选美国总统期间,约翰·昆西·亚当斯为自己的三个儿子改写了"毕达哥拉斯金句"中的这几句话：

> 一天行将结束之时，请不要闭上你的眼睑；
> 仔细回顾这一天，你能否问问自己：
> "自日头升起，我可曾行了哪些善，做了哪些恶？"
> 透过可靠的事实之镜，仔细地审视你自己。
> 如果你对不诚实的自欺欺人不屑一顾，
> 她庄严而责备的声音就会扬起。
> 你要用强烈的忏悔，在神的帮助下，
> 去挽回每个错误，避免再次出错。
> 在这位忠实卫士的监督下，
> 你的所有行为一直以来都是公平公正的；
> 庆幸吧，但愿你保持真诚的灵魂，
> 锲而不舍地坚守善良的品性。

乔治当选进入马萨诸塞州立法机关后，约翰·昆西·亚当斯建议他阅读普鲁塔克的作品，发挥"斯多葛学派的所有美德——谨慎、节制、坚韧、公正"。担任美国总统期间，他督促儿子查尔斯·弗朗西斯研读小普林尼（Pliny the Younger）等人的书信，阅读西塞罗的作品，从阅读《论义务》（*On Duties*）开始，将之当作一套道德系统、文学创作及自传作品来好好研究。事实上，约翰·昆西·亚当斯可能已经察觉自己写给查尔斯·弗朗西斯的建议信遵循的正是《论义务》的传统，后者是西塞罗写给自己的儿子马库斯（Marcus）的。他还在几封书信中附上探讨西塞罗演讲稿的短文，作为对儿子所受正规教育的补充。他立下遗嘱,将自己最喜爱的艺术品、有关古典人物的绘画与半身塑像赠送给查尔斯·弗朗西斯;在他离任总统之后的一段时间内,查尔斯为他保守着这些物品。1832年,约翰·昆西·亚当斯写信给查尔斯·弗朗西斯:"在你拿到的我的所有绘画作品中,西塞罗在别墅的那张最令我心动;其次是我那六尊小的青铜半身像,其中包括两位哲学家、两名演说家和两位诗人,它们最合我心意。我无意出言冒犯,但是在我看来,这些都属于镇宅之宝。过去四年,这些东西没有放在我的壁炉台上,但我希望明年春天再把它们放回去,到了合适的时候,我会再把这些东西传到你们的手上。"[52]

在给儿子们营造充分的古典文献学习环境方面,约翰·昆西·亚当斯至少还有两位能干的帮手。1813年,约翰·亚当斯将菲利普·布伦克(Philippe Brunck)编写的希腊格言合集《道德的产生》(*Ethike Poiesis*)的一份复印件送给当时正准备考哈佛大学的孙子乔治。三年之后,81岁的约翰·亚当斯从泰伦提乌斯的六份现存戏剧中节选了约140个段落,送给自己的孙子。更棒的是,约翰·昆西·亚当斯还得到了聪明而有教养的妻子的协助。1819年,约翰·昆西·亚当斯在日记中写道:"我妻子翻译了柏拉图《亚西比德》前篇和后篇……她这么做是为了儿子,我今天早上刚刚对这些翻译进行了修订,改动之处非常少。我自己是在1784年17岁的时候在欧特伊(Auteuil)阅读了《亚西比德前篇》。"他回忆称,他从这部作品中发现,要成为政府公务员需要充分的准备工作,并且灵魂比体格更重要;他被"自己言语中极力主张的纯粹而光荣的道德情操"深深感动。他补充道:"我希望儿子们能像我一样,读一读《亚西比德前篇》，并且好好地去体会。"[53]

约翰·昆西·亚当斯与他的帮手们成功地将对古典文学的热爱传递给了查尔斯·弗朗西斯。早在1820年，查尔斯·弗朗西斯就开始阅读西塞罗针对喀提林的演讲，以及维吉尔与色诺芬的作品。三年后，哈佛大学校长托马斯·柯克兰（Thomas Kirkland）称查尔斯·弗朗西斯为"拉丁语的熟练掌握者"。1824年，查尔斯·弗朗西斯阅读了荷马、萨福（Sappho）及塔西佗的作品。谈到塔西佗，他这样写道："我选择了阿古利可拉的生平作为下一次假期的翻译训练内容，后来读到这本著作时，我感到非常高兴。"查尔斯·弗朗西斯在哈佛读书期间，参加了一个名为"学园俱乐部"的社团，社团里的学生常常饮酒打牌，而查尔斯却趁着活动间隙翻译《阿古利可拉传》作为消遣。他在日记中写道："在父亲的图书室里翻阅这本书时，我看到父亲的一个标签，标签上是他四十年前记录下的阅读进度。于是我决定继续这一事业，截至目前，我已经翻译了其中的三个部分。"随后，他又阅读了威廉·米特福德（William Mitford）的《希腊史》（History of Greece），他还为此翻阅了好几部有关普鲁塔克生平的著作。1825年秋季，查尔斯·弗朗西斯几乎每天都要阅读贺拉斯的作品，到了1827年春天，他又开始阅读塔西佗的著作。第二年，听到父亲要求他阅读西塞罗的作品后，查尔斯·弗朗西斯回复称，这位罗马人的性格"不够坚定"，他情愿阅读小加图（Cato the Younger）的作品；他的回答让父亲非常满意，因为父亲知道儿子对古典文献已经了解得相当深刻，可以与自己辩论古典人物的德行了。不过，查尔斯·弗朗西斯接下来还是开始阅读西塞罗的演讲词。此外，他还阅读了孔韦尔斯·米德尔顿

(Conyers Middleton)撰写的《马库斯·图利乌斯·西塞罗的生平》(*Life of Marcus Tullius Cicero*)及柏拉图的各种对话录。他总结称,西塞罗的《为罗西乌斯进行辩护》(*Oration for Roscius*)"是我所读过的最大胆、最有说服力的雄辩之辞"。约翰·昆西·亚当斯在信中告诉儿子:"你的信件正成为我生活中不可或缺的组成部分。自开始与你通信以来的这七年间,我阅读了大量古典书籍。甚至可以说,从来没有哪个七年能让我感受到如此奢侈的愉悦。"[54]

由此可见,几十年来,查尔斯·弗朗西斯已将大量阅读(或反复阅读)各类古典文学作品作为自己日常生活的一部分,无论是原著还是译著。他的阅读书目包括埃斯基涅斯(Aeschines)、埃斯库罗斯、阿里斯托芬、亚里士多德、狄摩西尼、欧里庇得斯、希罗多德、荷马、贺拉斯、李维、卢坎(Lucan)、卢克莱修、马提雅尔(Martial)、柏拉图、小普林尼、普鲁塔克、昆体良、塞涅卡(Seneca)、索福克勒斯、苏埃托尼乌斯、塔西佗、修昔底德和维吉尔的作品。1836年,查尔斯·弗朗西斯写道:"日常生活中的任何一个方面所带给我的愉悦,都不及花在阅读古典文学作品上的那片刻时间。"第二年,他又写道:"我尤其喜欢希腊语,我要让自己更加熟练地掌握希腊语……进入一个安静的与世隔绝的地方,享受古风与美景,令人耳目一新。我享受这种感觉,它可以让我抛开一切公务与私事,得到彻底的放松。"1839年,他写道:"研究古典文学好似饮酒,给人以刺激和愉悦。"他在日记中讲到了种类繁多的古典文学作品,这些极其详尽而有洞见的日记表明,他所提及的每部古典文学作品都是经他仔细阅读过,并且深刻思考过的。[55]

19世纪50年代,查尔斯·弗朗西斯显示出自己已经掌握了古今类比的艺术,这一点对于政治家的成功大有裨益。在编辑祖父的文章时,他用了约翰·亚当斯和托马斯·杰斐逊都非常喜欢的经典类比来告慰祖先。发现这两位美国革命中的伟人逝世于同一天,即 1826 年 7 月 4 日,也即《独立宣言》签署 50 周年纪念日时,查尔斯·弗朗西斯根据希罗多德的《历史》(*Histories*,I. 30 - 31),将该事件联想到梭伦前往小亚细亚富裕古国吕底亚(Lydia)的旅程。吕底亚的君主克罗伊斯(Croesus)在向梭伦展示了自己的巨大财富后,问这位精明的雅典人:"你认为,在你见过的所有人中,谁是最有福气的?"这位国王当然是期望梭伦说"克罗伊斯"了,但梭伦讲到了两兄弟的名字,即"克勒奥庇斯和庇同(Cleobis & Biton),他们有一次曾经自己拉车,驮着母亲来到朱诺①神庙。接着,做完祭祀与宴饮之后,兄弟俩前去休息,再也没有醒来。他们被视为至孝之人"。最后,查尔斯·弗朗西斯这样提及亚当斯和杰斐逊:"这两人的一生更称得上有福气,他们不顾人们的强烈反对,拖着自己的乳母,到达自由的神殿;为了她的福祉,在经历长时间的辛劳与奉献之后,长眠于更崇高的殿堂。"[56]

其他家族

亚当斯家族的确取得了不俗的成就,但他们对于古典文学的

---

① 朱诺(Juno),罗马神话中的天后,婚姻和母性之神,罗马十二主神之一;朱庇特之妻,集美貌、温柔、慈爱于一身;被罗马人称为"带领孩子看到光明的神祇";对应希腊神话中的赫拉(Hera)。

虔诚却非绝无仅有。南北战争之前,美国各个党派及部分的领袖,同他们的父辈一样,笃信古典文学对于道德教育与政治教育至关重要,因而都敦促年轻人奋发读书,研读古典文学。1836年,在谈到一位渴望学习法律的年轻朋友时,约翰·卡尔霍恩向托马斯·约翰逊(Thomas J. Johnson)提议道:"说到历史,他当然应当先研究古代文豪们的作品,然后再看吉本(Gibbon)写的《罗马帝国衰亡史》。"1847年,卡尔霍恩颇感欣慰地告诉自己的孙子詹姆斯·爱德华(James Edward),另一个孙子威廉终于克服了最初学习拉丁语时的艰难,现在已经获得了一定的造诣。卡尔霍恩解释称:"我每天晚上都要与他一起温习功课。"卡尔霍恩发现这一做法还可以帮助自己重温拉丁语,他督促詹姆斯·爱德华:"你一定要写信鼓励他。这么做很有好处。"卡尔霍恩还写信给自己的女儿安娜说,他对威廉的进步非常"满意"。在第二年写给詹姆斯·爱德华的另一封信中讲到威廉时,他的语气明显显得很轻松,"他似乎已经完全不再讨厌拉丁语和希腊语"。卡尔霍恩又顺带提醒:"希望你偶尔给他写写信,鼓励鼓励他。"同样,密西西比州的种植园主弗朗西斯·利克(Francis Leak)也这样敦促自己的儿子——就读于北卡罗来纳大学的约翰:"你要熟悉美国、英国、希腊与罗马的历史,这些知识是每个美国人都应当具备的。"[57]

拉尔夫·沃尔多·爱默生确保自己的儿子、女儿和侄子都像自己当年一样,享受到古典学教育的好处。1836年,他在日记中讲起自己的一个儿子:"我和沃尔多(Waldo)正好有机会拜读了《伊莱克特拉》(Electra)。我觉得这本书非常有趣,看得出古希腊人简朴的风格。我没有感到不舒服,反而从研究这些崇高而遥远的著作中感受到了一种贵族般的愉悦。你仿佛远离了那个嘈杂而乌烟瘴气的凡人世界……我和沃尔多读完《伊莱克特拉》后,他对这位希腊悲剧女神不加修饰的美深深着迷。你难道不觉得其甚至比莎士比亚戏剧更逼真、更形象吗?"他送给自己的侄子小威廉(William Jr.)一卷欧里庇得斯的作品。他鼓励女儿埃伦(Ellen)学习拉丁文法,阅读维吉尔和普鲁塔克的著作。在圣路易斯做讲座时,他写信给自己的妻子:"告诉亲爱的孩子们,爸爸认为自己不会再离开了,并且爱德华①肯定会竭尽全力成为最好的拉丁文学者。"58

就连那些没有接受过古典学教育的人,或者缺乏希腊语及拉丁语天赋的人,往往也会敦促其他人去接受古典学教育。亨利·克莱(Henry Clay)从未学习过古典语言,但他在16岁至21岁担任乔治·威思的秘书期间,受到了古典文学的影响。威思当时是弗吉尼亚衡平法院的法官,他还是《独立宣言》的签署者之一,是托马斯·杰斐逊、约翰·马歇尔(John Marshall)和詹姆斯·门罗(James Monroe)的导师。作为美国古典文学研究领域的一位大师,威思常常在自己的信件中引用希腊语和拉丁语中的至理名言,并且引经据典,述及古代知识。正如历史学家伯纳德·梅奥(Bernard Mayo)所言:"这位德高望重的法官在解释某些文学典故时,常常令那些资历略浅的年轻人折服;他会指出某部作品的优缺点;他用希腊语高声诵读荷马作品,令人们着迷;他会谈论经典的雄辩家们,对亨利进行启蒙;他会将历史学家修昔底德与希罗多德

---

① 爱德华:爱默生的儿子。

进行对比,也会比较戏剧作家索福克勒斯和欧里庇得斯的作品……他喜欢用古典文献中的故事来类比弗吉尼亚诉讼当事人正在经历的苦难。"威思督促克莱充分利用自己广博的图书资源,博览群书,仔细阅读,而不只是简单浏览;他的书目中也包括荷马著作与普鲁塔克《名人传》的译作。克莱牢记威思的教诲,在写给儿子与亲戚的信件中说:"我相信,你们一定能重新学会那些已快绝迹的语言。我不懂这些语言,也没有感受过懂得这些知识的好处;但我发现,那些懂得这些语言的人的确从中发现了生活的智慧,只是有时这种领悟来得会比较晚一些。"[59]

美国社会中的古典学

美国社会一方面反映了古典学的产生条件,同时也为古典学的训练创造了条件。随着越来越多的美国人在家中和学校学习古典文学,对古典文学的崇尚气氛日益浓厚;这种氛围难免渗透到了美国社会的其余角落,反过来,又强化了古典学的氛围。

我们可以从美国各个州的小镇、城市、船只,甚至人名的命名方面发现美国再创古典文明这一主张的蛛丝马迹。其中,使用最多的城镇名称有:雅典、斯巴达、罗马、特洛伊、迦太基(Carthage)及阿卡迪亚(Arcadia),除此之外,还有科林斯(Corinth)、伊萨卡(Ithaca)、尤蒂卡(Utica)、科孚(Corfu)、拉科尼亚(Laconia)、马塞勒斯(Marcellus)、奥维德、潘多拉(Pandora)、荷马、欧几里得、塞涅卡、维吉尔、奥罗拉(Aurora)、米纳瓦(Minerva)、尼普顿、阿特拉斯(Atlas)、奥赖恩(Orion)、安提奎迪(Antiquity)、伊利森(Elysian

Fields)、尤里卡(Eureka)、米拉比莱(Mirabile)、菲利皮(Philippi)、冥河(River Styx)等。其中,冥河是俄亥俄州某小镇的名称,俄亥俄州共有 35 个以古典名称命名的城镇,是美国西北地区以古典名称命名城市最多的州。锡拉丘兹①被选作纽约某镇的名称,正是因为这个小镇类似于古希腊在西西里岛建立的殖民地,建立在一个沼泽地与地下泉附近。就连那些没有使用古典名称来命名的城市,往往也会通过采用"美国的雅典"(波士顿与查尔斯顿)或"西方的雅典"(肯塔基州列克星敦)等头衔作为弥补。与之形成鲜明对比的是,谦逊的北卡罗来纳人对于本州得名"美国的底比斯"感到非常满意。(不出意外的话,这与南卡罗来纳人的意见是一致的,后者不屑地称北卡罗来纳州为"现代维奥蒂亚[Boeotia]"。维奥蒂亚是指底比斯人领导下的雅典北部的一片区域,因为地处偏僻且未开化而常常遭到雅典喜剧作家们的揶揄。)停靠在这些海岸城市码头上的船只通常被命名为"赫克托耳号"(Hector)、"贺拉斯号"、"维纳斯号"、"列奥尼达号"(Leonidas)及"斯巴达号"等。父母给孩子取名,也喜欢用克劳迪娅(Claudia)、科尔内利娅、汉尼巴尔(Hannibal)、荷马、贺拉斯、卢修斯(Lucius)、维吉尔等,以及邦联后来了解到的尤利西斯②。主人们依旧给奴隶们起一些古典名字,当然,没有人会叫他们斯巴达克思。就连美洲原住民有时也会陷入对古典文学的狂热追求中,比如,佩诺布斯科特(Penobscot)部落的领袖称自己

---

① 锡拉丘兹(Syracuse),为现代译名,又译锡拉库萨;作为古希腊地名时,译作叙拉古。
② 尤利西斯(Ulysses),又译俄底修斯,是罗马神话中的英雄,对应希腊神话中的奥德修斯(Odysseus),其英雄壮举在荷马史诗中有详细描述。

为"尼普顿",而一位切罗基(Cherokee)头目起名为"罗马鼻"①。[60]

一些城市常常宣称拥有名为"雅典娜神庙"的图书馆或学者俱乐部,里面放置着许多古典风格的人物半身像、绘画作品以及各类书籍。1822年,年轻的拉尔夫·沃尔多·爱默生欣赏完新波士顿图书馆里的雕塑之后表示:"这些雕像吸引了来自四面八方的目光,带给他们单调沉闷的读与写之外的快乐。"他补充道:"观者能立即感受到行家的思想正在向自己袭来,在他还未来得及将这种影响驱散之前,他已经想到了以前学习过的拉丁语及意大利语知识。在这些盯着艺术品观看的人群中,你或许会看见某位学者正拼命地想要展现自己与这些趾高气扬的陌生人的熟识,显示他对那些盯着艺术品看了又看,却永远成不了智者的'卑微的平民'的鄙视。"三十年后,当女儿埃伦在图书馆里看到哈丽雅特·霍斯默(Harriet Hosmer)创作的美杜莎(Medusa)半身像时,不禁吹捧道:"我高兴得要疯了。难以想象,当哈丽雅特·霍斯默创作完成美杜莎的塑像,将那么美好的理念转变为现实时,是怎么压抑自己的兴奋之情的。这样姣好的面孔,这样妥帖的摆姿,如此精致的表情!"[61]

就连一些边陲小镇也加入了19世纪30年代由乔赛亚·霍尔布鲁克(Josiah Holbrook)创立的美国国家学园或其他一些学园。这些巡回讲座以亚里士多德在雅典创立的知名学校来命名,拥有各类政界、学界及艺术界的领袖。这些学园所开办的讲座通常能吸引来大量渴求知识与消遣的公众。主讲人经常谈论各类古典话

---

① 罗马鼻(Roman Nose):高鼻梁鹰钩鼻。

题,哪怕是在讨论现代问题时,也会引用古典文学内容。[62]

此类讲座有时会催生一些读书会。南北战争之前,美国最畅销的书籍当数爱德华·布尔沃-利顿(Edward Bulwer-Lytton)的历史小说《庞贝城的末日》(*The Last Days of Pompeii*,1834)、查尔斯·安东的涵盖范围极广的书籍《希腊罗马文物手册》(*A Manual of Greek and Roman Antiquities*,1851－1852,2卷本)、塞缪尔·埃利奥特(Samuel Eliot)编写的古典味道浓重的《自由史》(*History of Liberty*,1853,4卷本)及托马斯·布尔芬奇(Thomas Bulfinch)的《寓言时代》(*The Age of Fable*,1855)。[63]

其中,《寓言时代》是一部总览性的希腊罗马神话集,主要收录了奥维德、荷马、维吉尔及索福克勒斯的作品。作为一名业余时间从事写作的银行职员,布尔芬奇在该书的献词中这样写道:"致亨利·沃兹沃思·朗费罗(Henry Wadsworth Longfellow)等知名或不知名的诗人,他们为普及神话、扩展精致文学的受众面而做的努力,是值得铭记的。"布尔芬奇在前言中写道:

> 本书不是给那些饱读诗书的神学家或哲学家看的,而是写给英语文学的读者阅读的,无论其是男性还是女性,只要他/她想要去领悟那些经常被演讲家、讲座主讲人、评论家、诗人及参与到政治对话中的人所引用的典故。我们相信,年轻的读者会发现本书能给他们带来愉悦,高级的读者会觉得找到了一个有用的阅读伴侣,游览博物馆及艺术馆的人会认为本书能阐释许多绘画与雕塑作品的意义,而高雅社交圈里的读者则会发现本书是揭开某些偶尔被提及的典故奥秘的钥

匙。最后,那些在停止从事文学创作后领悟了高级生活乐趣的人,仿佛从这本书中看到了自己的童年时代,重新焕发了最初的活力。

事实上,布尔芬奇并不满足于仅仅讲述希腊神话中的故事,他还经常引用大家熟悉的、现代欧洲与美国诗人作品中提及的某些神话人物,以及基于神话传说的现代艺术作品。作为一名称职的拉丁语学者,布尔芬奇曾在波士顿拉丁语学校短期任教过;他非常熟悉奥维德,成功地领会了他的愉悦与魅力。这卷书被众人称作"布尔芬奇神话",成为美国出版过的最畅销书籍之一,近一个世纪的时间里被当作古典神话的权威著作,直到伊迪丝·汉密尔顿(Edith Hamilton)的《希腊神话》(Greek Mythology)于 1942 年出版。[64]

新古典主义结构为众多美国城镇增添了一丝优雅。南北战争之前的建筑多以托马斯·杰斐逊、本杰明·拉特罗布(Benjamin Latrobe)等 18 世纪至 19 世纪初的建筑师奠定的新古典主义结构为基础。1825 年弗吉尼亚代表大会上,后来担任美国总统的约翰·泰勒的致辞反映了人们当时的普遍认识。他宣称,弗吉尼亚大学的杰斐逊式"漂亮建筑","仿佛给建筑披上了令人赏心悦目的外衣,再现了希腊与意大利的辉煌"。但是,同杰斐逊不同的是,南北战争之前的建筑师们更喜爱的是希腊建筑,而非罗马建筑。首位美国本土出生的专业建筑师罗伯特·米尔斯(Robert Mills)曾这样写到希腊复兴式建筑风格:"所幸不论是出于经济原因还是品位考虑,这种建筑风格早早地被介绍到了美国;这种风格非常契合我们的政治体制与经济特征。从杰斐逊先生的建筑观来看,他就是一位罗马人……只有通过像拉特罗布先生这样具有天赋与优越品位的人,才能够引入一种更好的建筑风格来取代它。我们国民具有良好的鉴赏力,看问题不偏不倚,只需要有几个希腊风格的公共建筑样例就可以让他们明白;而且这种风格的简朴性导致其容易被应用到我们的私人住所中。"罗伯特·米尔斯设计的美国财政大厦拥有几根纤细的爱奥尼式立柱,就是仿照雅典卫城厄瑞克透斯(Erechtheum)神庙中的立柱而设计的;他最初设计的华盛顿纪念碑则以一个方尖碑为核心,围绕其底座放置了一圈多立克式柱。等到1860年,他的家乡查尔斯顿的许多广场上已经竖起了成千上万根希腊式立柱。查尔斯顿的第一座多立克式庙宇,是1839年以雅典的赫菲斯托斯神庙(Hephaesteum)为基础建造的贝丝·耶洛因(Beth Elohim)犹太教会堂。詹姆斯·弗尼莫尔·库珀撰写的《重归故里》(*Home as Found*,1838)中有一位人物这样写道:"如今,几乎所有的古希腊式校园里都普遍地弥漫着对过去的眷恋。我们在自己的教堂、银行、旅店、法院及住所建起了小寺庙。""还有我们的酿酒厂。"他又补充说。亚伯拉罕·林肯虽然算不上古典学者,但就连他也按照大家公认为简洁、朴素、庄重且民主的希腊复兴风格给自己的房屋加上了配房。此类房屋在美国西北地区非常普遍,通常都是由当地承包商根据阿舍·本杰明(Asher Benjamin)在新英格兰发行的操作手册来建造的。有时,雕刻工作在东部完成,这些柱子再通过货运船,穿越五大湖区(the Great Lakes)从布法罗(Buffalo)运输过来。[65]

深信"世间有两大真理:《圣经》与希腊建筑"的尼古拉斯·比

德尔是希腊复兴建筑风格的最早倡导者之一。比德尔在普林斯顿大学求学期间便已经倾心于希腊,成为 1806 年最早来到希腊旅行的美国人之一。1819 年,美国第二银行在费城兴建时,作为行长的比德尔设法让该建筑反映出他对多立克风格的偏爱。建筑师威廉·斯特里克兰(William Strickland)在门廊前端放置了八根立柱,这一数字同样具有非同寻常的意义,与帕特农神庙相同位置的立柱数目相同。整个美国的银行如法炮制,尽管寒冷的气候往往使他们不得不在希腊式的平坦屋顶上穿一个烟囱出来。1833—1834 年,比德尔还委派托马斯·沃尔特(Thomas U. Walter)给自己家的房子加上希腊式柱廊,还建造了一个图书室来存放他收藏的古典雕塑,并在牢固的书架顶端装饰上希腊式山形墙。19 世纪 50 年代,沃尔特又在美国国会大厦原先的新古典主义设计风格基础上,设计出了现在的两翼与圆顶。[66]

整个美国,从加拿大边界到墨西哥湾,从大西洋到太平洋,州议会大厦、政府官员宅第、法院、海关、高校、银行、宾馆、私人住宅,甚至教堂、犹太集会地、监狱等都以新古典主义形式建造。就连一些小村庄通常也都有按照希腊复兴样式建造的法院,这些建筑通常矗立于城镇广场处,位置非常突出,成为市民骄傲的象征。如果哪个州或村镇少了可与四邻媲美的古典风格建筑,都会感觉到十分难堪。这还不仅仅是装点门面的问题:流行杂志上刊载着大量文章,对各个新古典主义建筑的结构细节有着非常具体详尽的批判性分析。爱德华·布里克尔·怀特(Edward Brickell White)设计的查尔斯顿第二浸信会教堂(Second Baptist Church of Charleston)于 1842 年竣工时,一篇化名为《卡尔文》(*Calvin*)的批评文章声称,这座建筑并未按照其所仿照的赫菲斯托斯神庙来建造，柱廊下的边门放在了立柱后面，而非立柱之间；批评文章一刊出，怀特马上回应称，门的位置是由建造委员会确定的，而非由设计师所设计。正如建筑历史学家塔尔博特·哈姆林（Talbot Hamlin）所讲的："突然之间，希腊文化与罗马文化仿佛成了一切自由、精致与周到的象征，尤其是人类生活中各种美好事物的象征。"[67]

就连美国中产阶级家庭的私人住宅也常常装饰着象征古典主义的物品，比如小型塑像、半身像、骨灰瓮等，并以此作为自身品位与文化的象征。人们使用的餐桌、壁炉架、茶壶、陶壶、水罐、骨灰瓮、烛台，甚至炉子上都大量装饰着女像柱、丘比特画像、狮身鹫首的怪兽、卷形花纹、柱子、象征丰饶的羊角、花环、萨梯面具、里拉琴、葡萄藤及其他古典主义基本图案。讽刺的是，这些大批量生产出来的物品至少部分程度上是旨在表明他们对现代商业价值的否定，以及对古典主义简洁、朴素与美德的肯定。希腊风格的装饰图案，既被大面积地运用于建筑物的正面，也被小范围地用在窗户、檐口、壁炉等位置，但无论用于何处，始终坚持着非常高的工艺水准。正如历史学家理查德·布什曼（Richard L. Bushman）所写的："18 世纪时只属于受过教育的精英阶层的文化元素，到了 1840 年已成为全国性的基本行文词汇。"[68]

尽管希腊复兴风格的建筑受到人们的追捧，但美国人依然保留着对罗马建筑样式的喜爱。1824 年至 1825 年间，大量凯旋门被竖立起来，庆祝拉法耶特侯爵（Marquis de Lafayette）的美国之行。仅在费城一地，威廉·斯特里克兰就设计了 13 座这样的拱门，其中包括模仿罗马广场塞维鲁凯旋门（Arch of Severus）而建造的美国独立纪念馆(Independence Hall)的拱门。这座拱门高45英尺、宽35英尺,①顶端装饰着身穿古典服装、象征公正与智慧的人物形象。[69]

以古典主义为主旨的绘画与雕塑同新古典主义建筑一样深受人们的喜爱。1834年,威廉·邓拉普(William Dunlap)在总结美国的艺术时,开篇便提到,人体结构形态是所有形态中最完美的,并且"古希腊的雕塑家们已经完全掌握了人体结构形态,并且有能力将之完美地表现出来"。他又补充道:"除却诞生了荷马与菲迪亚斯(Phidias)的古希腊外,我们无从了解什么是美。"波士顿图书馆展出了托马斯·克劳福德(Thomas Crawford)优雅的浅浮雕作品《阿那克里翁颂歌-72》(Anacreon Ode LXXII),该作品描绘的是坐在葡萄藤下弹奏里拉琴的诗人阿那克里翁。该图书馆还陈列了《美第奇的维纳斯》、《卡皮托利尼的维纳斯》(Capitoline Venus)、《卡皮托利尼的安提诺乌斯》(Capitoline Antinous)、《角斗士博尔盖塞》(Gladiator Borghese)、《掷铁饼者》(Discobolus)及《拉奥孔》(Laocoön)等好几尊古希腊雕塑的复制品,以及安东尼奥·贾诺瓦(Antonio Canova)创作的新古典主义雕塑作品,其中就包括制作精良的《维纳斯》雕像。美第奇和米洛创作的古代维纳斯雕像成为19世纪二三十年代有关紧身内衣论战的焦点。反对紧身内衣的文章将这两尊维纳斯雕像与现代女性进行了对比,认为维纳斯是自然的、健康的、脊柱挺直的女性代表,而现代女性却由于身着紧身内衣而导致脊柱被束缚到变形,呈现出一种病态。弗

---

① 45英尺约13.7米,35英尺约10.7米。

吉尼亚大学为拥有一份拉斐尔（Raphael）创作的油画《雅典学院》（*School of Athens*）而自豪。美国艺术家们创作的新古典主义雕塑包括霍拉肖·格里诺（Horatio Greenough）创作的《爱的俘虏》（*Love Captive*，1835）和《胜利女神维纳斯》（*Venus Victrix*，1841）、托马斯·克劳福德创作的《俄耳甫斯》（*Orpheus*，1839）和《伽倪墨得斯与赫柏》（*Ganymede with Hebe*，1842）、威廉·韦特莫尔·斯托里（William Wetmore Story）创作的《田园牧羊人》（*Arcadian Shepherd Boy*，1853）和《女先知利比亚》（*Libyan Sibyl*，1861）、哈丽雅特·霍斯默创作的《达佛涅》（*Daphne*，1854）及 19 世纪最畅销的被复制了 100 多次的半身像、海勒姆·鲍尔斯（Hiram Powers）创作的《普罗塞耳皮娜》（*Proserpine*，1844）等。[70]

爱德华·埃弗里特鼓动一位朋友从伦敦购买了亨利·巴克（Henry Barker）和约翰·比福德、罗伯特·比福德（Robert Buford）创作的《雅典全景图》（*Panorama of Athens*），并将之捐赠给哈佛大学。按照计划，这幅绘画作品被悬挂在一个环形大厅的内壁，顶部一扇天窗可为其提供光亮。画布的顶端与底部都被隐藏起来，因而显得没有边框，使观者产生一种被真实景观包围的错觉。《雅典全景图》表现的是古代雅典，画面左侧是帕特农神庙和厄瑞克透斯神庙，右侧是忒修斯神庙（Temple of Theseus）。画作旁边附带了一个按钮，可以提供每个重要地点的信息。观众感觉自己仿佛站在附近的某座山上望着雅典。用埃弗里特的话说，《雅典全景图》意在"陈列出来，供哈佛大学的学生及开明的公众感受到喜悦与教益"。埃弗里特在波士顿举办了一系列有关古代雅典的讲座，为该画作的到来宣传造势。接着，哈佛大学将这个巨幅绘画借给约翰·范德林(John Vanderlyn),后者又将其展示在受古典主义影响的纽约城圆形大厅及另外几座城市里。范德林本人就因几幅被广泛陈列的画作而出名,如《阿里阿德涅在拿索斯岛》(Ariadne Asleep on the Island of Naxos, 1814)和《迦太基遗址上的马略》(Caius Marius and the Ruins of Carthage, 1832)。对于《雅典全景图》,他这样讲道:"面对这样的场景,任何一个自由文明国度的公民都不应无动于衷。"既然雅典是民主、文学与艺术的诞生地,《雅典全景图》就应当能够激发出人们"最温暖的感激与欣赏之情"。1820年至1845年间,这幅画作被公开展示了无数次。然而它在运输过程中受到了一些损坏,最终被永久陈列在哈佛校园的一幢消防车大楼里。只可惜,1845年的一场大火吞噬了消防车大楼,这幅画也在大火中被毁。另外一些被广泛展出的画作,比如华盛顿·奥尔斯顿(Washington Allston)的《意大利风光》(Italian Landscape)和乔舒亚·肖(Joshua Shaw)的《前去打猎的狄多和埃涅阿斯》(Dido and Aeneas Going to the Hunt),将原始风貌与古典主义建筑或主题结合了起来。[71]

《帝国的历程》(The Course of Empire, 1836)是画家托马斯·科尔(Thomas Cole)最著名的作品之一,在该系列作品中,他不仅体现了古典主义的历史循环理论,而且将之以古典主义的形式描绘出来。在以大自然为主旋律的作品《田园牧歌》(The Arcadian or Pastoral State)中,画面的中央是一幢古典主义建筑,一位老人在地上画了几个毕达哥拉斯符号,展示了某种文明与文化的存在。一位牧羊人领着他的羊群,一对夫妻戴着轻盈的花环,在长笛演奏者的音乐声中翩翩起舞。该系列画作的核心是《巅峰》

(*The Consummation*),这幅画作用罗马手法描绘了罗马帝国的全盛时期,一位凯旋的将军刚刚抵达港口,港口之外尽是罗马的标志性建筑,全然没有了自然的任何轮廓。大批比画着手势的人听到喇叭刺耳的响声后尖叫起来,扬起手中的花环向帝国的英雄致敬。在该系列画作的最后一幅作品《荒芜》(*Desolation*)中,一根高大的罗马立柱孤零零地伫立在画面前端,左侧是一个引水渠的废墟。这幅画面中没有一个人物,观众观之不禁沉思历史的轮回。该系列画作是科尔在一次长途漫步后,于黄昏时分,坐在一根荒弃的石柱上目睹了意大利乡村"令人沮丧的荒凉"之后,受到启发而完成的。还有一些美国艺术家也描绘了罗马广场与庞培的坟墓。[72]

就连美国国家英雄也难以避免被艺术化地描绘为当代版希腊人与罗马人的命运。其中最著名的当数霍拉肖·格里诺创作的乔治·华盛顿雕像,这尊身着古典服饰的华盛顿雕像重达12吨,于1841年被运送至美国国会大厦。但这尊雕塑以菲迪亚斯创作的《宙斯》为基础,也算不上是独一无二的。安东尼奥·贾诺瓦创作的华盛顿雕像将其描绘为穿着罗马军事服的形象,而在朱塞佩·切拉基(Giuseppe Ceracchi)创作的半身像中,这位弗吉尼亚人则顶着一头古典式的卷发。约翰·特朗布尔(John Trumbull)和查尔斯·威尔逊·皮尔(Charles Willson Peale)都将华盛顿描绘成了辛辛纳图斯①(Cincinnatus)般的人物。约翰·昆西·亚当斯、安德鲁·杰克逊、丹尼尔·韦伯斯特、约翰·卡尔霍恩等略逊一筹的人

---

① 辛辛纳图斯:古罗马政治家,曾任古罗马执政官,其事迹带有神秘色彩,是传说中的圣人,是品德和意志的化身。

物也被描绘成了身着古典服装的模样。海勒姆·鲍尔斯为查尔斯顿市议会雕刻了一尊穿着罗马服装的卡尔霍恩雕像。而身着现代服饰的丹尼尔·韦伯斯特的画像则遭到了人们的猛烈批评，仿佛韦伯斯特被怠慢了。毕竟，就连富裕的女性都有幸能以古典服装和相应的发式出现在绘画与雕塑作品中，而一些小孩也被描绘成丘比特。但是，如果说韦伯斯特在这个场合没能获得古典主义表现，那他则是获得了另一样再好不过的东西：尽管切斯特·哈丁（Chester Harding）接受波士顿图书馆委托而创作的韦伯斯特画像把他描绘为身着现代服饰的形象，并且出现在画面最显眼的位置，但画面的背景处则耸立着一尊身着古典衣物的华盛顿雕像——因此将韦伯斯特与古代英雄及现代英雄都联系了起来。[73]

希腊艺术与建筑不仅代表了希腊的民主制度与古典主义的简洁、理性和优雅，而且被认为比古典文学更加民主，因为人们无须具备特殊的语言知识，就能够欣赏它。爱德华·埃弗里特发觉古典语言非常难学后，这样写道："但是，人们却可以带着全新的理智与情感去端详那个时代创造出来的漂亮寺庙、寺庙的柱子、古代雕像或浮雕。"[74]

即使在死亡问题上，美国人也无法避开古典艺术。1831年，爱德华·埃弗里特参与了马萨诸塞州剑桥奥本山公墓的建造，这片墓园效仿的是古代雅典的凯拉米克斯公墓（Kerameikos）。在这座新墓园的开园献词中，约瑟夫·斯托里写道："希腊人竭尽艺术之能事，来装饰逝者的居所。他们不允许在城市内埋葬死者，而是将逝者的遗骸转移到邻近的背阴墓地，那里有潺潺的泉水和悦耳的喷泉，四周环绕着哲学家与自然科学家们最爱的风景名胜，他们用自己优美的语言形象地称之为公墓或'安眠之所'。"奥本山公墓标志着乡村公墓运动的开端,自此之后,人们的墓地逐渐远离城市教堂与墓穴,而偏向更为自然的环境。无论在城市还是乡间墓地,人们的坟墓旁通常都装点着希腊式的骨灰瓮。[75]

政治类文章与手册的撰写者们依旧借用具有古典意味的笔名来美化自己的动机。有这么一位作家,在给一本名为《自由的捍卫者》(Freedom's Defence)的小册子署名时使用了令人仰慕的名字"辛辛纳图斯",这本小册子对南方当局进行了抨击,后者企图阻止人们通过邮件来传播含有废奴主义思想的资料。与之相反,一名南卡罗来纳人将笔名"格拉古"(Gracchus)用在一本支持废弃权的小册子上,而一名弗吉尼亚人同样使用这个笔名撰写了一系列文章,抨击重新在非洲对奴隶进行殖民统治的呼声。还有些人使用"阿里斯提得斯"(Aristides)、"西蒙"、"来库古"、"萨卢斯特"、"阿古利可拉"和"福基翁"(Phocion)等作为笔名。印第安纳州新哈莫尼①的女性以罗马智慧女神之名,组成了"弥涅耳瓦俱乐部"(Minerva Club)来推动教育。纽约城的一个爱尔兰街头帮派给自己起了个别名,叫"斯巴达俱乐部"。[76]

南北战争之前,许多新期刊中刊载的文章不仅充斥着古典典故,而且往往将古典历史作为其核心关注点。乔治·弗雷德里

---

① 新哈莫尼(New Harmony)是美国印第安纳州西南部的一个小镇,只有900号人,但它在美国历史上有重要意义。1814年,德国宗教领袖乔治·拉普带领其跟随者们从宾夕法尼亚州来到这里,因其教派名字叫Harmony,此地亦因此而被命名;他们住在一模一样的房子里,财产共有,禁欲,践行简朴生活,遵照共同的作息表进行劳作、祷告、进餐、讨论公共事务……自1824年起,罗伯特·欧文买下这片土地,将Harmony改名为New Harmony,并亲自领导社会改革实验。(资料来源:《21世纪经济报道》)

克·霍姆斯是向南部期刊投稿最多的作家之一。他原先是一名律师，每天早上 9 点前都要阅读古典文献，后来成为一名古典学教授。19 世纪四五十年代，霍姆斯为《南方评论季刊》(*Southern Quarterly Review*)撰写了一系列有关希腊和罗马的文章。在其中一篇文章中，他将美国印第安部落与古代意大利部落进行了比较。休·斯温顿·莱加列也撰写过类似的文章，探讨了各类古典话题。有些杂志甚至采用了古典名称，比如弥涅耳瓦、波蒂科（Portico）①或帕特农等，而许多杂志封面则采用了古典标识或描述。这些杂志呈现了从各类有关希腊神话或遗址的文学名著与故事中所节选的内容。1835 年，弗朗西斯·格拉斯（Francis Glass）甚至撰写了《乔治·华盛顿生平（拉丁语版）》(*A Life of George Washington in Latin Prose*)。向各个报纸杂志提交个人诗作的农民和市民都得小心翼翼，以免一不留神剽窃了古代作家的作品，因为即使是在边陲之地阿拉巴马州，编辑与印刷商们也能一眼识别出采用化名的古典诗人。[77]

威廉·芒福德（William Munford）等其他一些人则忙里偷闲地利用难得的闲暇，将希腊语和拉丁语版的文学名著翻译成英文。芒福德是一位著名的立法机关成员，也是弗吉尼亚上诉法院各项决策的官方通讯员，30 年来，他利用闲暇时间将荷马的《伊利亚特》翻译为素体诗。芒福德之所以选择翻译《伊利亚特》，是因为"原文有一种无与伦比的美和庄重"。这部译作直到芒福德去世 21 年后，即 1846 年才被出版，得到了乔治·弗雷德里克·霍姆斯、查尔斯·费尔顿（Charles Felton）等多位评论家的称赞，他们赞扬称这部译作简

---

① Portico：古典建筑中常见的带圆柱的门廊。

洁庄重,毫无矫揉造作之感。《伊利亚特》的第 6 册讲到了赫克托耳送别儿子阿斯梯阿那克斯(Astyanax),对于这一部分,芒福德的翻译比亚历山大·薄柏(Alexander Pope)的译稿更能体现出情感的深沉,而比威廉·柯柏(William Cowper)的译稿更清晰明了。[78]

印刷术的革新使得芒福德等人翻译的英文版古典文学名著被大量出版,且售价更便宜。从 1817 年开始,纽约一家新成立的出版社——哈珀出版社(Harper's)以多数人购买得起的价格出版了 37 部希腊与罗马文学名著的译作。到了 19 世纪 20 年代后期,这部作品集的成功已使哈珀出版社成为美国最大的书籍印刷商。1831 年,《工人之声》(*Workingman's Advocate*)为哈珀出版社的"文学名著丛书"做广告,宣称"这将成为一种打破知识垄断的手段;长期以来,对知识的垄断使得少数人得以统治和压迫多数人"。与此同时,在版权法实施之前,边远地区的编辑们仍旧未经允许便将文学名著的标准译本进行了重印。[79]

有鉴于此,当杰出的英国学者乔治·朗(George Long)和托马斯·休伊特·基(Thomas Hewett Key)1825 年成为弗吉尼亚大学首批教师时,惊异于托马斯·曼·伦道夫(Thomas Mann Randolph)及弗朗西斯·沃克·吉尔默(Francis Walker Gilmer)等当地的业余爱好者拥有如此丰富的古典文学知识,也便不足为奇了。作为对等高耕作①理论与实践做出极大贡献的托马斯·杰斐

---

① 等高耕作(contour plowing)也叫横坡耕作,表现形式多为梯田,即沿等高线方向用犁开沟播种,利用犁沟、耧沟、锄沟阻滞径流,增大拦蓄和入渗能力,普遍见于丘陵或山地地区。

逊的女婿,伦道夫每天都会花一个小时左右,坐在树下阅读古代作家的作品。吉尔默撰写了《美国演说家概述》(*Sketches of American Orators*, 1816)一书,运用西塞罗的标准,对美国当代的演讲家们进行了分析。这些古典文学名著是所有受过教育的美国人都感兴趣的,而不只是那些专业学者的特殊爱好。[80]

南北战争之前,古典文学名著不仅保持着其在美国教育系统中的主导地位,而且超越其原先的局限,深刻地影响了新的区域与经济阶层,覆盖到了女性及黑人。虽然现代语言、现代历史、科学与经济学等其他学科被补充进高校课程体系,但希腊语和拉丁语仍然被许多文法学校、学院及高等院校视为完善的教育系统的核心。或许更重要的是,在一些小的边陲城镇的所见所闻——名称、建筑、艺术、语言——都进一步证明了一个普遍观念,即美国是希腊与罗马典范的主要传承者,一个古典主义共和国重生了。

第二章　民主

大批新成立的文法学校、学院及高等院校将古典文学引入西部边陲,让崛起中的中产阶级、女孩与妇女以及黑人们获得了接触古典文学名著的机会。与此同时,美国也在不断扩大具有选举权的民众范围,将所有拥有人身自由的成年男性都囊括在内。男性选举权范围的扩大带来了更为民主的政治风格,而古典学教育的扩张则确保了回荡在美国各大法庭与立法机构大厅以及见诸各类报纸杂志与私人信件中的演讲词里继续充斥着古典典故。政治演说已成为总统竞选的必备要素,虽然有些演说词不会引经据典,但是多数政治领袖还是会利用每个机会来展现自己的古典文学造诣,他们炫耀的对象不只是同僚,还包括广大公众;他们有理由相信,这些人即便无法充分理解这些文学典故,至少也会表现出尊重。多数美国政治领袖在学校接受过古典文学训练,他们的生活中也充满了双重话语体系:一方面,他们试图刻意表达得通俗些,以确保一般选民能够领会他们的意图;另一方面,他们又试图引经据典来说服对方相信自己的智慧与德行,哪怕对方是受教育程度不高的选民。公元前5世纪的雅典作为历史上首个重要的民主政体，搭建了一个至关重要的桥梁：美国政治家们发现，只要某个典故讲的是雅典民主的荣耀，他们就可以加以引用，哪怕面对的只是根本没有受过什么教育的公众，而且还不会显得盛气凌人。

民主时代的经典演讲

42　　丹尼尔·韦伯斯特热爱古典名著，喜欢在面向国会、最高法院等权威机构演讲时引用古代文学典故，但在面对受教育程度不那么高的公众时偶尔会表现得略为低调一些，不引经据典。有一次，韦伯斯特在最高法院面前为达特茅斯学院争辩时，最后用了一句夸张的西塞罗风格的华丽辞藻："先生，我不知道别人会怎么想（说着，眼睛瞟向站在他面前的学院反对者），但是，就我自己而言，当我看见自己的母校被别人一遍遍地围攻，就像站在参议院里的恺撒被刺杀时那样，我可不愿她转过身来对我说：'你也有份，我的儿子！'（Et tu quoque mi fili!）"（尽管有人讽刺韦伯斯特以西塞罗式的口吻来阐述尤利乌斯·恺撒的话，也有人讽刺说达特茅斯学院给他的古典文学训练"极其稀少"，他只能自己额外去学习，他后来在自传中也这样写过；但韦伯斯特都不为所动。）据爱默生所言，韦伯斯特是造成爱德华·埃弗里特1845年在哈佛大学校长就职典礼上引经据典的始作俑者："那一整天听到的都是各种拉丁文典故。"1851年，即韦伯斯特去世前一年，当看到自己挚爱的联邦即将在眼前崩裂时，韦伯斯特以一句拉丁语为自己7月4日的演讲画上了句号，这句话的意思是："我有几个愿望：第一，离世之前能看到一个自由的民族。不朽的上帝若能实现我这一愿望，那是再

第二章 民主

伟大不过了。第二,每一个人都应该拥有平等的权利。"第二年,韦伯斯特在其最后的演讲词中宣称:"古典历史就是一首有关现实生活的叙事诗。它使人的行为充满魅力与趣味。它摒弃了所有的不当与奢华,而加入了真实、公正及精心描绘的图景……古典历史并不只是一部回忆录。它不是各种行为、事件与日期的粗糙堆砌。它摒弃了一切不真实的元素,但也未涵盖所有的小真相与小事件。古典历史是具备统一样式的一部创作、一项产品,就好比是一尊雕塑或一幅绘画作品,始终着眼于宏伟的目标或结果。"不过,韦伯斯特并不会在给陪审团的上诉中使用拉丁语。1841年,韦伯斯特还劝说西塞罗的热心读者,同时也是查尔斯·罗林(Charles Rollin)《古代史》(*Ancient History*)喜爱者的威廉·亨利·哈里森(William Henry Harrison)将其就职演讲中隐讳的古代文学典故删去。韦伯斯特开玩笑称自己扼杀了"17位罗马地方总督,使每一位都像胡瓜鱼一样不留一口活气"。这次演说尽管在冰冷的雨水中进行,但仍然持续了很长时间,导致哈里森一个月后便去世了。[1]

"平等主义时代"的确为亚伯拉罕·林肯、山姆·休斯敦(Sam Houston)及安德鲁·杰克逊等诸多没有受过多少正规教育的人打开了步入政坛的大门,尤其是在西部各州。林肯在一个崎岖不平的边陲地带长大,他的父母几乎目不识丁,在他的家乡,学习被认为是偷懒;用林肯自己的话讲,他们家乡"丝毫没有能激发人们教育热情的元素"。林肯就读的那几所学校地处偏远,老师的教学水平一般,林肯上学时断时续。林肯开玩笑地讲:"假如附近碰巧有个懂拉丁语的流浪汉,他一定会被当作巫师。"年轻时候的林肯虽然热衷于阅读，并且坚持努力学习自己不理解的词汇、段落与思想，但他并没有机会阅读大量种类繁多的书籍。他能够接触到的书籍包括《圣经》、《伊索寓言》（Aesop's Fables）（这是他孩童时代读过的唯一一本古典文学读物）、《天路历程》（The Pilgrim's Progress）、《鲁滨孙漂流记》（Robinson Crusoe）及本杰明·富兰克林和乔治·华盛顿的几本著作。成为一名律师后，林肯由于工作繁忙，阅读范围也不过就是些报纸与法律书籍，这些都还是他的业务工具。林肯的法律合伙人威廉·赫恩登（William Herndon）这样讲道："与美国同领域的其他人相比，林肯书读得虽少，但思考得多。"[2]

但古典文学教育的缺失并不一定会使人厌恶古典文学，阻止他通过英文译本或当代演讲与文章来间接获取古典文学知识。林肯为自己能够熟读欧几里得的《几何原本》（Elements）而感到自豪，他对这部作品的掌握程度令赫恩登等人十分佩服。赫恩登回忆称，他们一同进行巡回审判期间，当其他律师都已鼾声如雷时，林肯还在借着烛光阅读欧几里得的作品，一读便读到凌晨2点。林肯经常谈及"民主定律与原理"，将之与欧几里得的观点进行比较。[3]

更重要的一点在于，正如加里·威尔斯（Garry Wills）所显示的，林肯的《葛底斯堡演说》（Gettysburg Address，1863年）与伯里克利的《在阵亡将士国葬典礼上的演说》（Funeral Oration，公元前429年）如此相似，至少表明后者对林肯产生了某些间接影响，尤其是考虑到伯里克利的知名演讲词，经过修昔底德的详细叙述后，在南北战争之前的美国被人们广泛传抄、赞扬与引用。正如伯里克利的演讲词是为了纪念在伯罗奔尼撒战争中死去的雅典人一样,林肯的目的也是纪念在战争中牺牲的美国联邦士兵。不过,两位政治家都强调称,逝者是以自己的英勇牺牲而赢得了荣誉,这可不是仅凭几句话就能够为他们争取来的额外荣誉。两人都强调,幸存者表达对逝者敬仰的唯一方式是完成自己的重要使命,努力挽救民主制度,以免被敌人颠覆。两人都诉诸受人尊敬的先人——伯里克利诉诸波斯战争中的英雄,而林肯则诉诸美国革命战争中的爱国者——因而建立了古今之间的联系。两人都运用了言与行、道德与不道德、过去与现在、民主与专制等两分法。两人的演讲都极为简洁,专注于一般原则,而不强调特例。在爱德华·埃弗里特发表了长达两小时、多次提及伯里克利口中的雅典的演讲之后,林肯做了两分钟的陈词,虽然没有提及任何类似的典故,但依然紧密遵循了伯里克利的论辩思路。简而言之,如果说埃弗里特参照了伯里克利,那么林肯则是代表了伯里克利。林肯的演讲词里也不乏罗马的影响。"自由的新生"就是他从历史学家李维那里借鉴的,李维创造了这种说法用以指称免除奴隶债务的罗马法律(《罗马史》,*History of Rome* 8.28)。[4]

除林肯外,还有一位西方人也未接受过古典文学方面的正规教育,此人即山姆·休斯敦,曾任田纳西州立法委员、得克萨斯州政府官员;1809年,年仅16岁的他已经能够将亚历山大·薄柏翻译的500页《伊利亚特》全部背诵出来。休斯敦在田纳西州东部一个地方学院里求学时,曾请求老师讲授古代语言,结果遭到这位老师拒绝;休斯敦宣称,他从此再不背诵任何一篇文章,并且立即退学。当休斯敦的兄弟们发现他与切罗基人生活在一起时,他告诉兄弟们,他喜欢这些红色人种无拘无束的自由,而不喜欢自己兄弟们的专制独断;既然他无法在学院里学习拉丁语,那他至少可以在丛林里阅读希腊语的译作,并且安静地阅读。他所说的译作是指薄柏翻译的《伊利亚特》;为了牢记这些内容,他边走边背,将这部译作背诵给切罗基的姑娘们听。休斯敦的传记作家怀斯哈特(M. K. Wisehart)将他的惹人注目、自以为是,以及他的演讲及文学风格都归因于薄柏翻译的《伊利亚特》。1831年参观纳什维尔时,休斯敦托人按照古罗马执政官马略的模样为自己画了一幅画像。在国会面前讲到1850年妥协案时,休斯敦将亨利·克莱与激烈斗争中的埃阿斯(Ajax)联系起来。还有一次,他将在阿拉莫战役(Alamo)中阵亡的战友比作在温泉关战役中牺牲的斯巴达人。[5]

就连曾经因缺乏古典文学知识而受到称赞的安德鲁·杰克逊也象征性地表达了对古典文学的尊重。弗吉尼亚的安德鲁·史蒂文森(Andrew Stevenson)表示,杰克逊受益于希腊语和拉丁语知识的缺乏,他写道:"某些贤士认为,正规的古典学教育不利于形成富有活力与创意的认识;就好比文明虽然使得社会更加有趣宜人,但与此同时,也抹平了天然的差异。"然而,杰克逊担任总统后,任命著名的新古典主义建筑师罗伯特·米尔斯为其政府的官方建筑师。事实上,当杰克逊本人的住宅"隐士之家"1835年被烧毁时,杰克逊似乎已经就如何重建而征询过米尔斯的意见了。位于房屋前端的新式科林斯柱的柱顶,是仿照雅典"风之塔"(Temple of the Winds)的柱式而制作。杰克逊在设计自己的圆顶坟墓时,想必也征求过米尔斯的建议。(米尔斯同尼古拉斯·比德尔最喜爱的建筑师威廉·斯特里克兰一样,也曾经是本杰明·拉特罗布的学生。

杰克逊和比德尔虽然是政治及经济领域的劲敌,但他们享有同样的建筑偏好。)杰克逊也挑选了法国人约瑟夫·迪富尔(Joseph Dufour)设计的一款昂贵的壁纸,这款壁纸由多个画面组成,反映的是一幅全景式图景,描绘的是弥涅耳瓦将忒勒马科斯(Telemachus)从卡利普索岛(Calypso)的悬崖扔下,以打破仙女优查利斯(Eucharis)魔咒的故事,这个故事源自弗朗索瓦·芬乃伦①(François de Salignac de La Mothe-Fénelon)创作的《忒勒马科斯历险记》(*Les Aventures de Télémaque*, 1699)。来自田纳西州的詹姆斯·波尔克是杰克逊的政治同盟与伙伴,无论在建筑样式还是其他事务方面都效仿杰克逊。他喜欢用希腊语与老同学进行对话,19 世纪 40 年代初,他也建造了一幢希腊复兴样式的房子。这幢房子的庭院里修建有一座多立克式坟墓,1849 年波尔克去世后不久,其遗骸便被埋入其中。正如历史学家温迪·库珀(Wendy Cooper)所言:"就像美国人模仿欧洲人一样,大西洋这一侧的富人时尚也被渴望达到类似精致与时尚的人们所效仿。"这一说法甚至也适用于那些旨在成为大众榜样的人们。⁶

　　的确,有些受教育程度不高的新选民认为古典文学是属于上层贵族的无用的糟粕,而政治家们有时试图利用他们的反智主义,故意诋毁古典语言。1859 年,来自新罕布什尔州(New Hampshire)的参议员约翰·黑尔(John Hale)表示"每当我听到有法官在法庭上用拉丁语陈述观点时,我一般都会认为,他接下来要宣布的声明怕是糟糕得羞于用英语来表达吧",这一席话恰恰反映了某些受教育

---

① 芬乃伦,又译费内隆。

程度不高的美国人的反古典主义立场。⁷

但多数政治家们在彼此交谈时却表现出另外一面,尤其是在面对那些他们认为可能具备一定古典文学知识或尊重学问的公众时。事实上,政治家们在彼此交谈时常常大量引用古代文学典故,甚至达到了令人啼笑皆非的程度。1841年,约翰·帕尔弗里(John G. Palfrey)抱怨称,弗吉尼亚立法委员们故意卖弄他们的古典文学知识,哪怕谈论的只是"要不要更换众议院的椅套,或者如何支付警卫官的薪水"等问题。当约翰·昆西·亚当斯嘲笑约翰·伦道夫(John Randolph)在国会频繁引用拉丁诗人的话,称这些引文只是其"从引用语词典里摘出来的拉丁语片段"时,富有真才实学的伦道夫回击称,他从未见过哪个"北方佬能对古典文学了如指掌"。两人都非常清楚,维护自身在古典知识领域的声誉至关重要。不过,他们都不会像约翰·罗恩(John Rowan)法官那般激动——因为争论谁对希腊语和拉丁语的了解更为透彻,约翰·罗恩竟然杀死了詹姆斯·钱伯斯(James Chambers)博士。之后,罗恩进入众议院和参议院工作,想必在这里,应该不会再有人质疑他的古典文学造诣了吧。⁸

雅典式民主的复兴

46　　南北战争前的政治家们很快发现,有一个办法可以令他们显得博学而不那么贵族气,那就是颂扬雅典式的民主。尽管美国建国者们将罗马共和制视作古代最伟大的政治模式,担心施行民主制的雅典不够稳定,但南北战争之前的这一代人是拥护雅典式民主的。

　　这一现象并不局限于美国。鉴于标准历史书对雅典持批评态度，英国历史学家托马斯·麦考莱(Thomas Macaulay)回击称，"雅典就是因为自由才变得卓越"。他声称："我想，在政治智慧方面，普通雅典公民都要比一般的英国议员厉害。"麦考莱批评称，某些历史学家过于偏重战争与政治，而完全忽视文学与艺术，造成对雅典民主成就的蔑视。他补充道："只要文学能够抚平人们的伤痛，让人们的眼里少一些警觉与眼泪，多一丝对墓穴和长眠的渴望，使人们充满欢愉，那便是对雅典不朽影响的最崇高展示。"1846年至1856年，乔治·格罗特(George Grote)针对麦考莱等人对修订历史的渴望，出版了12卷本的《希腊史》(*History of Greece*)，该系列作品深受德国希腊主义的影响。格罗特声称："我们只能说，天才人物成就了希腊史的魅力与荣耀，而天才人物那无与伦比的出色与多样化，正是得益于民主。"格罗特并未将雅典的失败归咎于民主制度，相反，他认为那是宗教迷信等心理习惯惹的祸；在雅典，宗教迷信比民主理念出现得更早。与格罗特联手共同扩大英国选民权范围的约翰·斯图亚特·密尔①争辩称，马拉松战役对世界的意义比黑斯廷斯战役(Battle of Hastings)更加重要，甚至比黑斯廷斯战役对英国本身的意义更大。密尔相信，雅典远比斯巴达"更高贵、更伟大、更明智"，斯巴达同罗马一样，都更偏向于混合政府，而非纯粹民主政制。[9]

---

① 约翰·斯图亚特·密尔(John Stuart Mill)，又译作约翰·斯图亚特·穆勒，英国著名哲学家、心理学家、经济学家。

对雅典的热爱与对民主的崇尚之间的联系，在所有国家都是十分清晰的。杰克逊式民主的领头人物乔治·班克罗夫特，将阿诺德·黑伦(Arnold H. Heeren)撰写的支持希腊的著作《古希腊》(Ancient Greece)从德语原著翻译为英文。他将奥古斯都时代阿谀奉承的罗马文学与更为阳刚且民主的雅典著作进行了对比。班克罗夫特写道："有时，我们的确有理由对罗马文学中的阿谀谄媚感到厌恶。我们可以假定贺拉斯在庆贺奥古斯都的成功时并没有运用自己的真才实学；但凡维吉尔的诗篇中能体现出一丝远古时代的朴素的共和主义，我们反倒更应珍视他。"与之形成对比的是，"尽管希腊人，尤其是雅典人，有时候也会奉承国王，但他们从未赞扬过君主制"。沃尔特·萨维奇·兰登(Walter Savage Landor)将自己撰写的《伯里克利和阿斯帕西娅》(Pericles and Aspasia, 1836)第 2 卷题献给总统杰克逊。《卫理公会评论季刊》(Methodist Quarterly Review)声称，伯里克利时代的雅典显示了"民主权利如何创造并支撑了每一位富有想象力的、有教养的雅典人，培育了这个民族广为普遍的伟大的公众精神"。威廉玛丽学院院长托马斯·迪尤(Thomas Dew)写道："这样的政府才能激发人们的无穷力量与才干，孕育真正的伟业。"迪尤声称，雅典的民主政治"虽然短暂，但是充满生机与活力"，这样的民主制比亚洲君主制历史上"沉默的奴隶制时代"更为可取。迪尤补充道："雅典是希腊的老师，每一位雅典公民似乎都能够灵巧而优雅地将自己的才智应用到五花八门的事物上……在这里，外国人能得到更为温和的对待。奴隶们在这里的待遇也比希腊任何别的城市都要好，雅典在执行法律时也比其他地方更加温和，对于自身违法行为的忏悔往往也更坦率诚恳。"爱默生觉得自己从美国民众身上看到了"希腊民众身上同样具有的力量"。讲到希腊历史,他表示"最宝贵的时期是伯里克利时代及其后面一代",即民主时代。他补充道"要了解那个时期的真实的希腊,一定要看狄摩西尼等人的著述,尤其是各类商业演说及喜剧诗人的作品",而不能仅仅依靠贵族历史学家,不管是过去还是当下。[10]

托马斯·杰斐逊之后,许多美国人渐渐认为雅典人狄摩西尼针对马其顿国王腓力二世(Philip II)的演讲,比西塞罗的《反腓力辞》更富有说服力,因为前者的直接性与简洁性更加适合民主时代。就像格雷(J. C. Gray)在谈到狄摩西尼的辩论术时所写的:"我们从中感受不到一丝含糊与夸张,既不花哨也不多余。"约翰·昆西·亚当斯尽管诟病狄摩西尼缺乏想象力与幽默感,但他宣称:"他的辩词带有典型的民主特征,而西塞罗的辞藻则充满贵族气息。这就好比多立克柱式对柯林斯柱式。"托马斯·迪尤表示认同,并且补充称,尽管西塞罗的浮华或许能赢得观众的更多掌声,但狄摩西尼的简洁更具有说服力:"西塞罗演讲时,人们会崇拜他,称赞他的辞藻;而狄摩西尼演讲时,观众会立即开始谴责腓力。"迪尤还补充道:"古代共和国的历史确凿地证明,没有什么场合比公众集会更有利于产生密切、简洁且强有力的演讲词。"1840 年,作为总统竞选的组成部分,政治演讲在全国范围内大量出现,《南方文学新报》宣称:"我们国家似乎正在快速形成一种奇特的氛围,都在不顾一切地争相模仿希腊演讲术。我们似乎注定要变成一个规模更大的希腊,如果可以这样讲的话……所有历史都表明,真正的雄辩术只有在共和政体下才能繁荣起来。在独裁政体下……劝解是没有用的……事实上,1840年的政治演讲为人们了解希腊雄辩术的秘密提供了便利;因而,美国学生并不难理解狄摩西尼的真实品格。"这位作者还提及了人们喜欢狄摩西尼胜过西塞罗的普遍理由,其中就讲到了狄摩西尼的演讲:"他的话语总能切中要害,从不偏离主题,不讲无意义的内容,也不是为辩论而辩论……而西塞罗却常常夸大其词,专注于哲学思考,他的有些内容不过是陈词滥调。"[11]

还有一些人,比如爱德华·埃弗里特,利用西塞罗式的辩论术来颂扬伯里克利时期的雅典。在葛底斯堡做演讲时,埃弗里特用人类有史以来最长的一句话将雅典与美国式民主联系了起来:

> 同胞们,2300多年之后的今天,我这个来自古老的希腊并不知晓的国度的朝圣者,穿越了那片辉煌的平原,已准备好脱下我脚上的鞋子,站在这片神圣的土地上——我满怀敬重地凝视着这片泥土,它仍然保护着在打击波斯侵略者的战役中牺牲的将士的遗骸,从无情的敌人手中拯救了这片给予人们普遍自由、文学与艺术的热土——在这三个决定了一国历史的重要日子——这些日子决定了我们这个威严的、由世上最有智慧的政治家们创立的、用最纯洁的爱国者的鲜血铸造的共和政体,究竟该枯萎还是继续绽放——我难道还能够对那些在击退敌人近来更无端与无情的入侵、避免让希腊这片自由沃土陷入比亚洲君主制与奴隶制更加黑暗的势力之手的战役中牺牲的弟兄们的墓穴无动于衷吗?那简直天理不容!

埃弗里特最后讲道:"伯里克利曾站在战死在伯罗奔尼撒战争中的同胞的遗骸前说过,'整个地球都是这些杰出战士们的安息之所'。他或许还说过,他们的光辉事迹将为人们永远铭记……放眼整个文明世界,凡能读到这场伟大战役相关论述之处,哪怕是近来才完成的著作,哪怕是从我们这个共同国家的光辉史册中,也找不到任何一个篇章可与葛底斯堡战役媲美。"¹²

此类演讲,不论模仿的是风格简洁的狄摩西尼,还是能言善辩的西塞罗,都受到了人们的高度赞扬。正如历史学家丹尼尔·沃克·豪(Daniel Walker Howe)所写的:"古典文学研究对修辞艺术的重视,致使直接的政治辩论走向韦伯斯特和卡尔霍恩式的演讲口吻。那个时期的政治演讲,比如学习讲座、布道词、仪式用语或律师论证,构成了一批流行的口头文学。自相矛盾的是,古典学研究中的书面文化也承认并将这种口头文化正规化。"这或许是因为古典文化历来也是口头文化,因为在古时候,手稿非常稀少昂贵,几乎所有的古典作家都打算让自己的作品被人们读出来,因而他们把相当多的注意力放在了完善其可听性上了。¹³

多数支持州权的南方人称颂希腊,不仅是因为希腊施行民主政治,也是赞扬其去中心化的政府模式。1832年至1833年的拒行联邦法危机中,约翰·卡尔霍恩反对安德鲁·杰克逊对南卡罗来纳州采取武力威胁,他讲到,阿凯亚同盟①——这是伯罗奔尼撒半岛一个著名的希腊民主联盟——的任何一个成员都拥有各自的议会、治安官及法官,只为了部分共同目标,比如国防,而联合在一

---

① 阿凯亚同盟(Achaean League),又译作阿哈伊亚同盟。

起。他建议,美国应该遵循这一模式。在 1850 年的脱离联邦大讨论中,威廉·博伊斯(William Boyce)也给出了同样的建议,提议仿照"在马其顿强权之下形成的类似于希腊南部各邦一样的联盟"阿凯亚同盟"这一优秀的启发性先例"(着重号表示原文中有强调)。托马斯·迪尤写道:"回顾古代的各个民族,最能够吸引我们注意力的就是希腊的各个小型民主政体。"发现希腊努力抵挡了"波斯的无数次侵略",并且将哲学、艺术、修辞学及历史写作等日臻完善之后,迪尤提出一个问题:"那么,是什么因素让这个明显遗世独立,在世界地图上也几乎看不见的欧洲角落里产生了如此伟大的心灵、如此旺盛的精力以及如此高贵的品格呢?"他回答道:"原因就在于这个由各个独立城邦组成的政治体制,如此彻底地让每个希腊公民都认识到城邦与自己的命运休戚相关,将爱国热情融入自己的灵魂里,为了国家幸福肯牺牲个人利益……一个个小的民主氛围不断发酵,迟早会将灵魂深处真正的才能与力量发挥到极致。"的确,由于未能统一成一个更强大的联邦,希腊民主衰落了,但若权力过于集中,同样也会存在危险;希腊虽然失败了,但也远比以自由为代价换取的成功更为高贵。鉴于马其顿征服希腊的后果,迪尤希望,后来者"首先要警惕联合可能带来的负面效应,因为联合势必会消灭个体特性,将所有个体都打磨成一个样,从而抵消了个体的力量与灵魂的伟大"。迪尤最后总结道:"假如真的到了这个伟大的联合要被割裂的那个地步(但愿能避免这种事情发生),我们的联邦又将分散成原本各自独立的个体,那时,希腊历史或许能给黑暗中的我们带来一丝光亮,让陷入悲伤的人们获得些许安慰;希腊历史让我们看到,尽管这种由各个小型的、分裂的、相

第二章 民主

互敌对的城邦形成的体系不好,但它创造了一种补偿力量,缔造了人类的真正辉煌,是世界上任何伟大的帝国都不曾企及的。"同样,来自弗吉尼亚的参议员罗伯特·亨特(Robert M. T. Hunter)写道:"正是古希腊各个自由城邦之间的竞争,使得这个薄命的联盟在文学艺术领域取得了超凡卓绝的成就。"[14]

查尔斯·弗朗西斯·亚当斯同他的祖父一样,并不认为民主政治有多么睿智,能产生多么好的前景,但在各种支持雅典的辩论声中,他也改变了对雅典的看法。1824年,查尔斯·弗朗西斯·亚当斯拜读了威廉·米特福德撰写的充满贵族气息的《希腊史》(1784—1810),称这部史书的立场"不偏不倚"。尽管亚当斯认为,在伯里克利所处的民主时代,"雅典处于其最辉煌的巅峰时期,是希腊最强大、最富有、最优雅且最有文化修养的共和国,其艺术水平在世界上首屈一指",但另一方面,他却认为这一成就的获得不在于民主政治,而应归功于塞米斯托克利斯(Themistocles)对海上贸易的鼓励,这一英明决策类似于现代英国的决定。亚当斯写道:"雅典人借由这一进程而变得前所未有的强大与富有,并且借机促进了文学与典雅的发展,这种优势一直持续至今。"而民主制度,实际上一直以来就是雅典趋向伟大进程中的阻碍因素。最后,亚当斯这样总结雅典的问题:"这个城市的居民是不幸的,但导致其不幸的原因在于政府的属性,因为人们已经变得无法管理。我们现在依然不清楚人们能否自我管理,我们更不确定我们的实验能否成功。"这位后来担任林肯政府派驻英国公使的亚当斯在这里的用词,与葛底斯堡演说中的用语非常相似,只是更为悲观。在米特福德的影响下,亚当斯也认为斯巴达的政治体系要好于雅典政治体系;在他看来,后者有时无异于"一群肆无忌惮的暴徒的恣意妄为",已经"被当成一种图谋的工具,甚至被拿来对付其最大的恩人"。尽管亚当斯不喜欢斯巴达人对知识的漠视,但他还是认为斯巴达政府"空前绝后"。米特福德对奉行寡头政治的斯巴达的描写充满赞誉,亚当斯认为这份描述神奇地记录下了"人们不屈不挠的品格如何战胜了天性中的软弱与激情"。15

仅仅五年之后,亚当斯对米特福德和斯巴达的看法就发生了转变,对雅典民主制度的认识也得到了提升;当然,对于民主制度是否切实可行,他仍存怀疑态度,并为此深受折磨。1829年,在重新审视米特福德撰写的历史时,亚当斯写到,他被"米特福德任意歪曲历史的行为"激怒了无数次。他还讲道:"我觉得,应该将他的书付之一炬。用今天的流行语来讲,让一个怀有偏见的人来撰写本该由贤明之士撰写的历史,是多么不幸。"第二年,亚当斯在日记中写道:"再次阅读米特福德写的历史书,感觉依旧。一个人的胸中若是对某特定体系存有哪怕一丁点儿偏见倾向,那么让他坐下来撰写历史,简直就是罪过。因为,如果由这样的人来撰写历史,他的作品一定会带着偏见。"他称米特福德的反民主、反雅典结论是"我所读过的历史书中最偏颇、最不公正的言论"。亚当斯同样不满意英国翻译家托马斯·米切尔(Thomas Mitchell)在翻译阿里斯托芬的《骑士》(*Knights*)时对蛊惑民心的政客阿格拉克里图斯(Agoracritus)的看法:"共和国的繁荣不过如此,我想,美国的各个自由州充其量也不过如此吧。"亚当斯在日记中回应称:"有关共和政体适用性的这些评论完全是不公正的……米切尔显然完全不懂我们的体制。"至于斯巴达,亚当斯现在的观点是:

来库古提出的共和政制一直以来都被当作最理想的制度,被视作典范。现在,在我看来,没有什么比这些体制更加不自然、更不受人欢迎。难道人生来就要与邻居作对,就要特意雇用奴隶而让自己无所事事吗?大肆吹嘘的人的平等性体现在哪里?还存在靠自己辛勤劳动来求生的造物主法则吗?给生命增色、让生活变得美好的品质体现在哪里?人与人之间的温情、天然的社会关系,难道要被人类的反复无常与矫揉造作而切断吗?我们不要再把来库古共和政制当作范例了。那是对所有自然原理的可恶歪曲。

考虑到亚当斯对民主制度仍持怀疑态度,他的这一转变便更显突出。对于伯罗奔尼撒战争,他写道:"这是两个政府原则之间的竞争,任何一方都未能很好地领导人类。然而,世界总的来讲似乎注定要呈现出相同的景象。但愿不要再像以前一样出现军事独裁。"[16]这并不是要美国人不再继续欣赏斯巴达的某些特征,如英勇、朴素、自律、爱国主义等。阿拉莫战役的捍卫者们或许应当牢记温泉关战役,在那场战役中,国王列奥尼达率领的300名斯巴达志愿兵,奋勇抵抗波斯军队的大举进攻,为掩护希腊军队的撤退而献出了自己的生命。当然,许多美国人将阿拉莫战役与温泉关战役联系在一起。阿拉莫守卫部队被攻克仅20天后,得克萨斯州纳科多奇斯(Nacogdoches)的公民们立即做出决议,缅怀阿拉莫的守卫者们。这份决议是这样讲的:"他们是为自由而牺牲的烈士。我们在他们抛头颅、洒热血的这片圣土庄重起誓:打破暴政的束缚。他们的事迹堪比温泉关战役。我们祭奠阿拉莫战役中牺牲的烈士，而威廉·特拉维斯上校（Colonel William Travis）及其同伴们也一定能与列奥尼达及斯巴达士兵们齐名。"[17]

19世纪20年代，希腊人为争取脱离土耳其帝国而进行的独立斗争，为人们发表颂扬古希腊的荣耀等演讲提供了理想的机会，助推了南北战争之前的希腊化运动，而后者继而又影响了美国人对独立斗争的情感。詹姆斯·门罗总统在1823年的"门罗宣言"中保证，美国会退出欧洲事务；即使在这份演讲中，总统也表达了对希腊的同情。丹尼尔·韦伯斯特最早发表的一份国会演讲，就是为了呼吁人们给联邦驻希腊专员提供资金。韦伯斯特将朋友爱德华·埃弗里特发表在《北美评论》（North American Review）上的一系列文章中的信息应用在自己的演讲中。在这份演讲词中，韦伯斯特机敏地声称，讨论现代希腊的政治问题时必须避免感怀古希腊，以免违背自己的格言，将自己的情绪带入其中。韦伯斯特这样提及自己的情绪：

> 我应该适当地克制自己的情绪，虽然目前还无法彻底撇开情绪的影响。事实上，如果我们想要彻底摆脱古希腊流传下来供人们瞻仰与学习的各种纪念物的影响，我们必须飞越当前所处的文明世界，跨越定律控制与知识界限，尤其是要抽离这个地方，忽略当前围绕在我们身边的各种景物。这种自由的政府形式，这种公民大会，这种为了共同目的而组成的委员会——我们该追溯至何时？这类自由辩论与公开讨论、思想与思想的争锋，以及就此类搁到现在可能会动摇国会基石

的话题开展的普遍辩论——最初是谁提出来的？就连我们现在集会的这个建筑物本身，这些比例均衡的立柱、这座装饰妥帖的建筑，都提醒着我们：希腊一直在那儿，我们与世界上的其他民族一样，都受益于她。

韦伯斯特曾私下里向埃弗里特抱怨称，"门罗宣言"完全将美国与西半球等同了起来。为拥有一尊狄摩西尼雕塑而自豪的韦伯斯特声称，"我们与希腊人有许多共性，一如我们与安第斯山居民之间的共同点"。韦伯斯特还补充称，约翰·卡尔霍恩"希望我认为，他和你一样对希腊人非常友好"。山姆·休斯敦发言表示支持韦伯斯特的倡议；亨利·克莱不仅表示支持，而且——用坐在众议院旁听席上的查尔斯·弗朗西斯·亚当斯的话来说——他"直指整个众议院，质问他们敢不敢回到选民当中，把对该决议的反对票亮出来"。[18]

意识到美国人因为热爱古希腊而强烈支持希腊独立之后，国务卿约翰·昆西·亚当斯写信给伦敦的一位希腊特工，表示希望希腊反政府人士获得成功，并且公开了这封信件，即使当时他正暗暗抵制韦伯斯特的议案，试图就某个商业条款与土耳其人进行谈判。为了赢得当年（1824年）的总统竞选，亚当斯每一个动作都如履薄冰：一方面，他尊重美国民众对希腊人的喜爱；另一方面，他还得履行"门罗宣言"的原则——他本人也在这份宣言的制定过程中扮演了重要角色。[19]

由于亚当斯同其他美国人一样酷爱古希腊的民主制度，对于他而言，要做到这样的平衡更加困难。1811年，他在日记中这样写道：

> 雅典人对马其顿国王腓力的趋附并非完全无可指摘。但他们犯的不过是小错，并且是为了自保。而腓力的错误则是非常巨大的，其目的是使所有希腊人臣服。他像一只缠住苍蝇的蜘蛛，用自己的网将希腊人困在其中。当我读到狄摩西尼的这些崇高观点，看到他将雅典人的幸运与腓力的幸运进行比较，认定上帝偏爱真理与公正，声称建立在欺骗和背叛基础上的成功与繁荣一定是短命的时候，我心中不由得泛起了一阵悲伤：这些格言并未得到事实的验证——以欺骗和背叛获取的胜利已经完成，而自由则牺牲在了这位暴君的天赋与努力经营之下。

在亚当斯参加的某次内阁会议上，"卡尔霍恩详细论述了自己对希腊人独立大业的支持"；会议结束后，这位国务卿这样概括地提及这些倡议者："他们对于希腊人的狂热全是感情用事，所依据的不过是普遍存在于人们心中的感情……我并不是很欣赏这些流于口头的热情，我告诉过总统，我觉得与土耳其一战并不会太轻松。"亚当斯给出了自己的理由：既然美国无法为希腊提供任何实际的帮助，仅凭口头鼓励只会与土耳其为敌，却不会对希腊有任何好处。但是，亚当斯最后又讲道："在总统看来，美国人对希腊人的偏好是如此狂热，即便是与土耳其议和也会受到谴责。"[20]

罗马的持续吸引力

虽然希腊越来越受到多数美国人的敬重,但罗马也未丧失其吸引力。恰恰相反,乔治·弗雷德里克·霍姆斯等人强调称,罗马对法律的尊重恰好可以制衡希腊对自由的热爱,同样是极其重要的。就连休·斯温顿·莱加列等挚爱希腊文学与艺术之人也对希腊文学与艺术竟然源自"有史以来最狂野的民主制度"表示不可思议:"那就是一帮目无法纪、容易激动的暴徒,他们刚愎自用、阴晴不定、不服管束,一朝得势,便鸡犬升天,成为暴君——现在,所谓的民主制度已经沦为被一些善于蛊惑民心的政客利用的消极工具,继而'就像一股恶势力,落入那些冒冒失失想要利用它们的人手中,最终自食其果'。"反观罗马共和国的历史,却是"一部充满德行与成就的光辉历史,其英雄气概几乎是软弱的人性所难以企及的"。在倡导加强共和制教育时,查尔斯·芬顿·默瑟(Charles Fenton Mercer)将辛辛纳图斯当作"贫穷不一定会滋生恶习"这一原则的典范。毕竟,有着"一张罗马面孔"的"美国版辛辛纳图斯"乔治·华盛顿,与辛辛纳图斯本人一样,也干过重劳力活。穷人可以和富人一样富有学识,因为每个人都可以从别人身上学习:"埃及和亚洲指导了希腊,希腊教会了她的罗马主人,而罗马和希腊又教导了整个现代欧洲。"在面向哈佛大学的美国大学优等生协会(Phi Beta Kappa Society)做的一次演讲中,爱德华·埃弗里特提到自己最近一次前往罗马广场参观时的强烈感触:"当我徜徉在古人们曾经劳作过的这些地方,在已倒塌的罗马元老院与罗马广场立柱间静静沉思时,我似乎听到了一个声音……那是来自这些民族墓室里的……他们劝勉我们,恳求我们,要忠于自己的信仰……借着历史的碎片,借由其民族最有说服力的遗迹,他们恳求我们,不要扑灭正冉冉升起于世间的那抹光亮。"[21]

的确,罗马人的军事实力与共和政体令人称羡。1812年,约翰·昆西·亚当斯担任美国首任驻俄罗斯公使时,从圣彼得堡写信给自己的母亲,将俄罗斯当年战胜拿破仑,以及美国在革命战争中取得的胜利,归功于古罗马将军费比乌斯(Fabius)创造的游击战术,正是这一战术消耗了汉尼拔(Hannibal)军队的实力。同一年,已经成为蒂珀卡努(Tippecanoe)英雄的威廉·亨利·哈里森提议将自己的部队归肯塔基州州长艾萨克·谢尔比(Isaac Shelby)管辖,他讲道:"迦太基的征服者大西庇阿并不在意在比自己年纪小且经验更少的兄弟卢修斯手下担任一名副职官员。"1812年战争前后,哈里森督促按照希腊与罗马模式开展征兵工作。1813年,他发表了这样的祝酒词:"美国的民兵们拥有罗马精神,如果我们的政府能够适当考虑给予他们合意的组织与纪律,他们就会像马塞勒斯和大西庇阿率领的军团一样英勇战斗。"1817年,作为一名国会议员,他提议实施全面的军事训练,声称这两个古代共和国既可为美国的政治体制建设提供借鉴,也"为我们的国防体系塑造了一个最完美的典范"。他还补充道:"古代军事辉煌的全部秘密——军事技巧与英勇无畏的完美结合,使得雅典共和国能够抵挡得住强大的波斯入侵者;也正是这两者的结合,构筑了斯巴达的铜墙铁壁,指引着罗马军团……去征服世界只有通过对年轻人的军事教育来实现。"1836年,他在印第安纳州布罗克维尔

(Brookville)享受到了人们给予他的赞誉:"哈里森将军同加图一样,他的国民都希望他不要只着眼于近些年来占据他心思的日常事务,他们希望推选他为最高执政官。"那个预言还为时尚早,不过也只是早了4年时间而已。[22]

约翰·卡尔霍恩的崇拜者们赞扬他,将他比作好几位古罗马英雄。《查尔斯顿的墨丘利》(*Charleston Mercury*)称他为"同希腊罗马名人一样的爱国者"。斯蒂芬·布兰奇(Stephen H. Branch)将他比作西塞罗及狄摩西尼。1844年,詹姆斯·亨利·哈蒙德(James Henry Hammond)将卡尔霍恩比作加图和西塞罗,"他们原本希望获得拯救自己国家的威名,结果却由于国家拒绝了他们而未能实现"。沙利文(P. J. Sullivan)将这位南卡罗来纳人比作"具有爱国精神、道德操守及无与伦比天赋的"辛辛纳图斯。菲茨沃特·比德旺(Fitzwilliam Byrdsall)将他比作霍雷修斯(Horatius):"就像那位一头扎进海湾来拯救自己国家的罗马爱国者的漂亮寓言所显示的,只有你,不顾别人是否反对,毅然决然地投身到关系'俄勒冈州生死存亡'的激烈骚动中;随后,其他人才在你的示范引领下加入进来;最终,政府做出了真正正确的决策,重建了和平。"1857年出版的颂文合集《卡罗来纳州向卡尔霍恩致敬》(*Carolina Tribute to Calhoun*)中,哈蒙德写道"卡尔霍恩先生的名望主要来源于他作为一名政治家的品格"——"有着罗马烙印的"品格。就连卡尔霍恩的对手丹尼尔·韦伯斯特也认为,"假如古罗马有幸延续至今,那他就是一名罗马议员",这一说法原本是约瑟夫·艾迪生用来讲加图的。韦伯斯特还称卡尔霍恩为"南卡罗来纳州的西皮奥·阿弗里卡纳斯"。来自密歇根州的参议员刘

易斯·卡斯（Lewis Cass）称他为"最后的罗马人（Ultimus Romanorum）"。²³

与建国者们一样，南北战争之前的美国人偶尔也会援引被罗马毁灭的迦太基，只是不如引用希腊或罗马那么频繁。然而，1850年发生了一个著名事件，导致向来脾气温和的弗吉尼亚参议员、未来的联邦国务卿罗伯特·图姆斯（Robert Toombs）开始对北方出现的谈话内容感到不安；这些谈话声称要在从墨西哥战争中获得的新领土上消除奴隶制。图姆斯在参议院议员席上宣称："你们剥夺了我们的权利，却将这些共同财产划归到你自己名下；那么，这便只是你的政府，而非我的。既然如此，你便是与我为敌。那么，如果有可能，我将会像哈米尔卡（Hamilcar）一样，带着我的孩子与选民们去往自由神坛，我将向他们发誓，永远与你们这些违反规则的统治者为敌。"这段文字是参照了希腊历史学家波里比阿①对第一次布匿战争（First Punic War）中某个事件的描述（*Histories* 3. 11）；当时，迦太基最伟大的将军哈米尔卡·巴卡（Hamilcar Barca）让自己9岁的儿子汉尼拔在祭坛上向巴尔（Baal）发誓，宣称自己将毕生与罗马为敌。第二次布匿战争中，迦太基最伟大的将军汉尼拔兑现了自己的誓言。²⁴

女性在民主社会中的作用

多数美国民主人士不再像雅典民主人士或罗马共和主义者那

---

① 波里比阿（Polybius），又译作波利比阿。

般设想给予女性平等的政治权利。与美国建国者们一样,南北战争之前的多数美国人将提比略·格拉古(Tiberius Gracchus)和盖约·格拉古(Gaius Gracchus)的母亲科尔内利娅视作共和国母亲的典范,因为她自身具有良好的德行,并且全心全意为孩子们奉献。科尔内利娅是伟大的将军西皮奥·阿弗里卡纳斯的女儿,是一位寡妇,为了全身心地培养道德高尚的儿子们,她甚至拒绝了国王的求婚。根据普鲁塔克的描述,当一位轻佻的女士要求看看科尔内利娅的宝贝时,她便推出了自己的儿子们。因而南卡罗来纳州的参议员罗伯特·海恩(Robert Y. Hayne)曾经这样讲:"弗吉尼亚,同格拉古的母亲一样,在别人要求看自己的宝贝时,也指着自己的儿子们。"1819 年,萨凡纳(Savannah)出版的《女性杂志》(*Ladies' Magazine*)宣称,科尔内利娅与其宝贝的故事可作为"此类共和国"女性的样板,不仅告诉人们要保持简朴,而且也讲述了为母之道。《女性杂志》确实应该强调这个故事所蕴含的简朴之道,因为以往人们在讲述该故事时,呈现出来的画面中往往装饰着各类丝绸饰品及其他奢侈物品,结果被当作了流行的商业媒介,与其意在表达的简朴之义背道而驰;这一点颇具讽刺意味。1859年,梅明杰(C. G. Memminger)在查尔斯顿女子高师学校(Female High and Normal School)开学典礼的致辞中讲道:"显然,孩子们的实际命运主要掌握在其母亲手中;孩子未来能否成为有用之才,能否具有良好德行,主要取决于母亲所接受的训练。世界历史已经证明了这一伟大真理。从格拉古的母亲科尔内利娅,到华盛顿的母亲,无一不是如此,俱给出了令人信服的证明。"《纽约先驱报》(*New York Herald*)的一位作家这样讲约翰·卡尔霍恩的妻子弗洛里德(Floride)："她的持家之道是任何一位古时候的罗马妇人所不可比拟的。女儿科尔内利娅是母亲最亲密的伙伴。"作者通过对弗洛里德女儿科尔内利娅的影射，意在向读者表明，卡尔霍恩家有两位科尔内利娅，其中一位以罗马妇女科尔内利娅为榜样来塑造自己，而另一位则得名于科尔内利娅。[25]

路易莎·麦科德(Louisa McCord)是南部地区对"女性生来就该待在家里"这一信念最忠实的拥护者，她曾以普鲁塔克撰写的提比略·格拉古和盖约·格拉古的传记为基础，撰写过一部名为《盖约·格拉古》(Caius Gracchus，1851)的戏剧，这部戏剧既讲到了科尔内利娅与共和国母亲，也讲到了盖约。在麦科德写给自己儿子的这部戏剧中，科尔内利娅就好比家庭中的演说家，而盖约则好似广场上的演讲者。按照麦科德文章中对女性在社会中天然角色的设定，科尔内利娅的讲话方式与其对儿子的恳求让人们不禁想起麦科德论述政治经济理论的文章中对于"克制和理性"的敦促。科尔内利娅这样建议自己的儿子：

> 冷静！冷静！千万要当心，
> 不要因为批判一个极端，却走向另一个极端。

对于自己的媳妇莱姬尼娅(Licinia)，科尔内利娅声称：

> 闺女，就待在家里吧，
> 这才是适合妇女待的地方，
> 这里安静美好，妇女们互相致意，

相信我，亲爱的。
男人无论多么大胆，
都不愿看到自己被女人模仿。
正是这种温顺的忍耐、安静的坚韧，
成就了女子的生命与美丽。
我们可以培养英雄，
让他的英勇行为震撼整个世界，
或者，培养他成为一名道德巨人，
把所有的关怀责任，都扛在自己的肩上。
但在我们的内心，如果责备太切，
会激化情绪对抗，
我们必须克制，或者压抑这种情绪，
至少要看似平静。
即便再难，这也是女性的责任。
如果不能压抑自己的情感，至少要学会隐藏，
直到从你微弱的脉搏中，
再也感受不到一丝男人般未受抑制的血液跳动。

莱姬尼娅坦称：

但愿我是个男人，拥有男人的灵魂，
不要让胆怯的本性影响到我。

科尔内利娅警告莱姬尼娅不要抛头露面。当发现盖约躲在狄

安娜神庙(Temple of Diana)里躲避暗杀时,科尔内利娅督促他拿出勇气,采取行动。他这样回答:

> 母亲,我走了。
> 愿上帝保佑您,
> 因为您的儿子会努力证明
> 他会带着您的荣誉与爱,
> 圆满实践您所教导的崇高思想。

就这样,流着眼泪的科尔内利娅起到了督促作用;她为儿子提供的是行为的道德情境,而非行为本身。共和国母亲的角色是劝导自己的儿子们采取爱国行动,而不是亲自参与此类"男人"的行为。[26]

麦科德的戏剧得到了人们的交口称赞。讽刺的是,《德鲍评论》(De Bow's Review)却恰恰将她的成功归结为她身上具有的自认为不该出现在女子身上的男性特征。评论家们欢呼:"她全然不同于那些写抒情诗的姐妹们,她的写作带着一种精练、强健、坚定与男性力量,这些都表明她是完全不同的另一类人……她熟读古希腊古罗马诗人的作品原著,令她自己的悲剧作品具有了一种纯粹的古典口吻,而这是任何一位不学无术的作家所无法做到的。"但是,麦科德的崇拜者们却宁愿原谅她的"男性特质",忽略她公开规劝女人们待在家里这种言论中固有的讽刺意味。海勒姆·鲍尔斯创作了一尊身着罗马女人服饰的麦科德半身像;曾给她的孩子们辅导过功课的詹姆斯·伍兹·戴维森(James Woods Davidson)

表示:"她被塑造成了一个有着英雄外形的罗马人。她是罗马人,一直都是罗马人。"她一直劝导儿子要英勇,结果儿子后来牺牲在保卫邦联的战役中。[27]

正如《德鲍评论》的批评家们所猜测的,麦科德所接受的古典学教育远超出多数新式女子学院所提供的教学内容。孩童时代的麦科德就对学习充满热情,导师在教她的兄弟们学习时,她就藏在门后记笔记。发现这一情况后,她的父亲兰登·切夫斯(Langdon Cheves)表示,任何渴望学习的人都应该有机会学习,于是她获得了古典文学与数学方面的深入训练。[28]

鉴于麦科德倡导下层白人男性应当直接参与政治,那么她对女性直接参与政治的反对便尤其令人印象深刻。她的父亲曾担任美国国家银行行长、南卡罗来纳州检察总长、美国众议院发言人,是一位靠自己努力而成功的人,也是一位了不起的演说家,他那振聋发聩的演讲词让华盛顿·欧文不禁想起了西塞罗和狄摩西尼。在麦科德的戏剧中,盖约声称:

> 哦! 你要知道,
> 没有什么比靠自己努力而变得高贵更值得敬仰。
> 向那些愿意积极向上的人伸出援助之手吧,
> 欣赏他,无论他现在多么卑微。

正如盖约对自己父亲的平民身份表现出旧式的骄傲一样,麦科德也对自己父亲从底层奋斗上来的经历感到自豪。她笔下的盖约也提及了"男子身上散发的神性光辉",并且表示:

> 当理性觉醒,
>
> 便可获悉男性的权利,推动人类进步。

杰克逊式的民主,就像盖约所以为的激进的共和主义一般,扩展到了贫苦的白人男性,却未普及到女性。[29]

麦科德并非唯一一位认为女性应当教导自己的儿子采取正直高尚的公共行为,而她们自己却应当回避此类行为的人。1785年至1835年间,诺厄·韦伯斯特(Noah Webster)出版了多部具有影响力的流行启蒙书籍,这在美国算是首例,也可以算作麦加菲读物的先驱,这些启蒙读物赞扬了约瑟夫·艾迪生撰写的《加图》(*Cato*, 1713),赞扬其描述了加图的女儿马西娅(Marcia)。韦伯斯特尤其欣赏马西娅的"谦逊",他写道:"我希望所有有志成为别人眼中有教养女性的女士们都仔细地想想这一品质,艾迪生称之为最圣洁的行为。"乔治·弗雷德里克·霍姆斯哀叹,古希腊妇女的地位无异于奴隶;这倒不是因为他认为她们应该享有政治权利,而是因为她们的地位太低,使她们未能在家庭中发挥强烈的道德影响。美国出版的首部索福克勒斯作品《安提戈涅》(*Antigone*)的编辑蒂莫西·德怀特·伍尔西(Timothy Dwight Woolsey)向读者保证,尽管女主角公然违背国王克瑞翁(Creon)的旨意将自己兄弟埋葬的这一做法表面上看起来似乎使她具有"男子气概",但她的家庭观、道德观及宗教观,都使她"异常柔软而女子气"。与南北战争之前的许多美国人类似,乔治·弗雷德里克也认为,就连诗歌与艺术也属于公开行为,不适合女性。他写道:"诗歌与绘画需要大胆、创意与创造性。而女性太过端庄,是无法具备这些特质的;如果她们想要大胆,则会变得粗鄙。萨福属于特例,但我们怀疑萨福是个神话或者根本就是个男人。"[30]

与之形成对比的是,莎拉·格里姆克(Sarah Grimké)强调的则是科尔内利娅非同一般的智慧与博学,而非她的家庭生活。在《关于两性平等的信件》(Letters on the Equality of the Sexes, 1838)中,格里姆克写道:"然而,就算有一些障碍致使女性无法达到造物主赋予她的那种高度的心智……但有一些女性已经克服了重重阻碍,毫无争议地证明,她们拥有与兄弟们同样的才智。西皮奥·阿弗里卡纳斯的女儿科尔内利娅之所以杰出,就在于她拥有正直的品性,富有学问且判断力强。她的写作与谈话带着非同一般的优雅与纯净。西塞罗与昆体良都对她的信件给予极高赞誉,她孩子们的好口才也归功于她仔细的督导。"事实上,格里姆克还表示:"从罗马历史中,我们大概能对注定生活在底层的女性们有一丝了解:由于身份低微,她们无法对道德及心智领域的进步产生广泛的认识……在罗马最早的辉煌时期……统治者利用人们彼此间的感情维系着统一、和谐与劳作。最漂亮的女性为了独树一帜,要通过自己的经营与努力来协助丈夫,为丈夫的事业锦上添花。一切都是他们夫妻共同拥有的,没有什么应更多地归功于哪个人。"她引用布鲁图讲到自己妻子时的话说:"我绝不能用赫克托耳的话来回答波西娅(Portia),'注意你的导向,给你的女仆做好规矩',因为从勇气、行动及对国家自由的关注等方面来讲,波西娅并不比我们任何人差。"罗马女性的爱国精神不仅体现在她们参与了几次布匿战争,而且反映在她们在能干的霍尔滕西娅(Hortensia)率领下成功地公开抗议通过征税来支持内战。格里姆克认为,罗马女性之所以拥有相对较高的地位,是由于罗马男性感谢共和国早期被他们绑架并嫁给他们的萨宾妇女的自愿顺从;她似乎完全没有注意到自己这种说法多么具有讽刺意味。[31]

格里姆克也发现古希腊和古代德国诞生过一些强大的女性。她不赞成修昔底德所描绘的祭文中伯里克利的言论,即"她的功与过,很少有人评说"。格里姆克还写道:"在希腊,女性可以担任教士,享有最高的尊严,受人们敬仰。"这显然与基督教拒绝授予女性神职的做法相反。她还引用了塔西佗的话:"德国人认为他们的女性身上具有某些神性与先知特质,于是小心翼翼,既不会漠视她们的劝诫,也不会忽略她们的答复。"[32]

麦科德与格里姆克对于共和主义社会中女性应当扮演怎样的角色有着截然不同的理解,这一点非常有趣,尤其是考虑到她们两人孩童时期学习古典文学都只能通过自己的恳求。格里姆克这样回忆自己孩童时代对导师的恳请:"对于我的热烈请求,唯一的回答是'你是个女孩——你学习拉丁语和希腊语干什么呢?你根本用不着它们',然后伴之以微笑,有时甚至是嘲笑。"然而,同麦科德一样,格里姆克的坚持是有回报的;她最终得以与自己的兄弟托马斯坐到一起,聆听用古典语言讲授的课程。[33]

同格里姆克一样,玛格丽特·贝亚德·史密斯(Margaret Bayard Smith)也着重指出了罗马女性的智慧。在19世纪30年代初为《女性杂志》撰写的系列短篇小说中,史密斯将罗马女性与自己同时代接受过古典文学教育的女性进行了含蓄的类比。她写道:"罗马的社交圈,至少上层人士的社交圈子,一直是两性皆有。品德高尚的、有学问的女性与政治家、哲学家们相互交往,并且向社会传递一些单凭她们就能够传递的改良信息……她们不再是男人的奴隶,而是成为他们的朋友与伙伴。"考虑到"罗马女性这一称谓已是荣誉称号",史密斯对女性无私的优良品格大加赞赏:她们为了国家牺牲了自己的利益,却不寄希望于获得与男性同胞同等的荣耀。她这样写道:"与罗马女性相比,无论这些英雄们多么具有献身精神,意志多么坚定,难道不是因为她们的支持力度更大吗? 她们用暂时的痛苦换取了不朽的光荣,难道还有比这更有价值的吗?"34

希腊女性通常与世隔绝,受教育程度不高,就连相当保守的美国男人也觉得她们不如罗马女性有吸引力。托马斯·迪尤写道:"孟德斯鸠(Montesquieu)坚称,希腊妇女是出了名的坚贞。果真如此,那也是因为教育体系使她们变得无趣,无法成为男性渴求的对象;或者说,与世隔绝的生活使她们失去了诱惑力……与世隔绝磨灭了她们的智慧与自由。锁和密钥保证不了女性的纯贞,精神文化巩固下的道德原则才是婚姻忠诚的最佳护卫;只有在这种情况下,与男性处于同等地位的女性,才能够享有全部的信任与爱,拥有完整的自由,才能真正地让她安于自己的家庭与火炉,她才能够感受到自己的尽善尽美。"正是希腊女性的受教育程度不够,才导致希腊男人寻求外国情妇,这种做法"一度让人们痛苦地回想起以往的堕落经历,而这种堕落必定是由于对女性的不公正对待导致的:忽略了她的精神世界,还蓄意羞辱她"。然而,在迪尤的心目中,理想女性仍然是男性的有力支持者:"世上已有的绝大多数伟大成就就是在女性的赞扬中实现的。因而,美好的婚姻关系应该是这样的:女性能理解丈夫的全部品格,并且同丈夫一起承受各种兴衰沉浮。"[35]

就连保守的南方人也无法始终抵御强大的女英雄的诱惑。奥古斯丁娜·简·埃文斯(Augusta Jane Evans)撰写的小说《玛卡里亚，或祭坛》(*Macaria, or Altars of Sacrifice*, 1864)是邦联地区最畅销的作品，作者将为了邦联事业而牺牲了自己的南方女性比作古希腊时期自我牺牲的女性。[36]

恺撒的持续影响

美国人从古典时期的政治史中看到的既有男女英雄等正面人物，也有反面人物。与建国者们相似，南北战争之前的美国人也认为最大的恶棍是尤利乌斯·恺撒，因为他们认为恺撒应当为受人尊敬的罗马共和国的衰败负主要责任。正如杰斐逊和汉密尔顿互称对方为"恺撒"一般，南北战争之前，美国的政治领袖们也互称对手为反对共和制的类似阴谋家。1812年战争前，当新英格兰地区的联邦党人谈及要脱离联邦时，约翰·昆西·亚当斯称他们为小恺撒，他写道："可惜的是，在一个分崩离析的体系中崛起，是联邦各个部分的野心家们最明显、显然也最简单的一种处理方式。这似乎是所有小政治家们天生就渴望占有的资源，他们像恺撒一样，感觉罗马这个目标过大，他们尚无把握拿下；为此，他们情愿先占领一个村庄，以免让自己成为笑柄。"亚当斯当政后，很可能还曾利用笔名"帕特里克·亨利"(Patrick Henry)写下了一系列文章，暗示约翰·卡尔霍恩是另一个恺撒。这位"帕特里克·亨利"写道："做作的自我节制往往更突显了他的野心图谋。尤利乌斯·恺撒曾三次拒绝登上国王宝座,屋大维和提比略都是勉为其难地登上帝位;奥利弗·克伦威尔(Oliver Cromwell)先是'奋勇抗击国王',随后才在人们的拥护下,颠覆了英格兰的自由。"1830 年弗吉尼亚制宪会议上,詹姆斯·门罗企图假借恺撒的威慑力,阻止州长普选。门罗声称:

> 查阅该领域的历史,我们会清楚地发现,民众与执政官的关系越密切,赋予他的权力越大,那么共和国政府面临的危险就越大。是什么推翻了古代共和国?回顾古罗马,你会有何发现?难道不是他们自己推选的执政官推翻了各个省的自由?当面临在马略和苏拉(Sylla)、庞培和恺撒之间进行抉择时,是恺撒将自己打造成一个专制君主的吗?是民众推选了他,忠诚于他,结果却导致了自身的毁灭。罗马共和国被分裂成多个部分,各个部分之间的争端被推向极致,毁灭是必然结果……自治政府能否成功,取决于其能否让民众保持平和。民众享有的行政特权越少就越安全。[37]

最常被美国人比作恺撒的人是安德鲁·杰克逊。杰克逊的政敌众多,他们经常在公开或私下场合对两人进行类比,指出恺撒与杰克逊都是在民众中极具影响力的将军。早在 1818 年,亨利·克莱在担任美国众议院议长期间,就曾弹劾杰克逊,指责这位将军对佛罗里达发动的非法入侵。克莱当时宣称:"记住,希腊有亚历山大,罗马有恺撒,英格兰有克伦威尔,法国有拿破仑·波拿巴,如果我们想避免这样的分裂,就必须避免犯这样的错误……正是发端于此的野心计划被滥用后颠覆了罗马的自由。"1828 年在竞选中落败于杰克逊之后,约翰·昆西·亚当斯潜心阅读西塞罗针对马克·安东尼(Mark Antony)的《反腓力辞》①,在日记中记下了这份演讲词"令人忧伤的意味",记录下"罗马自由气数将尽的垂死挣扎"。接下来的十个月,亚当斯每天都花两个多小时研究西塞罗的信件与作品,在此过程中,他目睹了杰克逊与恺撒、自己与西塞罗的相似之处,他甚至发现,西塞罗和自己一样,都曾经失去过一个孩子。提及西塞罗的信件,亚当斯这样写道:"我感觉他就像是一个幻影,不断地靠近我——他张着嘴,似乎要对我说什么,结果又从我身边一闪而过;但他的话似乎已经飘进了我的耳朵,在我的心中深深地留下了他的烙印。多少个不眠之夜,我看着他的书,听着他孤独的叹息,感觉到他痛苦的悸动……当我合上书籍,我能感受到这种实实在在的痛苦。任何悲剧带来的痛苦都不抵这个的一半。早晨醒来,我的心中往往带着对恺撒的满心诅咒;看到3月15日恺撒被猛刺23下,看见他倒在庞培雕像的脚下时,我反倒感受到一丝宽慰,原谅我用词或许不那么准确。"[38]

辉格党人抱怨称,杰克逊式民主,同罗马共和国后期的小派别一样,效忠的是某个人,而非某套原则。新泽西州的塞缪尔·索瑟德(Samuel Southard)竭力主张道:"别再口口声声说我们效忠于某位领袖了,别再说你是庞培的拥趸或者恺撒的卫士,否则无异于披上了奴隶的制服。"来自纽约的众议员约翰·科利尔(John A.

---

① 西塞罗人生的最后一年里,创作和发表了许多演说,以反对安东尼,支持共和党人;它们被冠以《反腓力辞》合集出版。这些精彩的演说词不仅反映了西塞罗在攻讦方面的高超的修辞技巧,还承载着西塞罗对共和制的思考。

Collier)表示,他和卡修斯一样,也不认为"世界是为恺撒而创造的"。1832年,当朋友兼辉格党同僚布朗宁(R. S. Browning)前去瞻仰西塞罗的墓地,送给他一根用西塞罗墓穴上方的树枝雕刻而成的手杖时,克莱非常感激。布朗宁念念不忘西塞罗对恺撒的反抗行为,他认为,这些反抗行为虽然最终没有什么用处,但仍然是值得尊敬的;他在写给克莱的信中表示,他希望美国人民"向世界证明,他们并没有被某位军事首领的成功所迷惑",督促人们在当年的总统选举中选择克莱而非杰克逊。但布朗宁并未如愿,部分原因在于杰克逊成功地利用了人们对国家银行的普遍不信任,并将之作为竞选中的核心议题。[39]

杰克逊将自己的连任视作人民授权他摧毁银行,因而采取了越出法律范围的手段对银行予以打击,从而刺激了辉格党人对这位"新恺撒"进行了更为激烈的控诉。当财政部长威廉·杜安(William J. Duane)拒绝听从杰克逊的命令从银行大量撤资时,杰克逊解雇了杜安。坐在参议院议席上的亨利·克莱将杰克逊的行为比作恺撒手持利剑进入罗马金库,征用公共资金来支持他对庞培发动的内战。克莱阅读了普鲁塔克撰写的恺撒生平,并加上自己的评论:"当民众领袖梅特路斯(Metellus)反对他从国库中拿走资金,并引用了某些法律来反对这种做法时(阁下,我猜,就如同我在这里努力想引用的一样),恺撒说,'如果你对我要做的事情不满意的话,你只有一个选择,离开(离开办公室,杜安先生!)'……说完,他逼近国库门口,由于没有钥匙,他派了几名工人前去把门撞开。梅特路斯再次对他提出抗议,得到了一些人的支持,对他的坚定表示赞赏;但恺撒威胁称,如果再敢惹麻烦,将会处死他……梅

特路斯对此感到害怕,只好退缩一旁。"那个时候,作为杰克逊政敌的卡尔霍恩,利用这个类比声称:

> 这位来自肯塔基州的参议员,根据他的这部分评论,又参阅了一些令人愉悦的、有教益的作家们(如,普鲁塔克)用各种语言撰写的动人篇章;那些作品描述了恺撒手持利剑,鼓足勇气进入罗马共和国国库的事件。我们现在正处于相同的政治变革阶段,这两个事件是完全相似的,只不过是换了个故事主角与时代背景而已。那个故事讲的是作为一个公开掠夺者的英勇无畏的勇士,动用暴力攫取国库财富——无论在罗马共和国还是在我们国家,国库都是要交由政府立法部门保管的。我们现在面对的主角却是另外一种角色——是一位狡猾、有手腕、道德败坏的政客,而非无畏的战士。他们来到国库掠夺公共资源,不是手持利剑,而是带着诡辩的假钥匙,像小偷一样,在寂静的暗夜里实施。他们的动机与目标是相同的……"有钱就有人,有人就有钱"是那位罗马掠夺者的格言。"有了钱就能争取到支持我们的人,就能获得选票"是我们这位公共资源掠夺者的座右铭。有了人与钱,恺撒在那场关键性的菲利皮战役(实际上应该是法萨卢斯战役)中击垮了罗马自由,令罗马从此再无翻身之日;从那个悲惨的时刻开始,罗马共和国的所有权力都集中在了恺撒一个人手中,这种体制之后又延续了很久。有了钱与道德败坏的政客,他们要做的就是花大力气来阻止和扼杀美国人的自由声音,从各个渠道加以

封锁。[40]

卡尔霍恩把杰克逊描述为一个美国版的恺撒,他的这段讲话如此富有感染力,以致《华盛顿全球报》(Washington Globe)认为美国历史上首次出现的暗杀总统行为,即理查德·劳伦斯(Richard Lawrence)射杀杰克逊未遂一案也与此有关。对于劳伦斯,《华盛顿全球报》的一位匿名作者曾含沙射影地表示:"他是否受到了那位心怀不满的演说家满脑子妄想的影响,后者将总统比作应该有一位布鲁图去刺杀的恺撒、有尼禄(Nero)或提比略去刺杀的克伦威尔;对于这些,我们并不知情。"这位作者将卡尔霍恩单独提出来加以谴责,要其对刺杀总统负责,实际上是误解了劳伦斯,后者只不过是一个有些妄想症的油漆匠,很可能是吸入了过量铅涂料而导致精神出了问题。但是,第一次成功的总统暗杀行为或许并非偶然。刺杀了总统林肯的人名叫约翰·威尔克斯·布思(John Wilkes Booth),其父亲与兄长都名为朱尼厄斯·布鲁图·布思(Junius Brutus Booth),这个名字是根据恺撒的刺杀者、将腐坏的国王塔昆驱逐出罗马的先人来命名的;据说,约翰·威尔克斯·布思杀了亚伯拉罕·林肯之后,大声喊了一句"暴君活该"(Sic semper tyrannis)。弗吉尼亚州的这句座右铭既反映了共和国人对暴君的恐惧,又增强了这种恐怖感。林肯被暗杀前五个月左右,布思和两位兄弟曾在纽约城的舞台上表演过威廉·莎士比亚(William Shakespeare)的作品《尤利乌斯·恺撒》。[41]

讽刺的是,杰克逊唯一一次引用恺撒的话是在1830年与副总统卡尔霍恩有关的一起事件中。杰克逊发现十多年前在一次内阁会议上做出不利于自己的陈述的人是卡尔霍恩之后，他写信给卡尔霍恩："我一直坚信你是我的挚友，哪怕是现在，我也不希望有机会对你说出恺撒的那句话'你也有份，布鲁图？'（et tu Brute）"。⁴²

就连一些相对比较随和的评论员也认为将杰克逊与恺撒进行类比具有一定的合理性。最高法院法官约瑟夫·斯托里这样写道："恍惚间，我仿佛回到了罗马共和国的最后岁月，人们拼命呼喊着恺撒，自由本身似乎气数已尽，这恰恰应了西塞罗那句沉郁却富有远见的预言。"南卡罗来纳州的众议员弗朗西斯·皮肯斯（Francis W. Pickens）宣称："现在是恺撒在统治，如果我们屈从于这种状态，我们就是胆小鬼、懦夫、奴隶。"来自罗得岛（Rhode Island）的众议员杜迪·皮尔斯（Dutie J. Pierce）指出，同杰克逊一样，自从恺撒取得群众基础以后，"行政首脑的受欢迎程度"便不再是"该管理层做出正确决策"的令人信服的证据。来自缅因州的参议员皮莱格·斯普拉格（Peleg Sprague）表示，美国仿佛罗马共和国的后期，"执政官与人民，这两股巨大的力量"共同扼杀了自由。⁴³

甚至在杰克逊和平卸任，打破了将他与恺撒进行类比的条件之后，杰克逊的对手依然不肯罢休。杰克逊对中央银行的打击导致了1837年的经济恐慌，这场经济衰退重击了他的继任者马丁·范布伦（Martin Van Buren），为此，弗吉尼亚州的众议员亨利·怀斯（Henry A. Wise）表示"真的，的确如此，可以这么讲，杰克逊将军造成的恶劣影响在他离任后仍然存在"，这一说法明显影射的是莎士比亚笔下马克·安东尼针对恺撒的言论。至于范布伦为何不愿抛弃杰克逊确立的施行独立财政计划的州银行体系，怀斯补充道:"这意味着,'老山胡桃'并非如人们所以为的是上帝!他不过是一个普通的凡人,贫穷,且没有多少力量。他的判断是会出错的!我们的这位恺撒同其他人一样,也是要吃肉的。"[44]

杰克逊的对手们还将他比作其他罗马专制君主。来自俄亥俄州的众议员托马斯·科温(Thomas Corwin)称,杰克逊的政党分赃制是基于苏拉(Sulla)的座右铭:"顺我者昌,逆我者亡。"卡尔霍恩将之比作罗马皇帝的庇护权。卡尔霍恩还抱怨称,杰克逊的军力动员法案——拒行联邦法危机期间,由国会通过的总统授权对南卡罗来纳州进行武力镇压的法案——类似于"尼禄和卡利古拉(Caligula)的血腥法令"。来自弗吉尼亚州的参议员本杰明·沃特金斯·利(Benjamin Watkins Leigh)称,杰克逊对克莱提出的谴责决议的抗议,其措辞"仿佛身居帝王之位的恺撒在对低一级的罗马元老院讲话一般"。卡尔霍恩谴责了杰克逊主义者们的企图,后者试图将批评杰克逊的言论从参议院日志中去除,同时将杰克逊比作卡利古拉。一位评论家这样写卡尔霍恩:"他认为人们可以奉承当权者,也应有权利给出批评。如果情况已经发展到除了说奉承话外只能沉默的地步,那么这个国家也差不多到了罗马共和国最腐化的日子(原文如此),就连皇帝的马也被说成是执政官。"两年后的1837年,当杰克逊主义者们尝试抹去参议院对杰克逊非难的有关记录时,卡尔霍恩宣称:"这种行为源于纯粹的个人偶像崇拜。这一令人沮丧的证据表明,人们意志消沉,已准备拜倒在权力脚下。前一行为(即杰克逊从中央银行撤资)在庞培与恺撒时期可能已经存在;但在卡利古拉与尼禄执政之前,罗马元老院是绝不可能做出此类阿谀奉承的行为的。"辉格党人常常将杰克逊比作提比略,而将范布伦比作塞扬努斯①,塞扬努斯是提比略的头号忠实追随者。人们做出这样的类比,或许是希望两人最终像提比略和塞扬努斯一样互为仇敌吧。一名国会议员曾经写过杰克逊为推选范布伦而做的努力:"他在政府官邸将这位年轻的恺撒引荐给了禁卫队守卫们;去年秋季又带他前往北方旅行,向他展示了这些遥远的军团。"事实上,在范布伦当选总统后,有人声称,是杰克逊在垂帘听政,就像退隐卡普里(Capri)的提比略一样。1837年大恐慌之后,约翰·彭德尔顿·肯尼迪(John Pendleton Kennedy)称,杰克逊"将罗马皇帝奥古斯都的狂言彻底进行了翻转;在离开首府时,他表示'我用大理石建造了罗马,当我离开的时候却只剩下了砖块'"。在克莱看来,杰克逊对因自己打击中央银行而导致的经济不景气的冷漠态度"类似于罗马最糟糕的帝王尼禄的行为,后者面对世界霸主罗马遭遇的大火灾时就是一副满不在乎的态度"。甚至在几十年之后,来自弗吉尼亚的罗伯特·亨特在歌颂卡尔霍恩时仍然坚持,到了杰克逊的第二任期,"政府已经变得如同屋大维·奥古斯都治下的罗马:貌似遵循的是自由原则,实则不然……事实上,帝国找到的是一位主人"。[45]

辉格党人虽然本身也施行政党政治,但他们还是对政党政治进行了谴责,这根源于古典文学中将美德等同于思想对行动的独立,而将不道德等同于"党派之争"。罗马历史学家们曾对小派别(factio)表示出鄙夷,认为那是蛊惑民心的政客们最喜欢利用的工具,这在很大程度上导致了美国人民早期的反党派情绪。按照

---

① 塞扬努斯(Sejanus),又译作谢亚努斯,罗马皇帝提比略手下大将。

这一古典主义教条,政治党派偏见难免会导致人们去偏袒自己同盟的一些站不住脚的缺陷,并且试图控制自己的同胞,以满足狭隘的个人利益。联邦党人与民主共和党人都公开反对"党性",认为自己所在的党只是暂时的非典型现象,是为了阻止对手的反共和野心而必须采取的措施,期待着某一天能和平地消除所有的党派。乔治·华盛顿的告别演说,大部分篇幅都是对政党的批评;他担心多政党制可能会导致内战。1816年,联邦党解散后,美国政局恢复到一种无政党的状态,当时的许多美国人都感受到一丝轻松。这个"和睦时代"仿佛回到了美国革命时期大家一致爱国的神话日子。约翰·昆西·亚当斯继承了父亲的决心,抵制偏袒任何一个党派的做法。就任总统后,他拒绝将几百名政敌赶出联邦办公室。坚守古典理论的辉格党人仍然认为党派是邪恶事物。他们称安德鲁·杰克逊为"安德鲁国王",声称他将政敌全盘替换的行为,好比乔治三世与恺撒营私舞弊、任人唯亲的做法。[46]

当然,支持杰克逊的民主党人认为,将恺撒和杰克逊进行类比并不合理。早在杰克逊入侵佛罗里达之时,他的辩护者们就表示,杰克逊根本不像恺撒,反倒有些类似于那种明明做了英勇行为却被人恩将仇报的古代帝王。他没有做过任何对不起政府的事,反而扩大了美帝国的版图,就像罗马共和国最伟大的将军们一样。众议员乔治·波因德克斯特(George Poindexter)也表达了相同的观点,讽刺了南北战争之前辉格党人最喜爱并且喜欢拿来用到杰克逊身上的、帕特里克·亨利发表的针对乔治三世的印花税法案的著名演讲。亨利宣称"恺撒有他的布鲁图,查理一世有他的克伦威尔,乔治三世……(这时,他被一片'叛国贼!叛国贼!'的呼喊声打断)可以从他们的例子中学到教训";而波因德克斯特则认为,"希腊有她的米太亚得(Miltiades),罗马有她的贝利萨里乌斯(Bellisarius,原文如此),迦太基有她的汉尼拔,而我们也可以从中习得教训"!后来担任总统的詹姆斯·比沙南(James Buchanan)颂扬了多位在共和国展现出"文治才能"的军事指挥官,其中包括伯里克利、辛辛纳图斯和乔治·华盛顿。(亨利·克莱反驳称,杰克逊并非华盛顿,华盛顿拥有智慧、良好的判断力,能控制自己的情绪,而这些品质,杰克逊统统没有。)来自田纳西州的众议员巴利·佩顿(Balie Peyton)将杰克逊比作辛辛纳图斯:"他们与我们说起恺撒和罗马。恺撒在战争胜利后,跨越鲁比肯河(Rubicon),在自己的高卢军团的簇拥下登上了王位。安德鲁·杰克逊在新奥尔良战役中为自己赢得了不朽的声名……解散了士兵,回到自己的农庄……(后来)他才在同胞的呼唤声中从农庄回来,在自由人民的自发选举中被推举到了世上最尊贵的位置;恺撒长驱直入罗马时,没有表现出一丝不安,没有驱散任何一名议员;而这位朴素的老人每到一处都带给人朋友般的温暖。"佩顿还将杰克逊与共和国的朋友小加图进行了比较,并将克莱、卡尔霍恩及尼古拉斯·比德尔比作破坏了罗马共和国的恺撒、庞培及克拉苏(Crassus)组成的"前三头同盟"。[47]

杰克逊的其他支持者们也将他比作罗马共和国的英雄。杰克逊的同僚、来自田纳西州的山姆·休斯敦在国会发表的首次演讲中,就将杰克逊比作辛辛纳图斯。同样,来自密苏里州的参议员托马斯·哈特·本顿(Thomas Hart Benton)将杰克逊比作西塞罗,他表示:"西塞罗破坏了喀提林们的阴谋,拯救了罗马;杰克逊总统击破了银行的阴谋,挽救了我们的美国。"杰克逊经常动用否决权,"典型地再现了……罗马人授予公民领袖的权力,旨在暂时搁置某项法律的通过,直到人民自己有时间来加以思考"。[48]

秉持杰克逊主义的民主人士将罗马共和国的衰败归咎于辉格党人实施而杰克逊抵制的贵族政治的腐败及对人民的镇压。事实上,杰克逊本人在写给儿子的一封信中曾提及人们对他和恺撒进行的类比:"早在恺撒登上帝位之前,贪污腐败的元老院就已经摧毁了罗马的民主。"假如美利坚共和国遭到腐化,那一定是由贵族组成的辉格党参议院所导致的,而非杰克逊本人。[49]

墨西哥战争让扎卡里・泰勒(Zachary Taylor)、温菲尔德・斯科特(Winfield Scott)等一批新的将领(讽刺的是,这两人都是辉格党人)登上了显要位置,再次刺激了人们对于美国版恺撒的担忧。虽然亨利・克莱本人有着强烈登上总统宝座的政治野心,但他仍担心"军事首领之间相互打压,直到最后一位登上总统宝座;到那个时候,他会比其前任更加肆无忌惮,将会建立一个专制政权"。富兰克林・史密斯(Franklin Smith)在写给约翰・卡尔霍恩的信中称:"总统宝座不会给予你任何荣耀。恺撒最终被人遗忘,而加图却留下了不朽的声名。一个倾心于从战争中获取战利品、渴望侵略的政党正在我国迅速壮大。这个党要靠战争生存,通过战争来填充国库;这样的党注定要成为某个地方总督的党,若不加抑制,将会走上同古罗马一样的老路……现在人们都认定,最先攻克墨西哥的将军必将成为总统。"史密斯又补充道:"除非这场战争能够被阻止,否则我们将面临毁灭。罗马历史已经证明了这一点。"詹姆斯・加兹登(James Gadsden)同样忧虑重重,他写道:"同罗马人一样,我们的美国将军们也一心想着战争,期待夺取某些行政区。他们每个人都欲从战利品中分得一杯羹。"1848年,当泰勒即将在总统竞选中胜出时,来自马萨诸塞州的西尔维斯特·格雷厄姆(Sylvester Graham)质问卡尔霍恩:"民众发了疯似的选择一个偶尔在战争中险胜的军事首领来担任这个伟大国度的最高治安官,让他来驱使这片土地上最有学问的老百姓、最能干的政治家,你难道对这种疯狂不感到担忧吗?"乔治·弗雷德里克·霍姆斯也以类似的方式表达过他的观点,他称圣安娜(Santa Anna)为"现代版的朱古达(Jugurtha)",称泰勒是现代版的马略、斯科特为现代版的梅特路斯。朱古达是努米底亚(Numidian)国王,因为反叛罗马,反而给了马略利用武力攫取权力的机会;梅特路斯是马略的伙伴,也参与了打击朱古达的战役。霍姆斯哀叹:"如今,有才智的人都屈居人下:卡尔霍恩、莱加列和克莱是名副其实的优秀秘书与律师!……当今的我们恪守古代的传统,而西塞罗、狄摩西尼等受人拥戴的政治家又算什么呢?只不过是些帮着野心家们扶马镫子的马厩总管。"民主时代需要的是将军而非政治家。⁵⁰

但是,同华盛顿时代一样,美国人渴望的仍然是辛辛纳图斯般的军事首领,而非恺撒。为此,1852年,当纳撒内尔·霍桑就竞选传记事宜写信给朋友富兰克林·皮尔斯(Franklin Pierce)时,霍桑建议,皮尔斯的墨西哥战争经历的确应当被写进去,但"这段经历所占篇幅不宜过长,不能盖过您作为一名和平追求者的形象。'轻武而尚文(Cedant arma togae)。'要在恰当的时刻扮演恰当的角色:当国家需要你的时候,做一名英勇的战士;而在当前情境下,做一名政治家才是你的最佳角色"。前面那句拉丁语是西塞罗用来表现文治在共和政府中重要性的名言(《论责任》,1.22.77),翻译过来的意思就是"让武器让位于长袍吧",这句话在南北战争之前的美国被广泛引用。美国自由终于艰难地挺过了泰勒的短暂统治、任期更短的哈里森时期,以及内战之前另外几位任期更长的军事领袖华盛顿、杰克逊及皮尔斯等的统治。[51]

有关联邦权力的争论

除了对军事专制的恐惧外,有些南方人还担心,联邦权力的扩张会导致产生一个新的罗马帝国,那同样会对各个"行政区"表现出专横。甚至早在1816年,约翰·卡尔霍恩仍然支持通过联邦拨款来进行内部建设时,就强调称:"我们要建造耐久的好路,但不是像罗马那样为了奴役或统治各个行政区,而是着眼于国防大业,旨在将我国各个不同部分的利益更紧密地连接在一起。"1832年,来自南卡罗来纳州的众议员乔治·麦克达菲(George McDuffie)声称,沉重的联邦关税所施加的苛捐杂税"丝毫不亚于""罗马政府对各个臣服民族的无情盘剥"。"威尔莫特但书"(Wilmot Proviso)曾试图禁止在美国从墨西哥战争中征收的土地上施行奴隶制,来自弗吉尼亚州的穆斯科·罗素·亨特·加尼特(Muscoe Russell Hunter Garnett)对此表示反对,他将南部各州比作罗马各省,"其公民被禁止……拥有任何一块自己参与征战而获得的土地"。1850年,来自南卡罗来纳州的众议员霍姆斯艾萨克·霍姆斯(Isaac E. Holmes)写道:"北方已经变得像罗马一样,有着同样的动机。她向各个行政区征收的税,比罗马当时向埃及人或非洲人征的税还要多。"1860年,即美国南方十一州脱离联邦的这一年,德鲍(J. D. B. De Bow)写道:"罗马帝国,即使在其最堕落、最卑鄙的时刻,也未像我们的联邦政府这般唯利是图、腐败与庸俗。"但到了第二年,内战发生后,德鲍又改变了这一类比。此时,北方侵略者被比作哥特人和匈奴人,而南方防御者则成为罗马共和国人。德鲍写道:"让这帮阿拉里克和阿提拉(Alaric and Attila)之徒来吧,一个堕落腐化的民族是根本无法占领古老的罗马领地的。"[52]

但并非所有人都认可美国联邦政府类似于罗马帝国政府的说法。1832年,威廉·亨利·哈里森写信给卡尔霍恩,称两者的历史情境截然不同:罗马并没有像美国1787年宪法这样限制中央政府权力的成文法。另外,哈里森还指出:"然而,假如发现绝大多数人民,或者代表他们来管理政府的人,有意剥夺各个州的神圣权力,'将这些州降级为需要依赖他们的政治团体',那么审查我们的政府体系只是白费工夫。民众自己也绝对想不到要这么做。"哈里森还提到了变节行为,"如果我们的政府要那样堕落下去,各州保有的权力将会像波吕斐摩斯巢穴里的尤利西斯,成为'最后一个要被吞噬的'"。对于卖国贼来讲,更有效的方法是摧毁"总政府"从而打击联邦。事实上,对付此类有可能摧毁共和政体的腐败事件,最好的保护办法就是建立一个强有力的联邦司法机构。哈里森总结道:"如果说享乐会改变人们的行为与准则,而腐败会侵蚀其他政府部门,比如(在类似动机影响下的)赫赫有名的雅典法庭战神山议事会,那么,无论这个国家的人们还剩下何种德行或才智,也只会存在于美国最高法院的法官中间。"[53]

南北战争前,美国人迫切希望避免希腊共和国的致命错误;同罗马共和国一样,希腊共和国也是被马其顿的腓力二世所征服。所有人都认为,独立性的丧失,从各个方面来讲都是对希腊的灾难性打击,无论是从政治、社会还是艺术领域来看,都是如此。当时尚是孩童的约翰·伦道夫就表达了对"腓力用艺术与武力征服希腊自由的愤慨"。谈到雅典人时,爱德华·埃弗里特写道:"如今,我们所知道的多数朴实的、卓越的文学作品就是为了这个目无法纪、无情无义但自由的民族而写就的。随着自由在希腊的衰退,其文学与艺术作品也出现了衰退。"托马斯·迪尤同意这一观点:

> 最终,当一个伟大的城邦在希腊北部崛起,并且拥有了一位君主,用顺从的雇佣兵和卑躬屈膝的侍臣代替了自由爱国的独立人士——用他的军队震慑希腊,用他的出现威吓邻邦同盟协商会议(Council of Amphictyon)——这时,人们才发现希腊伟大的日子已屈指可数,共和国的荣光已被彻底摧毁;也是到了那时,人们才发现斯巴达人已经丧失了爱国主义,而雅典人也失去了富有创造力的精神力量。曾几何时,这些力量激励着陆军与海军将士奋勇杀敌,并取得战争的胜利,装点并丰富了哲学与文学创作,从高台上点燃了公众的热情,让大理石和帆布具有了生命力。喀罗尼亚(Cheronea)战役在推翻各个城邦的同时,也扼杀了我们的自由与繁荣,更糟糕的是,颠覆了希腊的美德与至高无上的智识。

迪尤还讲了一大通道理来反对联邦权力在美国的骇人增长："一旦各个州被塑造成一个统一的帝国，由一个处于核心位置的君主来把控一切，那么这些州的命运必将如此……当一个强大的统一的中央政府选定了联邦为其核心——那么她的光芒将永远沉寂下去。"乔治·菲茨休表示赞同："高级文明及民族伟业的唯一秘密就存在于这些狭小而有限的地域空间……从古至今，所有的历史都告诉了我们这个道理。小腓尼基（Phoenicia）、小迦太基、希腊的上百个小城邦以及主体位于意大利的罗马，都是真正伟大的。当亚历山大征服了埃及与波斯，又急欲征服其他地方后，希腊便再没有崛起的机会了；她的衰落导致各个被征服者也遭到了毁灭。当罗马征服了世界，辛梅里安人（Cimmerian）的黑暗气息立即吞噬了整个帝国。"[54]

但是，对于希腊共和国为何会衰落，人们给出的解释却千差万别。查尔斯·芬顿·默瑟将马其顿征服雅典归咎于猖獗的物质主义："雅典原本拥有6万公民，在希腊其余各部的协助下，雅典赶走了统治者薛西斯（Xerxes）。当德米特里（Demetrius）将他们全部作为奴隶在公开市场上出售之后，雅典人的数量仍然为6万；人们拒绝献出自己的财富用于国防，而是储存下来用于公共节庆活动与表演。"与之不同的是，年轻的约翰·卡尔霍恩为联邦党人激烈反对1812年战争而感到沮丧，他将古希腊及其他共和国的毁灭归咎于党派之争。卡尔霍恩声称："这些古代共和国真是令人可敬又可叹呀！雅典、迦太基、罗马，你们都是党派之争这一可恶精髓的亲历者与见证者！致命的扎马（Zama）战场与喀罗尼亚战场，你可以证明这一毁灭性的暴行！波里比阿撰写的历史难道不能说明吗？古代各个自由城邦的其他历史学家们的著作不也能证明吗？除了证明根植于派系斗争的敌对情绪、毫无节制与顾虑的处事方式、对民众福利的无视是最危险的政治罪恶等大量罪证外，作为口才与智慧典范的西塞罗的政治演讲、狄摩西尼的雄辩语言，又能说明别的什么内容呢？"[55]

这样的古今类比，反映了不变的人性中广泛存在的一种信念。1829年至1830年的弗吉尼亚制宪会议上，本杰明·沃特金斯·利声称："从梭伦时代到乔治·华盛顿时期，人类的自然情感、爱好与欲望同其外在形式一样，都未曾改变。相似的政治或道德追求，在雅典、罗马、法国及美国等地已经产生，且必将产生相似的效应。"同样，乔治·菲茨休写道："人性的改变如此细微，以至于我们发现当今人们的善与恶、激情与怪癖，《旧约》中以及希腊罗马诗人都已有过精准而忠实的描述，并且其准确性超过了当今任何一位英国或美国作家的描述。"托马斯·哈特·本顿声称："现在各个地方都相差无几……但人类最辉煌的时刻，是由希腊罗马人民创造的，是他们将这些共和国的光辉与繁荣发展到了极致。"[56]

卡尔霍恩采用的混合政府理论

南北战争前，对古典政治理论最有意思的一次应用或许是约翰·卡尔霍恩孤注一掷地通过采用现代的混合政府理论来挽救联邦的尝试，当然，他的努力最终还是失败了。公元前4世纪，柏拉图指出了三种基本的政府形式：君主制、贵族制和民主制；在这三种制度下，统治权分别掌握在一个人、少数人及多数人手中。他在《法律篇》(*Laws*，756e – 757a)及《政治学》(*Politicus*，291d – 303c)中表示，每一种政府形式都在随着时间流逝而恶化：君主制演变为专制暴政，贵族制演变为寡头政治，民主制则演变为暴民统治。柏拉图指出，最好的政府形式是混合政府制，是能够平衡三种社会力量的政府。(该理论明显有别于柏拉图十多年前在《理想国》[*Republic*]中所详细阐述的理论，那时他倡导的是一个在深谙哲学的国王领导下、由多名监管人共同管理的贵族政体。)随后，亚里士多德令混合政府理论名垂千古，将之作为其《政治学》(*Politics*，3.7)的核心；在这本书中，他引证了古时候的多个混合政府案例。希腊历史学家波里比阿声称，第二次布匿战争时期(公元前218—前202年)的罗马共和国是混合政府体制的最杰出范例。事实上，波里比阿(《历史》，卷6)声称，执政官、元老院及公民大会间的权力制衡是罗马成功的秘诀，因为这种形式可以将内耗降至最低，因而使得罗马人得以征服外部敌人。西塞罗(《共和国》[*Republic*，2.23 – 30])继而利用混合政府理论，挫败了罗马人试图牺牲共和国利益来巩固自身权力的企图。

　　罗马帝国虽然瓦解了，但混合政府理论得以留存了下来。中世纪及文艺复兴时期，托马斯·阿奎那(Thomas Aquinas)、约翰·加尔文(John Calvin)、尼科洛·马基雅维里(Niccolò Machiavelli)、弗朗切斯科·圭恰迪尼(Francesco Guicciardini)等风格迥异的理论学家们都倡导采用混合政府形式。现代初期，阿尔杰农·西德尼(Algernon Sidney)等英国的辉格党人不仅重申了古代反对采用单一政府体制的论断，而且将英国也算作成功的混合政府形式。

英国的国王、上议院及下议院,同斯巴达政府及罗马政府一道,成为混合政府理论学家们眼中的成功典范。[57]

17世纪的英国政治理论学者詹姆斯·哈林顿(James Harrington)提出一个概念,成为美国版混合政府理论的核心,这便是"天生贵族"概念。即使是在没有带爵位贵族的大洋国(哈林顿构想的乌托邦)这样的新兴国家,人民的聪明才智也是有差异的。在任何一个自由社会中,天赋方面的天然差异都会导致财富的不均等。财富的不均等继而又会导致阶级冲突。混合政府体制,再加上一些限制土地持有规模的法律,是防止各个阶级与统治者之间发生暴力冲突的唯一手段,否则,难免会发生内部战争。因而,大洋国政府由一个代表着天生贵族的参议院、一个由普通民众选举产生的庞大的公民代表大会以及一个平衡各方权力的执行官组成。同波里比阿一样,哈林顿相信,这种体系能产生完善的法律,继而又能培育优秀的人民。[58]

作为西方混合政府理论传统的继承者,美国建国者们将18世纪六七十年代史无前例的国会课税做法归结为英国宪法混合体的恶化变质,试图通过美国革命制定新的宪法,在美国建立自己的混合政府。爱国主义领袖控告称,国王乔治三世利用自己的任免权,购买下议院的席位,压缩上议院的人数,打破了英国宪法的微妙平衡。这些爱国人士面对的主要困境是,如何在这个已经不再拥有君主且从未有过带爵位贵族的社会中创造混合体系。州宪法的制定者决定,这些重要角色应当由某个经选举产生的官员及由哈林顿所讲的"天生贵族"组成的参议院来担任。他们给出的理由是,既然教育和天资往往能带来财富,并且财富(不同于天资或品德)是方便量化的,那么资产便是衡量天生贵族的最恰当标准,能够使政府获得必要的稳定的参议院。各州参议院的规模通常要比众议院小,参议员们需符合更高的资产要求,他们的任期通常更长,且任期交错,从而减少了他们面对公众压力时的脆弱性。[59]

75   1787年,美国制宪会议的多数代表也倡议建立混合联邦政府。由于在宪法的起草与签署中发挥了带头作用而被称作"宪法之父"的詹姆斯·麦迪逊(James Madison)呼吁实行参议员九年任期制。他表示:"土地持有者应当在政府中占有一定席位,以保护其极为宝贵的权益,并且对其他人起到制衡的作用。只有通过这样的架构,才能保护少数富人不被多数人欺负。既然参议院是这样,就应当保证参议员具有一定的长久性与稳定性。大家的提议各式各样,但在我看来,他们任期越长,这些诉求就越容易被照顾到。"尽管美国并不存在"世袭差异",并且与欧洲相比,财富方面的不均衡性也较小,但否认美国贵族的存在是没有意义的。麦迪逊继续写道:"借贷双方的存在、对资产占有的不均等,导致政府内部产生了不同的观点与不同的目标。事实上,这正是贵族制的根基。我们发觉,古往今来,每个政府都是由各类利益群体组成的。"麦迪逊最后指出,即使在自己所处的这个时代,美国也不能说都是"同一类型的大众",而他担心近来出现的"均等化征兆"可能导致"土地被重新分配"。制宪会议采纳了麦迪逊的建议,认同宪法应平衡单个人、少数人与多数人的权力:拥有权势的总统由选举人团选举产生;参议院由州立法机构选举产生,任期六年;众议院议员由民众直接选举产生,任期两年。借由《联邦党人文集》(*Federalist*)①的第47篇与第63篇,麦迪逊确保新宪法已经确立了混合政府体制。同年,麦迪逊警告托马斯·杰斐逊:"政府拥有哪些方面的实际控制权,哪里就存在压迫的风险。在我们的各级政府中,实权掌握在社会群体这个多数派手中,侵犯私人权利的并不是与选民意识相反的政府行为,政府只是绝大多数选民利用的工具,政府的行为代表的是选民的意志。"约翰·亚当斯、亚历山大·汉密尔顿、约翰·迪金森(John Dickinson)等诸多联邦制拥护者也支持建立在混合政府基础上的宪法,而许多反对联邦制的人则立足于相同的条款来予以反击。⁶⁰

《联邦党人文集》第10篇当时被广泛忽略,很久之后却变得非常有名。在这篇文章中,麦迪逊提出另一个解决多数人暴政问题的途径。他提议,美国这样的现代商业国家不同于古代共和国,应该拥有两个以上派别,而不应仅限于"少数派"和"多数派"。比如,种植园主和商人,两者虽然都很有钱,但两者的利益点不同;而且麦迪逊发现,宗教与意识形态因素也会导致形成不同的派别。因而,美国的派别一定是非常多的,任何多数派都是松散的联合,是无法持久施行暴政的。(代表制能阻止多数派一时冲动行事,进一步强化了这一效应。)随着岁月流逝,麦迪逊也越来越强烈地坚持运用这一办法来解决多数人暴政问题,这一方法不仅看起来更适合美国这个国家,而且证明了其选民支持的民主改革是合理的。

---

① 原文如此。根据资料来看,Federalist应为略写,此处应为《联邦党人文集》(*The Federalist Papers*)。

各州采纳的此类变革包括取消了对投票权的财产要求、取消了总统选举人的选择与普选票之间的关联等。事实上,当新一届政府正式上台不久之后,就会有多个政党兴起——这些政党并不拘泥于阶层意识,因而得到了政府各部门成员的支持——这一情形证明,严格意义上的波里比阿式混合政府形式并不适合美国这样的现代商业国家。麦迪逊准确地指出,现代商业国家是成分混杂的,并不止于波里比阿所讲的两类利益群体:少数派与多数派。[61]

不幸的是,南北战争爆发在即,美国诸多党派中,某一党派的影响力显然日益增强,并盖过了所有其他党,威胁到了联盟的稳定性。美国建国者中,多数人担心的不是富人与穷人间的分野,而是各个北方自由州与施行奴隶制的南方各州之间的分歧。

约翰·卡尔霍恩从政生涯的绝大多数时间都在努力维持联盟的稳定,他制定并推动了各项制度安排,以期让南方人足以借此维护自身的利益与生活方式;如此,南方各州便不必退出联盟。对南方进行制度化保护的探索是必要的,因为整个南北战争之前,南北方人口的增长速度极不协调。随着北方多数派人数越来越多,其在联邦政府中的势力也相应增加。北方多数派试图借此实施保护北方工业发展的关税政策,使其免受英法制造商的竞争威胁,由此导致南方人只能购买价格更高的北方产品,减少了英法两国用于购买南方棉花的资本投入。北方多数派还试图确保有联邦资金可用于在北方修筑铁路与运河。(南方拥有内河系统,因而南方人觉得没必要进行这些"内部改良"。)最后,北方多数派开始要求运用法律来禁止西部的奴隶制。(这一行动与其说是出于人们对于奴隶制的道德义愤,倒不如说是北方人担心奴隶劳动会淘汰自由劳动者。)因而,卡尔霍恩也面临着麦迪逊在制宪会议上面对的相同困境,即如何保护少数派免遭"多数人暴政"。麦迪逊思索的是如何保护天生贵族免受大众的压迫,而卡尔霍恩现在发愁的问题是如何保护南方少数派利益免受北方多数派的侵害。[62]

卡尔霍恩对多数人暴政问题,即一致多数理论的解决方式,是将亚里士多德和麦迪逊的观点结合了起来,也就是说,将混合政府理论与现代商业国家中的利益群体多元性理论相结合。1849 年,卡尔霍恩去世前不久,还在《论政府》(*Disquisition on Government*)中阐述了自己的理论。卡尔霍恩指出,社会中的每一个"主要利益群体"都应拥有对立法的否决权。为了避免暴政发生,一国宪法必须"通过恰当的机构,使每一部分人或每一个利益群体都有机会要么一致同意制定并执行某法律,要么对该法律的执行予以否决"。这种讲法听上去非常接近波里比阿(6.18)的观点。卡尔霍恩解释称,这样一个体系会迫使人们做出妥协,而妥协继而会带来和谐与统一。由于每个主要的利益群体都可以通过否决与自身利益相冲突的立法来保护自身权益,因而并不存在不满,也不会造成叛乱或分离。[63]

相形之下,纯粹的民主则是专横的,赋予多数派践踏少数人利益的权力。卡尔霍恩抱怨称,美国人常常将"数量上的多数派"与"人民"混为一谈,其实前者只是后者的一个组成部分。(16 年前,卡尔霍恩就曾有过类似的表述:"由绝对多数派,而非人民来控制的政府,只是利益最强者的政府;一旦没有得到有效的遏制,便会成为最专制、最暴虐的统治者。")卡尔霍恩再次效仿波里比阿的做法,补充称,多数派控制的专制政府不仅是不公正的,而且难免会导致"另一种形式的专制政府",通常会是君主政体。卡尔霍恩表示,在他所倡导的那个体制下,普选权能够得到安全地执行;而在严格的多数人统治体制下,普选权是将政府"交给了社会中更加无知且缺乏独立判断能力的一群人"。对于自己最喜欢的一致多数政府形式,即美国陪审制度,卡尔霍恩又补充道:"如果陪审团可以不必强求一致同意,而是根据勉强多数来进行裁决,那么陪审制度非但不能算是政府司法部门的一项伟大进步,反而会成为加诸社会的最大的恶。在那种情况下,当今各个派系的态度都可通过这样的渠道影响裁决,并从源头上毒害了其公正性。"卡尔霍恩认为,宪法对少数派利益的保护,如美国权利法案中所含事项是不够的,因为多数派挑选的官员拥有权力,可以轻而易举地干扰宪法,使这些保护失去效力。同样,将权力分散在立法、行政、司法等部门,也仅仅是将权力分散在了多数派的代理人中间,并无法保护少数派。[64]

卡尔霍恩明白,他提出的是一个现代版的古典混合政府理论,他同波里比阿一样,将早期罗马共和国作为"符合宪法的"或混合体制的"最杰出"范例。卡尔霍恩根据西塞罗(《共和国》2.33—34)和李维(《罗马史》2.32—35),赞扬阻止了平民撤离的贵族子弟与平民之间达成的妥协,暗示这段历史与南方退出联邦的威胁之间的相似性。这里所讲的妥协(公元前494年前后)是指两个(后来为十个)民众领袖间的普选,这两名领袖都拥有对元老院立法的否决权。卡尔霍恩声称,这一创举将罗马"从贵族制变成了共和制",因而为"罗马的自由与伟大奠定了坚实的基础"。将否决权赋予平民的做法,使得罗马获得了"和谐统一""无与伦比的力量"以及"长久而无上的光荣"。卡尔霍恩总结道:"此举缓和了各类阶层间的冲突,协调了各方利益,将各方融合为一个整体,用对国家的忠诚取代了对某个特定阶层的忠诚,面临危险时刻,能够汇聚起大家的力量与能力,激发大家的聪明才智与爱国精神,让罗马的名字如雷贯耳,将她的威望与统治覆盖到当时已知的最广泛区域,使其法律与制度的影响力绵延至今。"65

卡尔霍恩的理论也面临着几个难点。首先,他未明确指出自己的体制以何标准来区分值得拥有否决权的"多数人利益群体"与少数人利益群体。他也没有清晰阐明该体制可如何发展,以解释各利益群体随时间推移而出现的发展与衰退。事实上,卡尔霍恩承认,由于"宪法政府"(混合体制)比所有的"专制政府"更难以构建,所以多是通过试错过程而慢慢演化的。然而,在《论政府》一书中,卡尔霍恩丝毫未提及他所提议的政府体制该如何付诸实施。的确,他在另外两个文件中给出了部分答案。在著名的《南卡罗来纳的陈情与抗议》(*South Carolina Exposition and Protest*,1828)中,卡尔霍恩利用杰斐逊和麦迪逊提出的"弗吉尼亚与肯塔基决议案"(Virginia and Kentucky Resolutions,1798)来确保各州有权废除他们认为不符合宪法的联邦法律。对联邦立法的否决权的确保护了许多——如果不是全部——利益群体免受压迫。但是,南方其余各州感激杰克逊总统帮助他们将北美土著居民移居至密西西比河以西区域,因而选择了支持杰克逊,反对"联邦法令废止权",迫使南卡罗来纳州在杰克逊的威胁面前败下阵来,接受了国会抛出的降低可恶税率的橄榄枝。"联邦法令废止权"的撤销,说明政府不可能实现一致多数。随后的 1849 年,在最后一次为阻止联邦分裂与内战而进行的努力中，卡尔霍恩提议起草宪法修正案，建立包括一个北方总统、一个南方总统的双行政首脑体制。卡尔霍恩写道："古代最杰出的两大宪法政府，都兼顾权力及永久性，采取了双执政官制度。我所指的是巴格达和罗马。前者拥有两位世袭君主，后者有两位选举产生的首席治安官。"但卡尔霍恩的提议并未得到多少支持；即便这一修正案已经得到批准，并且成功地缓解了当前的危机，但仅靠两位总统根本无法有效地代表美国所有的多数人利益群体。[66]

卡尔霍恩理论的第二个难点在于他所提议的体制有可能导致政府瘫痪。虽然卡尔霍恩在《论政府》一开头就对人性固有的自私进行了论述——这是其观点"所有专制政府都是专横的"的必要假设前提——但当他讲到自己提议的体制能创造异常和谐的氛围时，他似乎已经忘记了自己的人性理论。同波里比阿（6.18）相似，卡尔霍恩也写道："人们的普遍希望是提升整体的共同利益，所以为了达成共同目标，在竞争中放弃的利益不是最少，而是最多。因而，让步不应再被视作牺牲；而只是为了国家利益而放弃的自由意志，不应再被冠以妥协的名义。"读者只要想想混合政府理论的另一位倡导者约翰·亚当斯写过的类似篇章，那么看到卡尔霍恩这样的现实主义者作品中有如此天真的声明也便不必如此惊讶了。在谈到对混合政府的酷爱时，亚当斯总结道，任何体制，只要对各个阶层做到恰当的平衡，就能够持久。亚当斯解释称："最好的共和制必定是道德高尚的，而且历来如此；但我们也可以大胆假设，美好的德行是组织有序的体制生成的结果，而不是形成这一体制的原因：我们或许无法让一个无赖盯着另一个无赖，来证明强盗之间不存在共和；但通过斗争，恶棍本身迟早会成为诚实的人。"在亚当斯和卡尔霍恩看来，混合政府制必然要求人们相互妥协，最终养成将共同利益置于个人当前利益之上的良好习惯。但一贯的现实主义者——不同于那些在分析专制政府时对人性不抱希望、假设混合政府时却对人性持乐观态度的人——可能会完全摈弃该等式的后半部分，而质疑等式前半部分的适用性。没有证据能证明妥协会带来好的德行；混合政府虽然有时能达成妥协，但有时也会导致瘫痪。卡尔霍恩在赞美罗马民众领袖时，忘了讲一个多数受过教育的美国人都了解的事实：罗马后期的民众领袖们早在担任民众守护者时就已经被腐化了。毕竟，在贵族制的影响下，有民众领袖否决了提比略·格拉古的重新分配土地法案。行使否决权的人数越多，瘫痪的风险便越大。因而，如果有现代美国人抱怨称由于宪法要求所有联邦立法都需四个独立实体（总统、参议院、众议院、最高法院）一致同意会导致出现"僵局"，那么假如实施任何一项联邦法律都要征得五十州中的每一个——或者相当数量的多数人利益群体——的同意，出现瘫痪的可能性又是何其之大！[67]

最后，卡尔霍恩对"多数人暴政"的厌恶，以及相应的对保护"少数人权益"的呼吁，从一个带头拥护奴隶制的人嘴巴里讲出来，在现代人听来，难免显得十分空洞，缺乏说服力。南方白人施于黑人奴隶的多数人暴政，比北方多数派施于南方少数派的决策，要巨大得多。卡尔霍恩清楚这一矛盾性，但他别无选择，只能一面依照亚里士多德的混合政府观念进行解释，一面紧扣其同样著名的天然奴隶原则（《政治学》[*Politics*，2]），即有些人生来就是领导者，而另一些人生来就是要顺从的。卡尔霍恩建议年轻人"阅读有关政府的基础读物时,也要读读亚里士多德的著作,我认为那是最棒的政府类相关读物"。其实,他这么讲,不仅是在赞扬亚里士多德的混合政府理论,也意在维护奴隶制。卡尔霍恩将美国黑人等同于亚里士多德所讲的天然奴隶,以此来否定他们具有抵抗南方白人所拥有的多数人暴政的权利。[68]

内战很大程度上就是美国混合政府体制失败的产物。当南方少数派变得越来越小,无法行使其对参议院和总统的否决权,而北方多数派拒绝服从最高法院关于德雷勒·斯科特(Dred Scott)案的判决,许多南方白人担心他们已经失去了面对北方各种各样立法时保护自己的能力。他们认为,自己唯一的选择就是,要么服从多数人暴政,要么退出联邦。他们选择了退出。然而,尽管南方白人只占美国人口的一小部分,但其数量已经大到足以发起一场战争了;这场战争使美国遭受了重大伤亡,伤亡程度超过了美国历史上的任何一场战争。[69]

卡尔霍恩的悲剧在于他预见了这场灾难的逼近,却未能防止它的发生。在他去世前不久,美国陷入一场激烈的争论中,争论的主题是1850年的妥协案。卡尔霍恩向詹姆斯·梅森(James M. Mason)预言称,联邦将会瓦解:"我觉得,不出12年,或者说三届总统任期,联邦肯定会瓦解。你们这一代人很可能会目睹,我是看不到了。到底怎样瓦解,现在还不清楚,有可能是以一种现在谁也无法预料的方式,但也有可能会在某次总统选举中爆发。"1860年,亚伯拉罕·林肯当选总统;在这场竞选中,林肯获得了美国的绝大多数选票,但并未出现在多数南方人的选票上。林肯当选总统一个月后,南卡罗来纳州退出联盟,随后不久,南方另外十个州也退出联盟。[70]

假如卡尔霍恩向美国混合政府提议的任何一项改良举措能得到采纳的话,他穷尽心力想要阻止的脱离联邦行为以及血腥内战局面或许还有一线转机,60多万美国人的性命或许能得以挽救。南北战争之后,南方遭到破坏,变得毫无生气,南北双方间的紧张关系持续了几十年,而这些状况原本都是可以避免的。但另一方面,假如美国政府当时采纳了卡尔霍恩的革新措施,也有可能陷入瘫痪,无暇发动内战。当然,奴隶制即便不是永久持续下去,但至少还可以持续几十年。只有一件事是肯定的:卡尔霍恩所了解并热爱的南方在这场他穷尽力气也未能阻止的战争中元气大伤。[71]

卡尔霍恩的失败不是美国古典主义衰落的后果,而是美国变革失败所造成的。美国建国者们所秉持的古典主义,正如他们起草并签署的联邦宪法与州宪法中所反映出来的那样,对雅典民主心存畏惧,将之视作一种令人讨厌的暴民统治形式,而带着敬畏之情来看待罗马所谓的混合政府。但后来几代人很快重新阐释了这些宪法——以及宪法的制定者——将雅典民主视作平等精神的体现,并且着手加以修订,使之变为现实。南北战争之前,多数美国人在敬仰建国者的同时,也尝试着巧妙地修正他们的行为,将所有阻碍完成多数决定原则的因素都当作旁门左道。这个时期的美国人仍然敬畏个别罗马贵族,但他们将罗马混合政府搁置一旁,而选择了充满活力的、富有艺术气息的雅典民主制度。在某种意义上讲,卡尔霍恩真可谓是"最后的罗马人"。

第三章　田园主义与功利主义

南北战争之前,伴随着民主的发展,某种功利主义观念也在美国不断扩散;这种观念认为,只有那些有利于当前经济增长的做法才应当被采纳。在一个地位由财富而非出身决定的国度内,人们一门心思追求财富是极其自然的。自18世纪末开始并于19世纪初扩展到美国的工业革命,为人们获取财富提供了新的机会,进一步加剧了这种功利主义。但工业革命给美国社会带来的效应,在19世纪末才被人们更深切地感受到;其此时所产生的影响远大于南北战争之前。南北战争之前,绝大多数美国人仍然是农民,虽然农业越来越商业化,但农村生活的步伐与结构并未明显区别于以往几代人;而且同以往几个商业繁荣阶段相似,财富的激增带来了一波激烈的基于古典文学的反商业化浪潮。1818年,哈佛大学校长约翰·柯克兰(John T. Kirkland)表示,希望美国能创造"思想的硕果",而不只是"不虔敬的、迦太基式的、易消逝的繁荣",持这一观点的并不只有他一人。最后,工业革命创造了一个新的中产阶级,他们迫切地希望获得古典文学知识及可用于装点自家住宅的古典主义物品,以跻身上层阶级。讽刺的是,最早让普通家庭中出现代表着古典传统的物品的,恰恰是这些考验着古典田园主义适用性的工厂,而以蒸汽机为动力的出版社则印刷了大量廉价的古典文学读本。拉尔夫·沃尔多·爱默生设问:"这怎么可能是个糟糕的时代呢?除了创作出丰富的当代作品外,还让我有机会阅读了柏拉图、保罗和普鲁塔克的著作……我们的出版社每年都在马不停蹄地运转着,将这些早期人类创作的精品以新的形式呈现出来。"正如历史学家理查德·布什曼所讲的:"高端作品以前所未有的深度渗入我们的社会与文化中,从来没有哪种时尚能像古典品味一般如此深刻地得到平民化。"美国人对古典文学的尊重,从广度与深度两方面,都解释了为何功利主义者未能将其从学校里取代,哪怕是在看似对他们的计划非常有利的民主时代。[1]

古典田园主义

南北战争之前的美国并不是第一个反对过度商业化、寻求回归田园生活的繁荣社会。事实上,美国人所喜欢的许多古典田园作家本身就是商业社会中的居民。现代的历史学家们常常将古典作家们的田园理念解释为对古典社会的描述,而非对充斥于古典社会中的贪得无厌的商业活动的反对。除了赫西奥德(他对于农业生活并没有太多浪漫想象,反而强调称,由于希腊的土地大多贫瘠,因而在此维持生计需要辛勤劳作)外,最著名的古典田园主义者都是生活在城市里,却反对他们所在的这个商业社会的人;讽刺的是,正是这个繁荣的商业社会激发了他们对农村生活的浪漫想象与怀念,为他们创作动情诗篇提供了物质条件。忒奥克里托斯

(Theocritus)与亚历山大诗派最先将田园诗发展成了希腊化时代从最发达的商业城市中诞生的一个希腊文学流派。最杰出的罗马田园诗人维吉尔和贺拉斯都拥有自己的农庄,但大部分时间生活在当时属于西方政治与商业中心的罗马,他们经由导师米西纳斯(Maecenas)①而得到了罗马皇帝奥古斯都的资金支持。爱默生最喜欢引用贺拉斯的一句拉丁语名言,"所有诗人都爱称颂丛林,鼓吹逃离城市"。这句话在贺拉斯的时代同爱默生的时代一样令人半信半疑,同样令人将信将疑的还有老加图(Cato the Elder)的那句话"乡下人最善良"。²

在这些城市居民之间,最为普遍的一个话题便是乡村农业生活的优越性。在他们看来,这是一种介于"未开化"与"世故"两个极端之间的生活方式。维吉尔深信农民是罗马的脊梁骨,他劝告罗马同胞:经历了一个世纪的内战,不如重新拿起犁具,回归田园(《农事诗》,2.458—474):

农民何其有幸——但愿他们能懂!

土地本身最公正,

为农民提供源源不断的养料,

---

① 米西纳斯(全名 Gaius Clinius Maecenas),古罗马艺术赞助人鼻祖,公元前70年出生于贵族大富之家,自幼生活无忧,后来成为屋大维(即后来的罗马奥古斯都大帝)的好友兼谋臣,政治影响力举足轻重。不过米西纳斯最钟情的始终是艺术文化,并对当时初露头角的维吉尔及贺拉斯等年轻诗人提携有加;维吉尔及贺拉斯等得其资助无后顾之忧,得以纵情创作诗文,写下千古杰作。所以在不少语言之中,Maecenas 一词已含有"艺术赞助人"的意思。

使其远离冰冷坚硬的武器。
农民们虽然没有显赫的豪宅大院,
没有如潮般访客登门拜访,
没有令访客瞠目结舌的雕梁画栋与光洁玳瑁,
没有高贵的金缕玉衣与铜制器皿;
他不会用亚述人的毒液来印染纯白羊毛,
也不会拿外国香料来破坏橄榄油,
他睡得安稳,过得踏实。
他坐拥各种资源,享有广阔田庄,
还有大把闲暇可以探访洞穴、池沼、山谷,
那里空气清凉,牛儿哞哞。
在树下睡上一觉,着实香甜。
那里有大量野生动物可供捕猎,年轻人茁壮成长。
他们努力劳作,从不抱怨贫穷;
他们敬畏神灵,尊重父母。
的确,当公正已绝尘而去,
她曾逗留过的土地,仍然与人们同在,
留下了自己的印迹。

农民的生活方式是诞生共和主义美德的源泉。[3]

田园主题既是古典政治理论与历史的主要内容,又是希腊罗马诗歌的主旋律。亚里士多德认为,最好的共和政体就存在于以农业为主体的国度。波里比阿、萨卢斯特、李维及普鲁塔克等之所以将斯巴达及早期罗马共和国视作典范,不仅是因为这些国家拥有混合政府,而且也因为这些国家都是农业社会形态。这些历史学家认为,斯巴达和罗马之所以能够战胜雅典及迦太基等满腹邪恶的商业对手,既应归功于其政府形式,也得益于其田园生活所塑造的美德。两者都有助于催生相应的美好品性,农业生产方式培育的是朴素、节制与独立,而相互制衡的宪法鼓励的则是现代化、合作与妥协。犁具既是辛辛纳图斯所讲的"罗马品德"的象征,也是该品德形成的缘由。而且古典历史学家们将罗马共和国的衰落归结为"布匿的诅咒",即罗马共和国征服迦太基帝国而导致的罗马商业化。正是这一商业财富诅咒将罗马从一个谦逊的村庄改造成了一个帝国主义城市。农民们,无论是出于自愿还是被迫,都只好离开土地,过上罪恶的城市生活。农民们原本可以自给自足,过着有尊严的日子;他们曾经是共和国的堡垒,然而现在,他们只能作为独裁者的顾客,为了换取微不足道的面包与马戏,只好出卖一度光荣的共和政体。贵族阶层的诗人与历史学家们对于被迫屈从于皇帝感到不满,他们描绘了一幅引人入胜的画面,对贵族阶级占主导地位的时期进行了理想化的描绘,虽然他们自身的生活方式使其并不太适合自己在作品中描绘的那个不朽的乡村图景。同之后的许多农业生活崇拜者一样,罗马田园主义者所过的生活截然不同于他们所赞扬的体力劳作。许多农民对于自己的土地远没有田园诗人们所颂扬的那种浪漫情感,他们情愿摆脱城市人所谓的"高贵的辛勤劳作",因而才需要维吉尔来告诉他们何其幸运。[4]

有鉴于此,18世纪中后期,当英美两国都在进行商业革命时,田园主义在两国大行其道也就不足为奇了。农业的热情拥护者乔治三世国王特别喜爱自己的别名"农民乔治"。国王乔治和造反者乔治·华盛顿都是农民，两人都与18世纪田园主义运动的拥护者阿瑟·扬（Arthur Young）看法一致。扬曾宣称："不夸张地说，农耕或许是当今时代最流行的风尚。"讽刺的是，田园主义也激发了许多早期古典经济学家的灵感，而事实证明，最终毁掉古典共和主义的恰恰是这些经济学家的理念。法国重农主义者是最早创造了"放任主义"一词的经济学家，他们热衷于引用苏格拉底有关"农业创造了更高尚美德与更伟大繁荣"的理论。亚当·斯密（Adam Smith）最初是一名道德哲学家，以他为代表的自由放任主义对农业的重视大于工业，这与大卫·李嘉图（David Ricardo）之后提出的种种理论形成了鲜明对比。推动早期各类经济学家们的动因既有道德因素，又有经济因素。虽然放任主义经济学的确属于新的理论，但该理论的产生至少部分程度上是为了保护某些旧事物，即农业生产方式。当时，农业生产方式正受到重商主义者提出的关税政策的威胁，后者旨在扶持新工业以抵御外国竞争。为此，托马斯·杰斐逊、詹姆斯·麦迪逊及民主共和主义者都支持自由贸易，反对亚历山大·汉密尔顿提出的新重商主义计划，大力鼓吹农业，这像极了维吉尔的言论。为了扩大美国的农业基地，从而提升美国人的品德，保证美国的长治久安，杰斐逊购买了路易斯安那，哪怕他知道这次购买不符合宪法。他常常将对手英国比作腐败的迦太基，暗示美国好比朴素的罗马共和国。[5]

　　这样的类比，到了南北战争之前依然存在。由于绝大多数美国人都是农民，田园主义似乎与其南北战争前的民主氛围十分契合。与西部的多数国会议员一样，来自密苏里州的参议员托马斯·哈特·本顿倡议：尽可能降低西部公共土地的价格（这一趋势在1862年的宅地法案[Homestead Act]中达到顶峰),以保证弗吉尼亚有足够的农民群体;否则就会像早期的罗马共和国那样,由于丧失了农民而最终导致了罗马共和国的衰落。1826年,本顿写道:"佃农制度不适用于自由社会。佃农制是导致社会分崩离析的根源,湮灭了人们对国家的热爱,削弱了独立精神……相反,人们若能终身保有土地,自然会拥护自由政府。"两年后,谈及罗马共和国,他又这样表示:"正是与国土的这种利害关系使得罗马公民的胸中对祖国有着如此强烈的热爱。"他还援引古罗马政治家格拉古的话作为支持,格拉古曾试图恢复自耕农,重塑共和国,结果以失败告终。1838年,他写道:小农户是"最好的公民……他们勇敢、友好、爱国、勤劳,靠自己的劳作生活;劳动既是人类的主业,也是上帝的第一道指令"。同样,1840年发表在期刊《造材工》(*Rough-Hewer*)上的一篇文章,也将美国人与罗马人进行了比较。作者写道:"古罗马人敬重耕作。在共和国最早最纯粹的时期,对于那些杰出人士,人们所能想到的最佳赞誉就是:(他是)一位有见识的勤奋的农夫。"某位美国戏剧家在撰写一部有关新奥尔良战役的戏剧时,这样设计了约翰·科菲(John Coffee)将军的台词:"我们的西部偏远地区仍然保留着古代的荣光。"托马斯·比沙南·里德(Thomas Buchanan Read)曾在罗马生活多年,他撰写了两篇以自己的老家宾夕法尼亚州(拉丁语写作"佩恩的森林[Penn's Woods]")为背景的新古典主义诗歌《新田园牧歌》(*The New Pastoral*)和《牧歌:西尔维娅——最后的牧羊人》(*Sylvia, or The Last Shepherd: An Eclogue*)。按照里德的想象,萨斯奎汉纳(Susquehanna)洞穴中"害羞的仙女们"称颂着"那种介于棚屋与宫殿之间的田园牧歌式生活"。同样,托马斯·科尔的画作《世外桃源》(Dream of Arcadia,1838)也描绘了一座可以俯瞰充满田园风情山谷的纯朴的希腊庙宇。山谷里,有些人正懒洋洋地躺着,有些人在翩翩起舞,有些人正要过河,还有些人在做礼拜,但没有人劳作。[6]

类似的浪漫主义也充斥在亨利·大卫·梭罗(Henry David Thoreau)的田园主义作品中。1838年,他写道:"我想象自己正快步走向希腊,去往那片极乐世界。"在他理想化中的古希腊,"岸边没有烦人的暴风雨,赫利孔山(Helicon)或奥林匹斯山(Olympus)山头没有云雾缭绕,平静的坦佩湖(Tempe)没有任何风波,温和的爱琴海上也没有一丝骚乱;夏日暖阳闪耀在雅典卫城(Acropolis)的檐柱顶端,怡然自得地透过上千座圣洁的小树林与喷泉;这些四面环海的小岛戏弄着和风般的访客,草场上只听到黄牛低沉的哞哞声,一切都沉睡着——峡谷、小山、林地——陷入梦幻般的睡眠。她的每一个孩子都为希腊创造了一片新的天地"。[7]

虽然梭罗有时会全身心地研究罗马农业文献中所包含的关于土地实践方面的建议,但神秘的田园理想从来不曾从他的思想中消失。1851年,受邀与布朗森·奥尔科特(Bronson Alcott)共同进餐之后,他还带回来奥尔科特誊写的多部名人手稿摘录,其中包括老加图、瓦罗(Varro)、科鲁美拉①、帕拉狄乌斯②等人的作品。梭罗认为耕作是最高尚的事业,并指出罗马农业与现代农业的相似

---

① 科鲁美拉(Columella),古罗马农学家,著有《论农业》一书。
② 帕拉狄乌斯(Palladius),活动于公元4世纪前后,著有有关古罗马农业的论著《论农业》。

性:"我们对古代人越了解,就越发现他们与现代人非常像。我曾经拜读过马尔库斯·加图(Marcus Cato)的《农业志》(De Re Rustica),这是一本专门论述农业的小书,也可以说是那个时代的农民操作手册;这部作品直接取材于罗马人的生活,富有生活气息,不禁令人回想起那个时代……这部作品用语简单、直接、贴切……手册中所记载的操作规程与当今情形十分类似。"他引述了老加图用拉丁文撰写的有关粪肥的准备与施用工作,并补充道:"就与你在今天的《老农年历》中看到的操作指南一样。"他总结道:"罗马人对农业生产怀着深深的感激,他们如此细致地照料着土地、地上的土块与硬茬、灰尘与泥土。农民领袖是他们的骄傲,他们清楚地知道,农场是供养士兵的沃土。看过老加图的书,你便能明白罗马人的支柱是什么了。"他写道:"读科鲁美拉的作品时,我常因为这位作家的将军口吻以及他提出的某些警告与指导,而联想起我们现在的农业杂志,以及与农民群体有关的报道。我们这些人所坚持的底线往往也是罗马人所坚持的。比如,宁可培育少量好土地,也不要拥有大量糟糕的土壤。"梭罗补充道:"罗马人将农业介绍到了英国,但英国种植并不多,随后英国人又将农业介绍到美国。因而,我们可以通过阅读罗马作家的作品,来了解我们所从事的这门艺术。"他充分引用了维吉尔《农事诗》第一卷,来领略冬季的乐趣。梭罗模仿维吉尔而写下了田园诗,模仿老加图而完成了随笔,模仿中充分体现了作品与原著彻头彻尾的相似性。[8]

功利主义者对古典语言要求发起的攻击

南北战争之前，随着工业革命的迅速发展，美国功利主义者对学校要求学习希腊语和拉丁语的反对声音也日益增加，尽管这些言论本身与本杰明·富兰克林、本杰明·拉什（Benjamin Rush）、托马斯·潘恩（Thomas Paine）等以及更早以前的人们提出的观点并无二致；当然，南北战争之前的功利主义者们也遭遇了与前人同样彻底的失败。事实上，他们的失败，至少部分程度上是浪漫主义对工业革命本身释放出的过度重商主义的回击造成的。[9]

1811年，南卡罗来纳学院院长乔纳森·马克西（Jonathan Maxcy）提议减少学院学生们用于阅读古典文本的时间，结果引发了一场轩然大波。马克西建议，到了大学三四年级，可用数学与科学类课程代替古典学课程。按照马克西的提议，希腊语和拉丁语仍然作为该学院的入学要求，学生们大一期间仍然要接受古典语言方面的训练。[10]

尽管马克西的提议遭到反对，但这种趋势并未得到遏制。1823年，哈佛大学现代语言学教授乔治·蒂克纳（George Ticknor）倡议向自愿放弃文科学士学位的学生提供其他课程选择。蒂克纳的提议比较中肯，但依然是非同寻常的；毕竟，他六年前前往罗马瞻仰古迹时，就已经对那里肃然起敬，他揣着已经被他翻得破旧不堪的小普林尼、李维、贺拉斯及维吉尔的作品誊抄本作为导览书，跟随那里的一位考古学家研究了古代雕塑与遗迹，为美国新古典主义艺术家筹集资金，并且引用了约翰·温克尔曼

(Johann Winckelmann)的座右铭"我们变得伟大的唯一方式就是模仿古人"。1825 年,纳什维尔大学(University of Nashville)新任校长菲利普·林斯利(Philip Lindsley)提议实行类似的选修课制度;第二年,佛蒙特大学(University of Vermont)新任校长詹姆斯·马什(James Marsh)也提出了类似的主张。林斯利偏好的是行政管理、制造业与商业等课程。1827 年,阿默斯特学院(Amherst College)的教师公布了两份报告称,传统课程体系在"一个普遍发展的时代,在一个像我们这样年轻、自由而繁荣的国家没有任何优势,如此执着地坚持其他国家的规范条例是荒谬的"。两份报告的作者声称,公众对于当前的教育体系感到不满,因为"其不够现代,不够全面,无法满足当今时代的迫切需要"。他们提议开设一门与古典学并行的课程,并且将重点放在英国文学、现代语言与历史、民法与政治法、物理学以及化学等学科上。第二年,一名评论家以"一位现代人"的名义在《南卡罗来纳州公报》(*South Carolina State Gazette*)和《哥伦比亚广告报》(*Columbia Advertiser*)发表了文章《古典学研究》。"一位现代人"写道:

> 现在,知识宝藏并不像以往那样被封锁在远古时代的隐秘语言里,而是以我们的母语展现在我们面前。科学中的深奥理论,诗歌中崇高而优美的思想——所有这些为我们生存所必需的有用知识,或者能带给人们愉悦、帮助我们卸下生活重担的知识……对我们来讲,如数家珍……因而,在我们意识尚未定型的这段时间里,就不要把生命浪费在那些学完即被丢弃一旁的无用的语言上了吧,要是能把这些时间用来学习

自己的语言该多好，多有用啊……我们时常发现，一些年轻人虽然上过大学，但是他们非但不懂得最基本的英语，甚至连一些最常用的词汇也拼读不出来……在我们这样的国家，孩子们年纪轻轻就开始做生意，我们理应让他们把心思放在最有益于他们追求自己事业的内容上面。[11]

1830 年，在普林斯顿大学教授数学与哲学的亨利·维撒克（Henry Vethake）表示，对希腊语和拉丁语的传统要求必须让位于更适合现代社会需求的选修课制度。维撒克声称，"两三个世纪以前"，学习科学知识的确需要掌握拉丁语，但是多数科学家现在都用自己的本土语言来书写，"古代所留给我们的、值得熟读的一切"都已被翻译成了英文。维撒克继续讲道：

> 知识的进步如此之快，尤其是数学与哲学知识，已经令老一辈作家们失去了价值，除了那些充满好奇心、乐于追踪人类思想点滴进步的人之外……在美国，越来越多的人渴望获取有用的信息，这一数字远超那些有时间和金钱去完成大学全部教育课程的人的数量。我看不出有何必要……要求年轻人必须学习拉丁语和希腊语，否则便不得学习其他任何知识。既然我们的大学及各个文学与科学分支有充足的教学条件、出众的教学水平来以这些语言进行教学，那么我认为，学校里提供什么样的教学内容，应当根据公众的需求来决定。

在一个科学与经济专门化的时代，由许多高校来提供大范围的古典学教育是不合适的:"通常来讲,最有教养的人往往对世界上的一切都有一定了解,但并未精通任何一个知识领域。这样,他既不能对其同胞产生实际帮助,又无法显著推动发明与发现的巨大进步。那么,我们的教育重点或许应当是让我们的教育机构设法遏制这种普遍的弊端,而不是像某些机构那样,教育人们对什么事情都略知一二,从而助长了这种弊端。"[12]

同年,艾伯特·加勒廷(Albert Gallatin),这位美国财政部原部长兼纽约大学创立者,试图劝说同事们将古典学研究改为纽约大学的选修科目。他写道:"如果说宗教改革之前,不会运用拉丁语就无法理解上帝之言,也无法表达对上帝的敬意;但现在,我们发现人类知识的更广泛传播也面临着同样的困境。"对古典语言的严苛要求阻碍了美国的繁荣,正如同天主教坚持使用《圣经》的拉丁文译本而非本土译本——虽然拉丁文译本本身也是翻译过来的作品——阻碍了真正宗教的繁荣一般。[13]

也是在 1830 年,哈佛大学首位应用科学教授雅各布·比奇洛(Jacob Bigelow)建议设立选修课制度。他写信给校长乔赛亚·昆西(Josiah Quincy):"我们学院的教育体系难道不该参照本院年轻人的条件与未来事业发展而设置吗?我们学院的绝大多数毕业生分布在全国各地,他们日常就是与这些地方的中产阶级及实际操作的工人们打交道,他们必须想方设法透彻理解这些人的工作,并将之与自己的事业追求结合起来……职场人士可能终其一生都用不到自己曾经学习过的天文学、形而上学类知识,也可能用不到希腊语或德语。但科学实践与应用领域的知识,总有一天会被派上

用场。"¹⁴

1842年,经常发表古典学类文章的《南方文学新报》发表了一篇嘲讽古典文学的文章。这位作家不愿透露自己的身份;鉴于他尖锐、诙谐的语言,这么做或许是一个明智的决定。他写道:

> 拉丁语和希腊语:这是两门古老的蛮族语言——使用这些语言的野蛮人现已灭绝——就像腐朽的乔克托语(Chocktaw)①,对这些语言的研究是经由僧侣等虽已难再现往日辉煌,但仍试图抑制人类精神力量的宗派的影响而传入西方的。
>
> 用途:据说可用于理解盲人乞丐的唱词,或者被用在戏剧中临时凑数,用某些合唱代替当前的舞台魔术与哑剧⋯⋯
>
> 真实用途:在演讲时引用这些语言卖弄文采,当你在对手的辩论面前节节败退之时可以调用的一个诀窍。
>
> 规则:储备一些精辟的短句,不要超过十二个字——把它们摘抄在一些平常不用的书上,如卢克莱修、泰伦提乌斯等人的作品,这样便具有了一丝研究意味。如果你因此引起了某些一心只读圣贤书的书呆子的注意,他便会开始与你交流古典文学,你要做出谦逊的样子,不管你是否真的谦虚;如果他像那些粗鲁的人一样令你厌烦,你可以毫无顾忌地走开。这些人并没有足够的勇气去憎恨别人施予的欺侮,你也无须关心他们是否对你有好感⋯⋯当你听到有人引用这些语言时,记得要屈尊俯就地保持微笑;如果他像年轻人似的将原话

---

① 乔克托语,传统上通行于美国东南部的原住民族群乔克托人之间的一种语言。

翻译过来，不妨冷冷地傲慢地谢谢他——那样，他一定会被你的学识折服，虔诚地祈祷自己能达到像你一样的成就，获得古典学在你身上所展现出来的魅力。展现你学识的最佳情境就是：在你自己的办公桌前向访客展示，你可以故意挑选这个地方。不要惧怕那些所谓的语言学教授或人类学教授，他们不过是些贫穷、刻薄的人而已。只要你拥有神一般的厚脸皮，你就能给人留下神一般的印象，这非常重要，因为人们会以此来检验你是否受过人文教育——这也是绅士的进身之阶。[15]

1849年，詹姆斯·德鲍在自己创办的名为《商业时代》的刊物中发表了一篇文章，他在这篇文章中批评称，大学过于强调古典文学，而忽略了工程学、经济学、农学、化学与商学等在他看来更为实用的科目。他写道："从古至今，理论与经验都是哲学的支柱。培根以亚里士多德为基础，向所有国家与人民证明了经验的重要性。"南方若想繁荣，必须重视商业，这是其"注定要进入"的一个基础领域。不同于那些偏爱罗马的田园主义者，德鲍吹嘘迦太基是一个资源丰富的城邦；为他的杂志投稿的其他作者也偏好迦太基的商业精神，而非罗马的军国主义。[16]

1850年，布朗大学校长弗朗西斯·韦兰（Francis Wayland）提议实行选修课制度，将现代语言学、科学、政治经济学、农学及教育学也纳入进来。韦兰采取了一种非常规手段，尝试运用宗教语言来推进这项功利主义计划。他宣称："上帝希望我们获取进步。但如果我们将过去奉若神明，躬身崇拜某个观点，不是因为这个观点明智或正确，而仅仅是因为这个观点是古代人提出的，那样的话，

便是违背了上帝的意图。"¹⁷

19世纪50年代,功利主义者对古典文学的猛烈攻击依旧存在。1853年,南卡罗来纳学院的另一位院长詹姆斯·桑韦尔(James H. Thornwell)给南卡罗来纳州政府官员写信,抱怨古典文学研究在大学里所占分量过重。桑韦尔坚称,有些学生"不愿学习拉丁语、希腊语和哲学;但他们如果不阅读荷马、维吉尔、亚里士多德及洛克的著作,便丝毫不得接触化学、工程学或自然哲学"。他声称,许多毕业生在毕业几年后便遗忘了古典文学知识,只比普通公民多了一丝沾沾自喜的优越感。第二年,北卡罗来纳大学的法语教授亨利·哈里斯(Henry Harrisse)提议,用古代史与现代史等课程来代替该校原本对古典语言的严格要求。哈里斯并不认为学习希腊语和拉丁语能规范人们的思想,"这些古典语言不见得比其他科目具有更高的规范效力,而其他学科领域除了具备规范效力外,还可以传授许多有用且必要的知识"。1856年,来自得克萨斯的一名州参议员甚至反对建立公立大学,他的理由是古典文学有可能成为大学主要的学习内容。这位参议员宣称:"我们的第一要务是向人们传播有用的知识,丢弃所有对这个时代没有用的读物。就算年轻人能告诉你一些已经失传的语言或过时的科学,又有何用?"就连安娜·卡尔霍恩·克莱姆森(Anna Calhoun Clemson)在从布鲁塞尔写给父亲的信中,也劝说父亲别再坚持要求孙子们接受古典文学训练了:"在这个旅行的年代,掌握某一种或多种现代语言远比懂得古代语言更有必要,恳求您,至少让詹姆斯和威利把握好每个机会来好好提高一下法语吧。"¹⁸

霍勒斯·曼虽然从未提议取消对希腊语和拉丁语的要求,他本人也常常引用文学典故,并且声称古典文学教育的核心作用在于培育公民品格,但就连这位闻名遐迩的教育改革家也含蓄地表示,新近的科学技术革新削弱了古人的重要性。霍勒斯·曼声称:"古人与当代人之间的对比或差别,最明显地体现在他们对自然科学一无所知,而我们却非常了解……继古代伟人毕达哥拉斯(Pythagoras)之后,希腊又诞生了苏格拉底、柏拉图、亚里士多德,罗马人中有昆体良,他们都是伟人,但他们身边缺乏足够伟大的人来更正他们的错误;因而,人们不免质疑,这些伟人的声望如此之高,会不会导致人们经年累月所传播的是他们的错误观点,而非真理?"如若没有现代科学革命,"或许时至今日,我们讲授的仍然是亚里士多德的物理学,即众星围绕地球做圆周运动,因为圆是最完美的运动形式;以及亚里士多德所讲的'自然界厌恶真空',但恰恰是这一信条使得人类思想变得如其所摒弃的那般空洞"。(霍勒斯·曼以非一般的严苛态度对以亚里士多德谬论为基础的希腊科学进行了完全驳斥。毕竟,现代科学革命是从哥白尼[Copernicus]重新发现古希腊天文学家阿利斯塔克[Aristarchus]以太阳为中心的理论开始的。古希腊人不仅预见了现代科学中的某些关键理论,而且发展了一些科学方法,现代科学家们正是借助这些方法才超越了古人。)而且霍勒斯·曼还提出了一些有关古代人的问题:"他们不懂得如何建造舒适健康的居室,却建造起了帕特农神庙和古罗马斗兽场。他们没有大型锯机,却修筑起罗马水道;没有铅字印刷,却取得了辩论、诗歌以及戏剧等方面的可贵成就。他们是如何做到的呢?"他的答案是:"达官显贵制度让他们自己和子孙蔑视劳作,这是一个致命的错误;而认为知识对于劳动者没有用处,则是一个更致命的错误。"古人没有通过霍勒斯·曼用以教育美国人的公共教育手段来教育人民大众；正是这一根本性的失策，导致他们无法创造出现代工业革命用以改善人们生活的这些技术。[19]

加利福尼亚记者约翰·希特尔（John S. Hittel）代表了多数人的意见，他表示："和古代相比，我们这个时代的优越性体现在我们拥有机器。"希特尔对于物质主义有着不切实际的幻想，他曾宣称："假如我是位诗人，想象自己畅游于历史长河，我想我一定会觉得加利福尼亚淘金潮及其结局远比特洛伊之战、耶路撒冷之战以及尤利西斯的冒险或埃涅阿斯探险更契合这个时代的品位，更富有感人意味，拥有更多陌生而浪漫的事件，更可为诗歌创作提供良好素材。"[20]

古典主义的回击

古典学的捍卫者对功利主义者的每一次攻击都予以猛烈的回击，并且取得了最全面的胜利。1827年，即康涅狄格州立法机构在州参议员诺伊斯·达林（Noyes Darling）的领导下要求耶鲁大学废除入学资格中对希腊语和拉丁语的要求，转而增加该立法机构认为对当代经济更加有用的现代语言进行考核的两年之后，耶鲁大学委托某委员会专门就课程改变的可行性进行了研究。1828年，当该委员会征询教职员工的意见时，耶鲁大学校长杰里迈亚·戴给出了自己与古典文学教授詹姆斯·卢斯·金斯利（James Luce Kingsley）共同执笔的著名的《耶鲁报告》。杰里迈亚·戴本人也是一位数学及自然哲学领域教授，在这份报告中，他在自己执笔的部分提出一个问题："除了作为谋生手段之外，人的工作就没有其他目标了吗？他难道没有责任为他的同胞、为他的国家做点儿贡献吗？要有所贡献，难道不需要具备广博的知识储备吗？"对于公民道德教育与政治引导至关重要的古典文学只能在学校里学习，而商业贸易、机械交易及农业贸易等只有经过实践操作才可以掌握好。杰里迈亚·戴写道："就像小学给所有学生都讲授阅读、写作与算术，无论他们将来从事何种工作一样，在大学里，所有人也都应当了解这些知识，这是任何想要过上更高层次生活的人都不应忽略的……商人、制造业者、农民，以及拥有某领域专业知识的学者，都在我们的公共会议中占据一席之地。因而，全面的教育理应扩展到所有这些阶层。"[21]

古典学教育的基本要求是防止人们变得过于狭隘，过于唯物至上。对于商人，杰里迈亚·戴继续写道：

> 如果他们能够接受高等教育，具有大局观、开明意识，变得可靠且具有风度，那岂不是更称人心意？那样的话，他们将上升到更高的层次，而不再只是财产的拥有者，不会把自己的财富贮藏起来，或挥霍在毫无意义的铺张浪费上；他们将能够运用自己的学识来为社会添砖加瓦，自豪地跻身知识上层人士，让他们的财富不光给自己带来光荣，更可惠及整个国家。我们的人民做事积极、有进取心，因而我们必须运用良好的智慧，通过深思熟虑及早期训练来加以引导，让他们的旺盛精力发挥到正确的地方。这一点极其重要。人们做事的冲动越强烈，就越是需要明智而娴熟的引导……既然自由政府给予人

们拓展与运用才智的充分自由,相应地,教育也应当是自由与广博的。

古典文学恰恰可以提供这方面的训练。杰里迈亚·戴总结道:

> 学界很早以前就已解决了这个问题,继而发生的各类事件与经历证实了他们的决策是正确的。我们国家政府与各个机构的管理者天资聪颖,他们比其他国家的管理者更加重视,也更严苛地要求人们勤奋、透彻地研究古典文学,培育古典文学素养……交到年轻学生手中的古代文学典范,必定会给他的心中留下自由原则,激发他最强烈的爱国主义,激励他做出高尚而慷慨的举动,因而古典学特别适合美国年轻人。[22]

金斯利教授赞同校长杰里迈亚·戴的意见。他写道:"真正的问题是,哪些科目能提供最好的精神文化,引导学生对我们自己的文学产生最透彻的理解,为他们的专业研究奠定最坚实的基础?在这方面,古代语言具有明显的优势……那些精通古典文学,同时熟练掌握除英语之外的某种现代欧洲语言的学生,发现自己最能够充分利用自己的新优势……古代文学已深深地嵌入整个现代文学体系中,难以被轻易地搁置一旁。"如若舍弃古典文学,结果只会让众人对耶鲁的教育质量产生不信任。[23]

耶鲁大学委员会被杰里迈亚·戴和金斯利的论证打动,进而将他们的立场采纳为委员会的立场。事实上,该委员会主席吉迪恩·汤姆林森(Gideon Tomlinson)只是转述了杰里迈亚·戴的原话,他写道:"交到年轻学生手上的古代文学典范几乎总能让学生的心中充满自由原则,激发他最强烈的爱国主义,刺激他做出高尚而豁达的行为。"因而,委员会最终给出的结论是:"改变大学的常规教学课程,将古代语言的学习排除在外,是不明智的。"委员会甚至补充称"这些入学条款还可以适当地逐步提高,最终将大学规章当前所规定的内容之外的更多要求纳为入学条件,尤其是在古典文学相关学科"。[24]

迈耶·莱因霍尔德称《耶鲁报告》为"19世纪前半叶美国高等教育领域最具影响力的文件",因为这份报告"不仅确保了古典学在耶鲁大学根深蒂固的地位,而且确立了古典学在整个美国的影响,这种影响一直延续至南北战争之后"。耶鲁作为当时最大也最多元化的高校,号称其学生生源比其他高校更加广泛,来自全国的各个州,这一现实可能也助推了这种效应。耶鲁大学化学与矿物学教授本杰明·西利曼(Benjamin Silliman)旋即在《美国科学与艺术杂志》(*American Journal of Science and Arts*)刊发了这一报告。整个19世纪30年代的高校发言人都转述了这一报告,耶鲁大学受到整个美国的赞誉,人们称赞其维护了古典学。在纳什维尔大学,林斯利未能说服人们接受他提议的选修课制度。1831年,阿默斯特学院迅速放弃了类似的研究课程,此时距离该课程制度的发起过去仅四年,因为绝大多数教师都承认,学生与公众都认为新的学位并不拥有同旧学位同样的声望。同样的情况也发生在布朗大学,这里的学生抗议称,类似的课程破坏了布朗大学的名声,甚至给标准学位蒙上了一层阴影。韦兰的继任者哀叹:"我们现在简直是遭到了其他高校的抛弃。"在劝说同事们将古典文学研究作为选修课未果之后,艾伯特·加勒廷被迫辞去纽约大学委员会委员的职务。就连耶鲁大学的主要竞争对手哈佛大学,也以实际行动表明了对这一观点的支持;19世纪三四十年代,哈佛大学大幅提高了新生招生考核中的古典文学内容;到了1850年,哈佛大学的入学资格考查长达8小时。哈佛大学校长乔赛亚·昆西认为,古典文学为学生们提供了"确定而坚实的基础,有了这个基础,无论你之后从事哪个学术研究方向都不成问题"。他这么讲,是为了回应威廉·埃勒里·钱宁让哈佛变得"更受欢迎"的呼吁,后者声称:"美国至少应该拥有这么一个机构,其制定的价值与品格标准是否合理,不仅要通过得票数来衡量,还应考虑其他方面的因素。"西储学院(Western Reserve)和伊利诺伊学院(Illinois College)都宣称自己是"西部的耶鲁"。号称威斯康星州(Wisconsin)边陲地区第一序列的伯洛伊特学院(Beloit College)骄傲地宣称拥有一套"完全按照耶鲁计划拟定"的古典学课程体系。杰里迈亚·戴的儿子舍曼(Sherman)是加利福尼亚学院的理事,为了确保古典语言在学院教学中的地位,他随后成功地取消了该学院对西班牙语的要求,并且降低了对法语的要求。耶鲁大学成了南方人首选的北方高校,其毕业生在建立边陲地区的各类院校中发挥了重要作用。1840年,美国75所高等院校中,有36所高校的校长是耶鲁校友。南北战争前,耶鲁大学共帮助在美国各个地区建立了16所高等院校。[25]

但在为古典学进行辩护的知名作品中,《耶鲁报告》既非最早的,也非最后一部。1820年,辛辛那提市的《西部评论》(*Western*

Review)曾宣称:"假如真的有那么一天,拉丁文与希腊语不再是大学必修课程,而对西塞罗、狄摩西尼、荷马及维吉尔的研究也不再是学者所必需的,我们实在觉得那将会使人类快速退回到彻底的荒蛮时代,而内心的绝望也很可能随之扩大,直至吞噬一切。"1830年,康涅利乌斯·费尔顿在给美国教员协会做讲座时声称,功利主义者忽略了这一要义。费尔顿承认,对希腊与罗马的研究"或许无法让我们发明某个新的机械工具,也无法直接增加我们的财富"。他又补充道:"但它能扩大我们对自我本性的认识……能教导我们体谅别人的思想与内心,能告诉我们智力、情感与天赋并不只存在于我们生活的小圈子,也不只局限于我们所在的国家,而是早在几个世纪以前就已存在。这些教训是我们日常生活中所需关注的。"与此同时,起初支持蒂克纳的适度改革计划、后来又改变了主意的约瑟夫·斯托里写道:"古典学问对于专业教育的重要性如此明显,竟然也会引发争议,实在令人惊讶。"他强调称,古典学训练对于医生、律师及公使们非常重要。他在写给乔赛亚·昆西的信中说:"在这些充满变革与疯狂投机心理的日子里,看到我们当中有些人依然坚守以前的优秀传统原则,坚持通过研究来增长学问、提升品位及才干,这不禁给了我一丝安慰……如果你能重新唤起人们对古典文学造诣的渴望,不要像我们以前那般浮于表面,而是进行更加透彻的学习,那该多么令人高兴呀。"斯托里认为哈佛大学可以抗衡美国社会日益膨胀的物质主义。哥伦比亚大学教务长表示,良好的学问有赖于希腊语和拉丁语:"现在不是争论这些已被时代证明了的真理的时候,已经容不得我们再有任何的无知、懒

惰、偏袒或不信任了。"[26]

休·斯温顿·莱加列激烈地回击了功利主义者对古典文学的攻击。莱加列在这场论战中的主要对手是托马斯·格里姆克（Thomas Grimké）；莱加列机智地指出，格里姆克视古典文学为魔鬼，但如若不是他曾经接受过的古典文学训练为他的战斗做了准备，提供给他这样的辩论手段，他也不可能对古典文学发动如此猛烈的攻击。莱加列并不认为古代人只掌握了风格，而未掌握实质。事实上，人们根本无法将两者分开，就如同无法将艺术与实践完全分离一般。莱加列写道："索福克勒斯兼具修昔底德一般的统帅地位，又有伯里克利式的政治家才干，这一组合无与伦比！"莱加列反对功利主义者们的论断，回应道："教育的主要目标（应当）是培育人们的道德品格；不是教育他们考虑哪些问题，而要劝说他们举止得当；不是让他们记住一些冰冷乏味的概念，而要让他们经常性地、充满热情地、着迷地沉思那些杰出英雄典范的事迹以培养情操；不是给品德下某个定义或思考责任操守，而要让我们热爱品德，并且感受到责任操守的神圣性，以此来实现我们的目标。"古典学教育可以实现这一目标，而以功利主义为出发点的职业教育则不行。功利主义教育如若忽略了激发人们想象力的必要性，是不可能产生实际用场的。希腊仿佛"星星之火"，证明了思想与行动、风格与实质的统一，这个文明国度所使用的语言几乎达到了人类所能达到的完美极致。英语中有许多拉丁词汇，若不追根溯源，是无法恰当地理解与欣赏这些词汇的。莱加列总结道："最重要的是，我们美国的年轻人要从古典文学中了解到，自由滋养了高尚的品格与天赋；所有人都热爱自由，更遑论那些不愿屈尊俯就的骄傲

心灵。"²⁷

莱加列承认,有些人过去的确将古人过度偶像化了,但他仍然觉得,现代功利主义者们所采取的这条截然相反的路径也有些不妥。他写道:"200年前,人们喜欢把现代人的聪明才智与古人相比较,称自己是骑在巨人背上的矮子——利用位置优势才可以看得更远,但现在人们既不再将自己与身下的强人相比,也不再承认他们给予我们赖以生存的知识馈赠。情况恰好出现了反转。巨人骑在了矮子身上,似乎还要不断地膨胀,直到他的声望已崇高到无与伦比。来自欧洲的迷信沉湎于过去,而美国人则热衷于寄希望于未来。"莱加列指出,柏拉图和亚里士多德错误地认为"机械艺术……与自由人及好公民的品格是完全不协调的",这一结论在本杰明·富兰克林所在的国度看来简直是荒唐的;但是,将工业与商业提升到其余事项之上,同样也是靠不住的。莱加列认为功利主义是一股"令人担忧的歪风邪气……正在迅速扩散"。莱加列对古典学问的维护在南方各州受到了广泛赞扬,连格里姆克本人的称颂者也为自己偶像的反古典学说感到遗憾。²⁸

在1832年面向查尔斯顿文学与哲学学会(Literary and Philosophical Society of Charleston)成员所做的致辞中,天主教会主教约翰·英格利希(John English)赞扬了古典学教育。他强调指出古代史有助于纠正人们的"发展崇拜",他还嘲讽某些人提出的发展一个更加"实际"的教育体系的主张,将荷马、狄摩西尼、维吉尔、恺撒、贺拉斯、西塞罗等称作创作技巧领域的典范。事实上,几年之后,英格利希又在《南方文学杂志》(*Southern Literary Journal*)上发表了一篇有关维吉尔的文章《埃涅阿斯的隐去》(*The*

Descent of Aeneas to the Shades）。[29]

1835年，南卡罗来纳州艺术家查尔斯·弗雷泽（Charles Fraser）在《美国月刊杂志》（*American Monthly Magazine*）抗议称，功利主义使人变得麻木。他认为，功利主义者对古典文学的抨击实质上是对包括艺术本身在内的所有人文精神的攻击。对于功利主义，他这样写道："这个大胆而隐秘的对手，抨击的不仅是高雅艺术，当我们看到它将攻击目标转向古典学识（尽管古典文学历经人们多个世纪的尊崇而变得愈加牢固），并且利用各种联盟组织或共同的智慧和品味源泉而将各个开明国家联结起来时，难道我们就一点也无须担心吗？"他继续开玩笑地表示："对，就让这些现代的改革家们榨干知识的源泉，切断知识更新的涓涓细流——让他们用算术中的数字来代替古典诗歌精神滋养下的数字——让他们将西塞罗的语言改成问讯台和会计室里干巴巴的商业术语——让他们从教育准则中抹去所有曾经润饰并丰富了伟人心灵的内容，虽然这些伟人的成就令人敬仰。"弗雷泽声称，各个民族之所以能获得持久的光荣，是源自他们的知识与艺术成就，而不是因为他们拥有的财富。如果我们视财富为"一切经营与努力的目的，而非进一步提升向全世界撒播精神力量的手段，我们便不会取得那些民族成就，那么自然慷慨赠予我们成就伟业的手段便只是徒劳"。希腊拥有的资源不多，但是其公民拥有伟大的灵魂："这些古代民族占有的物质资源并不是最有利的，但获得了令我们乐于捍卫的声望。除了哲学、雕塑、绘画与文学外，我们还能更欣喜地记得希腊的什么方面？"希腊是"伯里克利、柏拉图、色诺芬生活过的土地，也是阿波罗、拉奥孔和帕特农神庙之所在"。[30]

1845年,面对诋毁者,亨利·大卫·梭罗在《瓦尔登湖》(Walden)中对古典文学进行了辩护。他宣称:

> 那些从来不曾读过古典文献的人,却一个劲儿地叫嚣着要人们忘却它们。当我们具备了一定的学识与才干,得以领会与欣赏这些作品的时候,我们才有资格去忘却它……农民记住并会复述几个他听到过的为数不多的拉丁词汇并非毫无益处。有时候,人们说得好像古典文学研究终将会被更加现代而实际的研究所取代,但总有些喜欢冒险的学生会坚持学习古典文学,无论这些古典文献是用何种语言写就,无论这些典籍已历经多少年的历史……我们同样也可以不去研究自然,因为自然太老了……这些艺术作品同自然的杰作一样不朽,既古老又现代,就好比日月星辰,在当下依然发挥着不小的影响……希腊文学历经两千多年沉淀,岁月给她的大理石丰碑添上了一抹更加成熟的金秋的色泽。

让读者花点力气从书本中了解希腊或罗马诗人所要表达的意思是有好处的。梭罗总是通过一个人为了了解某件事情而花费了多少心力来计算这件事情的价值,他写道:"你付出了青春岁月与宝贵时光来学习某种古代语言,哪怕只是学会了只言片语,哪怕这些词汇只是源自街头巷尾的平凡琐事,只要能带给你永恒的启示,激发你的斗志,那么你的所有付出都是值得的。"[31]

拉尔夫·沃尔多·爱默生同意梭罗的观点。他道出了自己的教育观念:"最好教孩子学习算术和拉丁文法,而不只是地理、修辞学与道德哲学,因为前两门功课要求学生养成严谨的作风……掌握了学习能力,他就能够轻而易举地学习任何对自己而言有重要意义的内容……要优中选优,集中优势力量,领略多利安式和阿提卡式建筑之美,体会这些美在意大利的不断成熟。给予他最好的古典文学读物。要让他早一些前往佛罗伦萨和罗马旅行。"爱默生所讲的或许正是他自己的教育经历。[32]

1849年,在密西西比大学担任教授期间,乔治·弗雷德里克·霍姆斯提出,学习古典语言是掌握古人智慧所必需的。他表示:"我们必须学会运用希腊人思考问题时的语言去思考,这样我们才能真正体会雅典智慧那光辉而动人的魅力——我们必须学着像罗马人感受事物一般去感受,这样我们才能切身感受到古罗马人深刻而务实的睿智。"[33]

亚拉巴马大学(University of Alabama)校长巴兹尔·曼利(Basil Manly)表示同意。1852年,曼利在写给大学理事会的信件中表示:那些认为学习古典文献是浪费时间的人对古典学进行了"最为苛刻的抨击"。曼利继续写道:

> 对于这个问题,我们的回答是:这些语言是迄今为止最精湛、最优雅的口头语及书面语;它们是一切口才之源泉,从未被超越,也鲜有可与之媲美者。如果说这是某位行动者兼思考者通过说理、教导、劝告及恳求所能取得的最高成就,那么对于此类工具之能量的认识便更加不可或缺,并且能带给他双重好处——在与世界级大师们的交流过程中,既掌握了

这门语言，又增强了自身的能力。过去1000多年来，这些语言一直被视为完整教育不可或缺的组成部分，无论在哪个区域，在什么样的政府体制之下，也无论在哪个行业群体。即便我们称呼那些不懂古典语言的人为学者，难道世界其他区域的人就会认同吗？

研究古典文学不仅训练了人们的口才——这是民主制度下所必需的一门艺术——而且攥住了认识英语语言的钥匙。曼利写道："我们自己的语言中有相当大一部分是源于古典文献，尤其是在某些专业学问及科学术语中；不掌握古典文学，我们便无法真正掌握自己的语言。"他总结道："学习语言与数学同样都能够给予人们各种各样的能力——注意力、记忆力、比较、抽象、联系、分析的能力，以及通过归纳和类比进行推理的方法等。我们尚未发现有哪些其他方法能够替代它们实现以上目的。"[34]

亚拉巴马大学的多数教授表示强烈赞同。教师委员会督促大学理事会摒弃所有支持采用弗吉尼亚大学式选修课制度的提议。事实上，提到选修课制度的前景时，该委员会的语气中充满了警告与愤慨：

> 选修课制度这一理念没完没了地出现在当前有关高校教学新体制的倡议书中，真是令人懊恼……那么，大学理事会在经过深思熟虑后，有没有可能授予那些故意忽略掉身为学生必须具备的学识的人毕业文凭，给他们颁发学位证书呢？自大学出现以来，这些文凭与证书一直是对真正有学问者的证

明。要求变革的主张在全国各地大量发布,但只得到了一小部分人零星且微弱的回应,而散布在全国各地的高素质友人提供了大量有关现行制度的详尽而强有力的证据,这些证据毋庸置疑地证明,人们理智地对我们现有的教学体制感到满意,并不指望有更好的制度出现。既然如此,大学理事会还会做出此等毁灭性的决定吗?

该委员会又补充称,20多年前由"美国有史以来最杰出、最有经验的教育家们"撰写的《耶鲁报告》中的研究发现,如今依然受到现任耶鲁大学校长的认可。[35]

1852年,《南方评论季刊》的编辑们面对功利主义者的攻击,也对古典文学进行了辩护。他们表示:"教育的伟大目标似乎被人们忘记了。大学教育的目标不是培养职场人士,而是为了使年轻人无论从事何种职业都能占据更有利地位。人们在这里学会了思考与推理,了解了一般性原则——至于这些原则的实际应用,要么由学生们独自完成,要么可以在更专门化的学校里进一步发展。在欧洲的各个高校,教学原则的确定是基于对鉴赏力、记忆力与判断力的培养,方法就是研究修辞术与古典文学,带有明显的人文学科特性。"[36]

小说家赫尔曼·梅尔维尔对于教育理论没有丝毫兴趣,但就连他也反对功利主义,支持古典主义艺术。他在《罗马的雕塑》(1857—1858)一文中指出,现代人以物质主义为基础来贬低艺术的价值,这是不对的。梅尔维尔声称:"科学不如艺术,就好比直觉不如理性。"他讲到罗马艺术博物馆里的经典珍宝,"我们现代的所有成就能等同于静静矗立在那儿的英雄与诸神吗？能与这些高贵与美的化身媲美吗"？梅尔维尔声称，正如美国"最好的建筑"以罗马拱门为基础，美国的法律从某种程度上讲也是基于《查士丁尼法典》；因而，美国人也应当同希腊人和罗马人一样，将艺术作为自身各项事业追求的立足点。[37]

除了以上这些针对现代功利主义者狭义"效用"的争论外，古典文学的部分捍卫者还对现代重商主义发起了攻击。乔治·菲茨休指出，现代商业社会对于家庭而言是毁灭性的，他写道："荷马在作品《奥德赛》(Odyssey)中对家庭幸福与家庭纯洁性的美妙描述深深地吸引并感染着我们。征服与贸易给人们带来财富的同时，也腐化了人们的道德与行为；家庭同样也因北方的极度商业化而遭到了腐化与扰乱，就像现在这样。"菲茨休非常担心"铁路玷污了马拉松战场，或者棉花加工厂建立在帕特农神庙之上"。[38]

菲茨休并不认为是现代科学与工业促成了人类的真正进步。他宣称："既然需要从 2000 年前寻找完美典范，现在又何谈进步？希腊人的艺术水准超出我们如此之多，大家普遍认为，希腊拥有的理想典范能告诉我们，我们已经失去了什么，哪些损失是无可挽回的。古人比我们更加理解国家管理的艺术、实践与科学。希罗多德所处时期的黎凡特(Levant)诸岛比我们现在整个欧洲拥有的智慧、能源、学问、幸福、人口及财富更多。"菲茨休的最后一部分陈述令人将信将疑。对于古人，他继续这样讲道："在道德科学方面，他们与我们水平相当；但在美术方面，他们远超过我们。他们的诗歌、绘画、雕塑、戏剧、演讲术、建筑都是我们一直模仿却从未赶上的。在国家治理学、道德学、纯粹形而上学以及各个知识哲学领域,我们一直都是在努力挣扎或者原地打转,却从未前进分毫。康德并不见得比亚里士多德更高明。"印刷术的发明带来的主要结果是出现了许多劣质出版物(菲茨休想必已将自己的著作与文章排除在了这个结论之外),截然不同于古人那令人钦佩的精工细作;后者的作品得到人们的敬仰是理所应当的。(这里所声称的精工细作基本上是一种错觉。古人也创作了大量劣质作品,区别在于没有几本能够流传下来,因为誊抄需要花费大量时间,没有多少人愿意去抄写不好的作品;这正是文学作品自然选择的结果:优胜劣汰、适者生存。)[39]

菲茨休甚至不愿承认农业进步的事实。他声称:"2000年至4000年前,犹太(Judea)、埃及、希腊和罗马的农民,比我们现在的农民更能干。"菲茨休争辩称,农业的衰退是现代商业社会中普遍存在的过度理性主义的结果:"加图等人一想着把耕种变成一门科学,罗马的农耕就快速衰退。泥土与大气的强大特性都不是靠分析所能得出的……动物与蔬菜生命的伟大秘密,以及它们的健康、成长与衰退,都非人类勘查所能发现的。哲学在这方面并无建树。盖伦(Galen)和喜帕恰斯(Hippocrates)同爱丁堡近来的毕业生们一样,都是好的物理学家;加图同现代农学家约翰·牛顿(John Newton)先生一样,都是好农民。"[40]

事实上,詹姆斯·亨利·哈蒙德在1846年撰写的一本小册子中开始讨论石灰泥作为肥料的使用情况之前,就已将这种做法追溯至瓦罗和普林尼。他写道:"撒泥灰土当然不是什么新鲜事——只是暂时没法被纳入某个现代类别中而已,但并非什么没有尝试过的新实验。"哈蒙德用加图的肥料观来逗乐他在比奇岛 ABC 农民俱乐部(ABC Farmers Club)的邻居们。尽管哈蒙德赞同亚里士多德的观点,即知识追求是比商业目标"更高尚的力量",但他并不反对后者;他坚持认为古典文学既是讲究实践的,也是可以升华的。[41]

就连美国的制造业者也无法逃脱古典文学的影响。1816 年,某商人委员会郑重其事地向美国振兴国内制造业协会(American Society for the Encouragement of Domestic Manufactures)发表了讲话。该委员会宣称:"古代的小说与寓言在我们国家短暂的史册上得到了实现。同年轻的赫拉克勒斯一样,美国将具有破坏力的毒蛇扼杀在了襁褓之中,向每个劳动者证明大家都是平等的。外国制造商像被许德拉(Hydra)的毒血浸染后的衣服一样威胁着我们,使我们岌岌可危;火葬堆已燃起熊熊火焰,但这只有力的手将力挽狂澜,将我们从绝境中解救出来,助我们成就不朽的声名。如果要问是谁拥有如此强大的力量?我们的答案是:人民!"如果诸如保护性关税等如此乏味的问题都能让头脑精明的商人们想要接二连三地引经据典并展开比喻,那么哪里还存在真正的反古典主义呢?[42]

南北战争之前,反对在学校里学习古典语言的批评家们所摆出的功利主义论断,恰恰正是美国建国时期自诩为改革家们的人们所持的观点,结果也同以往一样因为其异端邪说而遭到了相同的批评,经受了同样的挫败。美国从一开始就是一个务实的商业民族,但与此同时,他们也尊重传统,无论是基督教传统还是古典传统;他们从这些有神论传统及人文传统中看到了缓和自身功利主义与物质主义倾向的重要方式。同建国时期的美国人相似,南北战争之前的多数美国人也认为,他们应该只学习"有用的"知识,只是他们对于什么是有用的定义更为广泛。

第四章　民族主义

在功利主义者对学校里的古典语言要求提出诟病的同时,民族主义者也对希腊罗马文明展开了批评。美国革命时期,民族主义还只能在启蒙运动推动的世界主义的夹缝中求生存,但到了南北战争之前,民族主义已呈喷涌之势。尽管古典英雄在美国所受尊崇地位已经不及乔治·华盛顿、托马斯·杰斐逊等其他民族英雄,但希腊及罗马的共和主义者们依然保持着重要的位置,他们并未被赶下神坛。如同希腊人与罗马人对主神与次神进行区分一样,南北战争之前的美国人也对近乎神一样的美国建国者们与稍微有点缺陷的古典英雄们有所区分。事实上,古典的英雄主义观念让南北战争之前的一代人如此着迷,以至于他们围绕美国建国者们所构筑的新神话本身就充斥着古典意味。"昭昭天命"时期,美国人将他们这个不断扩张的国家视为一个新的帝国,一个无论从规模还是对民主原则的坚持方面都超越历史上的雅典与罗马的帝国。不过,他们对美国优越性的夸耀也一如既往地呈现出了同样的防御性。

美国优越性的主张

早在1776年,托马斯·潘恩为了呼吁人们的民族自豪感,提升人们的爱国精神,就曾规劝美国人在面对古罗马人与古希腊人时不要自卑,要设法超越他们。潘恩宣称:"希腊与罗马各城邦的智慧、公民政治及荣誉感常常被当作优秀典范与模仿对象。但我们为何要到两三千年前去汲取教训,寻找榜样呢?赶紧把古代那些模糊不清的东西拿开!"他又补充道:"希腊人与罗马人的确富有自由精神,但没有原则性,因为那个时候,他们决意不让自身沦为奴隶,却动用各种权力去奴役其他人。但我们这个杰出的时代则不同,我们没有因为任何一个反人类的罪恶而被蒙上污点。"他声称:"看得起自己不仅对于个人生活极其重要,而且在公共生活中也极其必要,对于形成民族品格同样具有极端重要的意义。我可不愿将美国的命运寄托于任何过往的希腊人或罗马人。面临危险的时候,我们同样英勇无畏;而在构建公民政治时,我们同样展现出了最大的智慧……假若撤去古代的各种光环,回归事物本身的面貌,或许应当是他们更尊重我们,而非我们去羡慕他们。"在另一篇文章中,潘恩将美利坚合众国的成立这一光辉业绩与罗马的建立进行了对比,声称后者是由"一帮暴徒"建立的,是不光彩的。[1]

《美国独立宣言》与《美国宪法》的签署人之一詹姆斯·威尔逊也发出了类似的民族主义呼声。在1788年7月4日发表的纪念宪法签署的讲话中,威尔逊将按照努马(Numa)、来库古、梭伦等短暂的独裁者指令制定的古代共和国制度与专门召开会议起草并签署的美国宪法进行了对比。他总结称,虽然古人提出了人民主权理论,但是将其付诸实施的是美国。两年后,威尔逊又向那些认为美国不如希腊及罗马共和国的美国人发起了诘难。在威尔逊看来,希腊人虽然伟大,但还是被过于夸大了,因为"传颂他们美德的,是一些比其他任何国家的人们更有能耐且更善于运用笔墨的作家"。威尔逊宣称:"但要说到真正的价值与优点,我敢大胆地说,美国才是有史以来最卓越的共和国。未来一旦有某位'色诺芬'或'修昔底德'能奋起证明美国的品德与功绩,其时,美国的光辉将无人能及,希腊的光荣在其面前也将黯然失色。"[2]

107 南北战争之前的美国人更有资格说美国比希腊和罗马更优越,因为美国建国者们已经给他们留下了一些美国原本不曾拥有的财富:民族英雄。1825年,爱德华·埃弗里特在一篇有关康科德战役(Battle of Concord)的演讲中发问:"难道我们要一直以马拉松战役和温泉关战役为基础去寻求改善,从晦涩的希腊和拉丁文本中寻找爱国品德的伟大典范吗?"他又自己回答了这一问题:"从这上万名拥护已遭到侵略的希腊的人身上,我们能感受到他们对马拉松战役中体现出来的英雄主义有一丝崇拜;但我们无法忘记,他们这群人中有上千人是奴隶,从工厂及主人的门柱上被解放出来,去为了自由而战。我无意以这些例子来打击我们阅读古代史的兴趣;通过他们身上呈现的奇特对比,或许还能提高我们对古代史的兴趣。但这些例子的确警示我们,可以从国内,从我们自己国家的英勇行为与牺牲中,从我们父辈的品格中去寻找伟大的爱国主义政治典范。"同样,乔治·菲茨休写道:"我们研究历史,但要当心,不能去复制历史,也不要到国外游玩,除非你已经足够成熟,懂得热爱和尊重你自己的国家。"北卡罗来纳州的参议员贝德福德·布朗(Bedford Brown)声称:"历史赋予辛辛纳图斯高尚的公民道德,赋予阿里斯提得斯正义的秉性,给予费比乌斯·马克西姆斯(Fabius Maximus)面对战争时至高无上的审慎与勇猛,但是所有这些尊荣都集中体现在了乔治·华盛顿一个人身上。"³

有些美国人声称,他们相信美国未来的荣光会远超那些古典共和国。1822年,年轻的爱默生在日记中写道,一个美国人"称自己的祖国是唯一一个未让自由泛滥到肆无忌惮的国家……在这个组织有序的国家,教育、智慧与良好的道德风尚同在,丰富的财产和平地从父亲传给儿子,不必遭受私人暴力或公共暴虐的侵扰,他们的公立机构与科学座席里都是具有共和主义思想力量与优雅修养的人"。他补充道:"假如色诺芬和修昔底德活到现在,他们也一定会认为自己的创作才能在美国比在波斯或希腊能得到更大的发挥……而美国革命也会让普鲁塔克的笔下拥有更多英雄。"他接着又以类似的口吻总结道:"当柏拉图、西塞罗及莎士比亚的荣光消逝,谁还会记下他们的名字,让各个时期的人们都知道他们?让他们的文字成为供世人瞻仰的不朽之作?就让那些碰巧撞大运获得一些名望的人好好看看美国未来的繁荣吧。"第二年,爱默生又想象了西塞罗对乔治·华盛顿讲的话:"与你们比肩而立,让我感觉十分幸运;上帝似乎赋予你我一种相似的幸运与拯救国家的共同荣耀。杰出的人们,命运是眷顾你们的,虽然你们国家遭受了一些不幸,但上帝让你们的衰落与死亡显得光荣,而我则感受到了穷凶极恶的安东尼的报复。"1824年,爱默生在《致柏拉图》中声称:"你和你的同辈人曾经预言,在我生活的这片土地上,将会诞生一个比乌托邦或亚特兰蒂斯更明智、更成功的政治体制。的确如此。"4

爱默生并非唯一一个表达了美国优于古人这一信念的人。1839年,《美国杂志与民主评论》(United States Magazine and Democratic Review)发表社论:"我们对于古代的任何场景都不感兴趣,只不过是将其当作我们要尽力避免的反面教训而已。我们的舞台是辽阔的未来……我们正在踏入这个尚无人涉足的空间,我们的脑海中有上帝的真理,心中怀着善意,我们拥有清醒的意识,并未受到过去的玷污。我们是代表人类进步的民族,谁会,又有什么,能够限制我们前进的步伐?"三年后,查尔斯·卡特·李(Charles Carter Lee)写道:"假如可以根据那些对我们的革命感兴趣的人来评判最终结果的话,那么可以肯定的一点是,人们今后对我们革命史的兴趣,必定会超过目前对罗马共和国历史的兴趣。"雕塑家托马斯·克劳福德声称:"我们的政治制度已经超过了希腊共和国,我不明白我们为何不能在美术方面接近他们的成就;同其他各类事物一样,在人们的心目中,最伟大的美术创作也都属于希腊的天才们。"5

查尔斯顿的弗雷德里克·波尔谢(Frederick Porcher)从民族主义者视角对新古典主义艺术进行了批判。波尔谢在文章《现代艺术》(Modern Art, 1852)中写道:"乔治·华盛顿是一位伟大的美国人。假如时光倒流,他有可能成为一名伟大的法国人、伟大的罗马人或伟大的希腊人吗?我们认为不会,并且为此而骄傲,因为我们喜欢的是他那样的伟人。迄今为止,他的伟大已远超高卢人、希腊人或罗马人的一切构想,为他自己所在的北方民族增添了新的光彩,那是他尊敬并且为之添色的伟大民族。"波尔谢继续写道:

"乌东(Houdon)在雕刻华盛顿的雕像时,考虑到了这位伟人的衣着,本着对华盛顿本人突出特征等常识的了解,他选择了其那个时代的服装。乌东创作的《华盛顿》现在仍然是这位美国之父雕像的代表作。"(事实上,华盛顿曾写过:"不必拘泥于古代服装,还是稍微偏现代点的服饰比较好。")波尔谢认为海勒姆·鲍尔斯创作的《约翰·卡尔霍恩》穿着托加袍的雕像非常滑稽,如同霍拉肖·格里诺创作的穿着类似长袍、半裸着的《华盛顿雕像》一般。对于鲍尔斯创作的这尊卡尔霍恩雕像,波尔谢写道:"这尊雕像矗立在市政厅一个不起眼的角落里,能满足人们第一眼的好奇心;它还将静静地矗立在那儿,见证着民众的公共精神与他们的失望。我们原本想要看到的是我们美国的政治家,结果得到的却是一位罗马议员。"其实,卡尔霍恩本人是一位"愿意与后代其乐融融地生活在一起的人,愿与当代人同甘共苦"。[6]

波尔谢为当代艺术家们的奴性感到惋惜。他不满地表示:"我们这个时代的雕塑家只会低声下气地模仿菲迪亚斯。业余人士甚至连菲迪亚斯与贾诺瓦的作品都分不清楚。贾诺瓦和他的众多崇拜者声称,这恰是他最成功之处。"讲到古典作品的模仿者,波尔谢这样表示:"他模仿的只是外形,却完全不懂这些模型旨在表达什么思想。因而,他的作品没有生命力。如同用达盖尔银版摄影法给尸体的面孔拍照一般,尽管拍出来的相片能准确地呈现死者的面部肖像,但只不过是死者的外表而已。"波尔谢宣称:"学者们要是能够用可与西塞罗媲美的方式来书写拉丁语,那该是一项多么令人羡慕的成就啊!但更令人称羡的是,能够用亨利或查塔姆

(Chatham)那样的口才来讲英语。"[7]

波尔谢并非唯一持有这种观点的人。在用古代服装对现代人进行的艺术化描绘方面,就连新古典主义建筑师罗伯特·米尔斯也认同波尔谢的观点。他表示:"位于华盛顿国会大厦东侧的华盛顿巨大雕像是一部杰出的作品,但并未得到公众的认可,不仅是因为其所使用的服装,而且也因为人物的坐姿……让美国人前往位于里士满的议会大厦,看一眼那里由乌东创作的华盛顿雕像,那么其余雕像都会在这座对国父进行的漂亮而准确再现的作品面前黯然失色……研究一下你们国家的品位与要求,将当时当地的古典学当作你们的艺术创作根基。别再到古代去寻找榜样。我们已经进入到世界历史的新阶段,我们注定要引领世界,而非被引领。"对于弗朗西斯·钱特里(Francis Chantrey)爵士于 1826 年创作的半古典主义华盛顿雕像,戴维·克罗克特(Davy Crockett)讲道:"我不喜欢波士顿议会大厦里的华盛顿雕像。这个雕像身上穿着罗马长袍,但他是美国人,这是不对的。位于里士满和弗吉尼亚的华盛顿雕像做得就更好一些,雕塑家们给他穿上了古老的蓝褐色衣服(这是美国陆军军服的颜色)。他属于自己的国家,无论是他的心脏、灵魂还是身体;我不希望他身上的任何一个部分出现其他国家的痕迹,就连他的衣服也不行。"[8]

但这些人并不排斥古典学,相反,他们几乎都是狂热的古典主义者。在米尔斯设计的所有建筑中,灵感基本上都来源于古典文学,无论是位于华盛顿的财政大楼,还是南卡罗来纳州哥伦比亚的疯人院(Insane Asylum)。爱默生的日记中充斥着大量有关古典文本的论述。埃弗里特与菲茨休对所谓的"公众偏爱古典英雄胜过美国英雄"的说法提出质疑,这表明他们认为这种说法是存在问题的。他们的抗议与19世纪40年代休·布莱尔·格里格斯比(Hugh Blair Grigsby)和亨利·华盛顿(Henry A. Washington)的抱怨有异曲同工之效,后者抱怨称,弗吉尼亚人对希腊与罗马历史的熟悉程度超过了他们对本州的熟悉度。他们非但未能证实古典文学的衰退,反而证明了其持久的生命力。[9]

事实上,南北战争之前的美国一代深受古典英雄主义观念的影响,导致他们围绕美国建国者们所构筑的新神话本身也充满了古典意味。人们从乔治·华盛顿及其他建国者身上归纳出来的品质,恰恰是包括这些建国者本身在内的美国人从阅读古典文学作品中学会欣赏的品质:英勇、爱国、朴素、自律、谨慎以及公正。帕森·威姆斯(Parson Weems)在著名的华盛顿传记中巧妙地提及华盛顿留给大众的普遍印象:"华盛顿同弩马一样虔诚,同阿里斯提得斯一样公正,同爱比克泰德(Epictetus)一样温和,同雷古勒斯(Regulus)一样爱国。他像塞维鲁一样公正无私,给予公众信任;面对胜利,他像大西庇阿一样谦逊,像费比乌斯一样谨慎,同马塞勒斯一样老练,像汉尼拔一样无畏;他像辛辛纳图斯一样不贪恋权力,像加图一样坚定自由信念,像苏格拉底一般尊重法律。"威姆斯生怕语言学家们认为这一系列古今类比还不够充分,又进一步提到了华盛顿的父亲:"聪明的尤利西斯对于深爱的忒勒马科斯所下的功夫,绝对比不上华盛顿先生在乔治身上所花的心思。"[10]

民族主义者关于美国优越于古典共和国的言论并不能说明他们对古典文学的反感,反而证明了他们对古典文学的普遍敬畏。南北战争之前,几乎所有的演说家在有所戒备地陈述美国成就的优越性之前，都会花相当长的时间来赞扬古典世界的伟大之处。这方面的修辞大师是丹尼尔·韦伯斯特。1820年庆祝普利茅斯登陆二百周年演讲中，韦伯斯特将这些从英国移居美洲的清教徒们（史称"朝圣者"）的到来与马拉松战役联系在一起。对这两起看似完全不同的历史事件进行特定的耦合，在韦伯斯特看来，似乎是极其明智的，因为这两起事件都促进了自由与文明事业的进程。韦伯斯特娓娓道来：

当旅行者逗留在马拉松平原上时，他的胸中激荡着怎样的情绪？是什么样的光荣的记忆涤荡着他的心胸，染湿了他的眼眶？我想，此时此地最明显的感受应该不是希腊人的技能或勇猛，而是希腊本身被拯救这一事实吧。因为雅典共和国之后取得的所有荣光都起源于这个地点、这起事件，也因而得以流芳百世。假如当天是另外一种情形，希腊或许早已毁灭。旅行者知道，希腊的哲学家、演说家、雕塑家、建筑师以及希腊的政治与自由制度都可以追溯至马拉松战役，这些人与制度的未来都取决于当天最终获胜的是波斯军队还是希腊军队。回顾历史，他的想象力一下子被点燃，仿佛自己又回到了过去那个激动人心的时刻。他默念着当时敌对双方令人惊骇的力量悬殊，满脑子盘算着哪一方会取得胜利；他颤抖着，仿佛结局仍是未知数；他似乎怀疑自己及世人是否真的可以相信苏格拉底、柏拉图、狄摩西尼、索福克勒斯及菲迪亚斯。

"如果我们获胜，"那个决定性的日子来临之际，这名雅典指挥官讲道，"如果我们获胜，我们将让雅典成为希腊最强大的城邦。"这个预言得到了多么完美的实现!"假如上帝眷顾,"用更贴近我们父辈登上这块巨石时的话来讲,"假如上帝眷顾,我们将在这里开启一项持续几个世纪的事业;我们将在这里开创一个新社会,秉持最充分的自由原则与最纯粹的宗教信仰;我们将克服眼前的一切荒蛮,让这片广阔的大陆到处充满文明,遍布基督教的光辉。"[11]

12年后,南卡罗来纳州发生拒行联邦法危机。当年的华盛顿纪念日上,韦伯斯特发表了一次演讲,再次将美国民主与古典共和主义联系在一起,声称美国民主更为卓越。韦伯斯特这样讲到了分裂的危险性:

> 政府一旦被推翻,会有谁来重新构建它的基本结构?谁能重新竖起宪法规定的这些比例恰当的自由之柱?谁能够撑起这座灵巧的建筑,将国家主权与州自由权相统一,将个人自由与社会繁荣结合在一起?不,这些支柱一旦倒塌,将永远无法被重新竖起。同圆形大剧场(Coliseum)和帕特农神庙一样,人们虽然对其扼腕叹息,却再也无法恢复其往日辉煌。自由支柱的倾倒带给人们的痛苦,远超过罗马或希腊艺术丰碑的没落,因为它原本就是一个比希腊或罗马更加光辉的结构制度,正是这个制度构成了美国宪法上规定的自由。[12]

1851年,在美国国会大厦辅楼奠基的纪念活动上,韦伯斯特发表了"7·4讲话"。在这份致辞中,再次感受到分裂威胁的韦伯斯特发表了如下声明：

> 同胞们，我们今天享有的遗产不只是从父辈那里继承下来的自由，也是我们独特的美国式自由。自由在别的时代、别的国家，也以别的形式存在。有英勇彪悍、充满生机、口才与战火的希腊式自由；也有创造了大量伟人，将狄摩西尼等不朽声名传递给后代的自由；还有一种自由，存在于多个相互独立的城邦之间，这些城邦之间时而会有纷争，但有时也会结成暂时的同盟与联合……所有美国人的心底都应明白这一真理，正是各个城邦之间对联合的渴望最终使得马其顿王国的腓力统一了希腊。
>
> 还有一种罗马式自由，骄傲自大、雄心勃勃、盛气凌人，信奉罗马自身的自由与普遍原则，但即便是在罗马共和国最辉煌的时期，她依旧准备将奴隶制与镣铐推广至其各个城邦，渗透其所有的势力范围。

韦伯斯特自始至终坚持自己的信念，就连在1852年发表的最后一次演讲中，韦伯斯特依然坚称，美国应得的赞誉已非任何言语所能表达，"超越了历史上所有的政治联合"，甚至超越了备受尊崇的希腊与罗马共和国。[13]

在独立日演讲词中先称颂古人，继而宣称美国更加优越，这一做法似乎已成惯例，但有些演说家觉得这么做过于单调沉闷。早在1822年，莱加列在查尔斯顿发表的独立日演讲中就采用了这种预期中的秩序："庞培的胜利怎可与在1776年的革命战争中，靠着华盛顿、蒙哥马利、格林、富兰克林、杰斐逊、亚当斯、劳伦斯们的智慧引领,勇士们的英勇无畏,以及烈士们的浴血牺牲而完成的统一大业相提并论?"但莱加列的用意并不在此。他继而又表示:"无论这样的称颂本身多么令人兴奋,多么契合公开演讲的目的,都是十分陈腐的,无论进行怎样的编排,都难以给人耳目一新的感觉。"声称美国优越于古人,这一习惯已变得如此根深蒂固,任何人都明白其不过是一种修辞手段,这不禁令学者们觉得有些尴尬。[14]

拒绝称颂美国之于古典文明优越性的美国人十分罕见。在《美国演说家概述》一书中,弗朗西斯·吉尔默(Francis Gilmer)先是赞扬了帕特里克·亨利和亨利·克莱,但他最后又大胆地指出,帕特里克·亨利所受教育有限,终究未能成为西塞罗及狄摩西尼式的人物,而亨利·克莱则缺少了维吉尔和西塞罗的品位。[15]

罗马:命定扩张论者眼中的民族主义典范

一些美国人认为罗马是命定扩张论者所秉持的民族主义的典范,这种爱国主义颂扬的是某种特定的生活方式,并将之与某个特定的公民群体相联系,将国家领土的扩张上升为对世界的使命。托马斯·迪尤问道:"请允许我问一句,是什么伟大的理念让每一位罗马作家如此富有生气?是罗马自身的理念,无论是古罗马的礼与法,还是她的罪与错;是从古罗马演说家们唇齿间吐出的言辞以及文学作品里洋溢的气息;是印刻在古罗马哲学、历史与诗歌作品中的独立尊严与恢宏气势。"如同罗马作家从罗马自身的辉煌中汲取养分一样，美国作家们也应当从本国的卓越成就中寻找灵感。[16]

1814年时的约翰·卡尔霍恩是一位年轻的"好战分子"，他也将罗马视作民族主义的典范。卡尔霍恩将罗马人的爱国主义与反对1812年第二次独立战争的联邦党人的亲英倾向进行了对比；对于这些亲英派联邦党人，他写道："他们常常一腔热血地认为我们是错的，而我们的敌人是对的……这与罗马的至理名言恰恰相反！那个智慧超群、品德高尚的民族，非但不认为他们的国家是错的，反而认为公民对公共事业的正义性但凡有一点怀疑都是一种罪过。这多么值得处在战争年代的我们去效仿！这是罗马之所以伟大的根源。没有这种信念，自由城邦便失去了其独特的内在力量。"即便到了后面几年，当南方人暂时放下美国民族主义，而选择了南方民族主义时，他们仍然喜欢引用贺拉斯的话："为国捐躯，虽死犹荣。"[17]

把罗马视作命定扩张论者秉持的民族主义典范，这种意识也可见于诺厄·韦伯斯特编撰的几本读物中，这些颇具影响力的作品在1785年至1835年共计印刷77次。在第三版中，韦伯斯特补充了约瑟夫·艾迪生创作的《加图》第4幕第4场的多数内容，在这一场中，努米底亚国王朱巴（Juba）侃侃而谈，述说着罗马有义务让文明之福惠及其他未开化的民族：

　　罗马人高瞻远瞩，
　　欲教化粗鄙的未开化部族，
　　授之以法律约束，

> 让人变得温柔随和；
> 用智慧、纪律与文艺，
> 启蒙粗野放荡的蛮族，
> 美化他们的生活。

讽刺的是，艾迪生对罗马帝国主义的称颂恰恰证明了英帝国主义的合理性，而美国殖民地不过是刚刚摆脱了英帝国主义的控制。但在这里，这位编纂了美国首部英语大词典的韦伯斯特却清晰地将罗马人扩展文明的使命感与"昭昭天命"联系起来，后者同样是一项神圣的使命，即美国要让文明与民主的福祉遍布北美大陆。[18]

就连为数不多的几位否定罗马、否认美国命定扩张论者所持民族主义的美国人也注意到了两者间的联系。1845年，正值美国为墨西哥战争营造舆论氛围的时期，马萨诸塞州的参议员查尔斯·萨姆纳在题为《各民族的真正辉煌》(*The True Grandeur of Nations*)的"7·4讲话"中也宣称：

> 还有另一股势力在鼓吹战争，阻挠人们对和平的本能渴望：我所指的是一种自私的、夸大的民族偏见，这一偏见导致他们不惜牺牲其他国家的利益，罔顾公平正义，只图实现自身的领土扩张与政治妄想。我们在古典文学的滋养中成长，难免会受到那些未开化之人的爱国情感的影响。希腊人和罗马人对于自己的出生地有着独一无二的热爱……上过学的孩子不会忘记费雷斯(Verres)治下的那些受害者，不会忘记他们

面对刽子手徐徐降落的束棒时的呼喊"我是罗马公民"——也不会忘记曾经回荡在那个黑暗时期的另一些呐喊"为国捐躯，虽死犹荣"！然而，再高贵的呼喊也无济于事，无论"我是人"，还是基督徒们发自肺腑地突然叫喊"为尽义务而牺牲，何其美妙与恰当"！西塞罗纵然天资聪颖，时而迸射出至理名言，但他也未上升到这样的境界，视全人类为邻里与家人。这位伟大的罗马人假借对全人类的热爱等言辞，将狭隘的爱国主义升华为高尚的品德，声称只有罗马能包容所有的仁慈。将这一称颂之词附着于国家这个概念之上，你便会发现，与世界这个广阔范围相比，国家的仁慈何其狭隘，总会有某个邻国为此遭受苦难。[19]

玛格丽特·富勒（Margaret Fuller）和威廉·韦尔（William Ware）都赞同萨姆纳对命定扩张论者所持民族主义的批评。虽然富勒认为罗马"已将某些方面发展到了无出其右的极致程度"，美国"几乎不可能实现罗马那样的高贵与自由"，但考虑到美国对罗马帝国主义的一味效仿，她不无担心地写道，希望美洲之鹰在对待墨西哥的问题上，不要模仿罗马先人（"凶猛的罗马鸟"）。对她而言，这个问题关系到美洲之鹰"翱翔于天际，还是俯身对付无力挣扎的猎物"。韦尔撰写的历史小说《芝诺比阿》（*Zenobia*）颇受公众喜爱，他在小说中对因专横的民族主义而变本加厉的罗马帝国主义典范发起了类似的攻击。小说中，一名罗马主人公宣称："人们并未思考过，祖国的正义事业是什么，而只知道祖国是什么。罗马人的呼声历来如此。'我们的国家！我们的国家！无论对错，那是我们的国家！'……我并非这样的罗马人。""无论对错,那是我们的国家"这句话显然是在暗指斯蒂芬·迪凯特(Stephen Decatur)讲到美国时所讲的"无论对错,是我的国家"。[20]

美国民族主义与希腊传统的复兴

从南北战争之前希腊复兴风格的建筑中,可以看出美国民族主义与古典主义间的相互影响。采用新古典主义建筑风格,很大程度上宣示了美国脱离英国独立,意味着美国摆脱了英国的影响;英国的影响主要体现在"殖民主义风格"中。正如建筑历史学家小威廉·皮尔逊(William H. Pierson Jr.)所讲的:"在美国革命战争及1812年第二次独立战争中体现出的反英情绪,鼓励甚至要求人们摒弃根深蒂固的英国传统,转而采用更能表现美国民主理念的新形式。事实上,正是在这一阶段,美国才感受到了新古典主义运动的全面影响,而希腊复兴运动在其中扮演了重要作用,培育了人们的民族自豪感。"美国新古典主义建筑师并不是简单地用一种历史制约方式代替了另一种制约方式。尽管他们为这个迅速成长的国家建造了大量形形色色的新古典主义建筑,但没有一幢建筑照抄古代样式。新古典主义建筑师们从希腊学习到的不是某些可直接拿来复制的典范(柱子的比例与关系依例进行了修改),而是一种简单、宏大、高贵且理性的风格。[21]

美国建筑师们以各种新颖的方式将这一风格运用到各种区域或国家问题上。讽刺的是,最早尝试创造美国柱式的是一位名叫皮埃尔·恩坊(Pierre L'Enfant)的法国人;1789年,他在纽约联邦大厅提出对多立克柱式进行改良,将代表美国各州的星形装饰在圆柱的颈部,用作檐壁的花纹装饰。按照托马斯·杰斐逊的建议,本杰明·拉特罗布创造了另一种美国柱式:他在参议院议场入口处的柱顶上装饰了象征美国玉米的玉米穗与玉米叶,代替了科林斯柱式中惯用的卷叶饰;在参议院大厅的柱顶上则采用了烟叶。1850年,托马斯·克劳福德为参议院侧翼设计的古典式山墙则考虑到了美国向西部扩张过程中的普通美国人。另外一些新古典主义建筑还包含了灯饰、窗户、铸铁阳台等古代建筑中缺少的特征。1836年,为了利用好费城某街角的一块不规则形空地,威廉·斯特里克兰建造的商业交易所以一个巨大的长方形作为正面,圆形石柱廊上方设置了一个精致的采光塔。这样的样式在古代是看不到的。还有一些建筑师利用了希腊人根本想不到的方式来运用蔷薇花饰与涡形。许多人用有坡度的檐头墙代替了希腊式山墙。[22]

美国新古典主义建筑师有意选择了简洁的风格,来取代装饰更加华丽的法国古典建筑风格以及古希腊本身的建筑风格,有时甚至省略了刻在多立克式立柱上的凹槽。正如建筑历史学家塔尔博特·哈姆林所讲的:"希腊的建筑形式并非可以不假思索而任意复制的神圣启示;相反,它是一种集优雅、克制与美于一体的新系统,运用这些系统,能够形成一种新的重要的语言。"正是由于希腊样式经得起如此多新鲜而富有创意的改动,希腊复兴建筑才得以成为第一个真正意义上的民族建筑样式——这一流派代表着美国各个区域都指望其新国家从古代世界中领会,并能够适应本地需要的优雅、尊严、简洁与庄重。[23]

没有人比新古典主义建筑师们本身更清楚,美国需要学习的是古典建筑的精髓,而不是严格地仿制其外形。1841年,美国建筑师罗伯特·卡里·朗(Robert Cary Long)写道:"认为按照古代的样式来建造就能够使建筑风格复兴,这就好比讨厌成年,便穿上年轻人的衣服以为能够重归简单与纯真一般,都是不合情理的。建筑风格的发展必须因循就势……我们不妨都尝试一下,看谁能最先创造出独特的、典型的、符合这个时代的民族艺术。"美国人应当采纳希腊人的自由精神,而不是成为希腊人的奴隶。只要条件合适,希腊漂亮的建筑形式是可以拿来用的,但必须以新的创新性的方式。同样,托马斯·沃尔特(Thomas U. Walter)在一次演讲中表示:"人们普遍认为,设计希腊风格的建筑无非就是模仿某座希腊建筑,但这种观点是完全错误的;就连希腊人自己也从来不会建造两个非常相似的建筑。"沃尔特补充说美国建筑师们所需要的,是像希腊人那样去思考,而不是像他们那样去做。如果美国建筑师能像希腊人一样思考,那么"我们的柱式建筑便能拥有更高的原创性,其特色与表现就更能符合本国的实际情况,契合制度规定的共和精神"。[24]

新古典主义雕塑中的民族主义

美国雕塑家们同样敏锐地将古典艺术风格运用到了美国的雕塑上。尽管他们一般都会给自己刻画的对象穿上现代美国服饰,但他们模仿了古代雕塑的形态,一如19世纪的美国演说家们在论述当代话题时会模仿西塞罗及昆体良所推荐的演讲手势。亨利·柯克·布朗(Henry Kirke Brown)创作的《德威特·克林顿》(De

Witt Clinton，1850－1852)也披着斗篷，拥有和《德雷斯顿·宙斯》（Dresden Zeus）同样的站姿与同样的衣服褶皱。托马斯·鲍尔（Thomas Ball）创作的《丹尼尔·韦伯斯特》（Daniel Webster，1853）也拥有和古代皇帝哈德良（Hadrian）的塑像相同的双脚跨距、朝向、脑袋的姿态，右手同样也插在外套或斗篷里。托马斯·克劳福德创作的《濒死的首领》（Dying Chief，1856）尽管头戴美洲土著居民的头巾，但也同雅典阿波罗尼奥斯（Apollonius）创作的《贝尔维德勒的英雄躯体》（Torso Belvedere）拥有相同的健美肌。在埃玛·斯特宾斯（Emma Stebbins）创作的《商业》（Commerce）和《工业》（Industry）中，她刻画的两个对象分别穿着南北战争之前美国水手与矿工的服装，但他们的姿态分别是以普拉克西特列斯创作的《萨梯》（Satyr）和波利克里托斯（Polyclitus）创作的《持矛者》（Doryphorus）为基础。将古代的姿态与美国服装巧妙地结合在一起，这一做法在丹尼尔·切斯特·法兰奇（Daniel Chester French）后来创作的《林肯坐像》（Seated Lincoln，1916）中达到顶峰，这部作品现在依然为林肯纪念堂（Lincoln Memorial）这座希腊式庙宇增添了不少光彩。法兰奇的这部杰作同霍拉肖·格里诺创作的华盛顿雕像一样，几乎都是以菲迪亚斯的《宙斯》为坚实的基础。两者都模仿了宙斯的坐姿、宝座与脚凳。但法兰奇明智地保留了林肯的美国现代服饰。法兰奇在美国雕塑中对古典艺术风格的得体运用得到了人们的普遍赞赏，而格里诺毫无独创性地模仿古典艺术作品则遭到了人们的鄙斥。[25]

作为古典文明唯一传承者的美国

在美国,古典主义与民族主义携手并进的原因或许在于,美国人认为这个国家主要的骄傲来源、美国的民主制度以及由民主制度产生又反过来强化了民主制度的文化特征,使得他们比现代世界中的其他任何国家都更接近于古人。1822年独立纪念日前一天,年轻的爱默生想到美国的民主尝试有可能遭受挫败,他将这一可能的失败与希腊及罗马共和国那崇高但最终失败的尝试联系起来聊以自慰:"美国做了这项尝试来确定人们能否自我管理,如果我们发现这一尝试最终无法成功,会不会觉得非常可怕?是过多的知识与过多的自由使人们变得疯狂吗?但我们自己仍然伤感地相信那句崇高的格言'世界会延续我们当今的荣耀';同迟暮的雅典与罗马依然为众人所推崇一般,在同胞们所熟悉的这句预言的荣耀里,我们会设法相信,即便国家遭受了腐败与衰落,其文学及艺术依然会绽放出光芒。"1840年,他写道:"美洲的发现与奠基,以及美国的革命与机械艺术,既是希腊的、雅典的,或者说是具有古希腊与古罗马艺术风格的……也是帕特农神庙或'被缚的普罗米修斯(Prometheus)'式的。比如,从我们的期刊文献中,我可以轻松地发现一个普遍的不那么抢眼的雅典。"[26]

还有一些人也将美国视作古典文明的唯一传承者。1851年,亨利·大卫·梭罗在日记中写道:"罗穆卢斯(Romulus)和瑞穆斯(Remus)吸食狼奶的故事不只是一个传说,每个声名显赫的国家的创立者都曾经从类似的传说中汲取过营养与气势。正是因为这个帝国的孩子们没有得到狼的哺乳，所以才会被征服，被那些曾经生活在北方森林里的孩子取代。美洲就是当今的母狼，坦露在其杳无人烟而荒蛮的海岸之上的筋疲力尽的欧洲孩子就是罗穆卢斯和瑞穆斯，他们从美洲的胸膛中获得了新生与勇气，在西方建立起一个新的罗马。"梭罗将美国假定为"新罗马"，而沃尔特·惠特曼（Walt Whitman）则坚持把美国当成不折不扣的希腊传承者，即便他后来又随大流地提到了美国的优越性：

> 来吧，缪斯，从希腊与爱奥尼亚（Ionia）来到这里吧，
> 请划去那些华而不实的描述，
> 管他什么特洛伊战争和阿喀琉斯（Achilles）的愤怒、埃涅阿斯和奥德修斯（Odysseus）的漂泊，
> 快将"已清"和"空闲"字样张贴在白雪皑皑的帕耳那索斯（Parnassus）岩石上……
> 要了解一个更好、更新鲜、更繁忙的所在，
> 还有诸多未曾试验过的广阔领域等着你去探索。

同样，托马斯·迪尤也写道："可以这样讲的话，我觉得我们正在演绎一个规模更宏大的希腊……我们拥有几百万名自由人，而雅典只有几千人。"[27]

公众对美国人研究希腊与罗马历史的呼吁，往往基于一个信念，即古典制度与美国制度之间极为相似。1851年，《基督教评论》（*Christian Review*）承认："熟悉雅典历史对于美国公民而言至关重要……雅典制度与我们自己制度之间的相似性，各个社会阶

第四章　民族主义

层普遍存在的对于个人与民族自由的热爱,都使得美国公民对雅典生活的研究具有非同一般的兴趣。"作者督促美国人不仅要阅读雅典的"法律与政治史",而且要"熟悉雅典的诗人、历史学家、哲学家及演说家",以理解"雅典卓越人物的品格"。第二年,托马斯·迪尤写道:"希腊历史对于美国学生尤为重要。学生们可以从中学习到民主原则的真正价值,领会其强烈的影响力,同时也能看到,若不加以限制,有可能出现腐败倾向。"同样,《南方文学新报》督促其读者成为"思想上的雅典公民",以明白雅典民主与美国民主的相似性。[28]

就连巴兹尔·吉尔德斯利夫这样的学者兼专业古典主义者也能够在1878年向美国语文协会(American Philological Association)发表主席报告时夸耀说:"美国生活中的许多方面使得我们比同时代的部分欧洲人更能理解古人,这个观点怎么说都不过分。"吉尔德斯利夫声称,美国人的大胆与创造力与古人十分相似,而德国人则太"迂腐",英国人太"多疑",法国人太"古怪"。[29]

历史学家埃德温·迈尔斯(Edwin A. Miles)笔下的美国殖民地情形同样既适用于美国建国者,也适用于南北战争之前的美国人:"我们绝不能被人们时时强调的美国优越于希腊与罗马的言论所误导;我们必须知道,有必要进行这样的对比——这一认识本身才更重要。"同美国建国者们一样,南北战争之前的美国人也以父辈为榜样,并努力去赶超。但无论儿子多么成功,他仍然是以父亲的成就作为准绳,用自吹自擂的声明让自己相信,他已经成为一名称职的继承人。[30]

第五章　浪漫主义

南北战争之前,民族主义、民主政治,再加上浪漫主义,共同形成了美国最早的民族文学。尽管美国浪漫主义强调享受当下,而不是执着于过去;认为启蒙的真正来源是自然,而非学问;这样的重心或许正是导致浪漫主义否定古典学的原因所在,而这些重心很大程度上是源于柏拉图对直觉的重视,以及对理性与体验的轻视。与之前的建国者们相似,浪漫主义者抨击了缺乏独创性地、不加批判地全盘接受一切古典事物的做法;他们敬重古人,甚至认为古人由于更接近远古时代,因而对真理有着更清晰的认识。先验论者欣赏古人的道德准则以及对自然的热爱,视苏格拉底等个别古典人物为特立独行的最伟大典范——这些人勇于听从内心的声音,敢于反抗社会的教条。从斯多葛学派身上,先验论者学习到了泛神崇拜、宿命论、知识无用论及自然法则概念,这些理论导致亨利·大卫·梭罗写出了极具影响力的文章《论非暴力不合作》。先验论者欣喜于古典神话的丰富性与活力,而浪漫小说作家们则广泛地利用古典神话来为自己的叙述增添结构与意义。受人爱戴的传记作家普鲁塔克推动了"圣人理论",该理论在南北战争之前的历史学家间广泛流行。

富有民主气息的浪漫主义时代的民族文学

由于美国最早的文学运动兴起于富有民主气息的浪漫主义时代,那个时代称颂的是多数决定原则,试图缓和启蒙运动中的理性主义,因而这个时期产生的文学必然是兼具民主特性与浪漫主义的。美国作家们感觉到有必要明确地或者通过他们高质量的作品来驳斥某些欧洲人的论断,即民主政治太过功利,因而无法推动与创造真正的文学,真正的文学只有在君主政体下才能蓬勃发展。

托马斯·迪尤驳斥了欧洲人以奥古斯都执政时期"辉煌的"罗马文学为基础而得出的"文学天才的作品需要得到皇室赞助"的武断观念。迪尤指出,君主制下产生的作品往往充斥着奴性的吹捧,而雅典等民主社会中产生的文学作品则不然。迪尤还进一步指出,并非所有的君主都支持文学创作:"就算文学进步直接取决于能够调动的资金数目,也并不意味着文学作品在君主制下最为兴盛。因为即便此类政府有能力提供资金支持,并不代表这个政府有这样的意愿去提供支持。也许奥古斯都和米西纳斯今天十分慷慨地拿出皇家财富来支持文学创作,而到了明天,提比略和塞扬努斯就会撤走所有资金,禁止其发展。"就连那些愿意鼓励伟大文学创作的君主也并非一直都能如愿:"坐在东罗马帝国宝座上的君士坦丁(Constantine)大帝,坐拥整个罗马世界的一切资源,却无法唤醒一个堕落民族沉睡的天才,也无法复兴这个古代帝国正在衰落的艺术。在他统治时期,他动用了一切资源来支持文学发展,但这些作品就好似因他的骄傲自负而在帝国内建造起来的那些绚丽的建筑一般，不过是古代各个壮丽丰碑的残迹。"[1]

迪尤不知该贬低奥古斯都时代的文学，还是该将之刻画为罗马共和国最后的遗存，于是他从两方面进行了说明。他声称：

> 我们发现，在首位罗马帝国皇帝的支持下，艺术与通俗文学的确发展到了共和国制度下或许无法企及的程度。布鲁图死后，文坛经历了一场几乎可与政界匹敌的重大革命。奥古斯都时代的文学，从基调与精髓方面都体现出自由的衰落，以及心灵的束缚。各种大胆而阳刚的雄辩之声不见了。共和国高亢而傲慢的精神被驯服成苍白的令人厌恶的奴颜婢膝。当雄辩与哲学的时代成为过去，属于诗歌的时代来临了；维吉尔、贺拉斯与普罗佩提乌斯①（Propertius），在某位有手腕的王子与一位优雅的侍臣的阿谀奉承、追捧与资助下，同意称颂那位废除了三人执政格局、加强了对自己国家专制统治的君主。

在对奥古斯都时代的文学进行了严厉控诉之后，迪尤又采取了一种新的方法，将稍微好一些的文学品质归功于共和主义经久不衰的影响："奥古斯都执政的漫长岁月里，在各个学术领域大放异彩的人们多是在共和国末期就出生的。他们见识了共和国曾经有过的辉煌——他们目睹了国家的伟大，年轻时享受过自由的呼吸。比如，就对英雄壮举的真情实感而言，没有哪位罗马作家能超

---

① 古罗马哀歌诗人。

过抒情诗人贺拉斯。我们曾通过他的作品,哪怕是最欢乐的作品,感受到他胸中对于共和国自由覆灭那种深沉的根深蒂固的惋惜。"奥维德是一位晚辈诗人,出生太晚,没机会领略共和国的荣光,因而用语"太过花哨与女人气"。迪尤又补充道:"就连罗马人擅长撰写的历史本身,也屈从于恺撒等统治者们的腐败影响……当提比略放任自己留住像塞扬努斯一样的恶人,当尼禄边拉小提琴边跳舞,当康茂德①(Commodus)在竞技场上与角斗士对决,帝国里所有的尊贵都渐渐隐没,只偶尔在某个角落里还能觉察一丝隐晦的痕迹。"自相矛盾的是,迪尤又赞扬了塔西佗,声称没有他,自己就不可能了解到提比略和尼禄的古怪行为。显而易见,在罗马帝国的某些阶段(比如图拉真②[Trajan]统治时期),人们是可以书写真实历史的。[2]

赞美完希腊民主政治下产生的令人啧啧称奇的文学作品——欧洲君主制主义者们想要极力掩藏这些天才作品——之后,迪尤又表达了他对美国文坛未来出现伟大作品的信心。他预言道:"到那个时候,我们将会拥有一个完全依赖于内部发展而形成的帝国,这个帝国将同罗马帝国一样人口稠密,且更加富裕,所有人都操着同一种语言,生活在相同或类似的制度之下。"这样一个得益于现代商业繁荣的民主帝国,将会为文学作品提供一个广阔的市场,这样的恩惠是"国王与王子们所无法给予的"。更棒的是,这个国家的作家们将能够在美洲为他们的史诗般作品找到一个伟大的女主

---

① 古罗马皇帝。
② 古罗马皇帝。

人公,比之罗马文学天才们在罗马所找到的更加厉害。³

奴性的去除

123　　浪漫主义规避了南北战争之前某些古典主义者的好古癖与凄惨的奴性,因为这些品性与先验论者对生活在当下及特立独行的强调是相冲突的。沃尔特·惠特曼是所有浪漫主义者中古典主义意味最少的一位作家,他这样提及古典文学:

　　我全神贯注地注视了良久,又将其放下,
　　我生活在当下,坚守在自己的阵地。

　　惠特曼批评了英国诗人约翰·济兹(John Keats)的奴性:"济兹的诗观赏性强,用词精美,富于想象力,蕴含着2500年前诸神的情怀。诗中表现的情感代表的是一位后来在大学里接受了应有的教育,只愿生活在圣贤世界,埋头于图书馆阅读经典书籍的绅士的感受。济兹的诗仿佛一尊尊雕塑,没有19世纪的任何生活痕迹,也体现不出那个时代的任何身体或灵魂的直接需要。"类似地,埃德加·爱伦·坡(Edgar Allan Poe)也批评称同时代的剧作家们只会模仿希腊人:"今天的剧作家们往往紧跟先人的步伐亦步亦趋。简而言之,与其他渴望获得艺术称号的作品相比,这些戏剧作品中的原创性更少,独立性更欠缺,思想更匮乏……这种模仿精神,发源于对古代的、从而也是粗鄙的典型的模仿,并非引起戏剧的'衰退',而是通过压抑戏剧的发展,导致了古代戏剧的瓦解。在其他艺术形式与时代的思维和进步精神保持同步发展的同时，只有这种艺术形式保持不变，仍在空谈埃斯库罗斯和肖吕斯（Chorus）。"⁴

另外一些浪漫主义作家也对刻板模仿古典作品的做法表示厌恶。某次参观大英博物馆时，纳撒内尔·霍桑感慨称，应该"将帕特农神庙的这些埃尔金大理石雕与檐壁付之一炬"。他解释道："人生在世，连理解生活中的温暖、体会周遭事物的时间都没有，却忙于将这些早已脱离人类生活实际的老旧骨架堆积起来。"（后来再一次参观该博物馆时，霍桑不仅对自己曾经想摧毁埃尔金大理石雕的意图感到遗憾，甚至怀疑此类行为能否奏效，因为"那种优雅与高贵似乎早已深深地嵌入了这些石头的内核"。）爱默生在著名的文章《自立》中批判了对古人及历史英雄的崇拜。他写道："我窗台下的玫瑰花既不是原先的玫瑰花，也不要成为更棒的玫瑰花。它们就是它们自己，它们今天与上帝同在……一切都是最好的安排，除了造物主，没有谁能够告诉谁怎样会更好……研究莎士比亚，并不能让你成为莎士比亚。"在爱默生看来，增长才干的关键是聆听自己内心的声音，这才是与上帝建立联系的关键所在；而不是照着别人的样子来塑造自己，无论对方多么受人尊敬。爱默生表示："白痴、印第安人、儿童及没有受过教育的农家子弟，比解剖学家与古人更接近光明，更接近理解自然的诀窍。"他督促道："我们要尊重的是人，而非柏拉图或恺撒。只要讲出来的话有意义，有思考，有勇气，哪怕只是名消防员所讲的话，我们也应给予其同样的尊重，去接纳它，去引用它，就仿佛是从丹尼尔·韦伯斯特嘴里讲出来的一样。"亨利·大卫·梭罗写道："当我们不再满足于撑着木筏前后徘徊，去寻找那些搁浅在暗礁之上的荷马时代或莎士比亚时代的巨大商船,而是利用那些被埋葬在这座孤零零的小岛沙土之中的商船残骸来建造一艘帆船;到了那个时候,我们或许可以借用这些新木料航行到我们朋友所在的充满阳光与生命的全新世界。"[5]

在对刻板模仿的谴责方面,浪漫主义者并非独自作战。就连约翰·亚当斯也在劝导约翰·昆西·亚当斯学习古典文学的重要性时,特意告诫他这位大儿子说:"你迟早要学会批判性地看待这些古代的大师。你绝不能模仿他们。你要研究他们的内在禀性,学着去写作,你就能做得像他们。但你要模仿与学习的是古人的禀性,而非古人本身。"同样,就连乔治·菲茨休如此彻底的浪漫主义抨击者、热烈的古典主义拥护者,也认为18世纪对所谓的古典文学法则的痴迷太过夸张。菲茨休写道:"法国艺术只不过是对罗马艺术进行了改头换面,却远远不及原来的罗马艺术……这些拉丁语系国家对莎士比亚的蔑视恰恰最能反映出他们在原创性方面的匮乏,以及独立品位与思想的欠缺。莎士比亚打破了希腊与罗马艺术的所有规则,创立了属于自己的更高级的艺术;但法国人、意大利人及西班牙人的品味与观念无异于古人,并不比古人更加先进,他们既无法理解,也欣赏不了莎士比亚的天分。"他补充称,最伟大的古典主义艺术家也并未按照既有规则进行创作:"艺术的规则会毁掉艺术。假如荷马学习了文法、修辞与批判,他或许根本创作不出《伊利亚特》。幸好他生活在修辞学家朗吉驽斯之前的时代。欧里庇得斯、索福克勒斯、阿里斯托芬以及希腊的雕塑及绘画大师们丝毫不懂得艺术规则与批判规范。没有现代化帮助的希腊艺术已远远超过了我们的艺术,导致人们普遍认为,希腊艺术就是艺术的完美典范,而这种完美典范现在已经不复存在。早在罗马帝国时期,雄辩家们就试图通过某些规则来教会人们辩论术,结果反而导致了辩论的衰退,致使皇帝们认为必须禁止在罗马从事这种教学。"菲茨休补充道:"毫无疑问,我们都受益于先人对哥特式建筑发明的漠视。所有被教导要尊重希腊建筑的人们,都不敢贸然模仿哥特式建筑,以免破坏了希腊式建筑的规则……我们要学习历史,但切忌去照抄。"[6]

菲茨休引用古典案例来驳斥"古典法则",同他一样,爱默生也引用古代权威来佐证自己所强调的享受当下。早在1820年,他就引述过强调享受当下的诗人贺拉斯的话:"年轻的时候,不要忽略甜蜜的爱,也不要放弃跳舞;生命还在怒放,乖戾的日子还早着呢!"我们研究历史,不是为研究而研究,而是为了让现在过得更好。爱默生写道:"文学作品的作用在于给我们提供了一个平台,我们可以借以尽览当下的生活,牢牢把握当下的岁月。我们吸收古代的学问,用从希腊、迦太基及罗马家庭中汲取的养料来武装自己,只有这样,我们才能更睿智地看懂法国、英国及美国的家庭及他们的生活模式。"他并不觉得引用奥维德的那句拉丁语原文有何不妥,这句话翻译过来的意思是"让古代取悦其他人吧,我很庆幸自己生活在当下这个时代"。[7]

拥抱"古典精神"

尽管浪漫主义者反对严格遵循古典法则,但他们接受"古典精神",这种精神反映在希腊人与罗马人宣称的"贴近自然"与"特立独行"方面。1839年,爱默生在日记中写道:"各类文学作品中经常出现的这些希腊文和拉丁文语句常常被当作充满智慧的老者的格言,这些语句讲述的都是天空、大海、植物、公牛、人等基本的事实,这些画面每天出现在我的眼前……而你,远古时代的老兄,我敬重你;是你让我了解了古代的各个国家、早期的各种生活方式、政治、宗教等,形成了我今天的认识。"第二年,他又写道:"每当我读到普鲁塔克的作品或者看到某个希腊花瓶时,就不禁觉得学者们的那个普遍认识是有道理的,即希腊人比全天下的其他任何民族的人都更聪明。但就我对古风的理解而言,它不只是存在的年代比我们早。我们热爱并称颂古风,便清晰而自然地用语言或行动表现出来。我没有在当下的现代社会中发现它,现代书籍里也很少有这方面的记载,但在我踏进牧场的那一瞬间,我再次感受到了古风。"有些时候,古典文学比自然带给我们的灵感更多:"日日夜夜,我们在穹顶之下陷入沉思;没有星群闪烁,没有灵感降临;群星好似一个个白点镶嵌在夜空,玫瑰绽放出砖红色的叶片,青蛙尖声啼鸣,老鼠吱吱叫唤,马车沿路发出咯吱咯吱的声音。我们返回家中,捧起普鲁塔克或奥古斯丁(Augustine)①的著作,读上几个句子或者翻阅几页。嗬!空气中顿时充满了生命的味道,书中海量而宏大的奥秘吸引着我们,令我们欲罢不能。这便是书籍施予我们的恩情。"他引用了格奥里格·莫勒(Georg Moller)的话:"真正的艺术不是模仿希腊人,而是要让你自己成为希腊人。"[8]

---

① 奥古斯丁,全名圣·奥勒留·奥古斯丁(Saint Aurelius Augustinus,354—430),著有《忏悔录》《论三位一体》《上帝之城》《论自由意志》《论美与适合》等。

第五章 浪漫主义

对于古希腊人，浪漫主义者的基本观点是：美国人不应当拷贝古希腊人，而应当效仿他们的简洁与思想独立性，后者才是实现伟大的真正源泉。爱默生写道：

> 我们认为，荷马最优秀的品质在于，他勇于丢弃一些书籍与传统，他所书写的，不是人们怎么以为，而是荷马怎么认为……你必须以某种体现当下基本生活的形式发挥你的才智，做一些适合当前情境并且不得不做的事。但这些事一旦做了便会万古长存。作为"斗士"，阿波罗、帕特农神庙、《伊利亚特》……福基翁、苏格拉底、阿那克萨哥拉（Anaxagoras）、第欧根尼（Diogenes）向我们呈现了鲜活的伟人形象。但他们没有留下任何派别。那些真正自成一派的人完全就是自己的主人。我们这个时代的进步只是机械式的。再也没有比伊巴密浓达（Epaminondas）、阿格西劳斯（Agesilaus）更伟大的人。伟人往往与他所处的时代及以往的历史格格不入。倘若柏拉图不是那种人，你根本不会提到柏拉图……我们钦佩古风，所钦佩的不是旧的事物，而是符合自然的事物。我们敬佩的往往是美国农家男孩身上所体现的希腊人的品质。希腊人作为一个人种是不具有代表性的，但他们拥有良好的意识，也非常健康。成人同孩子一样纯洁而优雅。他们制造花瓶，创作悲剧与雕塑，体现出健康的意识、良好的品位。只要拥有健康的生理机能，无论哪个时代，即便是现在，依然能创造出这些美好的事物；只不过由于这些事物看着更令人赏心悦目，因而比其他事物或其本土化形式更能得到人们的尊崇……将所有闪耀

着社会之光的传统都包容进你对纯粹直觉的尊崇中,你便能复兴希腊人的那个时代。

爱默生本人仍然是一名新柏拉图主义者,他暧昧地讲到了希腊人不具有代表性,对美国建国者们所认为的希腊人的最佳品质——他们的理性——进行了驳斥,反而欣赏其纯洁而童真的情感。爱默生欣赏希腊人所谓的质朴与特立独行,他表示:"希腊人拥有孩子般的天真与内在力量,唤醒了我们对希腊女神缪斯的热爱。"违抗宙斯命令,将火种带给人类的普罗米修斯是特立独行者的终极典范。爱默生称普罗米修斯为"古老神话中的耶稣",并解释称:"他是人类的朋友,置身于永恒天父不公正的'正义'与凡人之间,随时准备为他们承受一切。"但对于有关普罗米修斯的神话,爱默生也写道:"这一神话背离了加尔文基督教,将其描写成朱庇特的挑衅者。"耶稣的牺牲执行的是上帝的意旨,而普罗米修斯的死则是因为违背了宙斯的旨意。爱默生在提到某位希腊政治家的特立独行时,引用了普鲁塔克的话:"当人们鼓掌称赞时,福基翁转向朋友说道:'我说了什么不恰当的话吗?'"爱默生还引用了贺拉斯的一句拉丁语,这句话翻译过来的意思是"我要让世界屈从于我,而非我屈从于世界"。[9]

另外一些浪漫主义者也赞同爱默生的话。惠特曼指出,同莎士比亚及其他伟大的艺术家一样,荷马的伟大之处也在于其领会了自己所处的时代,而不只是模仿以前的诗人:"荷马和莎士比亚的确实至名归。他们做了自己应该做的,而且做得出神入化。荷马对战争、人、事件等进行了如诗般描绘,各部分比例得当,构成了一部完美的史诗,热闹、强健、阳刚、多情,给人以愉悦与兴奋,作品健康向上,充满养分……美国难道就没有哪位诗人能做得更好,而不只是有别于他们吗?将这个时代,以及所有的时代,印刻在自己的诗里?"爱伦·坡也认为,多数古代诗人并未遵循任何"法则":"学校里所教授的韵律学只是一些模糊法则的集合,其中所讲的例外情况更为含糊不清;他们没有依据任何原则,只是根据古人的用法去揣摩。其实古人除了运用自己的耳朵与手指之外,并没有什么规则可言。"希腊诗歌,同希腊雕塑一样,真正的精华在于其朴实无华的简洁性,从而得以忠实地描绘大自然。摒弃情绪,而非死板地遵从法则,是"一切古代诗歌的实质",是"荷马的灵魂""阿那克里翁的精神",也是"埃斯库罗斯的精髓"。与此同时,梭罗似乎决意要将自己最喜爱的剧作家、那个时代最受欢迎的雅典剧作家埃斯库罗斯,转变为像他自己一样特立独行的人:"无论哪个时代,诞生天才的社会条件都是一样的。在对宇宙奥秘的纯粹敬畏方面,埃斯库罗斯无疑是独一无二的,没有人可与之匹敌。"先验论者似乎并没有注意到他们声明中的矛盾性,声称希腊人历来就是一个特立独行的民族。[10]

先验论者的新柏拉图主义与斯多葛学派

自相矛盾的是,先验论者对于直觉高于理性的强调,根源于柏拉图主义与斯多葛学派等形式哲学。爱默生受到新柏拉图主义者柏罗丁①以及同样受益于柏拉图的德国理想主义者们的影响，声称所有人要么是柏拉图的追随者，要么是亚里士多德的拥趸，也就是说，人们要么信奉直觉（先天就具有的认知），要么信奉理性（根据感知信息形成的逻辑）；要么是精神，要么是物质。换言之，柏拉图主义者认为，知识是由内而外获得的，而亚里士多德学派则认为知识的获得是由外而内。先验论者坚定地站在柏拉图主义者这一边。同清教徒前辈们将柏拉图和基督新教合二为一一样，他们也无法接受亚里士多德的那句格言"一切思想皆源于感觉"。事实上，他们称自己为先验论者，正是因为他们试图超越理性与体验而依赖直觉。正如丹尼尔·沃克·豪所讲的，先验论者在摒弃经验论的过程中，"返回到了更接近于远古时代、更贴近柏罗丁和柏拉图的理想主义一元论"，而非另外一支前辈所遵循的新柏拉图主义。17世纪的剑桥柏拉图学派、古典的一元论者、苏格兰常识哲学家以及更富有哲理的美国建国者们，都给他们的理想主义中加入了部分实证主义元素；对于美国建国者们而言，实证主义在其理想主义中已占据相当大的比重。[11]

早在1820年，爱默生在其获得哈佛大学鲍度恩奖（Bowdoin Prize）的论文《苏格拉底的性格》中，便赞扬了柏拉图对话录中讲到的这位雅典哲学家。爱默生断言："讲到苏格拉底的性格，我们不禁好奇，这些没有获得天启的人仅仅凭借理性与自然便树立起了一个完美的道德典范，吸引着各个时代的智者极力去模仿；他们到底是怎么做到的……这位满怀爱国热忱的哲学家在自己所在的这

---

① 柏罗丁（Plotinus），又译作普罗提诺，欧洲哲学家。

座世界首屈一指的城市里讲学,将自己的智慧传递给人民大众;他传授给弟子的不只是某份神秘的或用象形文字编撰的书稿以满足有学问的人或让无知的人感到敬畏,而且还包括一些实用的生活准则,这些准则既适用于他们当前的生活处境,又不会受到当时的教条的影响。"八年后,爱默生写道:"曾经有一位雅典公民告诉他的同胞,始终有位看不见的天神陪伴着他,引导着他的行为;这位雅典公民显然是基督诞生以前的无宗教信仰者中最有智慧的,他就是苏格拉底……我想,苏格拉底讲到这位守护神,意在以一种鲜活的形象来描述我们称作'意识'的这种判断力。我们所有人都得到了这位守护神的关照。我们都对那个暗号感到熟悉,将之当作上帝的声音。"苏格拉底是世上第一位"不会不假思索便接纳他人意见的人,他会对这些意见本身进行探究,而道德准则与宗教信仰正是在这种探究中产生的"。爱默生甚至提出,假如希腊共和国当时采纳了苏格拉底哲学,那么它也许就不会衰败。二十多年后,爱默生引用苏格拉底的话说:"那些认为除了能用双手抓住的东西之外便什么都没有的人,都是凡夫俗子。"[12]

爱默生非常清楚,要将苏格拉底与他的学生、编年史者柏拉图分隔开是不可能的。爱默生书信集的编辑拉尔夫·腊斯克(Ralph L. Rusk)写道:"尽管柏拉图的理想国中没有诗人,但柏拉图本人就是一位诗人;必要的时候,爱默生会将柏拉图视作带领人们穿越人类心灵黑暗丛林的向导。"早在1824年,爱默生就在《致柏拉图》中宣称:"德高望重的古人们早就明确表示,如果众神之父欲与人交流,定会采用柏拉图的话。时至今日,各个修道院与高校里的哲学爱好者依然在重复着这样的赞誉。"他指的是"柏拉图、柏罗丁等如神明一般的伟人;这些人认为,如果不能将身体的各种感受提炼为精神,那就不能算是真正的哲学家"。1831年,他写道:"如果我们发现某个人尊重我们所热爱的那个伟人,那么我们也会热爱他……如果某个人钟情于花朵、书籍、诗歌、斯塔尔夫人(De Stael)或柏拉图主义,那么我会觉得,当他的品味接近我或者与我的品味相同时,那根纽带会将我们越拉越近。"爱默生的藏书很多,但他最钟爱的还是柏拉图;1840年,爱默生一度天天阅读柏拉图的作品。对于这位雅典人,爱默生这样写道:"良好的判断力是他成为世间最伟大哲学家的条件与保证。同所有的哲学家及诗人一样,他也拥有理性,但他还拥有其他人所没有的一切,即强烈的解决问题的意识,这使得他的诗歌与世间表象相协调,建立了从城市街道通往新亚特兰蒂斯的桥梁。"第二年,在海滨阅读完柏拉图的对话录之后,他欢呼道:"柏拉图是一名多么伟大的始终如一的绅士啊!他不愚笨,也不乖戾,他拥有如此高的造诣、如此好的性情,他的洞察力极强,集智慧与诗情、敏锐与人性于一身,契合得如此合适,难怪他能够在文学世界里长盛不衰。"他还写道:"即便是在帕耳那索斯的悬崖与山峰,柏拉图依然如履平地;而当他来到平地之后,又仿佛他以前就住在这里。"爱默生还阅读了影响过柏拉图的毕达哥拉斯学派,以及追随这位雅典人步伐的新柏拉图主义者们的作品。爱默生虽然欣赏新柏拉图主义者们的哲学理念,但他认为这些作品在辩论能力方面不及柏拉图;思想虽然深刻,但过于抽象,缺少了柏拉图的"事实与社会气息"。他赞赏柏拉图在《理想国》里所表达的"将所有优势力量联合在一起,以实现全体人利益"的理念,爱默生认为这一理念在各个历史阶段呈现为各种不同的形式,从底比斯圣军(Theban Band)到"地下铁路"(Underground Railroad),都属于这一理念的具体呈现。[13]

爱默生对柏拉图无限敬仰。他欢呼道:

> 柏拉图就是哲学,哲学就是柏拉图……在柏拉图面前,罗马的光环,英格兰人引以为豪的牛顿、弥尔顿(Milton)及莎士比亚等都不值一提,无论是撒克逊人还是罗马人都未能给柏拉图的哲学范畴增加任何新的创见……每一位看到同辈人不愿学习古典文学便不厌其烦地对其进行耐心规劝的年轻人,都是熟读柏拉图著作的人士,他们机智地将柏拉图的思想翻译为自己熟悉的本地语言……结果削弱了人们阅读柏拉图原著,或号称是原著的积极性。柏拉图的著作好比一座大山,所有这些独立的巨砾都是这座大山的碎屑。2200年来,柏拉图一直被视为知识界的权威……阅读柏拉图的著作容易,但要读懂柏拉图研究者的注解却很难……能够进行发明创造的只有上帝,除此之外的一切,都可以在阅读柏拉图的作品中获得;这是一项从逻辑、算术、品味或匀称美、诗歌、语言、修辞、科学或本体论,以及道德或实践智慧角度进行的训练……年轻的学者有没有胆识来挑战这一座座知识高峰呢?其他人不妨来统计一下票数,盘点一下局势。他能否掂量得出柏拉图的意义?……柏拉图目光远大,思想超前;这么看来,柏拉图属于实践主义者。……柏拉图不像雅典人。英国人说柏拉图好似英国人,德国人说他多像日耳曼人呀!意大利人说,他何其像罗马人,像希腊人!关于他的说法已超越了区域界线,共

同塑造了伟大的柏拉图……在我们看来，柏拉图又像是位美国天才。

事实上，爱默生还提到了柏拉图的两则对话录："《高尔吉亚篇》(*Gorgias*) 和《普罗塔哥拉》(*Protagoras*) 实至名归，波士顿这座城市好就好在其喜欢这些作品。"爱默生回顾了柏拉图的学说，即感官世界只是理念世界的微弱影子，他写道："圣克罗切教堂 (Santa Croce) 和圣彼得大教堂 (St. Peter) 都是对某个神圣模型的蹩脚模仿。"同样，爱默生还这样讲米开朗琪罗 (Michelangelo) 的雕塑："看到这些美术作品，我便想起了柏拉图讲的'原型只存在于主的心中'的训示。我们自己的心中似乎也留出了一定的位置，等着去认识这些雕塑。就像丰特内勒 (Fontenelle) 所说的，这些雕塑都被赋予了新的认识。"爱默生询问他的朋友、同是柏拉图追随者的约翰·希思 (John Heath)："你仍然向往柏拉图所讲的东方极乐世界吗？还是已经将之抛诸脑后，而选择相信那些更贴近人们、貌似更适合他们的不公正现实？我希望，并且相信，那种理想仍然在你心中占据着相当重要的位置，并将变得更加牢固；名称虽然改变，但变得更加独特显眼，希望你能更加贴近那个理想本身，而非只着眼于其中的某个部分。"[14]

当爱默生将自己发表过的一系列演讲稿结集成册并取名《代表人物》(*Representative Men*) 出版时，柏拉图就是其所列举的七位知识巨擘中的首位。该书的第一句话就宣称："在非宗教类图书中，只有柏拉图配得上奥马尔 (Omar) 对《可兰经》的那句极致赞美'把图书馆烧了吧，他们的价值都在这本书里了'。"爱默生称柏拉

图为"神界的欧几里得",他写道:"在他身上,自由奔放与几何学者的细致精准得到了完美统一。"他总结称:

> 柏拉图的作品几乎萦绕在每一个学派、每一位热衷思考者、每个教派以及每位诗人的心头,从某些程度上讲,使得人们的思考无法绕开他而进行……研究越深入,人们越能感悟到他的观念,体会到他的价值……荷马身上所具有的品质,在柏拉图的身上也能找到,只是已经成熟为思想——从诗人转变成了哲学家,荷马的音乐智慧格调得到了进一步的提升……每当听到有人对知识与道德等问题提出质疑或持有偏见,我们就会问他是否熟读过柏拉图的书,这样便一劳永逸地解决了他的所有无礼反对。如果没有读过柏拉图的书,他便没有权利走进我们的时代。让他自己去别处寻找答案吧……柏拉图丰富了人们的思想,像金条一样成为所有国家的通行货币,这一点无论如何讲都不会过分。[15]

亨利·大卫·梭罗和玛格丽特·富勒也是两位重要的先验论者,他们也认同爱默生讲的柏拉图理想主义。梭罗写道:"但凡有片刻的清醒与理智,我们就该知道,有一种禀性是超乎寻常的……我们已经非常接近那个世界。准确地讲,天性不正是被当作了那个非常世界的象征吗?……即便此时此刻,对于获得人类直觉早就预言过的理念世界的某些确切信息,我认为还是存在一些可能性的。"按照梭罗的想象,古希腊是尘世间最接近于柏拉图理想世界的形式。他认为亚里士多德过于理性至上与物质主义。读完柏拉图的《斐德罗篇》后，富勒感觉仿佛"呼吸到了故土的空气"。她在波士顿布朗森·奥尔科特开办的实验寺庙学校教书，最欣赏奥尔科特的新柏拉图主义目标，但对于他那抽象的虚无缥缈的实现方式并不赞成。她感兴趣于柏拉图式的友情观，欣赏人们互相帮助以充分实现个人潜能的做法。塞尼卡福尔斯《感伤宣言》(*Seneca Falls Declaration*)①秉持的是洛克对权利的强调，而富勒的女权主义则根植于柏拉图主义中对理想形式的自我实现理念。她写道："是成长的规律从心底告诉我们，每样事物都要力求做到完美，苹果要成为最完美的苹果，女人要成为最完美的女人。"16

爱伦·坡尽管算不上是一位彻底的柏拉图主义者，但他同先验论者一样，相信存在一个由完美理念构成的更高级世界，而人们当前所处的这个世界只不过是那个理念世界的不太完美的呈现。爱伦·坡作品中的女性都是理想化的、抽象的、可望而不可即的柏拉图式美人典型。他声称，柏拉图是最伟大的诗人；虽然这位雅典人从未写过严格意义上的诗，但他对于纯粹理念世界有着清醒的

---

① 19世纪中叶，妇女只拥有少数一些法权和政治权利，尽管妇女在国家机关、商店、工厂、农场和学校中工作的人数在不断增加。妇女对自己命运的不满是美国灌输民主意识的产物。妇女能够识字，所以她们阅读了《独立宣言》，听到过废奴主义者和其他改革者们使用的关于自然、权利、平等、自由等字眼。在一个尊重个人良知的国度里，不可避免地便有些妇女会大声疾呼，为什么妇女在法律上和政治上遭受不平等的待遇。伊莉萨白·凯蒂·斯坦顿与其他四位妇女筹划在1848年7月19日至20日召开一次会议，"讨论社会、公民、宗教状况和妇女的权利问题"。在斯坦顿的领导下，小组起草了一个模仿《独立宣言》的《感伤宣言》。大约一百名妇女和男士聚会在纽约的塞尼卡尔斯，讨论、修改并接受了她们的《宣言》。（资料来源：《美国读本》）

认识。爱伦·坡尝试着在自己的作品中将柏拉图的灵感启发与亚里士多德的德行统一论结合在一起。[17]

在柏拉图理想主义的基础上,先验论者又吸收了斯多葛学派的泛神崇拜及其信念,即思维必须脱离物质世界而存在。爱默生所说的"宇宙意识"实际上就是斯多葛学派所讲的宇宙之魂,指的是某个神性存在,一切灵魂均由之产生,并将回归此处,经由宇宙而得以扩散。爱默生写道:"人与其说是一个独一无二的个体,倒不如说是永恒且普遍的人性的显现,这一说法并不新鲜,也不特殊……笃信斯多葛学派的人接受了这一信仰,称智者与上帝的差别只在于生存时间的长短,而非其他。'精神是人的主宰'是斯多葛学派的另一个格言。"若想聆听宇宙意识低吟浅唱的真理,个人必须让自己抽离社会所给予的错漏百出的教导。爱默生写道:"让斯多葛主义者开启人的智谋,告诉人们,他们不是柔弱的拂柳,而是能够超然世外的,并且必须这么做。"他引用了斯多葛学派哲学家爱比克泰德的话:"我的身体啊,你虽然只是沧海一粟,放到宇宙当中显得那么不起眼;但是我的意识或理性丝毫不逊色于众神。你难道就没发现你那些可与众神媲美的优点吗?"爱默生发现,虽然泛神论常常与斯多葛学派联系在一起,但实际上,泛神论比斯多葛学派出现的时间更早。他引用毕达哥拉斯的话:"灵魂是神性的散发,是宇宙之魂的组成部分,是从光源发出的射线。"爱默生还写道:"阿那克萨哥拉曾说,灵魂能贯穿万物,将直接呈现在人面前的物质有序组织起来。"爱默生遵循的是柏拉图主义者与斯多葛学派的灵魂不灭概念,而非《圣经》中所讲的肉身复活概念。[18]

斯多葛学派也影响了梭罗、惠特曼及爱伦·坡等人。在撰写于1838年的某篇日记中，梭罗将自己比作斯多葛学派的创始人芝诺(Zeno)。芝诺是"一位天生的商人"，某天阅读了色诺芬的《回忆苏格拉底》(*Memorabilia of Socrates*)之后，成为一名哲学家，踏上了探寻真理的孤独之旅。惠特曼阅读了爱比克泰德的著作，并且在自己的誊抄本上从头到尾做了标记；他在笔记本上写下了对这位哲学家的超然与独立的钦佩。这段文字以"爱比克泰德"为题，副标题是"对一位智者的描绘"：

他从不谴责任何人，
不夸赞任何人，
也不埋怨任何人，
他甚至不谈论自己。
如果有人赞扬他，他内心会谴责那些吹捧者；
如果有人责备他，他会慎重对待，避免动怒。
他将所有欲望控制在自己的能力范围之内。
他将自然要求我们避免的反感因素巧妙化解。、
他的欲望总是恰如其分。
他不在意自己是被当成傻子还是智者。
他以敌人或对手的长处来督促自己，视自己的企望为失信。

爱伦·坡不像先验论者那般狂热地沉迷于古典哲学，但就连

他也以"尤里卡"为题写了一首诗；在诗中，他赞扬了一种类似于斯多葛学派的泛神论。[19]

先验论者也采纳了斯多葛学派对自然法则的强调；自然法则是自然界中固有的一种普遍的伦理法则，是能够为人类所发现的。在自然法则方面，爱默生与西塞罗及斯多葛学派的观点是一致的："道德法则是超越时间与空间界限的，不受制于环境……耽于迷信与肉欲的人，也并非完全不顾道德情感……道德是一种直觉。这种直觉是无法经由他人而获得的。说实在的，我从另一个灵魂身上接收到的不是指导，而是挑衅。对于他所宣称的内容，我必须从自己的身上找到印证。"爱默生敦促的是一种"与自然相称的道德规范"（如同自然法则的所有拥护者一样，爱默生也忽略了一点，即自然是建立在各个物种相互吞噬的基础之上的）。个人凭借直觉来理解自然法则，而不是通过教育或经文。事实上，爱默生写道："有了根深蒂固的基督教教义作为思维的基础与形式，我们是否仍保有某些野性的气势，这是个问题。"[20]

同早先信奉自然法则的许多美国人一样，梭罗在受到斯多葛学派影响的同时，也受到了索福克勒斯所写的《安提戈涅》的影响。在这部剧中，安提戈涅违抗国王的禁令，安葬了自己的兄长；因为只有将他的肉体安葬之后，他的灵魂才能得以安息。爱国人士约翰·迪金森曾写过一部极具影响力的作品《一位宾夕法尼亚农民的来信》（*Letters from a Pennsylvania Farmer*，1767）；在这部作品中，迪金森引用了安提戈涅的自然法则宣言，证明自己对议会税的反对是合理的：

我从不曾料到
一个凡人凭借自己的权势制定的命令
竟能废除天神制定的亘古不变的不成文律条,
天神律条的制定非一朝一夕,
早在时间出现之前即已存在。

此后不到一个世纪,梭罗同迪金森一样,从安提戈涅关于自然法则的论述以及对不公正的抵抗中意识到,他应该拥护的是自然法则,而非人类制定的法律。在撰写文章《论对公民政府的抵抗》时,梭罗又回过头来翻看自己大学期间阅读过的《安提戈涅》,并翻译了其中女英雄安提戈涅反抗公民政府当局的段落。梭罗另一篇更著名的文章《论公民的不服从》鼓动人们抵抗那些与个人良心确定的自然法则相违背的法令。梭罗的文章继而又鼓舞了近代的莫汉达斯·甘地(Mohandas Gandhi)、马丁·路德·金(Martin Luther King Jr.)等"非暴力不合作"运动的倡导者。[21]

先验论者偶尔也会支持与其加尔文宗祖先们的预定论相似的斯多葛宿命论。有时候,他们似乎同斯多葛学派一样,认为能够得到教化的只是极少数人;但有时候,他们则更为乐观。爱默生有时会引用索福克勒斯的一句希腊语,翻译过来的意思是"因为上帝的骰子总是含蓄的";更兴奋的时候,他甚至会表示,法律与高压总有一天会不再需要:"没有人为约束,没有太阳系,社会也能运转……即便没有监狱或没收等惩罚措施,普通公民也可能成为明白事理的好邻居。"[22]

浪漫主义与古典神话

美国建国者们崇敬古典文学中的偏理性元素，比如历史与政治理论，而先验论者看重的则是古典神话中的激情与神秘主义。爱默生指出，希腊神话在道德智慧方面高于有关亚瑟王及其他中世纪英雄们的"哥特式寓言"："在围绕希腊女神创作的精美故事中，每个寓言都被关联到某个宗教事实，被许多人认为是史实，但与此同时，这些故事也都是很好的寓言，传递了连贯而睿智的道理……我们可以从各位诗人围绕某位希腊神或半神而创作的诗歌中发掘出一些事件，并将之与梅林和亚瑟王有关的五花八门的怪事进行比较。"前一类神话传递了后一类故事中所没有的教训，而后者的"全部目标就是拿这些故事中的小插曲供人们娱乐"。尽管中世纪的传奇故事通常会不由自主地给出一些道德训示，但这些教育往往不是那么连贯。爱默生引用柏拉图的话说："诗人们讲出了一些连他们自己都不太懂的睿智的大道理。"中世纪的寓言家们偶然发现了希腊诗人们有意识地理解并巧妙应用的原则："为了使自己笔下的英雄讨人喜欢，作家们不知不觉间将他塑造成了有德行的人。有了德行，我们才会欣然相信他是强大的、成功的。"爱默生总结道："当我想到强大的希腊神话以及希腊人广阔无边的想象力时——我指的是那种运用优雅的寓言来表达世界法则的能力，如此，神话既是漂亮的诗歌，又可随时转化为严谨的科学；相形之下，英文诗便显得内容匮乏而没有意义，仿佛写诗是为了谋生，而非遵守恢宏的理念——我认为，与难看的英文童话故事相比，希腊寓言是美妙的；英文童话故事历来不肯给他们的寓言故事加入自然事实……大抵都是蓝胡子（Blue Beard）或巨人杀手杰克（Jack Giantkiller）等孩子气的或不重要的人物，而希腊寓言中的每一个词都是既美丽又科学的。"爱默生列出了五位"不容忽视"的希腊作家，其中荷马位列五位作家之首，另外四位分别是希罗多德、埃斯库罗斯、柏拉图和普鲁塔克。他写道：

> 当智慧与喜悦有了表达的途径，
> 尘世间便会诞生文明，
> 荷马曾如此吟唱。

爱默生从荷马撰写的特洛伊故事中获得的教诲，同法国革命给予他的启示同样多。他从中了解到神助的必要性、爱国主义的魅力，以及情欲的致命性。[23]

梭罗偏爱希腊神话胜过东方的神学，他认为后者过于神乎其神，没有道德原则；他也不太喜欢基督教教义，他认为这一教义过于教条与空洞。他写道："《伊利亚特》未代表任何纲领或观点，我们现在读来，能感受到一丝罕见的自由与轻松。"然而，诗歌反映了某种灵性："这些独特的性情，这些悦耳的韵律，显然来自一个用意至深且经久不衰的灵魂，这些正是上帝发出的感叹。公义之人最终所能获得的完备知识也不过如此。"梭罗表示：

> 希伯来寓言恐怕经不起与希腊童话进行对比。后者要高贵且神圣得多……希伯来人只信奉一个神，但这位唯一的神

不如希腊人所敬重的众神中的任何一位那般绅士,那般优雅、神圣、灵活与包容一切,也不如后者对自然界有着如此直接的影响。他无异于凡人,只不过拥有更多权力且不可接近。希腊诸神却是年轻的、充满活力的神;希腊人是神一般的人种,拥有众神的美德……部分希腊寓言传递了超群的智慧……真正为满足孩子们想象力而自然形成的寓言,尽管像野花一般陌生,但读来优美,在智者看来,仿佛一句箴言,能承载他最明智的阐释。

康科德附近的森林不小心遭到毁坏,导致梭罗产生了一种期待:加图时代关于小树林神圣不可侵犯的迷信仍然在发挥作用。[24]

梭罗喜爱荷马与维吉尔,因为他认为他们的诗歌既把握了自然,又领会了人性。梭罗写道:"在我们最博学的时期,没有几本书能被我们记得;但《伊利亚特》是那些安宁日子里最亮眼的作品,吸纳了播撒在小亚细亚的所有阳光。任何一种现代的愉悦或欣喜都无法削弱它的高度或遮挡它的光泽;它始终处在文学诞生的方向,仿佛那是自有心智以来人类创作的最早期作品,又像是一部刚刚诞生的新作。"梭罗尤其钦佩荷马对自然的逼真描绘,赞扬他未对自然的任何一个层面进行增补、省略、夸大或贬低:"荷马只说了句'太阳下山',这已足够。他同自然一般安宁,我们几乎察觉不到这位诗人有何激情。那句话仿佛是大自然讲出来的。"《伊利亚特》如此贴近自然,就连对蟋蟀鸣叫声的描述也是极其自然的口吻:"问题不在于这些旋律究竟是源自草丛之中,还是像光一样从这位希腊吟游诗人所处的时代飘忽而来。"梭罗还补充道:"三千年来,世界并未发生太多改变。《伊利亚特》仿佛自然界的一道声波,一直影响至今。""目光如炬的阿伽门农(Agamemnon)"让他想起了在新英格兰小镇会议与选举中发表演说的演讲者,"旧学堂"里的涅斯托耳①(Nestor)让他想起了一位探望过自己母亲的女性。荷马笔下的人物有着人的脆弱性,但也拥有尊严与勇气。对于维吉尔,梭罗写道:"但凡想要了解各个时代的人性特征,就应当看看维吉尔的作品……我们所处的是同一个世界,居住在这个世界上的也是同样的人。"梭罗引用自维吉尔的句子也往往关乎自然:与星辰相呼应的山谷、枝头越聚越多的小鸟、散落在树下的苹果。[25]

　　梭罗认为荷马与维吉尔的作品抓住了生存最基本也最普遍的原则,这些作品的质朴性源于他们生活的时代尚处于文明的初期。正如儿童更接近于自然与上帝,是因为他们还没有被社会的伪善与教条所玷污;同样,古代文明也由于处在人类历史发展的早期而拥有同样神圣的生命力、简洁性与好奇感。对于古人,梭罗这样写道:"我们从自己经历过的这些时代中所得甚少。我们之所以对古人普遍充满好奇,就像是一位成人突然发现,自己年轻时渴望过上的生活远比成人之后实际获得的智慧要神圣得多。"梭罗补充道:"希腊神话比英国文学更深地根植于自然这片沃土!曾经启迪过希腊神话的大自然现在仍然繁茂。在孕育神话的沃土枯竭之前,神话依旧是可以从那个旧世界产出的庄稼。西方国家正着手让自己的寓言加入东方神话的行列。"梭罗认为,多数英文诗歌缺乏"青年的野性与活力",但他对杰弗里・乔叟(Geoffrey Chaucer)表示

---

① 希腊传说中的皮罗斯国王。

赞赏,认为他是"英国诗人中的荷马"及"所有英国诗人中最朝气蓬勃的"。晚年的梭罗经常阅读希罗多德与斯特拉博(Strabo)的作品,以了解他们对人类初期的深刻见解。他还为此研究了语言学,探寻语言的起源。[26]

梭罗来到瓦尔登湖生活时,随身携带了一本《伊利亚特》,决意过上一种如书中英雄们那般简单的生活(当然,战争除外)。他在日记中写道:"假如我能拥有荷马的著作,无论在这里,还是在爱奥尼亚,我都可以尽情地阅读……在他书写或吟诵过的此类地方……难怪亚历山大每次出征都会将荷马的作品装在一个珍贵的盒子里随身携带。这些文字既然能被翻译为各种各样的方言,向人们阐述某种道理,那么它必定是最伟大的人类艺术之作。"可惜的是,《伊利亚特》是他书柜里唯一的荷马著作。在瓦尔登湖时,梭罗这样写下了他对古典文学的认识:

> 这些艺术作品同大自然的杰作一样是不朽的,既是现代的,又是古典的,就好比日月星辰,在当下依然发挥着极为重要的影响。这些显而易见的杰作是世界的宝贵财富,是每一代人的真正遗产。各类书籍,无论是最古老的,还是最经典的,都恰如其分地摆放在每个屋子的架子上。他们无须为自己的伟大进行辩护,在让读者受到启发的过程中,他们的价值已足以显现。等到目不识丁的、被当作笑柄的莽夫获得了想象中的闲暇与财富时,他或者他的孩子们最终难免会被卷入这些更高级却也无法企及的社交圈子中;即使当他的后代已经跻身当时当地最高级的智者行列,假如他的天资还不足以

像社会各领域中无形的佼佼者一般坦然地去聆听,他仍然会感受到自己的文化修养还存在不足,他会感到空虚,认为自己的知识储备还不够。

梭罗后来回忆起自己在瓦尔登湖的岁月,"虽然时间地点都已发生改变,但我更贴近了宇宙中的这片天地,贴近了那段最吸引我的历史时光"。他喜欢看着日头估算时间,喜欢在一天的辛勤劳作之后坐下来吃一顿简餐。他在日记中写到,他的房子沐浴着创造了希腊艺术的奥林匹斯山的氛围。另一方面,他有时还幻想瓦尔登就是伊萨卡,而他则是"一名尤利西斯式的漂泊者与幸存者"。身边的自然景物让他不禁想到各种希腊艺术典范。山姆·休斯敦与切罗基人生活在一起时就喜欢阅读蒲柏翻译的《伊利亚特》,同样,梭罗也将荷马视作野性的代名词,而两者又都等同于自由。[27]

梭罗也喜欢公元前5世纪三位伟大的雅典悲剧作家埃斯库罗斯、索福克勒斯及欧里庇得斯的戏剧作品中讲到的神话。1843年,梭罗翻译了埃斯库罗斯的《被缚的普罗米修斯》(*Prometheus Bound*),随后又翻译了《七将攻忒拜》(*Seven against Thebes*)、品达的《颂歌集》以及《阿那克里翁诗集》(*Anacreontics*)——人们通常认为这部诗集是公元前6世纪的希腊诗人阿那克里翁所写。对于埃斯库罗斯,梭罗这样写道:"让这位先知收起其远大的眼界,看看这些最令人厌倦的琐碎的事实,他会让你相信这是天空中的一颗新星。"埃斯库罗斯的简洁明了展示了语言的另一个好处,即"为思想腾出了空间"。梭罗继续讲道:"他的崇高性体现在希腊式的真挚与简朴……他的演讲不带有任何目的。不管一般人看到的是什么,说了些什么,他总能看到与众不同的方面,并以罕见的完整性将其描述出来。"同爱默生一样,梭罗也将普罗米修斯比作基督,欣赏他的勇气、智慧、仁慈与刚毅。[28]

古典神话也迷住了玛格丽特·富勒。在她只有6岁时,她的父亲、后来成为美国众议员与马萨诸塞州众议院议长的蒂莫西就给了她"一大摞书籍",其中也包括用希腊语和拉丁语写的书籍。贺拉斯、奥维德、维吉尔、西塞罗和恺撒的作品都是她的日常读物,她每天晚上都要将从这些作品中习得的道理叙述给要求严格的父亲听。随后,她在男女合校的剑桥港私立文法学校(Cambridgeport Private Grammar School)学习希腊语。由于掌握了大量的英语及希腊语词汇,再加上出众的背诵技巧,富勒在这所学校颇有名气。在1840年的回忆录中,富勒回忆了"这些伟大的罗马人的影响,他们的思想与生平构成了我成长过程中的精神食粮"。奥维德让她了解了希腊神话:"奥维德教给我的,不是罗马,也不是他本人,而是希腊神话这一座座迷人的花园。他为我打开了这扇大门,让我自此欲罢不能……我喜欢远离喧闹的讲坛,避开罗马演讲的铿锵之声,去品味大自然的变化无常,欣赏沐浴着阳光、波涛及山影的众神与仙女……就这样,看着书打发日子。"[29]

1839年至1844年,富勒在一家书店里组织了十次系列谈话,女性每人花上20美元,就可以聆听她针对许多不同话题进行的评述。她对古典神话的评论颇为有趣,有人甚至邀请她去给男性们也讲一讲。富勒在这些谈话中表示,部分神代表的是人类的才能与价值。阿波罗代表的是原动力,而墨丘利代表的则是执行力。

阿波罗代表了天才的闪光点,而巴克斯①代表的则是天才温暖的一面。丘比特与普叙刻(Psyche)的故事就好比亚当和夏娃的故事:要经历苦难才能实现净化与救赎。作为女性典范的弥涅耳瓦是智慧的象征,如同弥涅耳瓦发源于朱庇特(Jupiter)的头脑一般,智慧也源于"思维创造力"。瑞亚(Rhea)代表了从萨图尔努斯(Saturn)②手中解救朱庇特的创造性能量(Productive Energy);其中,朱庇特代表的是不屈意志(Indomitable Will),而萨图尔努斯则代表着时间。不屈意志的女性代表朱诺在对抗高她一等的男性代表朱庇特时总是失败。朱庇特对泰坦族人的胜利,代表着意志战胜了"低级肉欲"。尽管代表着机械艺术(Mechanic Art)的伏尔甘(Vulcan)非常强健,但他还是"无法与智慧女神弥涅耳瓦相比拟,后者已蓄势待发,随时准备挣脱男性的意志"。富勒总结称,"希腊时代是属于诗歌的时代",而19世纪则是一个善于分析的时代;这一评价十分中肯,因为她本人已经将希腊神话还原为一套普遍的抽象概念。虽然希腊神话中表现的"世界的童年时代"已无法复原,但美国人还是可以"欣赏这个简朴的可塑化时期,从中对希腊天才产生一些了解"。同其他先验论者一样,富勒对希腊宗教的偏好也胜过正统基督教,同样也胜过父辈们所喜欢的冰冷的一

---

① 巴克斯(Bacchus),古罗马神话中的酒神、植物神;对应古希腊神话中的酒神狄俄尼索斯(Dionysus)。
② 萨图尔努斯,罗马神话中的农业之神,即希腊神话中的克洛诺斯(Kronos),掌管播种,教人耕种,培植果木。萨图尔努斯本来是罗马最古老的神祇之一,但从前3世纪开始,他被与希腊神话中的克洛诺斯混同;关于克洛诺斯的一些神话,如吞食亲生子女等等,被加到有关萨图尔努斯的神话里。

神论。[30]

在《19世纪的女性》(Woman in the Nineteenth Century, 1845)一书中,富勒声称,古人描绘了两个类型的女性,分别以"缪斯"和"弥涅耳瓦"为代表。缪斯代表的是传统女性,她们鼓励男性去创造,但她本人并不参与创造;而弥涅耳瓦则具备了某些传统中只属于男性的特征,比如理性与独立。富勒强调了弥涅耳瓦个性的好处,因为其有可能"解放许多被禁锢的灵魂,在她们身上确立信仰独立的理念,打破依赖他人的使人变得脆弱的习惯"。富勒写道:"自然界中,每个规则都有例外。她将女性送上战场,让赫拉克勒斯去纺纱;她让女性承担起巨大的责任,忍受寒冷与霜冻,而让感受到母爱的男子像母亲般抚育他的孩子……阿波罗就是拥有女性特质的男性代表,而弥涅耳瓦则是一位像男人般的女性。"富勒是那个时代一位颇为自负的女性,她欣赏同样骄傲的女神弥涅耳瓦、狄安娜及威斯塔(Vesta)等,而不喜欢身形健壮的维纳斯。富勒这样描述19世纪的女性:"不妨暂时授予她盔甲与标枪(弥涅耳瓦的)。不必在意其他人会怎么想,就让她保持着贞洁与清高吧。"如果她必须结婚,她一定会坚持要求丈夫忠诚,当然,丈夫是能够做到的,因为"男人不是萨梯的后代"。至于成对摆放在一起的众神半身像,她写道:"男神像与女神像的面部表情是不一样的,但同样具有美、力量与平静。每位男神像都看着既像兄长又像国王,而女神像的脸则既像姐妹又像女王。假如这些思想能够被身体力行地实践出来,还有什么好渴望的呢!多样性中有统一,差异中又有相似性。"[31]

富勒死得很悲惨,她乘坐的轮船从罗马返回途中,受到飓风袭击而沉没。她刚刚撰写完成的罗马共和国史也不幸随她一起被毁。托马斯·卡莱尔(Thomas Carlyle)曾在写给爱默生的信中提到,富勒的生活"像罗马神使西比尔(Sibyl)的预言一样富有野性"。她对神话的重点关注表明,人们对古典文学的兴趣已远远超出了美国建国者们首要关注的政治历史与理论的范畴,将戏剧与诗歌也囊括进来,使得没有政治权利的女性及关注自我提升的人们得以与古典文学建立起比 18 世纪时更为紧密的联系。[32]

在先验论者讨论古典神话的同时,小说家们则运用古典神话来为自己的叙述增添结构与意义。在写作《见闻札记》(Sketch Book,1819)时,华盛顿·欧文大量借鉴了荷马的作品《奥德赛》。比如,瑞普·凡·温克(Rip Van Winkle)和奥德修斯都阔别家乡二十载。两人回到家乡时,都看到了家门口的狗。但在此处,欧文的描述与荷马的作品形成了鲜明的对比。奥德修斯离开伊萨卡前往特洛伊时,他的狗还是只幼犬;尽管这位英雄为了自保而接受了雅典娜对他进行的伪装,但当他返回家乡时,这只已然老去的狗依然能辨认出他的嗓音与脚步,摇着尾巴前来迎接他(17·344—347,360—363)。与之形成对比的是,瑞普碰到的狗最终被证明根本不是他的,而是曾经冲着他咆哮的那只狗的后代。通过这种对比,欧文说明瑞普并不是奥德修斯般的英雄人物,他不配被认出来,因为他那二十多年的流浪时间过得浑浑噩噩,而奥德修斯则是在海外辛苦征战与受苦受难。[33]

有些浪漫主义作家对古典神话的引用甚至更为直接。在《为少女少男写的奇书》(Wonder Book for Boys and Girls,1852)中,霍桑概述了为年轻读者们挑选的六个希腊神话,分别讲述的是美杜莎、弥达斯(Midas)、潘多拉、赫拉克勒斯和阿特拉斯、菲勒蒙和包客斯(Philemon and Baucis),以及柏勒罗丰和佩伽索斯(Bellerophon and the Pegasus)的故事;只不过,他采取了一种"哥特式或浪漫主义基调"来进行叙述。在关于弥达斯的故事中,他还允许编辑将巴克斯改为墨丘利,他开玩笑地对朋友表示:"我想不出任何办法来突显巴克斯的身份,只能假设弥达斯国王受酸葡萄心理影响,只希望自己拥有真本事。"《为少女少男写的奇书》如此受欢迎,第二年,霍桑又挑选了另外六个神话故事——弥诺陶罗斯(Minotaur)、大力神和侏儒(Hercules and the Pygmies)、卡德摩斯(Cadmus)、客耳刻(Circe)、刻瑞斯和普罗塞耳皮娜(Ceres and Proserpina)、伊阿宋和金羊毛(Jason and the Golden Fleece)的故事——并将之统一纳入《探戈林故事》(Tanglewood Tales)中。霍桑将那些令古典神话名垂千古的希腊悲剧称作"有史以来最令人哀伤的悲剧"。[34]

19世纪50年代末,霍桑前往意大利旅行,随即写下了《玉石人像》(The Marble Faun,1860)一书,该书的副标题"变形"明显是在影射奥维德的《变形记》。这部作品的主人公多纳泰洛(Donatello)是一个半人半神的形象,某种程度上讲,他属于神的后代。这个反面人物最终得到了报应,像古时候的罗马叛徒一般被人从塔尔珀伊亚岩(Tarpeian Rock)用力扔下。多纳泰洛被扔下巨石之后,所有的动物朋友都离他而去,陪伴他的只剩下雅典娜的爱鸟、代表着多纳泰洛在经历罪恶与苦难之后获得智慧的猫头鹰。作为这场谋杀案同谋的米丽娅姆(Miriam)有心悔过,她在万神庙中跪下,一缕阳光透过神庙顶端的圆孔洒在她的身上;霍桑本人也喜欢透过这个圆孔来观看风云变幻。[35]

　　普拉克西特列斯的《农牧神》(Faun)是这部小说的灵感来源。当霍桑在卡皮托里尼博物馆(Capitoline Museum)看到这座著名的雕塑时,他"能感受到这座雕塑的独特魅力,有一种乡村般的美丽与简朴,既友好又野性"。他在日记中写道:"只有最富于想象力、拥有最雅致品味以及最甜美情感的雕塑家,才能想到用这身装束来打扮一位农牧神……他的耳朵长得夸张却又不显荒谬,我们推测他的身后还长着一条小尾巴,整体呈现出一种强烈的喜感,令观众发自内心地想笑。农牧神是古代人所能想象得到的最讨人喜欢的形象。在我看来,包含了各种欢乐及伤感的故事的构想,是将这些种族与人类混合在一起而产生的。"在霍桑看来,农牧神似乎是一类"陌生、甜蜜、有趣且质朴的生灵",是"介于人与动物之间的某种自然而可喜的联系,其中还夹杂着一丝神性"。正如文史学家休伯特·赫尔特耶(Hubert H. Hoeltje)对霍桑的意图所做的解释:"他在意大利的氛围中感受到了这些灰白色雕塑的魅力,找到了他自青年时代起就一直在寻找的既野性又精妙的柔和色调。"这也给了他一个将自己多年来的艺术思考放到笔下艺术人物口中的机会;多年来,他在欧洲研究古典雕塑时,这些思考就时刻萦绕在他的心头。[36]

　　霍桑著作中销量最大、最为成功的书籍是《玉石人像》,而非《红字》(The Scarlet Letter)或其他以美国历史为背景的故事,这意味着古典世界对南北战争之前的美国人有着莫大的影响力。几十年来,前往罗马访问的美国游客都会随身带着这本小说的复印本,品味着书中对那座不朽之城各种风光与声音的绝妙描述。霍桑本人在《玉石人像》的前言中写道:"在重新修订这些卷目时,作者也为自己竟然如此细致地描绘了意大利的各种物品、古董、画报与雕塑而感到惊讶。这些物品激发了意大利各地,尤其是罗马人的灵感;在作者酣畅淋漓且悠然自得地著书之时,这些内容便不由自主地流露于笔端。仍然是在该书重新修订的这个当口儿……北方的爆炸声不绝于耳,情景的彻底改变使得这些意大利往事如此鲜活地浮现在我的眼前,我不禁想一吐为快。"[37]

1849年,赫尔曼·梅尔维尔为了提高自己少得可怜的古典文学教育,购买了《哈珀古典文学丛书》(Harper's Classical Library),这是一套37卷本的古典文学作品集,包含了多部古典文学作品,且都已被翻译为英文。他热切地阅读这些作品,尤其是埃斯库罗斯、索福克勒斯和欧里庇得斯的戏剧,并立即着手将这些作品中包含的神话运用到自己的作品中。在《马尔迪》(Mardi,1849)一书中,梅尔维尔(Melvile)提到了"我的吟游诗人维吉尔"和"特洛伊的埃涅阿斯",他们向西行走,来到"拉丁姆(Latium)这片乐土"。他称《伊利亚特》是永恒的艺术典范,并且讲到了《奥德赛》中的塞壬(Siren)和客耳刻。梅尔维尔运用荷马作品中的说法"有鳍部落"与"有鳍一族"来指称鱼类。在讲到《奥德赛》反复提及"玫瑰色黎明"时,梅尔维尔写道:"因而,我的伊拉(Yillah)每天黎明都能点亮我的世界,飘忽在她脸庞上的本就玫瑰色的云朵,现在色调更加丰富,带着一抹意大利人的韵味。"他将醉酒的安纳托(Annatoo)比作一名比追求俄瑞斯忒斯(Orestes)的人们更加狂热的复仇女神。被葡萄藤蔓缠绕,囚禁在花瓣之中;当她最终意识清醒后,整朵花从茎部折断,随后被微风吹拂到海边,掉入某个炮弹的"启动阀"中,又恰好被抛至阿摩岛(Amma)海滩之上。这个故事不禁让人想起波提切利(Botticelli)创作的《维纳斯的诞生》(Birth of Venus)。梅尔维尔笔下的鲨鱼"缓慢地游动着……时而甩动其美杜莎式的头发,翻滚着,蜷曲着,带着瘆人的力量"。他用"彭忒西勒亚(Penthesilian)的技能"来预示安纳托的死亡。彭忒西勒亚是在特洛伊城被阿喀琉斯杀死的一名亚马孙族女战士,阿喀琉斯随后还在颂文中赞扬了她。讲到阿莱纳(Aleena)和儿子隔离伊拉的帐篷时,梅尔维尔写道"他们指着那个帐篷,仿佛里面藏着他们的厄琉西斯秘仪①",以此点出了伊拉的超自然性与高不可攀,并且说明了塔右(Taji)对这位少女的不懈追求是亵渎神明的。[38]

《白鲸》(Moby-Dick,1851)或许是所有美国小说中最杰出的一部作品;但在这部小说中,梅尔维尔不再只是利用古典神话来进行叙述,而是依靠这些神话来将悲剧升华,优化作品的结构。梅尔维尔对雅典舞台上的杰作以及莎士比亚的戏剧进行了深刻的思考,他本人也对莎士比亚的作品与希腊戏剧进行了对比;通过这样的比较,他发现,悲剧有三个基本要素:英雄的伟大性、罪恶的严重性以及遭遇的痛苦性。梅尔维尔在《白鲸》中成功地运用了这三大要素。他笔下的亚哈(Ahab)的部分原型是普罗米修斯。如同

---

① Eleusinian mysteries,又译厄琉息斯秘仪,古希腊时期位于厄琉西斯的一个秘密教派的年度入会仪式,这个教派崇拜得墨忒耳和珀耳塞福涅。厄琉西斯秘仪被认为是古代所有的秘密崇拜中最为重要的。这些崇拜和仪式处于严格的保密之中,而全体信徒都参加的入会仪式则是一个信众与神直接沟通的重要渠道,以获得神力的佑护及来世的回报。(资源来料:百度百科)

普罗米修斯违抗宙斯一般,亚哈也违抗上帝旨意而追逐一头白鲸。亚哈这样描述白鲸:"我从他身上看到了一股骇人的力量,其中蕴含着某种神秘莫测的恶意。我所憎恨的正是这种神秘莫测性,无论它是白鲸的代理,还是白鲸本身,我都恨他。"正如普罗米修斯失之偏颇地想象宙斯扣留了人类的火种以便将其摧毁一样,尽管埃斯库罗斯已清晰地表明,上帝的真正动机是阻止因黄金时代过于享乐而导致的人类堕化;亚哈也猜测是上帝的糟糕导致了世间的苦难,比如让他自己丧失了一条腿。同普罗米修斯一样,亚哈认为上帝怀有恶意,其实反映出的是他自己内心的邪恶,而非上帝的恶意。梅尔维尔甚至突出强调称亚哈有可能将自己的本性投射到其他人身上,在书中,亚哈把轮船的铁匠说成"普罗米修斯"。普罗米修斯和亚哈都沾染上了傲慢的坏习气,这导致他们认为,他们不仅能够看透,而且能够阻挠所谓的"上帝的坏心眼"。[39]

这一致命的傲慢导致他们采取了邪恶的行为。斯塔贝克(Starbuck)认为亚哈为了捕杀白鲸而宁愿牺牲整船员工的行为是"亵渎上帝的""侮辱上帝的"。故事里的白鲸拥有"神一般庄重的背脊"。亚哈本人承认自己"像希腊神一般高傲"。梅尔维尔甚至写到有闪电击中了亚哈的鱼叉,亚哈继而又挥舞着鱼叉逼迫自己的船员们去镇压凶猛的白鲸——此举无异于普罗米修斯从天庭盗火的行为。我们有充分的理由认为普罗米修斯和亚哈都疯了,他们疯狂地想要征服他们根本无力征服的可怕力量。他们两人都结交了一位真正的疯子,因为两人都从这个疯子的苦难中觉察到了自身疯狂的一丝迹象,但两人都无视那个清晰明了的前车之鉴:如果他们坚持这样的反叛行为,等待他们的将是彻底的疯狂。两人也都忽略了其他人对于敌人力量强大的告诫：在埃斯库罗斯的剧作中，普罗米修斯完全不顾俄刻阿诺斯（Oceanus）及众人对于以往违抗宙斯的叛变者遭受了怎样下场的警告，而亚哈也忽略了斯塔贝克及其他捕鲸人的警告，他们曾劝诫他那些与白鲸纠缠的人最后遭到了怎样的下场。伊什梅尔（Ishmael）就是劝诫亚哈的诸多人中的一位，向他提供信息，对他的遭遇表示同情；而斯塔贝克同劝诫者们一样表现出担心、敬畏与实际，但他在其中的作用则是警告主人公。劝诫者们提醒普罗米修斯想想他与妻子的幸福生活；在斯塔贝克看来，亚哈同样应为自己的妻儿着想。这意味着，如果两人能搁置鲁莽的追求，便都可以恢复到更幸福的生活，但两人都拒绝了。[40]

两人间的相似性还不止于此。两位主人公都感受到了身心方面的痛苦。普罗米修斯的肝脏日复一日地被一只鹰啃噬，作为对他所犯罪过的惩罚；而亚哈的假肢经常被折断，虽然肢体已经麻木，他仍能感受到痛苦——这是两位主人公内心永无休止的痛苦的物理表征。（事实上，希腊人认为肝脏是各种情绪产生之源。）实际上，伊什梅尔一度宣称："愿上帝保佑你，老朋友，你的思想在你的内心创造了一个小人；你的激烈想法使你成为一名普罗米修斯，秃鹫始终以你的心为食，那个秃鹫就是你创造的小人。"斯塔贝克表示："他体内的那个小鸡一直啄着壳，直到不久破壳而出。"最后，正如普罗米修斯被永远地钉在了巨石之上一样，亚哈也被人用绳子捆在了白鲸的身上，这种身体上的捆绑象征着两位主人公的骄傲与愤怒等情感都受到了束缚。尽管两位主人公自己都没有从中感悟到什么，但两起事件中的幸存者伊俄（Io）和伊什梅尔分别从普罗米修斯和亚哈的命运中习得了应有的教训。[41]

在《白鲸》中，梅尔维尔还以其他的方式对古典神话进行了运用。他笔下的亚哈不仅借鉴了普罗米修斯的形象，还参照了俄狄浦斯。亚哈对白鲸的脑袋提出了质疑，对于这一点，梅尔维尔特意与斯芬克斯（Sphinx）进行了比较，后者设置的谜题正是俄狄浦斯给解开的。亚哈和俄狄浦斯都又瘸又盲，他们不只身体上有残疾，而且内心也都有缺憾。亚哈被弄瞎过两次，一次是由于火，一次是由于水。两人都很聪明，但又极其傲慢，既不了解自身，也看不懂世界，他们的无知源于自身的愤怒与骄傲。两人都无视，甚至故意歪曲先知的警告，包括鸟的预兆。亚哈将自己"神秘莫测的恶意"投射到白鲸的身上，就像俄狄浦斯投射在克瑞翁及先知忒瑞西阿斯（Tiresias）身上的恶意一样，以为后者图谋用预言来推翻他。区别在于，俄狄浦斯最终实现了自我认知——在双目失明的情况下认清了自我——而亚哈却没有。[42]

亚哈这一形象还参考了那耳客索斯（Narcissus）。梅尔维尔明确地提到那耳客索斯，此人"因为无法抓住从喷泉里看到的折磨人的、温和的影像，结果一头扎进喷水池被淹死"。梅尔维尔补充道："但其实那就是我们自己从所有的河流与海洋里看到的影像。这是我们无法抓握到的生命幻影，这就是问题的关键。"亚哈同那耳客索斯一样，也没有认识到他对鲸的看法其实折射出来的是他自己。那耳客索斯折射出来的是他所热爱的漂亮影像，而亚哈看到的却是他憎恨的丑恶形象。梅尔维尔用相似的字眼描述了亚哈和白鲸：两者都受过伤，疤痕累累，他们的眉心或额头上都有明显的、粗糙的褶皱。两者都被刻画为孤独、愤怒的形象，都努力地想要掩饰自己。追捕白鲸的第三天,亚哈的话进一步宣示了这种相似性;他宣称:"这是第三次了,白鲸,我与你,头对头!"同那耳客索斯一样,亚哈被淹死了,同他神秘的自我意象永远地结合在了一起。⁴³

梅尔维尔笔下的伊什梅尔还部分借鉴了伊克西翁(Ixion)。伊什梅尔获救之前,他像"另一个伊克西翁"一样在不断下沉的裴廓德号(*Pequod*)造成的旋涡中不停地打转。就像伊克西翁因为试图强暴赫拉(Hera)而受到惩罚一样,伊什梅尔也因伙同亚哈,试图用鱼叉刺杀白鲸而受到惩罚。(有趣的是,文艺复兴时期流行的某个版本的普罗米修斯神话声称,普罗米修斯之所以受到惩罚,是因为他曾试图强暴雅典娜。)但伊什梅尔受到的惩罚并不像伊克西翁所受的那般没完没了,他知道,人类试图捅破自然界与神灵之间的面纱这一企图是愚蠢的。⁴⁴

梅尔维尔另一部著作《皮埃尔》(*Pierre*,1855)中的主人公以俄瑞斯忒斯为基础。在小说一开始,梅尔维尔就详细介绍了皮埃尔的家族来历——一个充满王室与贵族气息的家族——以便树立一个对应阿特柔斯(Atreus)家族的美国家族。同阿特柔斯家族一样,格伦迪宁(Glendinning)家族的道德品质也每况愈下。俄瑞斯忒斯和皮埃尔都十分怀念死去的父亲,尝试着为他们复仇。俄瑞斯忒斯为此杀死了杀害父亲阿伽门农的凶手——自己的母亲克吕泰墨斯特拉①;而皮埃尔则假装与自己同父异母的妹妹伊莎贝尔(Isabel)结婚——很久以前,在皮埃尔母亲的教唆下,伊莎贝尔被

---

① Clytemnestra,克吕泰墨斯特拉,又译克吕泰涅斯特拉。

父亲遗弃——这桩婚姻导致皮埃尔的母亲自杀。格伦迪宁夫人虽然未像克吕泰墨斯特拉那样从肉体上杀害了自己的丈夫,但她从精神方面谋害了丈夫,导致他从一个善解人意的人转变成一个冷血的、雄心勃勃的人。两位母亲都冷酷无情,工于算计,意欲谋害自己的儿子。伊莎贝尔是个孤儿,俄瑞斯忒斯的妹妹伊莱克特拉则自认为是个孤儿。伊莎贝尔和伊莱克特拉都拥有王室血统,却生活在她们讨厌的卑劣处境中。两人都渴望兄长将她们从困境中解救出来。梅尔维尔还含糊其词地点出了伊莎贝尔和伊莱克特拉间的关系,指出了伊莎贝尔"似乎游弋其中"的"闪亮的电光"以及她发出的"电光石火"。正如皮埃尔在收到伊莎贝尔的来信,接收到"上帝的旨意,要他成为伊莎贝尔的朋友与伙伴"之后,通过假结婚来故意伤害自己的母亲一样,俄瑞斯忒斯也被伊莱克特拉及德尔菲的阿波罗神谕说服,杀害了自己的母亲。皮埃尔甚至感觉自己看到了伊莎贝尔的脸庞,听到了她的尖叫,他表示:"此类德尔菲神谕般的尖叫声只可能是她发出的。"[45]

相似性远不止这些。伊莎贝尔弹奏的神奇吉他类似于阿波罗的里拉琴,弹奏时身体呈现出神秘的跳舞似的扭动,这也与德尔菲神谕所言十分相似。两位主人公都遵照了神所规定的正义法则,但是都违背了强大的社会规范(分别犯了弑母罪与乱伦罪),因而都遭到了放逐。同俄瑞斯忒斯必须逃离复仇女神一样,皮埃尔也必须离开马场(Saddle Meadows)。梅尔维尔令两位主人公间的相似性变得显而易见;他指出,皮埃尔来到城里的头一个晚上,"被一群相互抢夺生意的马车夫包围,所有人的手中都拿着鞭子";"皮埃尔突如其来地遭到鞭柄和皮鞭的包围,这一喧嚣情景就好似前来讨伐的恶魔对俄瑞斯忒斯发起的攻击"。两人都开始反思自己的命运，并且开始质疑上帝。[46]

但上帝并未像阿波罗拯救俄瑞斯忒斯一样挽救皮埃尔，或许是因为皮埃尔能运用的神力有更多的不确定性。（梅尔维尔这部小说的副标题是"模棱两可"。）皮埃尔也阅读过柏罗丁·普林利蒙（Plotinus Plinlimmon）撰写的一本小册子，从中获得了一个"良性的权宜之计"。普林利蒙的小册子结尾处用了希腊文字 *ei*（意思是"不确定之事"，表明了智慧与道德准则的偶然性），该词也是镌刻在位于德尔菲的阿波罗神庙大门上的文字之一，表明普林利蒙寄希望于得到"快乐的年轻神灵阿波罗的庇护"。因而，皮埃尔接收到的是两个相互冲突的"德尔菲神谕"，一个来自伊莎贝尔，另一个来自普林利蒙。同欧里庇得斯撰写的《伊莱克特拉》一样，这两个相互冲突的神谕中的第二个直到主人公采取了决定性的行为之后才被宣布。克吕泰涅斯特拉的父亲廷达瑞俄斯（Tyndarus）直到俄瑞斯忒斯杀害母亲之后才出现在对俄瑞斯忒斯的审判中，为社会习俗进行辩护；这也恰恰呼应了普林利蒙的情况，他的那本小册子也是在皮埃尔"做出改变命运的关键行为"之后才出现。因而，两个神谕只是点出了英雄原本不该怎样。到了最后，俄瑞斯忒斯受报复心驱使，变得非常暴力，处于发疯的边缘；他图谋杀害墨涅拉俄斯（Menelaus）的妻子与女儿、伊莱克特拉，并且打算自杀。同样，《皮埃尔》写到最后，愤怒与自我毁灭倾向显然已经令皮埃尔对格伦·斯坦利（Glen Stanly）的杀人行为感到愧疚。两位主人公并不单纯是社会谴责的牺牲者，他们都自私自利，就连服从上帝旨意时依然打着自己的小算盘。的确，皮埃尔和伊莎贝尔都死于自杀，而欧里庇得斯的确利用了阿波罗来拯救俄瑞斯忒斯与伊莱克特拉，使其免遭诛杀与自杀的命运，但欧里庇得斯的收尾相对于该剧的其余部分来讲如此不协调，错漏百出，以致让观众以为是作者在与他们开玩笑。事实上，卡斯托耳（Castor）和波卢克斯（Pollux）都掷地有声地表明：阿波罗的复仇建议是"不明智的"。因而，欧里庇得斯对人类动机与上帝智慧的质疑十分类似于梅尔维尔在《皮埃尔》中的描述。[47]

19世纪40年代末至50年代，梅尔维尔着迷于希腊化运动中的群雕作品《拉奥孔》以及雕塑背后的神话。在《马尔迪》中，旅行者在马拉马岛（Maramma）上发现了"一枚巨大的棕榈树柄，被从根部冒出来的树苗环绕"。梅尔维尔补充道："但在《拉奥孔》群雕中，几条蛇像粗糙而扭曲的榕树一般将拉奥孔和他的儿子们紧紧缠绕；榕树皮侵蚀了他们的重要器官，破坏了他们的静脉，直到所有的器官都被染上毒液。"在《雷德本》（Redburn）中，一间赌场里摆放着"拉奥孔群雕式的风格古老的座椅，厚重的金丝饰带从座椅的两侧垂下"。在《皮埃尔》中，当主人公决定采取行动后，梅尔维尔写道："他攀向母亲的卧室，听到迎面走来的脚步声，然后在上到楼梯的中部时碰到了她；此处有一个宽大的壁龛，放置着一尊雕像，描绘的是玷污神殿的拉奥孔及其两个无辜的孩子，他们遭到几条蛇的纠缠，怎么都甩不掉，从此陷入无尽的痛苦挣扎之中。"梅尔维尔引用的神话版本认为，拉奥孔和他儿子们所受的苦难，是由于拉奥孔曾在阿波罗神像前与他人媾和；所以这座雕塑象征着皮埃尔的痛苦是由于自己父亲的不检点玷污了家庭而引起的。在就"罗马雕塑"开设讲座时，梅尔维尔宣称："《拉奥孔》雕像矗立在梵蒂冈博物馆的一个壁龛里,表现了一位强壮的大人物正痛苦地想要挣脱他不可能摆脱的命运。困境、痛苦及挣扎都被赋予了某种无法阻挡的意义。可怕的怪物用强大的力量将他死死围住,用令人痛苦的纠缠折磨着他。《拉奥孔》雕像十分宏大,惹人注目,其重要性部分程度上是源于雕像的象征意义,即其所代表的那则寓言;如若不然,它便无异于保罗·波特(Paul Potter)在阿姆斯特丹的'猎熊'活动。"[48]

内战结束之后,尽管梅尔维尔依然会将古典文学中的典故加入到自己的作品中,但他不再像在《白鲸》与《皮埃尔》中那样利用古典神话来为自己的叙述提供结构,提升悲剧性。经历了这场最血腥的战争,感受到最真实的悲剧之后,美国文学从浪漫主义时代进入了现实主义时代,后一流派强调的是人类苦难的毫无意义以及生命整体的空洞性。这一观念反映在梅尔维尔战后创作的作品中,表现为作品主人公的声望被大幅拉低。与亚哈不同,这些人物并不会违抗上帝,而只是当他不存在。另外,作品中还出现了非英雄式的主角,这是对希腊(及莎士比亚式)悲剧第一规则——主人公一定是伟大的——的严重违背。虽然同现实主义者们的作品一样,梅尔维尔在南北战争之后撰写的作品也描绘了各种不幸,但并不能算是希腊意义上的悲剧。[49]

埃德加·爱伦·坡也经常借鉴古典神话。在爱伦·坡最著名的诗歌《乌鸦》(*The Raven*, 1845)中,叙述者向乌鸦提出了要求:"告诉我,你在对岸阴曹地府时的尊姓大名!"这句话改述自贺拉斯的一句诗(《歌集》*Carmina* 1. 4. 16),指的是哈得斯(Hades)。"(上帝派天使给你送来了)安息——安息和忘忧药,让你把丽诺尔忘怀!"指的是《奥德赛》(*Odyssey*,4.219-220)中海伦给客人们倒的药酒,以帮助他们忘记所有烦恼的记忆。爱伦·坡将乌鸦用作悲剧命运的预兆,这可能源于他非常熟悉的老普林尼(Pliny the Elder)的《自然史》(*Natural History*,10.15)和奥维德的《变形记》(*Metamorphoses*,2.654-776)中讲到的乌鸦与阿波罗及预言之间存在联系的典故。老普林尼表示,乌鸦是"唯一能理解他们自身吉凶预兆的鸟类"。奥维德声称,预言之神阿波罗因为乌鸦给他带来了自己挚爱的仙女科罗尼斯(Coronis)不忠这一可怕的消息而将其变成黑色,这只鸟的黑色象征着它带来的都是凶兆。爱伦·坡或许也知道,他最喜爱的作家西塞罗据说也曾看到乌鸦振翅飞翔而预感到自己的死期将至。乌鸦总是出现在智慧女神帕拉斯·雅典娜(Pallas Athena)的塑像之上也并非偶然,反而象征着叙述者深陷悲痛,以至于难以理解这尊塑像乃是智慧的代表。爱伦·坡对这些关键词的不断重复,是借鉴了荷马、萨福及卡图卢斯(Catullus)的做法。爱伦·坡的无韵诗体悲剧作品《波利希安》(*Politian*)中包含了一大段他自己从《奥德赛》中翻译过来的内容。他的短篇小说《丽姬娅》(*Ligeia*,1839)中的主人公"丽姬娅"即得名于《奥德赛》中的一名海妖;丽姬娅的声音具有"一种诱人的旋律",她的古典文学知识还曾得到过爱伦·坡的赞扬。《厄舍府的崩塌》(*The Fall of the House of Usher*,1839)一书中,曾经发生过家族谋杀案的厄舍家族的故事也同梅尔维尔笔下的格伦迪宁家族一样,以阿特柔斯家族为基础。最后,爱伦·坡在自己的颂歌《致海伦》(*To Helen*,1831)中写下了有关希腊罗马文明的部分最著名、最不朽的诗句:

> 早已习惯在绝望的海面上漂荡,
>
> 是你飘逸的秀发,你典雅的脸庞,
>
> 你仙女般的气质唤我还乡,
>
> 重见那本属于希腊的光荣与罗马的辉煌。

这首诗堪称有约束和节制的想象力的古典主义诗作典范,影响了法国高蹈派诗人的新古典主义诗歌创作。[50]

浪漫主义与普鲁塔克

尽管浪漫主义者欣然接受希腊罗马文化中更富有激情的元素,包括古典诗歌与戏剧中包含的神话,但他们并未放弃那些吸引了美国建国者的古典历史著作,尤其是普鲁塔克的《名人传》。这位希腊传记作家有着温和的人性与超群的智慧,将古代历史人物在道德品质方面的趣闻轶事娓娓道来,从而得到了奉行个人主义与道德至上的美国人的青睐,当然,主要是无关宗教的美国浪漫主义人士。比如,纳撒内尔·霍桑就带着"极大的满足感"来阅读普鲁塔克的作品。[51]

普鲁塔克是爱默生最喜爱的作家之一。爱默生写道"每次读到普鲁塔克的作品,我都不免激动万分",称这位传记作家是"来自希腊与罗马的长生不老药"。在西西里岛旅行时,他始终想着普鲁塔克笔下的英雄。他督促年轻的希尔曼·辛普森(Hillman Simpson)好好阅读普鲁塔克的《名人传》;希尔曼的父亲死后,爱默生负责资助并督促辛普森的教育。1837 年,爱默生写道:"我认为普鲁塔克

第五章　浪漫主义

带给后人的好处比亚里士多德的更多。我们认为，伯拉西达（Brasidas）、狄翁（Dion）、福基翁等人都受益于他。"在1841年写给兄长威廉的信中，爱默生写道："难道你从来没有读过普鲁塔克的作品？我可不能没有他的作品。就在昨天，我还看了克莱奥梅尼（Cleomenes）、格拉古及狄摩西尼的生平。"他常常引用普鲁塔克撰写的斯巴达国王阿格西劳斯的生平中，当阿格西劳斯听到人们用"伟大"一词来形容波斯国王时的反应："他不过就是比我更公平一点嘛！"爱默生钦佩普鲁塔克对诗歌的尊重："普鲁塔克等古人对诗人作品的引述方式十分独特，显示出对诗歌的深切的普遍的尊重，说明了他们对神灵启示的忠诚。他们引用品达作品中的诗句时，就像一位虔诚的基督徒在援引大卫或保罗的圣言。那份尊敬现在哪里还找得到？"他还写道："普鲁塔克比罗伯特·骚塞（Robert Southey）或沃尔特·斯科特（Walter Scott）更称我心意……普鲁塔克善于旁征博引，作品引人入胜，无论你打开的是哪个章节，都仿佛立刻置身于奥林匹亚的书桌前。他的记忆仿佛奥林匹克运动会，汇聚了希腊所有的高贵与卓越。"至于普鲁塔克，爱默生又补充道："必须承认，我们都更深切地受益于他，而非其他古典作家……每个典故中都闪耀着非同一般的坚忍克己（此处的Stoicism不是指斯多葛学派）的魄力与光辉，为整本书争得了极大的名望……书中呈现的世界观在书籍的无数次印刷过程中已变得人尽皆知，这些书籍也变得便宜，同报纸一样能够被人们购买得起。"1840年，爱默生写道："普鲁塔克著作中的人物生平几乎总能带给年轻人新的勇气与力量，令他更能欣然认可自己的工作，变得更加英勇无

畏。"第二年,他又补充道:"普鲁塔克笔下的英雄是我的朋友与亲人。"⁵²

亨利·大卫·梭罗也十分欣赏普鲁塔克。他喜欢普鲁塔克在《名人传》里描述的勇气。他也赞同普鲁塔克的观点,即历史事件本身并不如这些事件所揭示的品格更重要:"希腊历史中的人性价值,与其说取决于人在历史中的重要性,倒不如说取决于人们带着多大的意愿去接受一个宽泛的解释,并且借以例证人类的诗情与道德。他们虽然没有宣示任何特定的事实,但他们正是所有事实的核心;就好比有一些事例可以让我们借以提升自己,但我们却永远无法从这些事例中提炼出道德。"⁵³

普鲁塔克是"圣人理论"的主要推动者,在这方面,他的贡献要超过古代及现代的所有作家;"圣人理论"认为,英雄个人是历史进程的主要决定因素,该理论在南北战争之前的美国甚为流行。有鉴于此,爱默生撰写历史时着重关注重要的个体,并将自己的书籍命名为《代表人物》也便不是巧合了。模仿普鲁塔克来为乔治·华盛顿撰写传记的作家大有人在,其中就包括约翰·马歇尔、帕森·威姆斯等;其他"伟人"的传记作家们同样如此。就连美国第一批伟大的民族历史学家们,比如受过古典文学训练的乔治·班克罗夫特也强调了重要政治领袖的作用,而后来的历史编纂重视的则是社会经济因素及其他非个人因素。威廉·埃勒里·钱宁表示,儿童应当阅读普鲁塔克的《名人传》,以便了解"历史事件的起因可追溯至一些富有天赋的、精力充沛的个人"。⁵⁴

爱默生热爱普鲁塔克,但不同之处在于,他的热爱既是建立在普鲁塔克的道德文章合集《道德论集》(*Moralia*)上,该论文集收录了各种趣闻轶事与诙谐短诗，这些内容在爱默生之前没有多少人能理解；也在于普鲁塔克那部受到诸多赞誉的《名人传》。爱默生写道："普鲁塔克的《道德论集》知名度不太高，重印次数也不多。然而，我现在正要回复的这位读者却不愿舍弃它，而是像对待《名人传》一样珍视它。"爱默生这样提及《道德论集》，"假如图书馆着火了，我会像抢救莎士比亚或柏拉图的作品一样，立刻飞扑过去抢救这本书，之后才顾得上其他的书"。爱默生写道："我一直随身携带着《道德论集》。这些都是绝妙的祈祷书。"1837年，爱默生在日记中写道："随意翻阅了普鲁塔克《道德论集》的某个章节……又或者说，在这里随意垂钓看能否钓到我想要的鱼之后，我在这个美好的下午穿过树林前往瓦尔登水域。"第二天，他又写道："我想，对于我而言，普鲁塔克、柏拉图及修昔底德的魅力在于，我可以从中获知最真诚的道德规范。书中的句子令我深深地着迷，尤其是普鲁塔克作品中的语句。"[55]

普鲁塔克对爱默生的影响，不仅致使爱默生撰写了题为《斯巴达热》的道德论文，文中对希腊的偏好明显超过罗马；而且令爱默生将英雄视为道德典范。1865年，爱默生在康科德发表悼念亚伯拉罕·林肯的颂词时，借用了詹姆斯·罗素·洛厄尔（James Russell Lowell）在哈佛大学开学典礼上讲的句子：

　　这是一个真正有威望的民族，
　　普鲁塔克笔下的一位伟人曾和我们面对面谈起过。

1870年，爱默生在为威廉·古德温（William W. Goodwin）的

新版《道德论集》作序时讲到，普鲁塔克"在文学领域具有独特的地位，好比是古代希腊罗马的一部百科全书"；新版《道德论集》使得人们首次对这部作品产生了广泛兴趣。爱默生声称，普鲁塔克之所以能经久不衰地得到人们的青睐，原因在于其人文情怀，以及甘于自我奉献的精神，这些品质令他的作品仿佛"一部英雄的宝典"。爱默生写道：

> 尽管他从未写过诗，但他拥有诗人的许多特质，如丰富的想象力、快速的思维跳跃、敏锐而客观的眼光等。但真正令他与众不同的是，他是以道德启发智慧的典范……我不知道哪里还能找到这样一本——借用本·琼森（Ben Jonson）的话讲——充满生活气息的书；书中以道德为主题的章节所体现的感情色彩都是浓重而丰富的。没有哪位诗人能以更新奇或更贴切的比喻，抑或更快乐的趣闻轶事来例证他的思想。他的风格是现实主义的、别致的、多变的……他最令人惊讶的长处在于，能够以不变应万变地处理多方面的话题。他的身上没有任何劳累或痛苦的迹象……他富有男子气概，从不奉承别人，乐于接受自己书写的圣人或勇士……我发现他比所有的现代老师都更适合教辩论术……他从未试图与修昔底德去比拼，但我想，如果说他拥有100名读者，那么修昔底德便只有1名；就连这1名读者，也是普鲁塔克带给他的，修昔底德必定常为此感激他。

爱默生总结道："只要书籍还在，普鲁塔克的价值必定会被一次又一次地重新认识。"[56]

如果说浪漫主义作家对普鲁塔克的钦慕及对古典哲学的兴趣是将他们与美国建国者们联系在一起的纽带，那么，他们对于古典神话中的情感属性与神秘元素的深深热爱与广泛应用却令他们有别于建国者们。他们将古希腊的神话应用到美国生活这一新现实中的做法，催生了朝气蓬勃的民族文学，满足了南北战争之前美国人的审美需要与情感需求。他们给古典神话的普遍主题披上了一层美国的外衣。为了采纳古代人的精神，但又不复制他们的作品，浪漫主义作家同希腊复兴运动中的建筑师们一样，相信给他们带来最大收获的是那些特立独行的先辈们。

第六章　基督教

第二次大觉醒期间，最正统的基督教教徒同浪漫主义者们一样，不赞同启蒙运动"理性高于直觉、物质高于精神"的论断。的确，基督教福音派强调对基督的情感寄托削弱了基督教徒对古典文学的热忱，但南北战争之前，多数美国人仍然追随着祖先们的足迹，试图调和基督教教义同希腊罗马古典文学间的关系。

传统的伙伴关系

基督教徒们对于古典文学始终抱着一种既爱又恨的态度。即便是在猛烈抨击异教徒，并且在异教徒手下遭受严重迫害之时，使徒保罗等有教养的基督教徒们依然会参考古典文学中有关自然法则等话题的经典教诲（Rom. 2：14-15；1 Cor. 15：33）。事实上，《新约》本身就是用通俗希腊语写成的；继亚历山大大帝征服波斯帝国之后，这种语言已成为地中海东部的标准语言。安布罗斯（Ambrose）是公元4世纪时的一位教父，他将西塞罗的《论义务》用作基督教伦理手册的一个重要范本。另一位教父圣哲罗姆

第六章 基督教

(Jerome)在阅读了西塞罗的大量作品之后,似乎听见上帝曾问过他:"你是干什么的?"当圣哲罗姆回答"一名基督教徒"时,上帝说:"不,你不是基督徒,而是西塞罗的信徒。"圣哲罗姆十分懊悔,发誓再也不读俗世书籍。但圣哲罗姆的作品无论从风格还是内容来看,仍然带着西塞罗的印迹。当有人以此来嘲笑他时,圣哲罗姆回答称,他的承诺是面向未来的,他不可能忘记已经学到的东西。在《忏悔录》(Confessions)中,奥古斯丁表示,正是西塞罗的《霍尔滕西乌斯》(Hortensius)引导他爱上了高尚的道德。柏拉图也极大地影响了奥古斯丁。[1]

153

如若没有基督教教徒们保存并誊写经典文本,这些古典文献或许早已随着罗马帝国的衰落而散失殆尽。结果恰恰相反,拉丁语成了中世纪时的西方通用语言,而古典学从一开始就在大学课程中占据了主导地位。托马斯·阿奎那及经院学派一方面坚持将正统的基督教教义作为神学的发动机,另一方面又将亚里士多德的作品作为备用内容。[2]

宗教改革并未改变宗教与古典文学之间这种谨慎调和的模式。新教牧师同天主教牧师们一样得到了古典文学方面的彻底训练。马丁·路德称西塞罗是"一位明智而勤恳的人,受了很多苦,也取得了许多成就"。马丁·路德补充道:"希望上帝善待他以及像他一样的人们。"清教徒是神学领域十足的理性主义者,他们认为,利用古典文学中与基督教教义相一致的内容,而忽略或剔除那些令人反感的段落,是完全可行的。清教徒牧师查尔斯·昌西(Charles Chauncy)认为"可以从柏拉图、亚里士多德、普鲁塔克、塞涅卡等人身上发现伟大的道德真理"。科顿·马瑟(Cotton Mather)师从伟大的古典学老师伊齐基尔·奇弗(Ezekiel Cheever),自身也是一位勤勉的古典主义者,在他写给奇弗的颂词中就引用了有关古人的典故。事实上,清教徒们也参与了17世纪那场重塑基督教的运动,这场运动以剑桥大学为中心,目标是将基督教从与经验学派亚里士多德主义的暧昧不清,恢复到奥古斯丁时期(Augustinian)的柏拉图主义。[3]

大觉醒运动不仅拉开了美国宗教复兴运动的帷幕,而且创建了一大批受教派控制的新高校,包括新泽西学院(现普林斯顿大学,1746年)、国王学院(现哥伦比亚大学,1754年)、罗得岛学院(现布朗大学,1764年)、女王学院(现罗格斯大学,1766年)、达特茅斯学院(1769年)。这些高校从新教视角讲授传统经典课程,因而成为美国革命的重要孵化基地。古典共和主义,再加上清教徒对"英国式腐败"精神效应的担心及对创造一个"山上之城"的愿望等思潮的复兴,共同摧毁了英国规则在美国的生存。美国建国者中的多数人,如詹姆斯·麦迪逊和亚历山大·汉密尔顿,都在这些新式高校里学习过。塞缪尔·亚当斯(Samuel Adams)非常能干地领导了波士顿"自由之子"组织,被称作"美国革命之父"可谓实至名归,他18世纪30年代在哈佛求学期间就受到了大觉醒运动的激励。他的梦想是创建一个"基督教版斯巴达",这个国家会将基督教徒的虔诚与共和党人的朴素、勇气与爱国主义结合起来。他声称,古典时代的某些英雄同所有的基督徒们一样是具有德行的。[4]

19世纪初,威廉·埃勒里·钱宁与新英格兰的一神论者甚至比更加正统的清教徒祖先们更加积极地试图调和基督教教义与柏拉图主义。哈佛大学成为坚持一神论的柏拉图主义者的大本营。在这方面,新英格兰一神论者不同于托马斯·杰斐逊;后者是一位物质主义者,看不起柏拉图,他的一神论主张是根据伊壁鸠鲁(Epicurus)的学说得出的。[5]

对古典主义道德观的批评

南北战争之前,福音派强调忠诚,将其定义为对基督的情感依恋,认为忠于基督是获得救赎的关键,但这种观点与古典主义道德观通常所强调的冰冷的责任意识是不相容的。为此,查尔斯·萨姆纳认为,古典主义道德观与"登山训众"是不相匹配的。萨姆纳在给即将从哈佛大学毕业的大四学生亨利·韦尔(Henry Ware)指导拉丁语演讲时写道:"从来不曾有罗马人站在第二诫命的高度来写下'像爱你自己一样来爱你的邻居'这样的文字。就连为了接受这一事实而培养起绅士风度的维吉尔,也未意识到这一点。"在1846年面向哈佛大学美国大学优等生协会的演讲词中,萨姆纳解释道:

> 古典文学拥有一种特殊的地位,或许可以说,它们是艺术创作技巧与形式的典范或大师。在思忖这些令人敬畏的模范时,我们的心中充满了各种矛盾的情绪。它们是世界上最早发出的声音,与之后出现的任何声音相比,它们在人们的记忆中更为深刻,更受到人们的珍视——因为当我们渐渐长大以后,曾经听到过的各种话语会从我们的心底抹去,而童年时听

到的声音却依然萦绕在我们耳边。古典文学显示了世界早期的野性,那时激情尚未被理性和情感所左右。它们想要展现纯洁性、正义感,以及对上帝与人的爱中蕴含的最大魅力。但这些特征无法从斯多葛学派及经院学派冷漠的哲学中找到,也无法在经过柏拉图优美语言修饰的苏格拉底非凡的教义中找到,更无法在荷马笔下那时刻回响于我们耳畔的语句中找到,这些语句拥有鼓舞人心的力量,亚历山大曾经睡觉时都在思索着荷马所讲述的热血故事;我们同样无法从品达栩栩如生的描述中(他将美德描绘为某位运动员成功地在奥林匹克运动会上夺得名次)、深陷自恋与复仇情结的狄摩西尼的接连发问中、从西塞罗飘忽不定的哲学理念与夸耀的口才中、从贺拉斯温和的自由放任或卢克莱修庄严的无神论中找到。我们钦佩这些特质,但这些无法成为我们的最高指导原则。我们的生活方式也不取决于其中任何一项。1800多年来,这些古典文学精神始终与"登山训众"以及"维系所有法则与预言"的《新约》两大崇高诫命争执不下。斗争结果仍然悬而未决,谁都无法预言这场斗争何时能够结束!拥有此类魅惑文学形式的异教文化尚未被驱除。即使现在,异教文化仍然发挥着强大的影响,感染着年轻人,渲染着成年男性的思想,萦绕在当前人们的思绪中。这种文化依然在不断地扩大其影响范围,影响着各个民族与个人,直至登上影响力的巅峰。

我们自己的创作,虽然在结构编排、写作方法、形式美观性以及例证的新鲜性方面不及古人,但我们在真实性、微妙性及情感升华方面——总而言之,在对兄弟情谊这一独特启示的识别方面——则更为优秀。与天降真理相比,所有的口才与诗歌都无足轻重。假如在天平的一侧放置简单的言语,而在另一侧放置古代的所有学问以及不断累积的注释与评论,那么后者将会是天平相对较轻的那部分。希腊诗歌让人们联想起夜莺的歌唱,仿佛她就坐在棕榈树枝叶茂密而对称的树冠中,啁啾啁啾地吟唱着柔和的音符,但这些音符再怎么甜美都比不过我们基督教传统中的福音教义。

维吉尔不可能忘记这一切。他或许可以从历史中获得有助于实现生活最终目标、人类进步与幸福——没有进步,幸福都是空谈——的养料;但他必须把握自己的灵魂,不要因那个更令人惧怕的思想而变得冷酷无情,因为后者已被居高临下的当局者奉若神灵。

接着,萨姆纳引用了荷马作品的著名翻译家威廉·柯柏的话:

> 我最宝贵的岁月,
> 流连于荷马的作品,
> 但很快,
> 我便再难以保持他的金贵;
> 无论多么耀眼,
> 一旦被放到基督教的天平上,
> 才发现都是糟粕。[6]

同早期信奉基督教的异教徒以及美国建国者们一样,萨姆纳更偏好基督教伦理学的温暖、积极和仁慈,而不喜欢冰冷的古典主义那般对人们避免伤害自己及他人的告诫。在托马斯·杰斐逊著名的脑袋与心脏的对话中,当他的脑袋选择了安全,而不是帮助那些有需要的人时,他的基督教心灵无数次提醒他的伊壁鸠鲁派脑袋,说:"简而言之,我的朋友,就我所能忆起的一切而言,我知道按着你的建议,我从未做成过一件好事,而没有你的建议,也未做过一件坏事。"同样,约翰·亚当斯先是表达了对《毕达哥拉斯金句》(The Golden Verses of Pythagoras)的赞赏,这本书中有许多关于誓言神圣性、尊重父母、喜爱朋友以及亲近人群等方面的格言警句,但他随后又补充道:"这些金句无论多么有名,多么不寻常,但与'登山训众'及'大卫圣歌'或'摩西十诫'一比较,便显得何其阴暗、刻薄与贫乏!"[7]

萨姆纳还发现,古典主义重视名望与荣誉,将之作为美德的主要回报,这与基督教的某些观念是相冲突的;基督教重视谦逊,认为与不朽的来生相比,此生无足轻重。1847年在阿默斯特学院发表的演讲中,萨姆纳提到,尽管多数希腊城邦大肆颂扬奥林匹克运动员与勇士,但雅典人重视的则是演说家、哲学家、历史学家与艺术家,并由此获得了更大的荣誉。萨姆纳宣称:"然而,这一璀璨的荣誉,虽然多个世纪以来始终受到人们的赞赏,但只是凭借武力或智力获得的,面对比其更崇高更圣洁的成功典范,终究显得平淡乏味,缺少生气。"基督教的成就比古典英雄们的成就更辉煌。[8]

按萨姆纳的说法,罗马人继而又故态复萌,开始疯狂地鼓吹战争。萨姆纳宣称:"监察官加图(Cato the Censor)是一位模范罗马人,当他听说雅典大使靠着哲学的魅力俘获了罗马年轻人的心时,他立即赶走了这些雅典使臣。接着,他像莫霍克印第安人(Mohawk Indian)一样,指责雅典大使腐化了他们这个以战争为职业的民族。就连西塞罗也向年轻人颂扬战争的光荣;他撰写的道德观文笔优美,但错综复杂,将异教教义与基督教教义混为一谈。"西塞罗对名望与荣誉的痴迷不仅使得其"作品中大量充斥着自我表扬的论述",甚至导致他向朋友路克凯乌斯(Lucceius)建议,在书写喀提林的阴谋时,要突出陈述西塞罗本人的成就。[9]

萨姆纳担心,西塞罗等古典文学作家的才干可能会将美国年轻人引上过度追逐名望的歧途。他宣称:

> 西塞罗这样的人物,集诸多美德于一身,他才华横溢,即便身处高手如林的古代文学巅峰时期,依然受到世界各地人们的广泛赞誉,更别提像狂暴的海浪一般席卷了讲台、被他优美的嗓音吸引而舍不得挪动脚步的听众——这样的人物绝不可能不令年轻人着迷,尤其是当他讲授的内容切中了人性的弱点而非坚强的那一面之时——他的演讲带着一种自私的本能冲动,而非不求回报地、没有担心或偏袒地将责任义务作为人类的首要考量因素。的确,他让许多人的心中燃起了某种不可磨灭的热忱,就像他自己一样;美国的年轻人——这些生活在远离他想象中的亚特兰蒂斯的大陆上,在他从未见过,甚至他的共和国愿景也未包含的制度下长大的孩子——感受到一丝自私的雄心壮志;同完成学校里布置的作业一样,他每天都要精读这位大师的作品。

但萨姆纳确信,对荣誉的追求"会随着年龄的增长、道德与智力的发展以及基督徒品格的提升而减弱,相应地,'生存'这一重大现实会逐渐占据他的心灵"。[10]

萨姆纳一生珍视古典文学,有鉴于此,他对希腊罗马伦理的批评显得格外有力。在萨姆纳小的时候,父亲起初并不想让他接受古典文学教育,但他偷偷地买了一本拉丁语语法书来自学,继而引述其中的段落给父亲听,令父亲大为吃惊。父亲随即改变主意,让他进入波士顿拉丁语学校学习。在这里,萨姆纳因为翻译了奥维德的作品而获得三等奖,又因为撰写了一首拉丁语六步格诗而获得二等奖。在哈佛大学举办的三年级生展演活动中,萨姆纳扮演了一位演讲家,用希腊语进行了表演。他将其中一个句子翻译为:"远古时代的典范狄摩西尼和伯里克利,仿佛星辰,为我们指出了通往光荣的道路;他们的光荣将是我永远向往的目标。"他的一位同学回忆称:"我记得,他好几次冲到我的房间开始演讲;每次演讲开始前,他都会先引用维吉尔、贺拉斯及尤维纳利斯的名言。这些名家的经典语句总能从他的嘴里脱口而出,他的引用总是非常准确;假如是其他人来引述,哪怕是最细微的小差错,都能被他挑出来。"[11]

1839年,萨姆纳得意扬扬地讲起自己的意大利之行。他这样写下庞贝古城:

> 纵然有着热切的期待,我也未曾料到这些古代的经典场所与事物能带给我如此心潮澎湃的感受。当你行走在庞贝古城平整的步行道上,你能明确辨别出那些被磨蚀进坚硬石头

里的车轮印迹;当你进到屋子里,你能够看见各式各样令你惊讶不已的镶嵌画、壁画以及上乘的大理石雕。但是,当你来到广场,你会发觉自己的周遭全是各式立柱、拱门与神殿;这般景象即便是出现在某个大城市,也必定是非常了不起的事情,更何况是在这样一个小城镇,便显得愈发神圣。庞贝古城,在我们的印象中,只有其灾难性的命运,但如果连这么个小地方都拥有如此宝贵的财富,更何况是那个曾经以游廊、立柱与拱门震撼了古代世界,堪称奇迹的罗马呢!我想,即使在现代欧洲,你恐怕也找不出一个有着和古庞贝城同等规模的小镇,并且你可以在那里发现如此宏伟的公共或私人建筑,进入到那么多被艺术家与文学家装点过的私人住所,或者站立于类似于庞贝广场那样的公共场所中央。

他曾这样写下对罗马与蒂沃利(Tivoli)的感受:"罗马带给人的愉悦何其之多!宏伟展览室里的艺术作品、壮观遗迹中的各式古董,时刻吸引着人们的兴致……在蒂沃利的这一天是多么有意义呀!我和几位法国朋友一同前去,其中一人将他的迷你版'贺拉斯'作品借给我。当其他人到别处闲逛,游览古迹或者欣赏附近瀑布溅起的水花时,我就躺在草地上翻阅《前往阿涅内河》(*Praeceps Anio*);贺拉斯歌颂的正是蒂沃利这座古镇的小树林,而我就在这里阅读他《颂歌集》中的头一首,实地欣赏与感受他语言的无比妥帖。"萨姆纳曾督促亨利·沃兹沃思·朗费罗劝说其原来的古典学教授康涅利乌斯·费尔顿到自己曾经居住过的阿尔巴隆加(Alba Longa)来:"我们可以向他展示这座花园里的一个墓穴;在这座墓穴上，象征权威的束棒依然清晰可辨，罗马共和国某位执政官的遗骸依然在此安息！那些古罗马人到底是怎么建造的！他们不仅为自己和儿子们建造了墓穴，还为好几代人建造……返回家乡后，我多么希望……有人亲眼见识一下我所目睹的那一切，并且愿意与我一道去重现那些事物，以满足我们的热切想象。"他还拜访过西塞罗曾经居住过的图斯库卢姆（Tusculum），骑马冲下政客米洛（Milo）和克洛狄乌斯（Clodius）遭遇且给予后者致命打击的那条道路。萨姆纳曾这样描写自己和同行的伙伴："我们在圣道（Via Sacra）或古罗马斗兽场破碎的立柱或装饰繁复的柱头上一坐就是好几个小时，眼前浮现出曾经在这里上演过的一切，织就了一幕幕生动的故事画面。"甚至到了1844年，即萨姆纳回到美国之后很久，他还回忆称："一回想起在罗马的日子，我便倍感愉悦！那是我此生度过的最快乐的时光……我在广场上沉思，在夏夜的阴影中，坐在古罗马斗兽场的石阶上……若是再有一个这样的夏天，必将令我忘却所有的不愉快。"萨姆纳对古典伦理学的批评并非某些对学问持怀疑态度、对古典文学的魅力视若无睹的平庸之辈所得出的结论，而是一位深刻明白热爱古典文学意味着什么的学者发出的慨叹。[12]

　　萨姆纳并非唯一一位受第二次大觉醒运动影响而对异教徒的道德准则感到绝望的美国人。莱加列年轻时极其迷恋古典文学，每天阅读古典文献的时间长达15小时，结果导致自己的视力下降。为了避免像自己最喜爱的作家荷马那样成为盲人，莱加列请妹妹用拉丁语读给他听——虽然妹妹有时候并不太理解自己所读的内容——直到后来莱加列的视力恢复。莱加列写道："我们一直习以为常地以为,如果说古人那个优雅的时代给我们留下了一些放到任何领域都毫无争议的卓越学问的话,那么这(或许除了希腊几何学之外)一定就是他们的道德哲学。他们并未借助于推理——从事实推断结果——而参与到基督教启示的生成中,但这并不会有损于他们的美德。"虽然柏拉图的《理想国》不切实际,存在一定的危险因素,但他的伦理类著作却是崇高而庄重的。莱加列这样来描述柏拉图哲学:"柏拉图的哲学具有一种崇高而热情洋溢的格调,专注于想象,通过对完美且充满希望的极乐世界的愿景描述而进一步激发并提升了人们的想象。"尽管莱加列承认,古人偶尔也会"遵从某些奇怪的习俗,参与非基督教类的活动",但他对于这些小过失并不是太在意。[13]

但是,到了19世纪30年代,莱加列却着重强调基督教伦理观的优越性。他渐渐认为,是公元5世纪时的基督教皇帝尤斯蒂尼安(Justinian)让他喜爱的罗马民法变得更加人道,因而我们不应该说尤斯蒂尼安是最后的罗马人,而应该说:他是首位改编罗马法律、使其变得富有人性的中世纪基督徒。他现在认为,作为罗马法律的基础性文件,公元前449年的十二铜表法(Law of the Twelve Tables)是"野蛮而奇怪的"。莱加列写道:"在十二铜表法中,我们看到了粗野的处置过程,以及残忍的处决模式。我们看到了父亲对儿子的专制权威,儿子就好比是父亲的一样私人财产……我们发现,中伤他人要被处以死刑。"但莱加列随后又写道,古代世界统统被贴上了"深深的、令人气愤的道德堕落"的标签,他接着表示:

没有哪位希腊伟人的传记能有幸避开这些令人不快的污点记述，而且现在人们尚不认为有哪种德行足以弥补，也没有哪种荣誉足以掩盖这些污点。虽然塞米斯托克利斯和来山得（Lysander）是那个时代非常有天赋的名家，但为人不讲原则，为此，普鲁塔克并未将他们收录到自己的书中。事实上，有一些在现在看来属于绅士的人物，也并未被收录在普鲁塔克的书中……雅典人是一个荒淫无度到极致的人种，完全没有羞耻感，不懂何为荣誉。他们在艺术上的精致、措辞上的礼貌、思想上的庄严、情感上偶然可见的伟大与英雄气概，与他们言谈举止中往往低级、邪恶、野蛮与愤世嫉俗的基调形成了鲜明的对比，而这正是古希腊的特征之一。冷酷、贪婪、暴力等是古代各类政府形式的特征。

而且与希腊罗马不信教的贵族品质形成鲜明对比的是，基督教"责令人们进行劳动，认为劳动是神圣的，认为清贫是光荣的，赞扬谦逊与低调"。[14]

约翰·昆西·亚当斯也认为，基督教教义胜过古典哲学。他写道："几乎所有的希腊哲学家都对众神的本性进行过推敲与思索，但鲜少有人充分意识到，世界上只有一位神，更没有任何一个人想到，这位神就是造物主。西塞罗将人们对众神本性的各种观点进行了汇总，认为这些观点更像是痴癫者的呓语，而非智者的冷静判断。"奥维德是最接近真相的人，他表示，有一位神——他没有明确指出是哪位神——将混沌分离，从而创造了世界；但在没有宗教信仰的罗马，"人类的理解只能到此为止"。与之形成对比的是，亚当斯写道:"《圣经》开篇就写道:'起初,神创造天地。'这位神圣的至高无上的上帝就是宇宙的造物主,是人类所有德行与幸福的根源;这个让希腊圣贤与哲学家们在黑暗中不断摸索却始终未能参透的道理,在《创世记》中被开宗明义地讲了出来。"西塞罗始终无法确定虔诚是否构成德行的必要内容,原因在于,希腊罗马人所认为的虔诚是基于"卑微、多变且前后矛盾的概念"之上。亚当斯总结道:"(与我们在《圣经》中所看到的一样),人们必须心甘情愿地服从这位上帝,而这种虔诚是不可能给予埃及神话中那些咩咩叫的神灵,也不可能给予希腊神话中那放荡的纵欲者,同样也不可能赋予希腊哲学家与圣贤想象中那些更加睿智但更虚无缥缈的神的。"[15]

亚当斯对伊壁鸠鲁学派的批评尤为严苛。伊壁鸠鲁学派崇尚的是唯物主义,认为人死魂灭,神并不能主宰人间事务。亚当斯声称:"西塞罗对伊壁鸠鲁的攻击的确有感情用事的成分,但我认为他的抨击是有根据的。伊壁鸠鲁学派的哲学原则被称作'腐化哲学'一点都不过分,这种哲学思想每散播至一个地方,总能给这个地方带来最严重的品行败坏与伤风败俗的恶习。"亚当斯还补充道:"公开宣称自己是伊壁鸠鲁学派的贺拉斯,每当教导人们要有好的德行时,总会求助于斯多葛学派。"亚当斯这样来讲贺拉斯:"贺拉斯写给上帝的《颂歌集》区别于《大卫圣歌》的鲜明之处在于,他从来不会对笔下诸神的道德层面表现出敬仰。"表扬完贺拉斯作品中的某些方面后,亚当斯又补充道:"然而,他的许多情诗写得极不得体。"[16]

亚当斯认为,希腊人虽然有趣,也很重要,但不如希伯来人那般迷人,而且希腊人的宗教与哲学作品也不如《圣经》那般引人入胜。他写道:"我相信,随着人们对《圣经》内容的日渐熟悉,他会越来越尊重和敬仰《圣经》。"普鲁塔克曾经写过一篇文章《论天道正义的延迟》,这位历史哲学家试图解释:生活中为何看似充斥着那么多不公正;对此,亚当斯写道:"普鲁塔克善于推理,但他所讨论的话题似乎总是被一层神秘的面纱遮盖着,而只有基督教教义才能将这层面纱揭开。如果人的存在仅限于今生,我根本不可能相信任何道德政府治下的世界……真正让我对天道正义的信心发生动摇的,不是正直之人遭受的苦难,而是失德之人的飞黄腾达。"同托马斯·杰斐逊一样,约翰·昆西·亚当斯也认为,能体现因果报应的"来生"是天道正义的关键,因为很多时候,今生的结局明显是不公正的。他认为,罗马皇帝哈德良试图对即将到来的死亡一笑置之——这是本着"无宗教信仰的哲学家们"所信奉的"视死如归"观念做出的无力之举——是可悲的,尤其是想到哈德良执政时期被人们普遍认为是一片"充满黑暗与阴郁"的世界。[17]

同父亲一样,查尔斯·弗朗西斯·亚当斯同样敏锐地感觉到,与基督教教义相比,古典主义道德准则存在着致命的缺陷。1831年,他在日记中写道:"整体而言,西塞罗担任执政官期间是他职业生涯中最值得称颂的一个时期。那个时期的罗马行省官员通常都会有一些道德败坏的恶习,但西塞罗一概不做。然而,他的心中却没有真正的道德观——真正的道德准则是以发自内心的价值判断作为动力,引导人们走上有德行的道路——因而在写给阿提库斯(Atticus)的所有信件中,他明确把声望,即世人对他的看法,作为追求的重大目标。除了基督教教给我们的知识外,这或许也是一个很重要的启示。"查尔斯·弗朗西斯·亚当斯同他父亲一样也是一位基督徒,但他没有意识到,自己对那些古典人物纯粹为了名望而鼓吹德行的批评,实际上也构成了对自己父亲约翰·亚当斯的批评。约翰·亚当斯同他心中的偶像西塞罗一样,也算不上正统的宗教信仰者,也一直视声望为德行的最大回报。事实上,约翰·亚当斯曾经将塔西佗的一句话摘抄进自己的日记本:"Contemptu Famae, contemni Virtutem."他将之翻译为"对声望的藐视,往往会招致或引发对德行的藐视"。[18]

查尔斯·弗朗西斯·亚当斯甚至更加直言不讳地指出另一位受人尊敬的罗马哲学家兼政治家、斯多葛学派的塞涅卡的道德局限性。查尔斯·弗朗西斯·亚当斯这样写下对塞涅卡的看法:"对伤害的谅解或许是这位异教徒最接近基督教教义的方面。但他将这种谅解与另外一个并不符合道德准则或道德哲学家的忠告混淆了,无论这个忠告在生活中多么实用。面对强者的反复无常表现出顺从,是暴君政治下的生存智慧,却非道德准则。"谈到塞涅卡对尼禄的奉承,查尔斯·弗朗西斯·亚当斯表示:"我们觉得,尼禄不会是如此精于掩饰,甚至完全隐藏自己性情的人。如果说有人明白这一点的话,此人一定是塞涅卡。因而他才毫不吝惜自己的溢美之词。"(爱默生认同这一观点,他这样提及塞涅卡:"他的想法是不错,只是他有权利讲出来吗?")而且查尔斯·弗朗西斯也不认同塞涅卡对"好人就该受苦"的宿命论辩解,他总结称:"这是不对的。在那个问题上,只有对未来抱有信心,才能带给人些许安慰。"讲到塞涅卡对自杀的辩护,查尔斯·弗朗西斯写道:"按照异教徒的学说,人们没有理由反对自杀。不过,但凡有清醒的意识、愿意相信上帝的人都会发现,上帝造人的目的不是把这个人的生命交到他自己手中。"斯多葛学派将幸福等同于没有痛苦,对此,查尔斯·弗朗西斯·亚当斯写道:"斯多葛学派执行的是一种消极观念,但很多人无须过多思考便能明白,做什么事都不受苦并非人们的志向。"[19]

就连《卡尤斯·格拉胡斯》的作者路易莎·麦科德也强调了基督教教义相对于古典道德准则的优越性。在将南卡罗来纳州1851年意欲脱离美国联邦谋求独立比作自杀时,她忍不住补充道:"古罗马人试图以死谢罪,这种做法无异于蛮族行径;而更高级的文明、更高尚的哲学则教导我们去承受并战胜罪恶。"为争得荣誉而自杀是不光彩的。麦科德的古典主义戏剧包含了基督教式的结论并非偶然:格拉古是一位基督般的人物,为了使罗马免遭惩罚,他选择了牺牲自己,亲自接受复仇女神的惩罚,结果在复仇女神的小树林里被杀。杀害他的人是塞普蒂穆留斯(Septimuleius),这是一位犹大(Judas)式的人物,盖约曾救过他的命,但他却为了钱而出卖了盖约。像基督一样为了他人而牺牲自己是高尚的,但若是为了逃避痛苦或挽回面子而自杀,则是可耻的。[20]

牧师詹姆斯·韦利·迈尔斯(James Warley Miles)尽管在神学问题上是比较开明的,但他对于古人的态度则更为严苛。他宣称:"古人对于神学概念的理解是粗俗、可怕的,甚至可以说是虚无缥缈得不着边际而神秘莫测的。"他补充称"令古代文学抬不起头来的崇高的道德与义务观念"来源于基督教,同样源自基督教的还有"充满纯净、圣洁、仁慈、忠诚与希望的虔诚生活",这样的生活,"就连最厉害的古人也只是隐隐约约地想到过,却未形成清晰的思路"。基督教产生之时,"世界已经极度堕落到道德败坏与怀疑一切的程度,几乎快要证实柏拉图的推测了;柏拉图曾指出,世界存在于循环往复之中,当道德冲突已经达到一定的程度,就必须借助神灵来进行干预和矫正,否则整个社会结构就会在腐败泛滥当中彻底崩溃"。[21]

部分福音派传教士抱怨称,提供给牧师们的传统教学体系强调的是诸如已经不再使用的语言等冰冷的知识,而忽略了对基督耶稣的情感联系。当伊利诺伊州的一位公民询问牧师彼得·卡特赖特(Peter Cartwright)为何这个"草原之州"的神学博士那么少时,他回答称:"女士,因为我们的神不生病,不需要医治。"他还曾抛出伊利诺伊南部的一句方言,来嘲笑某位受过高等教育、爱引用希腊语的长老派成员为德国人。[22]

有些正统的基督徒虽然指责古典哲学的冰冷,但他们对于希腊罗马神话中展示的骇人听闻的罪恶更加担心。早在1769年,约翰·威尔逊(John Wilson)辞去自己在费城朋友拉丁语学校(Friends' Latin School)的拉丁文教师之职,部分原因就是出于道德考虑。他的辞职信中就包含下面这些措辞激烈的文字:

> 这难道不令人惊讶吗?难道不骇人听闻吗?按照计划要走上信奉并欣赏福音真理之路的基督教儿童,在自己记忆力最强的早年求学时期,竟然被灌输了这些最耸人听闻的异教传说和令人讨厌的浪漫主义,并且必须帮着朱庇特与玛尔斯(Mars)等可恶的好色之徒拉皮条,参与墨丘利的偷窃与罪恶,或者追随埃涅阿斯干那些杀人的勾当,而我们这个继承自

耶稣基督门徒（Apostles）的神圣宗教的伟大而值得敬仰的布道者的一切行为与苦难却完全进不到他们的眼中？难道巴克斯就该比伊格内修斯（Ignatius）更可取？阿波罗就该比奥利金（Origen）更受重视？又或者说，海伦和克吕泰涅斯特拉能够带给我们感人的教诲，像基督教故事中的圣母烈士及女英雄那般以对美德的热爱来温暖我们的心？

卫理公会的创始人约翰·韦斯利（John Wesley）曾写信给自己的哥哥、时任蒂弗顿学校（Tiverton School）校长的塞缪尔，信中就讲到了有失道德的文学作品。韦斯利写道："但在多数学校里，学生们阅读到的通常就是此类古典文学作品：其中许多作品有可能激发学生的肉欲，更多的则会导致学生耽于视觉享受，自以为是。所以，我恳求你，看在上帝仁慈的分上……不要让这些毒药进入你的学校。"与之类似，基督教浪漫主义诗人威廉·布莱克（William Blake）写道："荷马和奥维德的作品都是见不得光的，是有害的，应当得到所有人的藐视，但有些人却巧妙地拿它们来抗衡庄严的《圣经》……我们但凡能公正地忠于自己的想象，就无须借助希腊或罗马的典范；我们可以在我主耶稣这里求得永生……而希腊与罗马的古典作品恰恰是反对基督教的。"[23]

本杰明·拉什虽然与其他人一样，常常引用古典作家们的名言，但他对古典神话提出了批评，认为这些神话加重了罪恶、无宗教信仰与尚武精神。1789年，他写道："对某些拉丁语和希腊语经典作品的研究不利于道德规范与宗教。其中许多作品充斥着神与人类某些不得体的恋情与令人震惊的罪恶。因而，这些作品让人们早早地接触到一些恶行,这是很危险的;从观念的形成过程来看,会破坏人们对真神上帝完美统一的尊重。"他在写给约翰·亚当斯的信中表示:"从此以后,我要将这些作品与黑人奴隶制、烈性酒归为一类,其危害程度虽然不及后者,但不利于美国的道德规范、知识与宗教的进步。"他解释称:"难道你不觉得,假如把花在教孩子们希腊罗马神话上的时间用来教他们犹太古史、《旧约》中的典型人物和先知以及《新约》中各类事件间的关系方面,世界上的背信弃义、道德沦丧与糟糕政府会更少吗?……人人都爱皇室、头衔、拉丁语和希腊语。他们发动战争,奴役同胞,提炼并饮用朗姆酒,这一切都是因为他们缺乏理智。"[24]

对异教神话的猛烈抨击在南北战争之前依然存在。在对学校里的希腊语和拉丁语要求持批评态度的人当中,托马斯·格里姆克是态度最为激烈的,这种批评甚至成为他的著作《论希腊与美国雄辩术中的比较要素与责任》(*Oration on the Comparative Elements and Dutys of Grecian and American Eloquence*,1834)的中心思想,该书是对古典文明及其对美国的影响进行的全面批判。格里姆克声称"耶稣的德行……与古典时代所谓的英雄德行恰恰相反",他谴责了古典文学中固有的尚武精神、宗教信仰缺失与道德沦丧。格里姆克指出,美国人应该研究本国的历史。他提倡发展"信奉基督教的美国式辩论术"。格里姆克一方面声称,雅典政治具有"欺骗、暴虐、劫掠、野心与不公正等特征",而雅典民主制度"没有原则、丢脸、暴力,同样也存在傲慢、暴政与忘恩负义等失当之处",但另一方面,他并未对希腊宗教进行恶毒的攻击。异教神话就是一些"荒谬而无德、愚蠢而下流的故事"——"完全是旨在让人们的内心变得残忍,让意识变得黑暗,让心灵变得堕落"。希腊诗歌是"尴尬的""荒谬的",其中尽是"傲慢而残忍的阿喀琉斯""自私而背信弃义的埃涅阿斯"这样的人物。格里姆克还补充道:"难道沃尔特·斯科特作品中的力量、忠实性与魅力还超不过荷马与维吉尔的十几个作品加起来的多?难道是我弄错了?那可真是令人奇怪。"他哀叹"古典文学给现代诗歌造成的堕落、玷污与致畸性影响实在是太深了"。对于古典文学,他承认:"花了那么多时间来学习古典文学实在是我的不幸,导致我从其他来源获得的知识储备相对较少。"[25]

格里姆克承认自己一度被当时所以为的古典文学的高贵与魅力所迷惑,直到他逐渐成熟地意识到自己是一名基督徒与美国人时,他才开始意识到那些作品事实上多么不适合基督教与美国人,多么具有毒害性。格里姆克强烈要求,所有学校都应肃清"外来民族及异教徒的影响"。他拒绝接受"目光短浅、心胸狭隘、自私自利的希腊罗马辩论术"。令他愤怒的是,"某个学校的校长、一位牧师"竟然宣称西塞罗的《论义务》是道德教育的必读书目。事实上,拥有"完美道德准则"的《新约》远超西塞罗、爱比克泰德及马可·奥勒留(Marcus Aurelius)等人的作品,其在道德教育方面的价值,无异于古罗马天文学家托勒密(Ptolemy)之于天文学的意义。上帝已经判定,古典文学等纯粹的俗世文学"一定是不及源自上帝的文学作品的"。自相矛盾的是,格里姆克最后又总结称,如果美国能够谨遵《圣经》中规定的各项原则,那么其将会成为"现代版希腊,成为3000多年来最无与伦比的一支文坛力量"。[26]

格里姆克发现,荷马与维吉尔的道德观念尤其令人不安。他问道:"讲到他们的道德规范,谁愿意有一个像自私而背信弃义的埃涅阿斯一样——埃涅阿斯是维吉尔作品《埃涅阿斯纪》中的英雄,如果其中确有英雄可言的话——的儿子或兄弟呀?"格里姆克指出,埃涅阿斯忘恩负义地背叛了狄多,又粗暴地杀害了图耳努斯(Turnus)。格里姆克补充道:"莎士比亚作品中的美足以匹敌荷马与维吉尔的所有作品……我敢肯定,《失乐园》(*Paradise Lost*)的魅力绝对抵得过《伊利亚特》《奥德赛》和《埃涅阿斯纪》加起来的总和。蔡尔德·哈罗德(Childe Harold)作品中庄严、丰富而美好的诗歌比半打《农事诗》加起来都多。"格里姆克认为,学生们要获得道德规范方面的教育,就应当阅读福音书、早期教父及新教改革家们的作品,而非学习古典文学作品。[27]

格里姆克并非唯一一位指责异教神话的人。在哈佛求学之时,乔治·班克罗夫特就把希腊神话说成"一个大染缸"。阿伽门农曾做过一件禽兽不如的恶事,将自己的女儿伊菲革尼亚(Iphigenia)作为祭品,去平息女神阿耳忒弥斯(Artemis)的怒火,后者的祭坛上继而"冒出了人血的气息"。(班克罗夫特未注意到,古时候反复讲述这个神话故事的希腊人同班克罗夫特本人一样,对以人作为祭品的做法感到害怕,他们称之为古代的暴行。阿伽门农本人正是因为这一极为可耻的行为而遭到自己的妻子及其情人的杀害。)班克罗夫特认为,神话腐化了人们的心灵,"破坏了人们的想象力",将恶俗的行为神圣化。托马斯·库珀(Thomas Cooper)曾担任南卡罗来纳学院院长,他对古典文学作品中"荒谬的行为、可笑的情节、粗鄙的描述及大量的色情"感到不满。他并不认为古代"那些过于不自然的裸体雕塑"体现了什么好品味,认为"那些顽强栖居于希腊与罗马土地上的人"只是"恶棍"。相反,库珀力促将科学研究作为谋求进步的工具。1825年担任总统期间,约翰·昆西·亚当斯以"异教神话意味太重"为由拒绝将赫拉克勒斯刻画在美国国会大厦的山形墙上,而代之以"一位持锚的人物'希望'——该形象源自《圣经》,描绘的是作为各类事件最高裁决者的希望之神;我们将这希望之神当作灵魂的锚,坚固又牢靠"。[28]

乔治·弗雷德里克·霍姆斯承认,现代世界比古代更加优越,部分原因在于基督教促进了谦逊与审慎,而后者又推动了科学的发展。因而,现代的历史作品更豁达;现代诗歌的情感更丰富;现代人对人性的理解更全面,更讲求实效,冒险性更少。对于希腊人,他写道:"男色关系等可耻的行为普遍存在,并且得到了法律的许可。整个古希腊时期的文学作品,尤其是被过分夸耀的柏拉图对话录中,都充斥着这方面的典故,或者干脆直接引用这些男色关系中的例证。作家们如此熟悉这些经常被引用的案例,证明人们通常并不认为此类行为是可耻的。"希腊宗教本质上是色情的,典型地表现为性行为放纵、欺骗、腐败、自负与贪婪。罗马人也不见得比希腊人好多少,将宗教放在从属于国家的位置,导致其内容贫乏、毫无新意,以致被基督教取代。罗马宗教是"国家机器下的一个畸形怪物……完全没有任何生气,没有自上而下的宗教热忱"。[29]

就连爱默生如此正统的基督徒、如此热爱古典神话的人,也讲到了某些希腊神的粗野蛮横。爱默生这样提及这些"毫无原则的强盗":"在希腊,此类人被下一代视作英雄,到了第三代成了巨人,到了第四代便成了神。"他还这样提及雅典:"此类每况愈下的境况,充分地表现为喜剧特征的接连变化,从喜剧确立之初的纯真到让阿里斯托芬的戏剧丢脸的粗劣。"尽管爱默生想要让女性也有机会学习古典文学,但他觉得应当将那些"有道德缺陷"的作品排除在外。爱默生将奥维德的诗歌归为"有道德缺陷"一类,却未将荷马与维吉尔的作品归入其中。[30]

出于对古典文学带来的负面影响的担心,1836年,福音派教会制度下的奥伯林学院的学生们请愿,要求取消拉丁语的学习。有些学生甚至焚烧了古典文学教材。一位发言人声称,"没有宗教信仰的古典文学"根本没必要阅读,因为"受上帝启发的先知们撰写的诗歌对心灵更有益,而对于大脑而言,这些诗歌的作用也至少不逊色于那些异教徒的作品"。事实上,就在两年前,这所学院的一位观察员刚刚若无其事地记录过:"首届毕业典礼上,人们发表了希腊语和拉丁语演讲词,并且通过对话,解决了要不要研究'死语言'这一争论不休的问题;结论获得了人们的广泛认可。"有鉴于此,这位发言人的该言论便显得格外惹人注目。这位观察员使用了"广泛认可"一词,明显意味着他认为古典语言应当继续得到研究。[31]

许多福音派人士像反对古代色情诗歌一样,激烈地反对古典雕塑家及其现代效仿者们创作的裸体雕像。按照约翰·昆西·亚当斯的说法,雕塑家路易吉·珀西科(Luigi Persico)"起初盘算着在美国国会大厦的山形墙上雕刻更多裸体雕像,但他被告诫说,美国的公众舆论不容许他这么做"。1847年,当霍拉肖·格里诺按照菲迪亚斯作品《宙斯》的姿态而创作的乔治·华盛顿巨型雕像被运送到美国国会的圆形大厅时,有些人就对雕像的半裸姿态感到不舒服。菲利普·霍斯(Philip Hose)鄙夷地表示:"华盛顿那么注重健康,根本不愿如此将自己暴露在这样连我们都无法把握的气候中。"至于雅克-路易斯·大卫(Jacques-Louis David)创作的塞米斯托克利斯画像,弗雷德里克·波尔谢写道:"对于在基督教影响下形成的文明而言,裸体是令人反感、使人蒙羞的。"同样,波尔谢这样评论海勒姆·鲍尔斯创作的《希腊奴隶》(Greek Slave),"戴项链的裸体女人并非令人赏心悦目的凝视对象"。波尔谢指责古典裸体形象的辩护者非常伪善:"我们不禁怀疑,美国最热情的古典主义者,若是看到自己的妻子、姐妹或女儿出现在大理石上——无论刻画出来的形象是普叙刻还是像鲍尔斯创作的珀耳塞福涅(Persephone)——他们会感到高兴吗?"1850年,鲍登学院(Bowdoin College)理事会同意出售该校复制的提香(Titian)作品《达娜厄与黄金雨》(Danae and the Golden Shower)与另一位艺术家创作的《仙女沐浴》(Nymphs Bathing)以保护学生,使他们免受"某些观众思维的影响,形成不好的品味"。事实上,多数大学艺术展览馆都用无花果叶来对古典主义雕塑进行了装饰。有些人还建议,如果要展出裸体艺术作品,那么男生女生应该分开来单独参观。[32]

对古典主义道德观的辩护

南北战争之前,另外一些美国人则对希腊、罗马及新古典主义艺术中的裸体表现形式进行了辩护。1821年,《查尔斯顿邮报》(Charleston Courier)极力夸赞约翰·范德林创作的《阿里阿德涅在拿索斯岛》,在该作品中,忒修斯的爱人赤裸着身子,表情安详地沉睡着,完全没有意识到忒修斯已经离她而去:"阿里阿德涅沉沉地睡着,表情甜美地斜躺着……看着范德林先生的这幅优美画作,所有富有品味、心思细腻之人,心中充满爱与美的学生,抑或见识过优雅作品的行家,都不免眼前一亮,陶醉于幻想之中,重新焕发出丰富的想象力。"如果说一个人家里悬挂的画作能够说明这家人品味的话,那么许多人家似乎同《查尔斯顿邮报》一样,对古典艺术中的裸体形式感到舒服。比如,1848年,纽约的理查德·海特(Richard K. Haight)家中有一幅绘画作品,画面的前端是虽然衣着艳丽但非常保守的维多利亚家族,而位于背景正中的则是该家族的一组裸体群雕,雕像中的三位女神彼此拥抱在一起。艺术作品及拥有这些作品的主人间的对比在这里再明显不过了,然而这个家族平静地似乎对此浑然不觉。[33]

《纽约镜报》(New York Mirror)艺术批评家甚至将道德争论的矛头一转,反过来声称对布朗(H. K. Brown)1846年创作的亚当雕像上的无花果叶感到反感。这位批评家写道:"看到布朗先生竟然这样侮辱纽约公众的道德品味,将一片无花果叶放到雕塑上面,我们感到非常遗憾,更别提对他们的审美品位有多愤怒了。这只可能是某个心思淫秽的人提出来的馊主意,我们相信他肯定觉得把这片叶子拿掉才更好。裸体人物是艺术领域的合法表现对象,我们相信,纽约公众品味高雅,肯定不会甘受这些人对他们品味与道德进行如此神经质般的诋毁,就像这片覆盖在雕塑之上的无花果叶似的。"这位批评家显然是认识到了《美第奇的维纳斯》创作者的心思:专门将生殖器遮盖起来,恰恰是将观众的注意力吸引到了身体上的那个部位。[34]

当然,美国的艺术家们也为自己的作品进行了辩护。1846年,在题为《不要惧怕优雅和美丽!》的文章中,霍拉肖·格里诺写道:"在我看来,对我们自身身体的欣赏体现的是一种虔诚的情感。"他想要领悟"这一高贵体态的非凡能力"。虽然"在这场欢愉的体验中,每个感觉器官都充分发挥了各自的作用",但就同对"冬日暖阳"的感激一样,身体是无辜的。他对"妓院绝技"的厌恶并不会导致他否认"在动作韵律中发现的魅力"。这是"女性向男人们展示的全部力量:强烈,因为它是一切力量之源;优雅,因为它是自然的;无辜,因为它是上帝创造的"。这是"不必为之羞愧的人性"。希腊人"忠于自己的眼睛","并不逃避事实"。海勒姆·鲍尔斯写道:"人的身体从来都是无辜的,因为它只是按照人的意志来行动。"[35]

爱默生对朋友格里诺创作的华盛顿雕像的半裸形态表示赞赏。爱默生曾经和约翰·卡尔霍恩一道,在这位雕塑家的邀请下,参加了一次令人印象深刻的展示活动,借着火把发出的光线来观赏这尊雕像;爱默生热情地表示:"我原本还以为这尊雕像很牵强,结果并非如此。"发现这尊雕塑与菲迪亚斯创作的《宙斯》之间的相似性后,爱默生又补充道:"这尊雕塑朴素而庄严,下身庄重地遮掩着,而上身裸露着,更显高贵。"爱默生认为这尊新古典主义雕塑起初被放置在新古典主义风格的国会大厦的圆形大厅里尤为合适,两者皆宏伟壮丽,相得益彰。爱默生曾对新古典主义与古典主义的裸体表现形式进行了区分:"现在的成人雕像形态丑陋,好在其被裹进了衣服里面,否则会玷污我们的眼睛。但菲迪亚斯创作的裸体成人却如孩童般迷人而庄重。"[36]

纳撒内尔·霍桑对于艺术作品中的裸体表现形式同样有着复杂的感受,认为裸体雕塑合适与否取决于艺术家所处的历史时期,以及雕塑意在表达的主题与态度。1858年,他在笔记本中写道:"人不再是裸体的动物,衣服如同他的皮肤一样自然,雕塑家没有权利除去他的衣服,就如同无权剥掉他的皮一样。"正因如此,他才无法容忍朋友海勒姆·鲍尔斯对裸体表现形式的钟爱。听到这位雕塑家抱怨称在路易斯安那议会委托创作的雕像上给乔治·华盛顿穿上衣服时,霍桑写道:"这家伙到底打算怎样对待华盛顿呀?这可是一位隆重地对待各种生活现实的最值得尊敬的、最正派的要人啊!有谁曾看到过华盛顿的裸体吗?简直难以想象。他从来不曾裸体过,我想,他出生时就是穿着衣服的,头发上涂了粉,一出世就优雅地鞠了一躬。他在各种场合的穿着也是他性格的一部分,雕塑家们在描绘他时,必须处理好他的着装。"不过,霍桑欣赏他在罗马见到的庞培的半裸雕像,认为这尊雕像虽然朴素但透着庄严,并且声称,鉴于其所体现的道德尊严,值得在梵蒂冈的所有雕塑展览馆里展出。更令霍桑着迷的是全裸雕像《美第奇的维纳斯》,该塑像描绘了在沐浴时被人发现而随即将自己遮挡起来的女神维纳斯。这尊精美的作品与提香创作的《乌尔比诺的维纳斯》(*Venus de Urbino*,1538)的区别在于,前者的羞怯神态令作品人物显得十分可爱,而后者刻画的维纳斯坐在沙发上的姿态却显得非常"淫荡"。对于《美第奇的维纳斯》,霍桑这样表示:"她的羞怯神态——在看到这尊雕像前,我并不喜欢所谓的'羞怯',认为那不过是羞愧的做作表现——部分程度上淡化了她身上的异教女神的光环,将她的形象变得柔和,成为一个女人……很高兴看到这尊维纳斯雕像,看到她如此柔弱与纯真。"[37]

在《玉石人像》中,霍桑似乎经由米丽娅姆之口,对所有的现代裸体作品发起了攻击,就连那些基于古典主题的雕塑也未放过。他声称:"似乎每一位年轻的雕塑家都觉得自己应该为世界创作一些不雅的女性样本,并且将她们称作夏娃、维纳斯、某位仙女或者某个其他名字,仿佛那样一来就可以解释这些雕像为何没有得体的衣着……因而,你必须坦率承认,艺术家若没有纯净的心灵,是无法创作裸体雕塑作品的,即便他只是迫不得已、满怀愧疚地偷偷模仿租借来的模型。在这种情况下,创作出来的大理石雕塑在纯朴性方面难免有所缺憾。"如果现代雕塑家"给大理石雕像人为地涂上暖色调",更会令作品失去其原本的纯朴性,这样一来,他所刻画的女神"便是假借裸体女性的名义对神的亵渎"。米丽娅姆还似是而非地补充道:"毫无疑问,古希腊雕塑家所塑造的模型是基于他们所看到的沐浴在阳光下、纯净而高贵的少女,因而古代的裸体雕塑像紫罗兰般腼腆,浑身洋溢着掩饰不住的美。"显然,适合希腊人欣赏的事物并不一定适合现代观赏者。[38]

正如霍桑的经历所显示的,某些富裕的美国人由于在欧洲待了不少时间,至少部分程度上习惯了古典艺术及新古典艺术中的裸体表现形式;因为在欧洲,艺术领域的裸体形象更为普遍。正如历史学家威廉·道格拉斯·史密斯(William Douglas Smyth)所言:"无论裸体艺术曾经多么令人不安,但前往欧洲旅行的南卡罗来纳人几乎都无法避开这一切。在欧洲,几乎每一间画室、每一个面包点心店或公园里都陈列着裸体形象。反反复复的接触有可能会削弱观者的敏感性。游客们对于欧洲人如此泰然自若地接受裸体表现形式感到惊讶。男男女女混杂在一起观看这些作品。即便有男士在场,女性观众们也会围绕在维纳斯或阿波罗雕像的周围,讨论这些雕像的长处。南卡罗来纳人渐渐变得习以为常。"同霍桑笔下的米丽娅姆一样,有些人理性地分析了他们对古典主义雕塑的热爱,声称冰冷而洁白的大理石不同于人类皮肤的温暖与色泽,会冷却观众的激情,而非激发他们的欲望。1835年,赞扬了安东尼奥·贾诺瓦创作的《维纳斯》后,南卡罗来纳人艾丽西亚·米德尔顿(Alicia Middleton)从佛罗伦萨写信称:"我们参观了不同的展览馆,欣赏了漂亮的绘画与雕塑;这些艺术作品若是出现在家乡,定会令我们感到震惊。"[39]

对古典道德观的辩护远不止对艺术作品中的裸体表现形式的辩护。传教士莱曼·比彻(Lyman Beecher)是那个时代最著名的信仰复兴运动活动家之一,他指出,国家的未来取决于其国人在哲学、逻辑学、希腊语、拉丁语及《圣经》等领域的训练。乔治·菲茨休更是否认现代基督教世界比古代无宗教信仰世界的道德更高尚,尽管导致这个结果的绝大部分原因在于商业化侵蚀了基督教教义:

> 我们自鸣得意地以为自己比古人更有见识、更有德行,然而,除了机械艺术之外,我们却在各个方面模仿他们。我们以为自己的心不像他们一样坚硬与无情,因为他们所乐见的角斗让我们充满恐惧。但我们同他们一样乐于听闻自己的国民赢得胜利;当我们听说在战争中被杀死的敌人数量更多时,我

们会更加兴奋。我们的神经脆弱得无法目睹将死之人的痛苦,但当我们听到他们死去的消息却会欢欣鼓舞。现在,我们的道德准则属于不折不扣的自私。古人被分为斯多葛学派与伊壁鸠鲁学派——分别对应于祭祀派(Sadducees)和保守派(Pharisees)的哲学观念。这两派所信奉的道德观都不及当下流行的政治经济观念所反复灌输给我们的那般低级、自私与奴颜婢膝。如若让我们放弃基督教道德观,生活在自己的道德哲学中,我们或许会羞于与历史上的任何一个时代进行比较。我们只有一套道德准则,即自私的道德准则;而古人往往拥有两套准则,其中一套是高尚的、克己忘我的、无私的。事实上,某种不信奉任何宗教的唯物主义已经流行了一个世纪,貌似有颠覆基督教的危险。但人是宗教动物。他的心灵可能会暂时紊乱与沮丧,可能会吹毛求疵,甚至怀疑上帝、永生与责任,但"令我们胆怯的"良知很快会迫使他相信,他生活在上帝创造的世界中……好在《圣经》比亚当·斯密的书更为普及。

菲茨休认为,《圣经》与古典文学是可以互补的,并且同样都很重要。在这方面,他同地处边陲的长老会教徒观点类似,历史学家路易斯·赖特(Louis B. Wright)曾这样讲过长老会教徒:"他们非常相信希腊与罗马在教化民众方面的价值,仿佛其所代表的便是神圣经典;当他们尝试着在教育领域将古典文学与《圣经》结合在一起时,他们确信自己已经找到了通往文明与精神救赎的途径。"[40]

就连曾经强调现代科学与技术优越性的霍勒斯·曼也将某些

古人视作道德典范,支持运用经典故事来培育人们的良好品德。1840年,霍勒斯·曼写道:"就其本性而言,苏格拉底与华盛顿都满怀滚烫的激情,但神圣的正义感、责任意识以及仁慈心肠压抑了他们的热望……一旦被排在良知与神圣意志之后,这些性情便将激情转化为我们的热忱,将力量转变为我们的努力。"为督促建立并扩大学校图书馆,霍勒斯·曼写道:"当一个孩子阅读并理解了达蒙(Damon)和皮西厄斯(Pythias)的生死之交、阿里斯提得斯的诚实正直、雷古勒斯的忠诚、华盛顿的纯朴、富兰克林无往不胜的毅力,他的思维方式就会从此变得不同,这辈子都会有不同的作为。"[41]

还有些人争辩称,古典哲学并不像人们通常所以为的那般与基督教教义相去甚远。比如,某些古典哲学家就相信灵魂不朽。长老会牧师威廉·麦加菲在其出版的一本读物中,就收录了艾迪生《加图》一书中的某个段落,讲的是加图就灵魂不朽展开的柏拉图式的思考;其后不久,加图为躲避被恺撒抓捕而自杀。乔治·菲茨休发现,恺撒在参议院面前反对处死喀提林的同谋时,已偏离主题开始攻击灵魂不灭信念,他写道:"与恺撒相反,西塞罗抽出法律之利剑与众神之雷霆之火来打击背叛者。在温泉关,列奥尼达计划实施当时人类道德所能想到的最英勇行为之前,与手持利器的同伴们共饮,邀请他们第二天迎接新生活的另一场盛宴。"对于斯多葛学派,菲茨休这样写道:"布鲁图和那些同自己荣辱与共的卓越阴谋家们也属于那个崇高的斯多葛学派。该学派极其尊重人的尊严,其对美德的追求之狂热,即便放在英雄主义语境下也显得十分极端。斯多葛学派挽回了因恺撒继任者们的罪行而受损,又被人们的忍耐而推波助澜的人性的荣誉。"康涅利乌斯·费尔顿认为,雅典悲剧作家们的某些作品已接近了基督教教义:"在道德准则问题上,他们已达到无宗教信仰者所能取得的纯朴的最高境界……在'诗歌热'兴起的某些时刻,就连无宗教信仰的人也勃发了激情的灵魂,似乎将无知、脆弱与怀疑的面纱撕成碎片,突然间理解了被传统模糊掉,却在基督教启示的阳光普照下建立起来的那些真谛。"詹姆斯·桑韦尔是南卡罗来纳学院的一名教授,他写道"亚里士多德的作品与《圣经》教义的接近性十倍于威廉·佩利(William Paley)的作品;西塞罗作品与福音书的密切关系十倍于所有功利主义者的作品",因为古人明白"所有的美德都是真理"。桑韦尔补充道:"亚里士多德清晰而稳健地指出了人类在义务层面的认知与实践之间密不可分的联系,毫无疑问,他是所有古人中最早领悟到这一点的,领先于各个以基督教教义为基础的时代,目前依然领先于某些自称基督教教徒之人。"[42]

爱默生经常强调古典哲学与基督教教义间的相似性。事实上,在这方面,他远远超过了多数基督教人士;他写道:"今天,典型的基督教徒,就连牧师,也满足于成为西塞罗时代或安东尼统治时期的优秀罗马人。对无宗教信仰者的美德这一中等程度的标准感到满意,意味着上帝的最后启示并非极为迫切的需要;因为先前的道德准则显然已经足够,古典哲学中已包含着灵魂不朽的鲜活梦想。经过了柏拉图有关道德准则的对话,以及西塞罗有关该话题的演说,这显然已经不是罕见的信仰问题了。说真的,我们难以想象,拥有知识的人若是缺乏道德准则该如何度过这一生;毕竟,生命本身就是个难解之谜,若是我们必须给它一个稳定而简单的解释。"事实上,尽管爱默生曾经指出,基督教教义比斯多葛学派更强调谦逊与爱,因而更加高尚;但在另外一个场合,他却声称他更偏爱古典哲学,因为哲学家们的道德准则并非源于任何有组织的教派或圣言的约束。爱默生认为古希腊智者同他本人一样,既是一神论者,也是上帝一位论者:"'上帝只有一个'这个观点同有神论一样,由来已久,虽然还不及后者那般普遍。除了圣史之外,人类思想领域的古老记录也参与了这一传统的缔造……柏拉图和亚里士多德不仅本人是一神论者,而且郑重其事地声明他们的信仰古已有之。"爱默生引用亚里士多德的话说:"上帝只有一个,只不过由于其带来的效应不同而获得了不同的称谓。"爱默生这样讲到阿那克萨哥拉:"他最早宣称,宇宙的各种现象之间是有严格关联的——这些现象构成了一个整体,其中一个秩序占主导地位;并且该整体观念假定,有一个灵魂主宰着一切。"[43]

爱默生声称,有些希腊哲学家同基督教徒一样,相信造物主的存在。他引用了柏拉图关于创世的说明:"让我们来揭示最高主宰者创造并构建宇宙的原因吧。他是出于好意,心存好意的人是不会嫉妒的。他从不嫉妒,希望世间一切都如他本人一样尽善尽美。任何接受过智者教导的人都应该承认,这是世界起源与创立的根本原因;明白了这一点,便掌握了真理。"爱默生还引用了希腊物理学家盖伦有关手与脚的言论:"在解释这些事情时,我觉得自己仿佛在为我们体格的伟大设计师谱写一首庄严的赞歌。我认为这一过程体现了真正的虔诚,远超过宰杀公牛进行祭祀,或焚烧最昂贵的香料;因为我本人首先得通过他的作品去了解他,随后再通过同样的方式将他引荐给别人,告诉他们这个人多么有智慧,多么善

良,多么富有力量。"⁴⁴

爱默生最喜爱的作家普鲁塔克相信灵魂不灭、命运天定与天道正义。事实上,爱默生还引用了普鲁塔克对将诸神描述为失德者的传统故事的批评:"我情愿人们说'没有普鲁塔克这样的人',而不是说,有这么一位普鲁塔克,孩子一出生便将他们都吃掉,就像诗人们所讲的萨图尔努斯那样①……当你心中确信,除了正确地看待众神之外,你既无法提供,也无法实施任何更符合众神心意的行为,那么你便不会再迷信,因为再大的罪过都不及无神论。"爱默生声称,普鲁塔克的《道德论集》中包含的"有关灵魂不灭的论断,比柏拉图《斐多篇》中的相关论述更美妙、更鼓舞人心,因为普鲁塔克总是站在人类而非抽象的玄妙的角度来探讨此类问题"。意识到普鲁塔克观点与基督教教义的相似性后,爱默生写道:"他的所有见识都是崇高的。与伊壁鸠鲁一样,他认为做善事比接受别人行善更能带给人愉悦。"⁴⁵

以上便是基督教教义与古典哲学的相似之处,爱默生甚至反复讲到一个普遍的基督教概念,即上帝在准备让这个世界接受基督教的时候,就已经运用到了古典哲学。他在多个场合写道:"斯多葛学派是基督教的先驱。"爱默生激动地总结道:

---

① 西班牙浪漫主义画派画家弗朗西斯科·戈雅曾创作名画《农神吞噬其子》,画中描绘了罗马神话中的农神萨图尔努斯(克洛诺斯)正在吞噬自己的孩子。传说,在世界起源之时,大地女神盖亚与天空之神乌拉诺斯交合生下巨神萨图尔努斯(克洛诺斯)。萨图尔努斯(克洛诺斯)长大后用大镰刀阉割了父亲并将其杀死,成为凌驾于诸神之上的王者。然而萨图尔努斯(克洛诺斯)一直对父亲的临终遗言——"你也会被自己的孩子所杀"——耿耿于怀。为了打破预言,他不得不将自己与妹妹兼妻子瑞亚生下的五个孩子接二连三地吞进肚内。

第六章　基督教

我宁可做一名"秉持过时信仰的异教徒",也丝毫不愿战战兢兢地否认或掩饰自己从希腊艺术、诗歌或美德中所得的收获。当然,我情愿自己的收获更多一些;但如果只有一点儿,这也是我自己的过错,与他们无关。但是,如果一个人在栩栩如生地表现那些拥有非凡智慧及如阳光般狂热而英俊的绅士的生平时——这些传记作品所记述的故事,既有阿格西劳斯、福基翁、伊巴密浓达的英勇轶事,又有神圣殉道者苏格拉底如基督一般的死亡;还有影响了各个世纪、考验着最崇高智者的柏拉图紫色光芒——接受这些人物的影响,心中充盈着严苛但富有人性的美之精神,从而左右着他所讲的语言、实施的行为、雕刻的样式,甚至塑像的每一个姿势、长袍的每一个褶皱,言语之间却仿佛一切都无关紧要。那该是多么令人遗憾啊![46]

尽管约翰·昆西·亚当斯在对待基督教教义方面更加循规蹈矩,但他同意爱默生的观点,认为古典哲学与基督教教义在许多方面是一致的。对于柏拉图,亚当斯这样写道:"他有关诸神存在与本质的论断、灵魂不灭的认识以及因果报应的观点仅次于基督教教义。"亚当斯尤其欣赏柏拉图的"新颖独到"的观点,即"精神本质上是单一的,并非复合概念,因而不太容易被分解"。亚当斯认为柏拉图的第二部《亚西比德后篇》是"一部有关祈祷者责任与目标的绝妙专著",不过他补充道:"耶稣本人在向信徒们讲述的简短祷词中已包含了所有需要询问上帝的内容。"与之类似,西塞罗也"从灵魂的本性出发"证明了灵魂不朽。1813 年,亚当斯写道:"在对幸福的追求方面，没有什么可与基督教教义相比拟，但是，抛开这些而论，苏格拉底和西塞罗式的道德哲学是世上最高尚的人类行为体系。其基本原则已超脱了一般意义上的人性弱点，基督教教义同样如此。他们认为德行本质上是自我抑制的结果，基督教教义同样如此。它将完美视作人生的目标，人类必将以实现该目标为己任。基督教同样如此。事实上，完美典范并非像基督所塑造的那样，甚至也不像苏格拉底所提供的那般。然而，他和西塞罗以及许多持该哲学信念的人，的确取得了值得高度赞扬的实际美德。"不同于伊壁鸠鲁主义，柏拉图主义是值得赞扬的，虽然在许多方面仍然不及基督教教义，比如其对于"灵魂先于身体而存在"的暧昧态度以及处事当中体现出来的冷漠态度。（亚当斯对于苏格拉底喝下从毒芹中提取的毒药，"即将与自己的妻子和孩子永别时表现出来的冷漠"而感到困扰。）亚当斯觉得，柏拉图的《斐多篇》中最值得称道的其实是柏拉图并未特别强调的西米（Simmias）的观点："将灵魂不朽牢牢地确立为上帝的特殊启示，是有必要的。"忘记自己曾经对希腊罗马神话持保留意见的亚当斯声称，古典文学与基督教教义和谐统一，导致他始终觉得"轻视希腊语和拉丁语的学习就是对《圣经》的不虔诚，而对《圣经》的不恭也不利于希腊语和拉丁语的学习"。[47]

托马斯·迪尤也认可古典哲学与基督教教义间的相容性，尤其是考虑到神的统一性。迪尤写道："西塞罗讲到了管理宇宙的单一法律以及单一上帝，就像人的灵魂给予肉体生命，也控制着肉体一般。塞涅卡让我们知道，给予众神的不同名称只是描绘了自然之神在其作品中呈现给我们的不同特征。普鲁塔克认为自己同样是类似的情况——就好比太阳虽然在不同的地方被赋予不同的名称,但它是全世界所共有的;因而,主宰世界的只有一个最高灵魂——虽然被赋予了不同的名称——这位最高主宰再将权力分别授予其他公使。"就连某些早期的希腊人,如苏格拉底与阿那克萨哥拉,留给人们的印象也是"认为只有一个神"。迪尤总结道:"显而易见,哲学同真正的信仰是相协调的,而无知则会导致偶像崇拜与迷信。无知导致造物主被分割为多个数之不尽的神,而哲学与理性则将他们集中呈现为一个永恒的、高贵的、至高无上的神,如同基督教徒们所崇尚的上帝。"[48]

伊丽莎白·皮博迪及其朋友玛格丽特·富勒试图将希腊思想中的某些元素与基督教教义结合起来。1849年,皮博迪在其杂志《美学论文》(*Aesthetic Papers*)中呼吁进行这样的整合。她写道:"希腊人敢于直面生命中的困境——那是生命中的难解之谜——并且毕恭毕敬地躬身应对。"皮博迪记录了富勒和哈佛校长乔赛亚·昆西的妻子伊丽莎·昆西(Eliza Quincy)之间的一次交流,这次交流反映出富勒对于希腊神话的认识:

> 昆西夫人怀疑这些传说对于开明的希腊人是否具有重要意义,并且认为这些传说不过是老百姓们粗俗而不健康的迷信……一想到基督徒们竟然欣赏那些无宗教信仰的希腊人,她既感觉惊讶,又有一丝恐惧……富勒女士解释称,自己所讲的一切都是有依据的。她无意回到古代。她相信,基督教文明比之前的任何文明都拥有更深刻、更高级的文明元素,但基督教文明尚处于发展初期,而希腊文明则已到达其巅峰。她

不能把某个伟大民族智者的思想说成一系列虚妄的幻想。这些神话传说与神仙类型都是对某个已经将政治及审美生活变得不朽的民族普遍的宗教情感、渴望或智力行为的尊敬与理想化。所以,我们应该带着尊敬去理解它,收起我们自己对它的蔑视。

然而,需要注意的是,富勒并非其所处的那个时代正统的基督教多数派代表。有一次,她曾讲到《旧约》与希腊神话是可以相互替换的,称两者都是"神话,分别讲述的是希伯来人和希腊人的故事"。[49]

在畅销历史小说《芝诺比阿》中,威廉·韦尔坚称,基督教教义与罗马美德的综合体已经产生,并且对西方文明产生了积极的影响。罗马人的冷酷与对城邦的虔诚需要有一支对抗性力量来加以缓和,于是产生了基督教中所谓的"来世"。韦尔将罗马人的美德描述为男性特征,而将基督教道德描述为女性特征。因而,西方文明受益于两者的混合,其中既有勇敢,又包含了柔韧。韦尔写道:"罗马元素得到了净化,而基督教则加入了斯多葛学派的力量与罗马的俗世现实主义。这一综合既反对了性放荡,又抵制了禁欲热。"[50]

与同时代的许多美国人一样,詹姆斯·弗尼莫尔·库珀也能接纳古典的异教徒,称众神只不过是表现了唯一上帝的不同特征,而不是像多数早期的基督徒们那样,将众神解释为为了带坏人类而假装成神仙的恶魔。同南北战争之前的许多美国人一样,库珀并不认为万神庙是一个崇尚魔鬼的所在,而是神性的普遍呈现。

这座建筑"宏伟的拱顶"与圆形开口,将一个人的思想提升到了另一个境界:"这是最契合灵魂的物理形态,我们可以从这座拥有无限威力、至上庄严及尽善尽美的殿堂里获得对我们意识产生至深影响的资源。浩渺无边的空间就是永恒性的最佳范本。"库珀表示,尽管这座神殿拥有这样的名称("Pantheon"在希腊语里表示"众神"),但墙上壁龛的数量并不足以容纳异教徒信奉的所有神灵,因而这座神庙实际上敬奉的是唯一的神,而"所有的神性特征都集中在这位神身上"。毕竟,"我们有理由假定,众神本身只是代表了无限权力与无尽卓越的多个不同层面"。库珀刚刚出版了作品《草原》(*The Prairie*),在这部作品中,地处边远的居民纳蒂·班波(Natty Bumppo)双眼盯着头顶的苍穹,也表达了相同的神性观念。库珀认为,在激发人们对造物主的虔诚方面,万神庙是仅次于自然的灵感来源。[51]

继续携手前行

同先辈们一样,南北战争之前的多数美国基督徒敏锐地察觉到,从基督徒的视角看,古典文学存在一些道德缺陷,但是这一意识并未阻止他们崇敬古人、阅读欣赏古典文学、引用古典文学中的典故、倡导将古典教育作为他们这个新共和国生存的必要条件。约翰·昆西·亚当斯虽然相信基督教教义在道德层面的优越性,但他仍然督促牧师们好好研究古典文学。他认为古典文学是新教牧师构思优秀布道词所必须掌握的:

牧师们若想称职地完成自己的使命，仅凭胡乱堆砌是没有用的。阅读古典文学可以让他读懂原版经文圣典，熟谙父辈的作品，熟悉古希腊和古罗马的哲学家、诗人、历史学家及演说家，这对他来讲并非毫无益处的学习。如果基督教的牧师们运用基督的讲话语言（实际上，基督讲的是阿拉米语，而非希腊语）与基督徒们的书写语言，只是为了将支离破碎的希腊语片断整合成一篇布道词；如果教授道德准则的老师们不能从毕达哥拉斯与柏拉图的语言中获得充足的养分；如果基督教演讲者不能从亚里士多德、昆体良、狄摩西尼及西塞罗的箭囊中获得一支利箭，问题肯定不是出在他的研究对象身上。如果他的灯没有发出亮光，那不是因为灯里没有油，而是因为他将光芒遮挡了起来。

亚当斯以身作则。如果某一天你看到他正在将原版的希伯来语十五行诗翻译为英文诗，或者正在翻译奥维德笔下菲利斯（Phyllis）写给得摩丰（Demophon）的信件，不必惊讶，那正是他的生活常态。[52]

多数美国人认为，共和国必须将基督教的虔诚与古典世界的共和主义结合起来。如果说他们的愿景不再是成为塞缪尔·亚当斯所讲的"基督教版斯巴达"，那么他们现在盼望的就是成为基督教下的雅典。在为南卡罗来纳州斯帕坦堡的沃福德学院（Wofford College）奠基时，威廉·怀特曼（William Wightman）牧师这样提及其新古典主义建筑："我们将这片漂亮的小树林作为文艺胜地……这座建筑将按照意大利建筑风格来建造——这种风格尤其适合我们的氛围。建成后,这幢建筑将成为美国公共建筑中最高贵的建筑样式,吸引着前来这个欣欣向荣的小镇参观的游客的目光,成为这一带最著名的观光景点。"但他又补充道:

> 共和政体只适用于明智而有德行的民族!古代人号称拥护共和政体,当然,是按照他们自己的方式,其中许多堪称我们当代的典范。但他们现在何处?他们难道没有自己的文明吗?没有经过打磨与提炼吗?各类文学作品、演讲词与艺术作品难道没有给他们的民族带来更好的选择吗?那些时代的文学创作不是被公认为最纯粹的样式典范吗?……那么这些国家为何会毁灭,他们的政府为何会瓦解?答案是,尽管这些古代共和国的智者非常聪明,但是没有得到真正宗教的灵光启发。公众的心里并未得到那些基本的、永恒的、不可或缺的道德原则等的重要影响,而这些原则恰是一切社会生活与民族发展的基础,关系着拥有自由制度的民族能否取得繁荣。繁荣激发了奢侈,而如若没有建立在得到广泛拥护的真正宗教基础上的补救性措施加以制约,奢侈又会导致普遍的行为堕落。于是,这些民族都衰败了。

这一教训是显而易见的:一个共和国若想长久,必须将共和原则与基督教信仰结合起来。[53]

丹尼尔·韦伯斯特赞成自己同时代绝大多数人的观点:如果美国想要避免共和国先例们的命运,就必须将古典共和主义与基督教教义相结合。在1852年发表的最后一次演讲中,韦伯斯特宣称：

> 要我说啊，如果我们及后代都能做到忠于基督教，始终敬畏上帝、遵守上帝规定的戒律，维持道德情操、责任意识，同时把握好自己的思想与生活，那么我们国家的未来就有希望。如果我们能维持那些超越了所有赞誉、胜过以往所有政治联合先例的政府体制与政治联盟，至少有一点可以肯定：虽然我们国家向为数众多的历史艺术大师提供了创作资源，但她不会成为爱德华·吉本可资利用的话题。我们国家不会衰亡，而是会继续繁荣下去，赢得更大的荣耀。但如果我们及后代拒绝宗教的教导与权威，违背永恒正义的规则，轻视德义的训谕，鲁莽地破坏将我们凝聚在一起的政治体制，那么，谁都无法预料我们会遭遇怎样突如其来的厄运，将我们的一切光荣都毁于无形。

韦伯斯特的演讲词中讲到了爱德华·吉本（Edward Gibbon），此人曾得出过一个备受争议的结论，即基督教的兴起是罗马帝国衰亡的主要原因之一。[54]

多数美国人认为，要规避古典主义中的道德退化问题，并不应该禁止研究古典文学，而应当删除其中有伤风化的语句。康涅利乌斯·费尔顿注意到，以古人不符合基督教的高标准道德规范为由来批评那些生活在基督教兴起之前的古人们是不公平的，因而，他又补充称，希腊作家们"可以不受有伤风化之类的指责"，而罗马诗歌则见证了一个"放荡而粗俗时代的发展"。他总结道："所以，我们可以这样告诉学者们：对贺拉斯与奥维德的作品进行删节，直到书中没有任何下流思想；放心吧，这丝毫不会妨碍你对古典宗教信仰的探究。"维多利亚时代的编辑们就是这么做的，他们将奥维德作品中略显色情的段落从学校课本中剔除，这些段落是所谓的"道德极严格的"清教徒们碰都不碰的。就连一些相对温和的段落也被进行了修改。比如，在奥维德的《变形记》中，普罗塞耳皮娜将花朵拥入怀中，而在托马斯·布尔芬奇修改后的版本中，普罗塞耳皮娜将花朵裹进了围裙。布尔芬奇向读者们保证他对古典神话的修订是值得放心的："此类故事或故事中的某个部分太过唐突，有损于人们的纯真品味，使人丧失美好的品德。但此类故事很少有人提及，即便偶然被提及，英国读者也不必为不了解而感到屈辱。"布尔芬奇是一位典型的基督教徒兼古典学者，两年前，他出版了《希伯来抒情诗史》(*Hebrew Lyrical History*)，试图将《圣经》中的《诗篇》放到其产生的历史情境中，供主日学校的师生去学习。[55]

霍桑向出版商保证，自己的作品《为少女少男写的奇书》收录的都是神话："当然，我会去除古老的无宗教信仰者的所有不道德行为，在切实可行的场合加入道德元素。"霍桑并不认为这种做法有何不妥，认为神话的普及性使其成为各代人反复加工的合理对象："没有一个时代敢声称这些不朽的传说是他们创造的。这些神话似乎从来不是由人们创作出来的，当然，只要有人存在，神话便不会消亡；但是，从神话本身的不可磨灭性来看，各个时代都有权利为它配上当时的行为与情感，赋予其那个时代的道德观。"霍桑作品《探戈林故事》中的叙述者欧斯塔塞·布赖特（Eustace Bright）声称，这些发源于人类诞生初期的神话故事在奥维德所处的腐败时代遭到扭曲,而他所做的一切就是将这些神话恢复到原始的童真状态,以便于让自身所处时代的孩子们阅读。霍桑写道:"那些有伤风化的特征似乎是寄生在故事中的,与原始神话并没有必然的联系……因而,这些故事(不是借助于叙述者的勉强努力,而是与其内在精髓相一致)会自我转型,并且重新呈现出其在世界诞生初期应有的模样。"霍桑改写过的有关普罗塞耳皮娜的神话,将其表现为一个遭到普鲁托(Pluto)绑架的小姑娘,而普鲁托绑架她的原因并非出于情欲,而只是想听听那对小脚丫踩在他家楼梯上时发出的噼啪声。[56]

如果编辑未对古典文学作品进行恰当的审查,学校官员便会出面干预。在对古典文学进行辩护时,天主教主教约翰·英格利希发现,所有明智的学校都对希腊语和拉丁语作品进行了修订,以根除其恶性影响。[57]

同先前的各个时代一样,南北战争之前,古典文学虽然遭到了基督教教徒们的批评,但还是幸存下来了。哪怕是在奥伯林学院,古典学课程也于19世纪50年代被恢复;于是,到了1858年,ΦΔ学会(Phi Delta Society)针对此类问题进行了辩论,辩论的主题包括"古希腊体育运动的复兴是否有利于当前的心理与道德环境"以及"古希腊与古罗马时代是否比当下更利于诗歌创作"。同先前的清教徒们一样,南北战争之前的牧师们都爱援引亚里士多德和保罗的名言。希腊复兴建筑样式无论在纽约西部的传教胜地"焦土之地"(Burned Over District),还是美国其他地区,都一样深受喜爱。[58]

两千年来,西方文明这驾马车始终由两匹马驱动着,一匹是古典文学传统,一匹是基督教传统。虽然两匹马偶尔会驶往不同的方向,但总体来讲都是沿着理性与德行之路前进。就连约翰·亚当斯与约翰·昆西·亚当斯也曾因耶稣(父亲持自然神论,而儿子则坚持正统论)的神性而发生过争吵,但他们都认可"登山训众"的崇高理念,认可希腊与罗马古典文学的美与历久弥新的价值。[59]

第七章　奴隶制

南北战争之前,美国南方人为了保护奴隶制,除了借助《圣经》之外,也诉诸其他重要的西方经典文本,如希腊罗马文学作品。民主制度在南北战争之前的美国的快速发展,并非导致南方人对雅典的观念有别于美国建国者们的唯一原因,后者认为城邦制太过民主,是不稳定的。还有一个因素在于雅典可被用来支持南方人的论断,即奴隶制是一个具有正面意义的好制度。讽刺的是,当雅典人最终获得了两千多年来由于其政治平等主义而始终被否定的名望时,这一名望的获得,至少在南方,部分程度上是基于其社会的不公平性。对此,多数废奴主义者回击称,奴隶制是雅典及其他古典共和国的最大缺陷;他们还援引了古典主义中的自然法则理论来作为佐证,美国建国者等现代共和主义者就是从该理论中发展出了自然权利理论。

具有正面效应的奴隶制

随着英国、法国及美国东北部的工业革命不断加剧,再加上伊莱·惠特尼（Eli Whitney）创造的轧棉机极大地提升了棉花萃取的效率，巨大的棉花市场将农作物转化成了真金白银。与此同时，北方日益激烈且彻底的废奴运动进一步加剧了南方的戒备性。在这样的防备情势之下，南北战争之前，更没有几个南方人敢像乔治·华盛顿、托马斯·杰斐逊、詹姆斯·麦迪逊、詹姆斯·门罗、乔治·梅森（George Mason）等其他来自南方的建国者一样，声称奴隶制就算存在不当，也实属无奈，除非重新在非洲开辟殖民地。这些建国者的观点，逐渐被政治家与社会批评家们的观点所取代；后者认为，保护奴隶制的最佳方式是发动进攻。乔治·菲茨休将这一观点总结为："应当将奴隶制视作一项积极的好制度，而非无奈的不当之举。"[1]

奴隶制与古典共和国

奴隶制的鼓吹者认为雅典是一个理想的社会，在这里，奴隶们的劳动令公民们有可能实现政治平等。正如来自佐治亚州的参议员罗伯特·图姆斯在1853年所讲的："公民的自由与家庭奴隶制从一开始就是相伴而生的。"同雅典人一样，斯巴达也对公民与强迫劳动力（农奴们能获得一半农作物，严格意义上来讲，他们属于劳动者，而非奴隶）进行了严格的区分，实现了公民间粗略的经济平等。事实上，在赞扬过来库古阻止斯巴达公民参与手工劳动，从而将手工劳动规定为农奴的义务之后，托马斯·迪尤写道："我们无须在南方制定任何法律来确保这一效应——这种效应是从我们的社会体制里自发产生的。"但雅典的民主政治体制、自由市场经济及公民个人自由使其比斯巴达更受青睐，成为南北战争之前美国南方人的首选模式。斯巴达政治体制的特点是将土地分配给全体公民，公民从生到死都要接受国家的教化，这一体制令美国的自由主义者感到厌恶。所以，美国人倾向于效仿雅典的体制，其平等性体现在政治领域，而非经济层面，并且雅典人重视家庭的完整性与表达的自由。迪尤的观点听起来类似于亚里士多德，他批评斯巴达将幸福置于其次——事实上，幸福是"我们奋斗的伟大目标"——而将爱国主义作为首要目标的做法："我们应该爱国，因为爱国可以给我们带来幸福感。但来库古提出的制度让人们牺牲个人幸福去热爱国家，并吃苦耐劳，这是将手段变成了目的。"迪尤还补充称，斯巴达的杀婴制与约定俗成的苟合等行为是不符合道德规范的，斯巴达人"未接受过仁慈、友善与宽容等方面的调教"。[2]

我们可以从那些到古典历史中寻找有利于奴隶制的证据的诉求中依稀感觉到观点的差异性。有些最基本的参考文献只是提到了奴隶制的普遍性，其言下之意是，凡是普遍的一定是正常的，因而便是好的。另一些略为高级的引文强调称，奴隶制是令人仰慕的古风，暗指所有古老而持久的必然都是正常的，因而是好的。还有一些更高级的论断则指出，既然被绝大多数美国人视作值得尊敬的希腊人与罗马人都拥有奴隶，那么奴隶制必然是好的。这一论断发展到极致便是：希腊与罗马光彩夺目的文化成就，以及与古典共和国密切相关的自由及政治平等，都是奴隶制积极效应的证明。对古典共和国的有效利用，为支持奴隶制的南方人提供了强大的心理支持。正如历史学家约瑟夫·贝里根所讲的："立志成为另一个雅典后，南方人渐渐萌生了巨大的政治文化责任感。她

第七章 奴隶制

要令自己的经历变得高贵,行为变得富有威严……现在,她对自己生活方式的保护似乎是在抵御野蛮人,抵抗那些不尊重雅典和南方价值观的人……鉴于奴隶制的合乎常理性,威廉·劳埃德·加里森(William Lloyd Garrison)等废奴主义者便显得更加疯狂,更加危险了;仿佛他们不只是怠慢了统计数字或作品,而且是在玩弄自然本身。"[3]

鼓吹奴隶制的南方人声称,古典共和国人民对自由的热爱、公民间的平等、国家的稳定以及学术和艺术成就,都归功于奴隶制。乔治·菲茨休写道:

> 奴隶制提升了那些穷苦白人的地位,因为这种制度使得他们不再像北方的穷人一样处于社会底层;他们不再是家仆、受雇用的散工、拾荒者及仆人,而是享有特权的公民,就像希腊罗马的公民一样;在他们的下面,还有大量更卑微的阶层。在奴隶制社会中,一个白人并不会凌驾于另一个白人之上,因为大家即便拥有的财富数目有差异,但在权利上是平等的……虽然我们认为,所有的政府都关乎权力,但我们认为,统治阶级应该具备一定的规模,这样才能充分理解各个利益群体,并设身处地地代表该群体的利益。希腊罗马的主人们正是立足于此,所以才产生了旧式的英国贵族,才有了南方的白人公民。假如不是所有白人都像希腊罗马公民一样属于主人阶层,拥有公民独享的特权,那么他们便无意确保这种权利的延续,甚至会扰乱公民权利,导致其变得无用与卑微。

菲茨休还写道:"我们南方从不需要白人奴隶,因为我们有黑奴。我们的公民,同罗马及雅典公民一样,是享有特权的阶层。我们应该训练并教育他们配得上这些特权,承担起社会赋予他们的责任……成为一名南方人是一项殊荣,就像以前的罗马市民一般。"他又补充道:"废奴主义者称,穷人被忽略,是奴隶制造成的必然结果之一。这种情况在雅典不存在,在罗马也不存在,在南方更不应存在……我们应该给所有公民提供有尊严的职业,并且要求他们全部参与司法管理与政府管理,培育并提升他们的精神情操。因而,我们应该像希腊罗马一样,安守清贫,因为成为一名弗吉尼亚人比拥有财富或荣誉更值得骄傲。"托马斯·迪尤写道:"有人声称,奴隶制不利于共和精神,但整个世界历史证明,情况远非如此。在自由精神的光辉最为闪耀的古希腊和古罗马共和国,奴隶的数量远比自由人多得多。亚里士多德及古代的伟人们相信,奴隶制对于保持自由精神的活力至关重要。"[4]

绝大多数南方人都支持这一观点。在《南方评论》中,莱加列斗胆表示,罗马奴隶制的无处不在使贫穷的自由人堕落成为"无原则的蛊惑民心的政客们的利用工具与同谋"。莱加列补充道:"古罗马的塔西佗也注意到了奴隶制对劳动阶级所产生的同样效应,格拉古采取的'改革'措施主要就是为了弥补这方面的弊端——某些情况下,这一弊端似乎与家奴体制脱不了干系。"莱加列或许认为,"某些情况下"这一说法为他提供了充分的掩饰。同样,路易莎·麦科德也让作品中的盖约·格拉古这样讲道:

牧羊人与农夫,

离开人口剧减的乡村，

给富人们的奴隶腾出空间。[5]

但莱加列和麦科德都不是废奴主义者。他们只不过是想强调，拥有奴隶的共和国若想成功，必须拥有大量的土地拥有者。贫穷的自由人必须有机会获得土地，有了土地就不会受到贵族欺压，否则他们便会揭竿而起，推翻奴隶制与共和政府，使国家落入恺撒般独裁政府的控制之下。为此，多数南方人尽管对于格拉古所使用的某些"蛊惑人心的"手段有些担心，但是赞成他们通过重新分配土地、恢复罗马共和国自耕农的尝试，虽然这一尝试命运多舛。乔治·弗雷德里克·霍姆斯敏锐地指出，格拉古从未打算从根本上破坏奴隶制。南北战争之前的南方人必须借鉴罗马共和国的致命错误，不要将希望寄托于让极少数人拥有经济基础。[6]

多数南方人也认为，奴隶制除了在公民中创造了平等意识与同伴之谊外，也给古代共和国带来了有利的守旧性与稳定性。提到这些社会，菲茨休承认："他们害怕变革，因为担心发生危险的暴动。"他还补充称："摩西、来库古、梭伦和努马都创建了各自的制度以延续自己的政权，责令人们不许去改变这些制度，并且运用宗教圣言作为掩护，抵御未来有可能出现的亵渎神灵的变革措施。"同样，南卡罗来纳学院的希腊文学教授威廉·里韦尔斯表示，雅典禁止一切与现行法律相冲突的政治提议。里韦尔斯声称，如果美国采用这种模式来保护"奴隶制及其在提升国家品格方面的效应"，而不是跟着废奴主义者去取消奴隶制，那么这个国家将会拥有和平与繁荣。如若不然，则会遭遇"共和国的不稳定"，从而导致暴政。政治上的稳定性，再加上基于"国家自豪感"的"对自由的热爱"，对于共和国的成功至关重要。里韦尔斯声称："鉴于以上特征，没有一个民族比我们更像希腊人。"[7]

最重要的是，倡导奴隶制的南方人指出，是奴隶制催生了智者的天才与艺术成就。菲茨休这样提到奴隶制：

> 我们一面感慨古代共和国在物质科学领域的无知，一面又得感激希腊、罗马、埃及、犹太，以及其余古代杰出城邦，感谢他们所取得的近乎奇迹般的伟大繁荣与高度文明……高度文明与家庭奴隶制不仅同时存在，而且具有因果关系。每位了解过古代历史与文学的学者都明白，希腊与罗马从这种制度中收获的只不过是品味、休闲及滋养头脑与心灵的方式。假如他们能够将这一制度与北方人的劳动理念相结合，他们或许已经创造出一位持"省一分是一分"观念的富兰克林；他们或许也已培育了持功利主义观点的哲学家，将赚到的每一分钱都用于投资。但这种观念绝不可能创造出诗人、演说家、雕塑家或建筑师，也绝不可能发展出高尚的情感，取得辉煌的战绩，创造出艺术品……历经时间考验而孤独地留存下来的罗马与希腊艺术遗迹、多立克立柱与哥特式尖肋拱顶，同样都证明了曾经施行过奴隶制的社会的品位、天赋与能量……大西庇阿和阿里斯提得斯、卡尔霍恩和华盛顿都是在家庭奴隶制下诞生的伟大人物。

他还补充称："人们通常以为，古代那些宏伟而经久不衰的建筑结构是奴隶制的产物。在机械艺术并不发达，人们也不知道通过何种方式来节约劳动力时，修建这些建筑所必需的劳动强度与持续时间只能由主人对奴隶的专制权威来保证。"（显然，菲茨休并不知道，雅典卫城的神庙是通过自由劳动建造起来的。）菲茨休的言下之意是，雅典人的教育是以奴隶制为基础的："我们应该像雅典人一样，成为世界上受教育程度最高的人。当我们将白人运用到机械艺术、商业、专业技能等领域，而让黑人从事农业生产及粗糙的机械操作，我们就可以以一种恰当的方式实现那一目标。"[8]

另一些南方人也赞成菲茨休对奴隶制效应的分析。托马斯·迪尤写到，诞生了来库古、狄摩西尼及西塞罗等伟人的古代奴隶制社会，"从来没有一刻松懈过主人与奴隶间的纽带"。同样，乔治·弗雷德里克·霍姆斯也指出，奴隶制社会造就了品达、修昔底德、柏拉图与亚里士多德等人。罗马奴隶主"征服了世界，为后面几个时代制定了法律，为现代文明与现代制度奠定了基础"。霍姆斯补充称，导致古代城邦衰退的罪魁祸首是腐败，而非奴隶制。[9]

路易莎·麦科德以家长制模式为纽带将南方与古罗马联系起来；家长制模式认为，主人应当像父亲对待孩子般对待奴隶。在《卡尤斯·格拉胡斯》中，她让盖约这样讲：

> 每种身份的人都有其应有的权利。
> 奴隶需要寻求主人的支持。
> 我们可以要求他们劳动，
> 也可以款待他们，
> 我们舒服与否决定着他们的命运。

> 如果环境使他们必须接受我们的统治，
> 我们就应当保护他们；
> 他若下贱地逃避，
> 就等着成为被压榨的奴隶吧。

主人与奴隶间的这种责任与情感意识从两方面看都行得通。麦科德明确指出,盖约的奴隶菲洛克拉底（Philocrates）是在保护他的时候牺牲的,并非为了逃跑。而且,麦科德认为,种植园女主人的母性关怀,同男主人的父亲式权威同样重要。她认为自己对待奴隶们就有着科尔内利娅一般的母性光辉；当被问及为何不佩戴珠宝时,她回答道:"有两百个孩子的女人根本买不起珠宝。"这显然是影射科尔内利娅将自己的两个儿子当作珠宝展现给别人的知名典故。[10]

有些南方人甚至将北方文明与南方文明割裂开来,进一步强化了南方与希腊罗马的联系。德鲍声称,"一切历史都表明,世界文明自南方而来"。他这里所指的是,"希腊罗马的南部奴隶制城邦为世界带来了古代的各种文明、艺术、文学、法律与政府"。到了19世纪50年代,已经忘记自己先前曾经抨击过古典教育的德鲍,试图劝说南方家庭派年轻人前往教授古典文学与经文圣典的南方高校学习,而不是报考北方的高校；他认为,北方高校宣扬的是废奴主义。德鲍写道:"庄严而可敬的教授们离开了讲台与书桌,去签署并散布煽动性的政治演说,用步枪代替了欧几里得著作或《圣经》,在堪萨斯区域发现了比阿提卡或巴勒斯坦以往赋予他们的更经典、更神圣的土地。"等到1861年,菲茨休甚至更加荒谬地试图将那些原先就驻扎在现美国南部的殖民者追溯至古罗马人,而将北方的殖民者追溯至盎格鲁-撒克逊的农奴。然而,令一些南方人感到焦虑的是,他们发现希腊与罗马都是被文明程度更低的北方敌人(分别为马其顿人和日耳曼人)征服的。正如一位作家1855年在《南卡罗来纳日报》(*Daily South Carolinian*)中所写的:"如果说希腊历史中的某个时期特别重要,带给我们南方人不容忽视的影响的话,那恰恰就是记载北方强敌逐步摧毁希腊自由的那段时期——这是马其顿的腓力所提议而由亚历山大来完成的……只要希腊还在,联邦制下的南方各城邦也就都在。我们也面临着来自北方的威胁,我们也应遵照传统,去捍卫我们的自由。"[11]

亚里士多德——南方的代言人

如果说雅典是多数南方人所鼓吹的奴隶制社会的典范,那么亚里士多德就是他们最喜爱的代言人。在《政治学》(*Politics*, 1.2)一书中,亚里士多德指出,有些人生来就该当领导,而有些人生来就是要服从:"由于智慧超群而具有远见卓识,天然就是成为统治阶级与主人的要素;由于身体强健而能胜任体力劳动,则是成为被统治者的要素,这便自然形成了奴隶制城邦。"正如灵魂应当统治身体一般,具有更高智慧的人就应当统治具有更好体力者。亚里士多德将奴隶制与人控制动物、成人控制儿童、男性控制女性等普遍规则结合起来,认为此类权力关系同样是天然存在的(尽管他认为,男性对女性的驾驭更像是政治家对公民的关系,而非君主控制臣民)。奴隶制既是天然存在的,并且也是对奴隶有利的(1.5)："有些人的作用就是利用他们的身体,体力劳动是他们的最大贡献,这类人天生就是奴隶;对他们来讲,最好的办法就是被人统治,就像我先前讲到过的所有地位略低的对象一般。"主人与奴隶的差别,不只在于主人拥有更高的智慧(尽管亚里士多德承认,在实践中,奴隶有时候比其主人更加聪明),而且在于主人更热爱自由。亚里士多德有一回甚至含蓄地表示,那些甘愿成为奴隶的人,非但不愿过独立的生活,而且对于成为共和国公民所必需的自由毫无热情:"因为他天生就是奴隶,能够从属于另一个人,所以他的确从属于其他人。"同柏拉图相似(见《理想国》,5.469—470),亚里士多德有时似乎认为,奴役希腊同胞的确不对,但至少奴役某些野蛮人是可以的——这一信条对亚里士多德的学生亚历山大大帝起到了作用,帮助他征服了波斯帝国。几百年来,全美国的奴隶主们都将亚里士多德对奴隶制的保护当作了强大的武器。[12]

南北战争之前的南方人也不例外。1840 年,约翰·卡尔霍恩曾建议一位年轻人学习古代史,"阅读几部有关政府的基础性论著,其中亚里士多德的著作是最棒的"。(但卡尔霍恩对于《联邦党人文集》里的文章并非全都喜欢。他喜欢其中支持混合政府的部分,而讨厌他们鼓吹建立一个强大的中央政府的论断。)1855 年,乔治·菲茨休读完亚里士多德的《政治学》后,震惊地发现,自己多年来一直在抄袭亚里士多德的思想却不自知。菲茨休在写给乔治·弗雷德里克·霍姆斯的信中表示:"我发现自己不仅采用了他的理论、观点、例证,甚至使用了他所用的词句:社会是自然的产物,并且在不断发展中。人同蜜蜂一样是社会性动物,孤立的人就像一只猛禽。人与社会是同步的……我过去一直以为自己拥有超凡脱俗的思想，现在却发现自己只不过是在兜售各种老生常谈与司空见惯之事。"菲茨休补充道："放眼整个世界，我们的权威只会令人厌恶，而同样的道理从亚里士多德的嘴里讲出来，再配上他的名号，便能够在2000多年里始终受到人们的赞扬与青睐。"菲茨休称亚里士多德为"古代最睿智的哲学家"。菲茨休唯一不赞同亚里士多德的是，这位哲学家将人类刻画为天生的理性动物；菲茨休与之相反，他认为，正是由于人类从根本上讲是非理性的，所以才必须借助于宗教与传统的稳固性力量。他总结道："（独立于权威当局的）《圣经》是迄今为止人类的最好导师，目前依然如此。其次便是亚里士多德。"¹³

除了卡尔霍恩和菲茨休外，南北战争之前还有许多南方人也诉诸亚里士多德。乔治·弗雷德里克·霍姆斯写道："随着对亚里士多德的研究越来越深入，我愈发感觉到，除了现代化的、基督教化的亚里士多德学派，没必要再去探究其他哲学流派。同13世纪时一样，亚里士多德目前仍然是一切'饱学之士之师'。"霍姆斯赞赏亚里士多德强调经验主义多于意识形态系统建设，欣赏他为了创建逻辑学而对人类推理的全部范畴与方法进行的探讨。托马斯·迪尤写到，亚里士多德不同于贵族出身的柏拉图，"既不特别偏好，也不过分反对民主制度"。对于亚里士多德，迪尤还补充道："他总是本着真正的哲学精神在写作……他是一位真正的不偏不倚的目睹者，能够在获得丰富的体验之后，站在双方的立场进行写作。"威廉·格雷森（William J. Grayson）在《德鲍评论》中写道：

卡尔霍恩先生的座右铭是，除非劳动阶层是奴隶，否则不可能存在民主政府……这一观点并不新鲜,早在2000年前即已产生。这句名言非但不是由卡尔霍恩先生"首次提出",而是同亚里士多德一样古老。在《政治学》一书中——该书应该成为所有南方高校的教科书——亚里士多德极尽语言之能事,清晰有力地强调了这一格言,即一个完整的家庭或社区必须由自由人和奴隶共同构成。他的论述对象是民主政体。他还坚持指出,奴隶应当是野蛮人,而非希腊人;这也正是卡尔霍恩先生现在所讲的让黑人担当南方奴隶的好处,因为野蛮族群足够强壮,并且听话,能用来干活。这个命题,无论是奴隶制本身还是由什么人来充当奴隶,确实都是这位希腊哲学家提出来的。

格雷森没有注意到的是,无论亚里士多德对"野蛮人"(非希腊人)存在多少偏见,他对希腊人与野蛮人间的区分,都是基于文化层面,而非种族层面。[14]

尽管如此,亚里士多德的"天生奴隶"概念依旧非常符合鼓吹奴隶制的南方人,他们只需对这一概念进行种族化,便可服务于自身的目的。卡尔霍恩在作品《论政府》中的口吻听起来与亚里士多德颇为相似:

> 那么,将自由强行释放给那些并不适合拥有自由的人,非但不是福音,反而会成为祸害,因为此举带来的反应会直接导致混乱——成为一切祸害之首。事实上,除了自身境遇及高级智慧与道德赋予人们的自由之外,谁都无法长久地享受更

多的自由……以为所有人都同等地拥有自由权,这是极其错误与危险的。自由权是要靠争取才能获得的回报,而非无缘无故地施舍给所有人的福音——这种奖赏属于那些聪颖的、爱国的、道德高尚的、值得拥有自由的人,而不是施舍给那些无知、堕落、邪恶,既无法理解也无法享受自由的人的福利……所有旨在扩大自由范围、获得更多自由的尝试,都被证明是失败的,最终获得的都是失望。任何民族,自由范围的从低到高,其进程必定是缓慢的。

通过对美国黑人的智力与道德能力的全盘否认,卡尔霍恩将黑人转换成了亚里士多德所讲的"天生奴隶",从而否认他们拥有同南方白人一样的反抗"多数人暴政"的权利。在另外一些场合,卡尔霍恩还谈到了坚持"所有人生而平等"的杰斐逊原则及其对废奴主义者的影响:"现在,我们开始体会到让如此重大的错误在《独立宣言》中占据一席之地的危害。许久以来,这一错误观点处于休眠状态;但随着时间发展,这股力量已经开始萌发,并带来了危害。"15

菲茨休赞同美国黑人是天生奴隶的观点。他声称:"雅典式民主显然并不适合黑人民族,只讲法律的政府也不能满足个体黑人的需要。他只是一个长大了的孩子,就得被当作孩子来管理。"有些时候,菲茨休并不将美国黑人比作孩子,而是将他们称作野人,这是不适合自治政府的另一类人。他写道:"希腊人与罗马人滥用了野蛮人这一术语,但我怀疑他们是否真的见过野人。希罗多德说野人是没有脑袋、胸脯上长着眼睛的人,却丝毫未讲到过长着黑皮肤与卷发的人。"（正如我们后面会看到的，希罗多德其实讲到过埃塞俄比亚人，那是他非常钦佩的一个人种。）事实上，菲茨休暗示的是，非洲人才是真正的"天生奴隶"，与希腊罗马奴隶属于不同的范畴："有观点认为，黑人奴隶制比其他形式的奴隶制更接近奴隶制的本义：黑人并不适合从事机械艺术、贸易及各类技术活，使得这些职业只能由白人去完成，因而不会像在希腊罗马一样，给所有产业蒙羞；但在希腊和罗马，奴隶不仅可以担当艺术家与技师，还可以从事商业活动。"[16]

南北战争之前，北方先验论者拥护柏拉图，而南方人则偏爱亚里士多德——他认为家庭单元是随着人的受教育程度而同步扩展的——更胜过他的导师柏拉图，其《理想国》一书捍卫的是社会主义，主张让孩子脱离自己的父母（至少在精英阶层如此）。菲茨休将废奴主义者与柏拉图等乌托邦空想家们进行了对比，认为现实主义的亚里士多德在智慧方面已远超空想家。菲茨休开玩笑地写道："比摩西和亚里士多德更明智的现代废奴主义者们认为，所有人都应是自由的。"他还写道："社会主义者从斯巴达及其他古代城邦中得出了摒弃或限制使用金钱的观念；他们提出的社会发展计划几乎也可以追溯至这些古代先例。柏拉图借鉴这些先例，产生了自己的哲学思想，随后，社会主义者又从他的作品中获得了那些理念。"尽管社会主义者对无约束的资本主义的反对是有道理的，但他们的解决方案却是不切实际的。菲茨休也偏爱亚里士多德的性别观念，而不喜欢柏拉图的（柏拉图允许有天赋的女性进入统治阶层），指责柏拉图还煽动了迅速发展的女权运动。在菲茨休看来，自然本身受到了以社会主义者、女权主义者及废奴主义者运动等形式表现出来的现代柏拉图主义的攻击。《公民大会妇女》(*Assemblywomen*)是阿里斯托芬在公元前392年创作的一部荒诞剧;剧中,雅典人将政府交到了当时着手推行社会主义的女性手中。讲到这部作品时,菲茨休写道:"这大抵能真实地反映出北方及西欧的各种态度,只不过我们现代的社会主义者比黑人共和党人及意志坚定的雅典女性更为荒谬,对神灵更为不敬。"尽管如此,菲茨休还是心存疑惑:"雅典人的腐败与女人气未必是脱胎于柏拉图所极力主张的格里利①(Greeleyite)主义式的论断,而亚里士多德那完备而自然的哲学也未必会造就亚历山大的品格与其无往不克的马其顿人。"(此处,菲茨休推翻了南方类似于雅典,而北方类似于马其顿的惯常理解。)柏拉图曾提出"让丈夫、妻子与孩子共同投身于某项公共事务中",而亚里士多德则认为维持家庭状态是城邦的第一要务。[17]

南北战争之前,另外一些南方人也同样表达过他们对亚里士多德的偏好超过柏拉图。1838年,一位署名"南方人"的作者在《南方文学新报》中巧妙地陈述了南方人的观点:"亚里士多德是知识最渊博的古代哲学家之一,我们可以放心地求诸他;我们更有信心,在当前这个功利主义的铁器时代,他的物质论比柏拉图所崇尚的精神理论更受欢迎。亚里士多德明确表示,'从万物起源开始,处于自然状态下的人类家族中,就必然是有人发号施令,其他人遵

---

① 霍勒斯·格里利(Horace Greeley),美国著名报人、政治活动家、《纽约论坛报》创办者。他反对奴隶制,视蓄奴制为奴隶主攫取联邦权利的阴谋和自由进程的阻碍;他发动了一系列社会改革运动,他的言论深得人心,凡是他反对的议题,都被他冠以"主义"的名号以引起注意。

从',主人与用人之间的这种差别既是天然存在的,又是不可或缺的;我们发现自由人与奴隶之间存在这种关系,但事实上,规定了这一区别的并非人,而是自然本身。"十年之后,该杂志的另一名作者这样讲到柏拉图与亚里士多德:"前者更喜欢沉湎于纯粹而高尚的想象世界,有时会在自己那享有盛誉而微妙的思考中迷失了自我。后者则致力于对更有利于同胞的对象进行解析与讲述,而不是着眼于抽象的意识领域,因而拥有更好的判断,获得了更大的成功。"《德鲍评论》的撰稿人麦考利博士认可这一观点,称亚里士多德为"有史以来最伟大的一位智者……多少个世纪以来,其哲学思想始终当仁不让地左右着人们的心灵"。[18]

奴隶制的鼓吹者站在亚里士多德一边,对抗的不仅是不切实际的柏拉图主义者,也包括他们所认为的废奴主义的另一个根源,即托马斯·霍布斯(Thomas Hobbes)和约翰·洛克(John Locke)的"自然状态"假设;按照这一假设,自治个体享有完全的自由与平等,并且这种权利应优先于社会与政府。约翰·卡尔霍恩将这一错误假设归咎于杰斐逊同样错误百出的信条,即"一切人生而平等"与"所有人都拥有造物主赋予的不可剥夺的权利"。卡尔霍恩采纳了亚里士多德的有机社会概念,这样评论洛克所讲的"自然状态":"这种状态从来不曾存在,也不可能存在,因为它与人类这一种族的生存和延续是相矛盾的。"正如亚里士多德所声称的,人既是社会动物,也是政治动物。无论从历史上看,还是从重要性次序来看,社会都优先于个人。人类非但不是生而自由与平等的,反而"既要服从于父母的权威,又应遵从其所在国家的法律与制度,他们自这个国家出生,从呼吸第一口空气起就在接受这个国家的保护"。尽管如此,卡尔霍恩同所有的美国人一样,不愿彻底否定个人自由的重要性。相反,尽管他否认个人拥有不可剥夺的权利,但他坚持认为,每个社会都应给予人们与其智力及道德能力相一致、与该社会外部敌人所构成的威胁程度相匹配的最大程度的自由。卡尔霍恩从消极(洛克)与积极(亚里士多德)两个层面定义了政府的角色。严格意义上讲,政府的目标应该是:既"保护公民免受来自内部的不公正、暴力与混乱,抵御来自外部的威胁",又"开发上帝赋予人们的能力、智力与道德"。从这个意义上讲,卡尔霍恩既是一位现代意义上的共和党人,又是一位古典共和党人。[19]

同卡尔霍恩一样,乔治·菲茨休也更偏好亚里士多德的有机社会概念,胜过霍布斯和洛克的自然状态概念。菲茨休写道:"人当然是群居的社会动物,是借由出生与本性而受制于对自由的约束,而非像洛克及其追随者们所假设的那样通过契约或协议;而这种约束是确保人类在自身所属领地的安居乐业所必需的,为其获取真正的自由提供了便利……这便是2000多年前形成的亚里士多德的理论,2000多年来始终被视作真理,我们希望,这一理论很快能再次被当作有关政府与社会的唯一正确理论。"菲茨休继续写道:

> 亚里士多德对这一话题有着透彻的理解,这个观点在他自身所处时代似乎被人们很好地理解了,因而他解释与阐述起来不费吹灰之力。他从家庭出发着手论述政治学与经济学,首先将奴隶阐释为家庭的组成部分。他认为,社会生活对于人类来讲,同对于蜜蜂和兽群一样都是自然的;由丈夫、妻

子、孩子与奴隶组成的家庭首先就是该社会属性自然发展的结果。既然城邦由各个家庭组成，一个完好健康的整体也不可能由堕落的零散部分构成，为此，他将论述的重点放在了家庭教育与政府方面。要是现代的政治家、哲学家及政客们也能够像亚里士多德一般注重实效，在确保自己用以建筑社会政治体系的素材已足够完好之后再来谈建设，那该多好啊！[20]

按照菲茨休的讲法，古典美德正是建立在这一理解之上。菲茨休声称："那个时代，最崇高、最有教养的人所引以为豪的并不是成为自私冷漠的个体，而是成为热衷于为社会与国家服务的公仆。在古代，个人无足轻重，而城邦高于一切。即便如此，在那个个人主义、社会契约、自由放任等学说尚未兴起的时代，这种体制依然孕育出了前所未有的崇高个体……"[21]

菲茨休声称，现代美国有幸拥有完善的体制与实践（共和政府与奴隶制），但不幸的是，政治理论尚不理想（尽是洛克的无稽之谈）。菲茨休声称："人们从未像我们一样拥有如此睿智而崇高的制度，因为该制度将罗马、希腊、犹太及中世纪英格兰的诸多优点集于一身。但不幸的是，我们政治格言与原则的荒谬性却在很大程度上抵消了我们政治活动的智慧与稳健。"[22]

菲茨休争辩称，英国与美国北方的工业制度只是一种新的更残酷的奴隶制形式。他提出："英格兰式的自由，同在罗马与希腊一样，过去是，现在依然是少数人的特权，而非多数人的权利。但是在罗马、希腊及美国南部各州，多数人虽然失去了自由，但他们能够获得保护。在英格兰，大众既无自由，亦未得到保护。"的确，工厂的工人,不同于奴隶,可以从一个地方挪到另一个地方,但他们只是从一个绝望的场所挪到了另一个惨淡的处境。菲茨休还挖苦道:"能移动也不过如此。"但他的分析忽略了一个事实,即南方的种植园,非但不是不受他所谴责的商业行为影响的欢畅的田园诗般的安全港湾,事实上,这些种植园本身就是大型商业企业,其主要客户正是他所鄙视的纺织厂。菲茨休还争辩称,现代社会主义类似于奴隶制,因为两者都试图修正自由放任的资本主义的弊端,建立社群主义制度,维护社会稳定。[23]

废奴主义者与古典共和国

多数废奴主义者回应称,奴隶制是雅典的最大缺陷。历史学家大卫·布里翁·戴维斯(David Brion Davis)曾写道:"假如文化成就不是因为奴隶制这一从道德层面来讲罪恶的实践而产生的,那么多数历史学家与古典主义者会倾向于忽略古代奴隶制,或将之归结为与希腊罗马荣光无关的可耻缺陷。"1847年,法国人亨利·瓦隆(Henri Wallon)发表了第一份关于古代奴隶制的综合性研究成果,他这样提及希腊罗马文明:"不好的方面在于直接产生了奴隶制,而好的方面在于自由。"在此观点基础上,威廉·劳埃德·加里森以笔名"阿里斯提得斯①"来撰写文章,因为他认为雅典人是公正的典范,并且引用了狄摩西尼的名言。弗雷德里克·道格拉斯(Frederick Douglass)通过研究1832年版《哥伦比亚演说

---

① 阿里斯提得斯(Aristides),一位雅典哲学家。

家》(*The Columbian Orator*)中收录的爱德华·埃弗里特的新古典主义演讲词进行学习,他骄傲地称波士顿为"美国的雅典",当然,他也表示,奴隶制是雅典垮台的原因。道格拉斯争辩称:"希腊已经消失,除了优美的艺术与辉煌的建筑,她的生命已不复存在……各国历史留给我们的教训是,社群的生存或毁灭并不取决于外在的繁荣……拯救这些社群的不是艺术,而是忠诚。"同样,奴隶制带来的奢靡之风也搞垮了罗马帝国:"锦衣玉食、好逸恶劳、奢侈享受,都会拖垮人的勇气、意志与进取心!"奢侈造成了娇气,继而又导致了文明的衰败,这一观念本身就是古典时期的一句名言。南北战争期间,道格拉斯在一篇旨在倡导联邦陆军调用黑人部队的题为《一致对外,平复叛乱》的演讲词中宣称:"埃及、巴勒斯坦、希腊与罗马都受到过警告。但他们未加以重视,结果都消亡了。"偏见使得这些城邦未充分利用好他们的所有公民。[24]

　　道格拉斯还利用埃及对希腊的影响来反驳"肤色浅的人比肤色深的人更聪明"的论调。他指出:"希腊与罗马都向古埃及汲取了文明的养分,而欧洲人与美国人又经由希腊与罗马受益于古埃及人……毫无疑问,古埃及人不是白种人,他们的肤色同本国那些被认为是天生奴隶的人一样黑……埃及人曾经比希腊人更先进,希腊人又优越于罗马人,罗马人优越于日耳曼人,日耳曼人优越于撒克逊人,而现在,盎格鲁-撒克逊人却吹嘘他们比黑人及爱尔兰人更优秀。"[25]

　　道格拉斯并非首位以这种方式论证埃及对希腊影响的人。1833年,莉迪娅·玛丽亚·蔡尔德(Lydia Maria Child)写道:"众所周知,埃及是古代世界最伟大的知识学堂。埃及是天文学的诞生地……最早的希腊历史学家希罗多德告诉我们,埃及人都是黑人。这一事实一度饱受争议,人们意见相左。在这个问题上,希罗多德当然是掌握了这一事实的最佳证据,因为他曾前往埃及旅行,通过亲自观察获得了对这个国家的了解。"这里所指的是希罗多德作品《历史》(Histories, 2.104)中的语句,在这部作品中,希罗多德把埃及人称作"黑皮肤、头发像羊毛"的人。蔡尔德补充称:"就连骄傲的希腊人也表达了对埃塞俄比亚人的尊重,甚至可以说是敬畏,并且由此衍生出了最崇高的神话。"她注意到,现代白人对美国黑人外貌的非难集中在文化层面,这是由于黑人作为奴隶,地位低下所造成的结果。她引用了希罗多德(3.11)的话说:"埃塞俄比亚人比其他地区的人更长寿、个子更高、容貌更美。"[26]

认为埃及人是黑人的并不仅限于废奴主义者。霍桑甚至给统治埃及的马其顿女王克莱奥帕特拉(Cleopatra)塑造了一副非洲相貌。在《玉石人像》中,他对自己在小说中虚构的雕塑家凯尼恩(Kenyon)表示赞赏,称赞他准确地描绘了克莱奥帕特拉:"这位雕塑家并未刻意回避她的努比亚(Nubian)式厚嘴唇与其余埃及相貌特征。他的勇气与正直得到了回报;因为如果他不敢直面事实而选择温顺的希腊式相貌的话,克莱奥帕特拉就无法展现出如此丰富、温暖而无与伦比的美丽。"霍桑对这个虚构雕塑的描述是基于威廉·斯托里创作的某个真实雕像。[27]

历史学家大卫·维森(David S. Wiesen)注意到了基督教与古典传统对废奴主义者的影响力。维森写道:"最强烈的奴隶制反对者总是先表明自己愿意接受基督教熏陶,继而摆出自己与古典传统的关联——无论是在历史事实方面或者接受最好的古典教育的能力方面——并以此为基准,证明黑人在获取文明方面的天然禀赋。"事实上,废奴主义者偏向于将某些美国黑人掌握的古典文学知识作为整个种族智力的证明,这种倾向往往又会鼓舞黑人们加强这方面的学习。美国重建时期,布克·华盛顿(Booker T. Washington)对这些刚获得解放的自由民"如饥似渴地学习希腊语和拉丁语"颇为惊讶,他认为,这种学习的狂热源于一个普遍存在的信仰,即"对希腊语和拉丁语的了解,无论多少,都能造就一个非常优秀的人;这种认识几乎已接近于迷信"。[28]

南北战争之前,废奴主义者始终致力于将逃跑的奴隶描绘为古代的英雄。1837 年,《反奴隶制记录》(Anti-slavery Record)将逃跑奴隶们的逃跑行为比作公元前 401 年希腊人在色诺芬的领导下从波斯帝国的心脏撤退,并且解释称:"逃离强大的敌人,同征服敌人一样,往往需要同样的勇气与指挥才干。"1856 年,一位名叫玛格丽特·加纳(Margaret Garner)的逃跑奴隶,在即将被一伙携带武器的人抓获时杀了自己的孩子,以免眼睁睁地看着他们再次沦为奴隶;艾伦·威尔金斯·哈珀(Ellen Wilkins Harper)发表了一首诗歌,将她比作罗马的英雄。哈珀还补充道:

> 罗马圣坛的背光处,
> 也可能藏匿着疲惫不堪的奴隶。

这句话影射的是罗马人允许受到虐待的奴隶前来圣所寻求庇护。还有一些废奴主义者将加纳比作弗吉尼厄斯(Virginius),后者因为不愿目睹自己的女儿弗吉尼亚(Virginia)沦为奴隶而将其

杀死。²⁹

就连最激烈的希腊罗马文明批评者查尔斯·萨姆纳也禁不住为古代几位不太知名的奴隶制批评者所吸引。萨姆纳承认，欧里庇得斯、柏拉图和亚里士多德都支持奴隶制，甚至补充称，希腊文明"尽管在外人看来拥有帕特农神庙等不朽建筑，看似光辉灿烂，但就同那个庄严的神庙一样，内部却是漆黑一片，极为阴郁"。不过，他很快又表示："我们从亚里士多德本人的作品中了解到，在他生活的那个时期，就有人——古雅典时期，破坏治安的废奴主义者——毫不迟疑地坚持认为自由是最高的自然法则，否认主人与奴隶间存在任何差异；同时宣称奴隶制是建立在暴力而非权利基础之上，主人的权威不是自然赋予的，也是不公正的。其中一位最令人不安的雅典人针对这一巨大错误而抗议称'上帝创造的都是自由人，自然没有规定任何人作为奴隶'。"萨姆纳称，后面讲到的这位雅典人就是阿尔西达马斯（Alcidamas），此人是莱昂蒂尼的诡辩家高尔吉亚（Sophist Gorgias）的信徒。萨姆纳补充称，这些雅典人的反奴隶制声明同现代反奴隶制会议上提出的论断如出一辙。他甚至荒谬地指出，荷马也反对奴隶制，因为这位诗人曾写道（按照亚历山大·薄柏的翻译）："朱庇特明确指出，人一旦沦为奴隶，其价值便会折半。"³⁰

萨姆纳虽然抨击罗马奴隶制，但他赞扬罗马实现的更高级道德原则。他声称："赋予罗马共和国生气的自由精神是自私而偏狭的，只是增加了罗马公民的特权，却丝毫未顾及其他人的权利。但是，与希腊人不同的是，罗马人理论上承认，依据自然法则，一切人生而自由；主人之所以能够驾驭奴隶，并不是因为所谓的种族差异，而是由于社会意志。当他们动用武力取得成功后，便将大批被征服者纳入到自己的奴役之下。"事实上，萨姆纳似乎认为，罗马人的残酷是因为罗马奴隶制，而不是反过来，因为罗马人残酷才有了罗马奴隶制。萨姆纳首先声明，"罗马奴隶泰伦提乌斯和斐德罗告诉我们，人的天资并不会因为悲惨的被奴役处境而有所损毁"，随后他又补充道："历史上最正直的奴隶主'监察官加图'的作品向我们表明，将人当作牲口的体制，会使人变得麻木不仁。"这样看来，就连古典道德观的主要抨击者查尔斯·萨姆纳也觉得需要把罗马人描绘为受害者，而非祸害别人的人，尽管他们是自作自受。[31]

爱默生也以类似的方式将自己的导师爱德华·埃弗里特对1850年《逃亡奴隶法案》（*Fugitive Slave Law*）的支持，归结为古典文学对他的影响在减少。爱默生写道："那些老学究们必然会问他，你有关自由的种种宣言，以及对垂死的狄摩西尼的誓词，难道毫无真诚，全是哗众取宠的空谈吗？"但爱默生并不认为虚伪是埃弗里特及其他北方政治家们变节的原因，他给出了另一个不同的解释："他们从阅读西塞罗、柏拉图与塔西佗的作品中习得的一切，都在他们结交坏朋友的过程中被麻痹了……他们现在对丹尼尔·韦伯斯特的谄媚态度，就如同后者在面对里士满和查尔斯顿的上层人士时一样。"多年的从政经历，再加上对南方奴隶主的妥协，腐化了这些北方的政治家。值得注意的是，无论是爱默生的理论、有关伪善及政治学的腐化影响的假说，都未被归咎于狄摩西尼、西塞罗、柏拉图或塔西佗，这几人的笔下都有过对自由的赞美之词，历来为生活在拥有奴隶的社会中的北方政治家们所喜爱。从情感上讲，爱默生及其他废奴主义者对于指责同时代的政治家们伪善相对来得容易些,而将同样的指责放到备受尊敬的古人身上则困难得多;因为鉴于他们自己所持的废奴主义思想,如果指责古人伪善,往往意味着在他们社会化过程中所依据的整个古典自由传统从一开始就是虚伪的。[32]

废奴主义者针对古典文明的攻击基本上都是围绕着古代奴隶制而展开,很少跳出该范畴而指出更深层次的残酷性。19世纪30年代,安杰利娜·格里姆克(Angelina Grimké)在其文章《对南方基督教妇女的呼吁》(Appeal to the Christian Women of the South)中提到,为了反对奴隶制这一道德层面上的罪恶行径,南方女性必须做好承受痛苦的准备,就像基督教门徒们在罗马人控制下经受痛苦一般。格里姆克这样讲到那些殉道者:"在罗马这个骄傲的世界霸主那里,殉道者们大声呼叫着将这一制度的恐怖说给那些崇拜偶像的、制造战争的、拥有奴隶的群体。这些殉道者被四肢摊开地绑在刑架上烧死,受到尼禄之徒的鄙视与消遣,而他们被涂了沥青的燃烧着的身体为何竟能发出一道照亮罗马首府的光芒?……因为他们敢于讲真话,打破这个国家不公正的法律,宁可同上帝的子民一样去承受痛苦。"她的女性身份并未豁免她向南北战争之前的南方——这个新的罗马政权——讲出基督教真相的义务:"罗马女性被烧死在刑柱上,她们柔弱的四肢被圆形露天竞技场里残忍的野兽一片片撕裂,并遭到愤怒的野牛的抛掷,而这一切都是为了供那些崇拜偶像、喜欢制造战争、拥有奴隶的人们来消遣。的确,在没有宗教信仰的罗马,女性所遭受的迫害十倍于其他地方;尽管如此,她们依然毫不退缩,坚定地保持着顽强的意志力。来自朋友的恳求、新生儿的呼唤、敌人的冷酷威胁都无法使她们对罗马偶像讲出哪怕一丁点儿的奉承话。"（斜体字表示原文中有强调。）同样，在威廉·韦尔的《芝诺比阿》中，本身拥有500名奴隶的皮索（Piso）表示，奴隶制使他"痛恨我的国家及我的本性，渴望有某种力量来揭露奴隶制的本质……能够从根本上改变这个已经腐朽到核心的社会状态"。这种力量明显是指基督教，尽管基督教的兴起并未终结奴隶制。在续篇《普罗伯斯》（*Probus*）中，韦尔让皮索对罗马文明发起了更为猛烈的攻击："罗马从来不是什么共和国，只能算是一个由地主和奴隶主构成的小集团，他们蒙蔽并愚弄着无知的大众，吹嘘会赋予人们某种形式的自由，实际上却将权力牢牢地掌握在自己手中……只要有奴隶制存在，人们就不可能有自由……那些拥有奴隶的人从本质上讲是不能算作共和党人的。"奴隶制摧毁了奴隶与奴隶主的德行，而共和制是需要建立在德行基础之上的。[33]

大卫·沃克（David Walker）的著作《对世界有色人种的呼吁》（*Appeal to the Coloured Citizens of the World*, 1829）将希腊罗马文明描绘为某个邪恶种族的邪恶开端。沃克表示："白人历来就是不讲正义、嫉妒心强、冷酷无情、贪得无厌且嗜血成性的人种，他们追求的始终是权力与威信。从希腊各城邦间的联盟中，我们就清楚地发现了这一点。在希腊，白人先是被人们当作无所不能（这是教育的结果），我们看到他们在那里吵得不可开交，试图置对方于悲惨可怜的境地，为此，他们运用了各种欺骗、不公平且冷酷的手段。接着，我们又在罗马目睹了白人间的斗争，在这里，暴虐与欺骗之风更是登峰造极。"即便如此，罗马奴隶制还是比美国奴隶制更温和；当然，在托马斯·杰斐逊等政治家的眼里情况截然相反：

第七章　奴隶制

"所有读过历史的人都知道,罗马的奴隶一旦获得了自由,便有可能在城邦里登上显赫地位,且没有任何法律限制奴隶为自己赎身。美国呢?难道没有制定法律来阻止有色人种获得并把持美国政府体制下的任何职位吗?现在,杰斐逊先生却告诉我们,我们的情况不如罗马奴隶们那般艰难!"沃克称汉尼拔是"一位强大的非洲之子",假如迦太基能够统一起来,他必定会打败罗马;同样,"正是因为美国现在的有色人种不团结,才导致我们遭到敌人的肆意践踏"。他预言称,上帝会培养另一位汉尼拔来打击"新罗马";假如有这么一位人物崛起,黑人同胞们应予以支持。[34]

自然法则之辩

废奴主义者拥护古典主义中的自然法则理论,相信存在一种普遍的、人性固有的道德法则,但他们采用了一种不同于古人的解释方法,以证明奴隶制的错误性。柏拉图、亚里士多德等古典哲学家生活在高度公社化的社会中,时时面临着战争的威胁,所以他们对该理论的解释过于狭隘,几乎未意识到个体拥有的权利;而现代共和党人则重新强调了生命、自由与财产等自然权利。这一强调在光荣革命与美国革命,以及英国权利法案、美国权利法案中达到了顶点。[35]

南北战争之前,奴隶制的反对者援引的往往是自然法则理论。在1851年面向康科德的同胞们发表的致辞中,讲到1850年的《逃亡奴隶法案》时,爱默生引用了西塞罗论述的一个原则,即"邪恶的法律是不可能有效的";在罗马人看来,这一真理是"城邦的根基"。

爱默生继而又讲到了希腊剧作家们的信条,即"天道正义必然会压倒那些胆敢违背自然法则的人们"。同年,霍勒斯·格里利(Horace Greeley)访问罗马时,忍不住对罗马角斗士格斗等违背自然法则的做法,与《逃亡奴隶法案》规定的北方公民有义务协助将逃跑的奴隶遣回,进行了含蓄的类比。尽管格里利对自己在罗马看到的古典艺术留下了深刻的印象,禁不住表示"如果必须在罗马现存遗迹与世界其余各地的遗迹之间做出选择,那么应当牺牲后者来挽救前者",尽管他确实对古罗马斗兽场感到敬畏,但他写道:"为了惩罚早期基督徒们对当时占支配地位的'低等法则'的背叛与抵制,那些无宗教信仰的迫害者逼迫他们作为角斗士在这里战斗至死,这是罗马的一种传统。无论当时的高级牧师与巡回法官们本人私下里是否认可这些法则,但他们都习惯于在自己的布道词与指控中说明,所有人都有义务作为一个守法公民去遵守这些法则。"[36]

在1852年发表的提议废除《逃亡奴隶法案》的演讲中,查尔斯·萨姆纳引用了西塞罗有关自然法则的言论。他这样讲道:"西塞罗先是愤怒地指责称,就连最彻底的笨蛋也能发现人类各种制度与法律中的公正原则,继而提出质疑:只要是法律就一定是公正的吗,哪怕是专制者制定的法律?西塞罗宣称,如果权利是由公民大会的布告、国君的法令及法官的裁决共同构成,那么就会存在掠夺的权利、通奸的权利、伪造遗愿的权利;他毫不犹豫地指出,危害社会的邪恶的法规法令同强盗法典一样都不能被赋予法律的称号,他用奥古斯丁似的强烈语言指出,不公正的法律是无效的。"(萨姆纳没有讲到的一点是,西塞罗同几乎所有的罗马贵族一样,也拥有奴隶。）同样，公理教会牧师、《核心改革家》(*Central Reformer*)的编辑、废奴主义者艾布拉姆·普林(Abram Pryne)在1858年的费城论战中，引用了西塞罗的观点，即只有公正的法律才值得服从。索福克勒斯所写的戏剧《安提戈涅》，讲到的是一位违抗代表更高级法则的统治者禁令的女性，这部戏剧在19世纪四五十年代流行起来；那些年恰是有关奴隶制的争论最激烈的时期。[37]

1860年，查尔斯·萨姆纳利用自然法则理论来驳斥人们对另一个值得尊敬的希腊理论——人民主权理论——的非法利用。该理论认为，人们有权选择自己的政府形式；同自然法则理论一样，该理论经证明对美国革命与美国宪法起到了非常重要的作用。1854年，《堪萨斯-内布拉斯加法案》(*Kansas-Nebraska Act*)废除了1820年《密苏里妥协案》(*Missouri Compromise*)通过的在堪萨斯州和内布拉斯加州禁止奴隶制的法令，改为殖民者有权自己决定是否允许在这些地区实行奴隶制。萨姆纳在马萨诸塞州共和党大会(Massachusetts Republican Convention)上宣称："人民主权这一神圣名称，竟然沦落到被用来掩盖主人对其奴隶的索取……正如约翰·韦斯利所讲的，为了保护这一'邪恶行径'，他们竟然想到让人民自己管理自己，而忘记了这一天赐真理并未赋予任何人奴役他人的权利，忘记了这些人并非无所不能的，也忘记了即便他们认识到永恒的权利法则，也无法崇高到仍然听命于天道正义要求的程度。"也是在这一年，威廉·苏厄德(William Seward)同样诉诸古典主义中的自然法则理论，宣称存在一种比美国宪法"更高级的"可以容忍奴隶制的法律；或许正是这一声明使他未能获得共和党人提名,令他与总统之位失之交臂。[38]

作为回应,一些南方人完全摒弃了自然法则本身,而另一些人则否认自然法则能说明公平性,因为自然本身会造成不平等。同亚里士多德的信徒、中世纪的经院学派一样,这些南方人认为自由就是在社会中享有恰当地位的权利。[39]

有一些南方人不喜欢奴隶制,但认为联盟高于一切,担心激进的废奴主义者会破坏联盟,因而他们强调西塞罗务实而民族主义的一面,而忽略其理想化的普遍主义一面。马萨诸塞州的参议员鲁弗斯·乔特一生都是西塞罗的粉丝,他本人也是一位著名的演讲家,每天都会练习将拉丁语翻译为英语,以提高自己的口头表达能力;他反对废奴主义者利用西塞罗有关自然法则的相关辩词。乔特从西塞罗的作品中了解到,义务与美德可分为许多层级,位于该层级顶端的是最有益于维持社会与国家发展的,没有了这些,其余的好处,包括道德生活本身,都是不可能的。他喜欢反复引用西塞罗的一句格言,即城邦的建立是人类行为中最令上帝满意的。因而,对奴隶的同情本身无论多么仁慈,都不得破坏联盟。乔特声称,这种博爱行为必须得到"更高级法律的制止与谴责"。他还补充道:"在这场感情的角逐中,国家,即人们所挚爱的一切的总和,必须占据首位。"对于将维持联盟作为"更高级法则",乔特显然针对的是废奴主义者的一个声明,即根据西塞罗的自然法则,应当废除奴隶制,无论要付出多少代价。为此,乔特非常钦佩同事丹尼尔·韦伯斯特所做的牺牲,其代表 1850 年妥协案所做的发言,包括《逃亡奴隶法案》在内,确保了奴隶制的过渡,也导致他遭到许多南方人的中伤。1852 年,韦伯斯特去世之后,乔特在一次演讲中宣称,韦伯斯特不幸生活在一个"沉默的公民时代"。乔特解释称:"掌握了狄摩西尼所使用的希腊语,再凭借他那无与伦比的口才,他怎可能不出尽同样的风头,收获同样的声名呢?"这个说法令霍勒斯·格里利编辑的废奴主义报纸《纽约论坛报》(*New York Tribune*)难以接受,后者回击称:"狄摩西尼面对的只是5万名自由受到威胁的希腊人,而韦伯斯特却面对着1300万(实际的奴隶数量约为350万)自由受到威胁的美国人,在这样的情境下,他都未出够风头,收获声名,我们为何要认为他能够获得'与狄摩西尼同样的风头、同样的声名'呢?……既然他无法给我们日渐式微的民主制度注入美德,又如何能'将德行赋予逐渐腐朽的希腊'呢?"⁴⁰

古典文学的情感约束

在《密西西比河上的生活》(*Life on the Mississippi*,1883)一书中,马克·吐温(Mark Twain)罕见地以十足的严肃态度称,沃尔特·斯科特爵士应对美国内战负"最大的责任"。马克·吐温素来喜欢以尖锐而嘲讽的机智语言嘲讽浪漫主义,这么做的原因之一在于他诚挚地相信:这场悲惨的内战就是由那些大量阅读斯科特鼓吹封建制度的小说的南方种植园主引起的。整日沉浸在这些胡言乱语中的种植园主充分相信,只要自己品行端正,就可以维持并扩展奴隶制。⁴¹

这也说明古典文学中的浪漫主义取向给马克·吐温等老于世故的怀疑论者带来了冲击:在他们不顾一切地寻找导致其地区与民族衰落的那场巨大灾难的原因时,他应当将斯科特及其虚构的大亨们作为反面人物,而不是将亚里士多德与真实的古代人作为谴责的对象。尽管马克·吐温嘲笑路易斯安那州为其议会大厦建造的"伪宫殿"——他嘲笑的除了这幢建筑的欺骗性,还有其意在代表的封建价值观——但他并未料到,这是整个美国以哥特式风格建造的仅有的两座州议会大厦之一(另一座是佐治亚州的议会大厦)。除了这两个州之外,在美国南部与北部的其他各个州,几乎每一座议会大厦都是以新古典风格来建造的。斯科特仅撰写过几部以浪漫手法处理中世纪的小说,而亚里士多德则撰写了一部严肃的论著来直接捍卫奴隶制,该作品也成为历史上最有影响力的论著之一。虽然马克·吐温写了一系列剖析中世纪的小说,如《亚瑟王朝廷上的康涅狄格北方佬》(*A Connecticut Yankee in King Arthur's Court*)等文学作品,但从来没有一部作品意在颠覆雅典和罗马文学中更显著的浪漫主义,连短篇小说都没有。就连《傻子国外旅行记》(*Innocents Abroad*, 1869)中讽刺罗马角斗士对决的简短文字,也主要是被用作挖苦美国戏剧批评家的托词。[42]

或许正是因为哥特式浪漫主义在美国的根基如此浅薄——事实上,这一流派在北方根本不存在,在南方的深度也是被夸大了的——而古典主义在美国的根基如此深厚,才导致马克·吐温根本没想到要去抨击古典主义。北方人,同马克·吐温等反对奴隶制的南方人一道,认为奴隶制是雅典民主文明的最大缺陷;就像现在,奴隶制也是美国民主文明的最大缺陷。这些美国人认为,希腊罗马奴隶制是人们拼命想要忽略掉的一个令人痛苦的难堪之事,就像某个受人爱慕的儿子,却拥有一位酗酒的父亲,儿子但愿父亲的酩酊大醉能被当作偶发事件而被人忽略。尽管马克·吐温等人

第七章　奴隶制

认为对封建制度的称颂是对国家根本原则的背叛，是不可原谅的——毕竟，美国革命不也是针对封建残余的斗争吗？而另一方面，古典文明却为美国建国者们提供了必要的智力资源，使他们得以保护共和主义，抵御封建制度。因而，虽然马克·吐温认为奴隶制是古典文明的最大污点，但就连这位最坚定的废奴主义者也无法完全心安理得地抨击共和主义的源头。[43]

奴隶制是古典文明的重要元素，并非偶发事件；是被人们普遍承认的事实，而非转瞬即逝的恶行；希腊罗马奴隶制对南北战争之前的南方产生了深刻的影响。尽管古典文学作品为美国革命、制宪会议及杰克逊民主时期的共和主义及民主力量提供了重要的启发，但他们同样也为老南方的奴隶制拥护者提供了重要的支持，既帮助建立了美国这个当代雅典，也助推了其分裂。

结　语

时间来到 20 世纪初。回顾自己 19 世纪 50 年代在哈佛所受的教育，亨利·亚当斯感到最不满意的地方在于，哈佛过于强调古典文学，导致他没有准备好迎接现代世界里的生活。在以第三人称撰写的自述中，他表示：

> 放到人类历史中的其他任何一个时刻，这种教育，包括其政治与文学偏好，都不仅是有益的，而且可以说是最好的。社会历来欢迎并优待如此有天赋之人。亨利·亚当斯有充分的理由对此感到高兴，没有理由对自己不满。他拥有自己想要的一切。他认为没有必要去设想别人是否拥有更多……直到 50 年后，回头看 1854 年时的自己，再想想 20 世纪的需求，他不禁好奇，整体来讲，1854 年的那个男孩到底是更贴近 1904 年的思想，还是贴近当初那个年代……他过去所接受的教育与他需要的教育几乎没有什么关联。从一个 1900 年的美国人立场来看，他并未接受过任何教育。他甚至不知道该从何处开始学起，如何开始学习。

小查尔斯·弗朗西斯·亚当斯同哥哥一样，认为古典文学已过时。1883 年，在哈佛大学的优等生联谊会致辞中，小查尔斯·弗朗西斯抨击了传统的古典学课程，称这些课程是落后于时代的陈词滥调，属于"大学迷信"。他声称，今天的希腊语和拉丁语"比 30 年前更脱离现实世界"。他将这种变革归因于科学的快速进步："人类的心灵并非与世隔绝，而是充满了各种思想——科学思想——而这种思想是无法从遥远的古代汲取养分的。"[1]

尽管亨利·亚当斯的诸多追随者们可能并不认同他所讲的"教育没对他起到作用"的观点，但若是约翰·亚当斯看到两个曾孙抨击古典文学，必定会大为惊骇。这位美国第二任总统曾将土地捐赠出来，用于在昆西建造希腊语与拉丁语学院，他在自己的遗嘱中写道："如果我的哪位后代对此有疑义，他便不配做我的子孙，特此声明；请求未来的联邦立法委员通过一份特别法律来打消他这一不孝的企图。"[2]

约翰·亚当斯与其曾孙两代人之间在古典文学教育问题上所持观念的根本差异，集中体现了 18 世纪至 20 世纪发生的巨大变革。更确切地讲，按照亨利本人的证词，如此巨大的变化肯定是在自己 19 世纪 50 年代从哈佛大学毕业至 20 世纪初之间发生的。亨利·亚当斯与小查尔斯·弗朗西斯·亚当斯之前的亚当斯家族的祖先们——当然，不是指他们最近的先辈约翰·亚当斯、约翰·昆西·亚当斯与查尔斯·弗朗西斯·亚当斯——都未曾质疑过古典文学的效用。相反，面对少数言辞激烈的批评者，他们都慷慨激昂地回应称，古典文学是至关重要的，是德行与共和主义教育所不可或缺的。就连亨利·亚当斯也在相当长的一段时间里对自己接受的古典学教育非常满意,直到"50年后重新审视之时"。

同在许多其他领域一样,南北战争也是美国古典文学研究史上的重要转折点。这场战争平息了奴隶制问题,结果催生了新的论战,这些论战几乎全部与经济有关。第二次工业革命使美国从联邦政府的战时消耗中收获了大量原始资本,改变了美国人的生活,首次创造了一大批欧洲式的无产阶级。农业生活方式遭受重创,自此一蹶不振;欧洲的和平局势,再加上农民自己的生产率提高,导致出现全球性的谷物生产过剩,许多农民失去了工作,转而来到城市,进入工厂寻找工作。古典文学解决不了保护性关税、金本位及公司监管等普遍性问题。古典文学也无法对有关查尔斯·达尔文(Charles Darwin)自然选择理论的争论提供任何帮助,虽然古希腊哲学家阿那克西曼德(Anaximander)是最早暗示存在进化可能性的人。进入工业时代,经济学、工程学与科学等都被视作恰当的研究对象,事实上,根据1862年《莫里尔法案》(Morrill Act),联邦政府已经对工程学与农业研究给予了资金支持。卓越的实业家成为这个时代的楷模,这些人多属于白手起家,没有接受过多少正规教育,看不起古典文学。1890年,安德鲁·卡内基(Andrew Carnegie)在《纽约论坛报》中写道:"美国的商界精英要比大学毕业生领先出道好多年;他们无一不是在十几岁——学习精力最旺盛的几年——从14岁至20岁不等的时候便加入到商业竞争中,而大学生们却还在钻研远古时代一些小题大做的争论,或者试图掌握某些已经遭到废弃的语言,熟读某些似乎更适合其他星球的知识。"与此同时,国际贸易的发展将现代语言知识提到了重要位置,科学如此受公众追捧,就连人文研究也再度受到关注,成为"社会

科学";仿佛人类同原子一样,是可以预测的。³

南北战争是一场灾难,每五十个美国人中就有一人在这场战争中丧生;这场战争还给同样都强调存在某种普遍道德秩序的基督教一神论与古典人文主义构成了巨大的危机。我们可以从某些重要的知识分子,如颇具影响力的法理学家、最高法院法官奥利弗·温德尔·霍姆斯(Oliver Wendell Holmes)的转变中感受到这一点,他已不再相信《圣经》与古典文学作品中那些有关道德的老生常谈。霍姆斯曾在军中服役,参加过南北战争中几场最血腥的战役,他三次受伤,目睹无数朋友战死。他将这场史无前例的大屠杀归咎于废奴主义者及奴隶制拥护者双方坚定的道德坚持,认为正是由于他们盲目地忠实于某些虚无的、并不真实的理念才导致了这场战争,但这些理念并不能够成为让如此多血肉之躯遭受恐怖死亡的合法理由。他写道:"的确,我们有些人根本不知道自己其实什么都明白。"南北战争令霍姆斯对自己曾经坚定支持的信仰失去了信任,包括对上帝的信仰及对人类理性的信念。他提到,尽管自己依然愿意为了某些目标而奋斗,"但并不是说我应该为之奋斗,而只是说,我对此还算比较喜欢"。如此主观的道德偏好"难以保证我们会认为它是绝对的真理"。到了20世纪30年代,即霍姆斯去世前不久,在读到一首描写南北战争的诗歌时,霍姆斯禁不住热泪盈眶。时隔这么多年再回头去看,霍姆斯深切哀叹的,与其说是那么多亲密朋友的死去,倒不如说是那个无辜的、洋溢着理想主义的战前世界的消逝;然而,那个世界已在内战中元气大伤,再也无法复原了。霍姆斯的一位朋友表示,"他曾告诉过我,内战之后,这个世界怎么看都觉得不对劲"。霍姆斯在一连串具有影响力的书籍与文章中抨击了古典的自然法则学说,声称道德法则与成文法都是经验的产物,是不断变化的,而非自然固有的、人类理性所能理解的普遍法则。⁴

亚里士多德认为,人类是理性的动物,能够分辨并应用普遍的道德法则,而南北战争本身似乎对该理念造成了意义深远的驳斥。在这方面,南北战争作为美国第一场现代战争,在美国知识界所扮演的角色,如同作为欧洲第一场现代战争的第一次世界大战对于欧洲知识界产生的影响。一战之后,牛津大学与剑桥大学在入学资格中都取消了对希腊语的要求,这并非巧合。⁵

同古代典籍一样,《圣经》也被美国的许多知识分子视为远古时代的过时文物而遭到批评,"高级批评家们"对《圣经》的可靠性提出了质疑。由于《圣经》强调的是忠诚与原罪,而古典文学作品强调的是理性及人类进步的可能性,因而《圣经》比古典文学作品更易于遭到怀疑论者的攻击。

最后,贵族知识分子阶层曾经是历史上重要的古典文学维护者,曾经激烈反对那些胆敢在学校入学资格中取消古典语言要求的"野蛮人",现在,他们之所以放弃这一立场,原因之一在于,随着南北战争之前古典文学的逐渐普及,其作为贵族身份象征的意义已急剧下降。等到镀金时代(the Gilded Age),古典文学似乎已不再能够为人们带来更多知识,这时,美国精英阶层已经失去了其对古典学由来已久的垄断,因而古典学不再是社会地位的可靠象征。简而言之,不断增强的怀疑论与道德相对论旋风、工业革命引发的物质主义、对科学的日益崇尚,再加上美国精英不断演变的利己主义,最终使功利主义者获得了过去一直难以企望的胜利。当然,这些都只是假设,还有待进一步研究的验证;不过,这些假设不是本研究的核心关注点,本书重点关注的是南北战争之前的那段时期。

无论如何,尽管南北战争看似是古典学衰退的重要导火索,但古典学的衰落其实是一个渐近的过程。推翻延续了近两千年的教学传统并非易事。南北战争虽然为功利主义者们的胜利奠定了基础,但他们依旧花费了好几十年才最终获得成功。1886年,哈佛大学取消了入学资格中对希腊语的要求。随后十年,耶鲁大学等另外一些历史更悠久的高校,以及康奈尔大学、约翰斯·霍普金斯大学、芝加哥大学等新高校也纷纷效仿,逐渐采用了新的课程体系,更专注于商学、科学等其他"主修课程"。及至1900年,已经出现了39种不同的学位,并且研究生项目也渐渐兴起。等到这个时候,哈佛大学只有三分之一的学生选择了拉丁语,而选择希腊语的学生只占六分之一。1912年对155所高校做的调研显示,三分之二的学校既不要求希腊语也不要求拉丁语。同其他大学老师一样,古典文学教授也开始变得专业化,不食人间烟火,很少撰写面向公众的文章。学生们放弃了旧式古典社团,而选择了体育及与古典学彻底无关的兄弟会和女子联谊会;讽刺的是,这些社团都以希腊字母作为标识符。希腊语和拉丁语被纳入"人文学科",与近代史、文学、哲学及音乐同属一类。正如卡罗琳·温特尔所讲的,"当各个高校开始取消对希腊语和拉丁语的要求时,人文学科已悄无声息地将自己塞进了以往只有古典语言才会被冠上的文化外衣"。随着研究古典文学的人数在美国受教育者中比例的下降,古典知识在政治文化中的作用也降低了。[6]

当然,古典文学仍旧默默地影响着美国人。正如亨利·亚当斯以多年来研究古典文学所形成（至少在部分程度上）的敏锐头脑来抨击古典学一般，接受过古典学教育的艾玛·拉扎勒斯（Emma Lazarus）在为现代最著名的新古典主义象征之一"自由女神像"撰写的诗歌中，似乎也对古典典范进行了批判。这尊巨大的披着古典风格外袍、具有明显古典模样的女神像，显然是以古代地中海的太阳神巨像为基础建造的，拉扎勒斯为此创作了一首题为《新的巨像》（The New Colossus）的诗歌。这首诗的前两句是这样写的：

> 不似希腊的青铜巨像，
> 耀武扬威地将双腿跨在两片大陆之上。

这里显然是暗指被称作"古代七大奇迹"之一的罗得岛太阳神雕像（Colossus of Rhodes）；长期以来，人们始终认为该雕像是双脚分开，跨立在海港上方的，但这一姿势并不稳当。拉扎勒斯唯恐这样的开头只能让人们联想起两尊雕像在姿态方面的差异，因而，隔了七句之后，这位诗人仿佛一位现代的皮格马利翁（Pygmalion）似的，赋予这尊雕像以生命，让她用腹语似的方式对皮格马利翁一族发表讲话：

> "古国，好好守护你那传奇般的盛况吧！"
> 她无声地呐喊着，
> "给予我，那劳瘁贫贱的流民。"

拉扎勒斯的言下之意是，通过对世界上的穷人、受压迫者施以怜悯，美国便能够远远地盖过古代共和国的光芒。然而，同南北战争之前许多有关美国优越于希腊和罗马的声明一样，且不说这首诗对某个新古典主义偶像表现出的虔诚，单从其对古代的密切关注就足以证明，其并不具有自身所宣称的那种原创性与优越性。同所有的前辈一样，这位诗人简直是弄巧成拙。[7]

然而，随着古典文学在美国教育体系中的作用日益衰减，人们更加普遍相信，古典文学只是工业化前的秩序的过时残存，到了 20 世纪中期，就连受过更高层次教育的历史学家们也开始否认古典文学在美国历史上曾发挥过相当重要的影响。毕竟，如果古典文学与现代关切毫不相关的话，又如何能够影响到美国建国者等审慎的政治家们的思想呢？1967 年，伯纳德·贝林（Bernard Bailyn）宣称，美国建国者们仅仅是拿古典文学来"装点门面"。在著作《美国革命史》（History of the American Revolution, 1969）一个题为《1763 年的英国》的章节中，约翰·奥尔登（John R. Alden）这样写 18 世纪的英国教育："这种教育是古老的而非现代的，是古板的而非开明的，是狭隘的而非广博的。"这一声明有些古怪，因为那个时候的"文科教育"几乎可以等同于古典文学教育，至少在 18 世纪时是这样；另外，针对古典教育的多数批评是指责其太过宽泛、不够专业化，而非这一声明中所讲的狭隘。奥尔登继续以一种颇为困扰的口吻讲道："即便如此，大学内外还是涌现出了许多展现出天赋与才智的人们；乔治三世统治前十年里，英国的历史记载中尽是杰出诗人、演说家、戏剧家、小说家与艺术家的名字；还有少数富有天赋的政治家们被穿插记载在这些作品中。"令奥尔登不解的是，竟然有那么多英国人努力克服古典文学教育的弊端，创造出

了如此多的天才作品。⁸

但这并不是说,非古典学专业便从此停止了对希腊罗马的所有研究。从第一次世界大战开始,将希腊罗马视作西方文明起源的西方文明课程兴起,很快便成为多数高校的核心要求。而且,拉丁语依旧在高等院校受到欢迎,这种情形一直延续到20世纪40年代。到了1900年,公立高校的半数学生,以及教区学校的更大比例学生,都学习拉丁语。⁹

大众文化领域也依旧表现出对古代世界的兴趣。20世纪50年代至60年代初的"剑和凉鞋"类影片①(如《斯巴达克斯》[*Spartacus*]和《安东尼和克莱奥帕特拉》[*Antony and Cleopatra*])都取得了不俗的票房成绩。记者们也依旧会间接引用到古典名著。1940年至1941年,最热门的类比是对阿道夫·希特勒(Adolf Hitler)和马其顿国王腓力间的比较。希特勒和腓力都运用了同样的战术来麻痹敌国,使后者无法发动武装抵抗。但是,等到美国一加入二战,纳粹德国便成为斯巴达,而美国成为雅典:一方是残酷的、敌视知识分子的、奉行极权主义与军国主义

---

① 1948年,由意大利导演阿历桑德罗·布拉塞蒂(Alessandro Blassetti)执导,米歇尔·摩根(Michele Morgan)和马西莫·吉洛提(Massimo Girotti)主演的一部古装神话电影《菲比欧拉》(*Fabiola*)问世,影片讲述一名角斗士因承认自己是基督徒而面临死刑的故事。导演为了该剧能在美国顺利上映,特将影片改剪过,并配成英语。1951年交由联美公司发行,获得不错的票房成绩,并由此引发了美、意古装神话电影的风潮。该类型片后被称作是"Sword and Sandal"或"Peplum"类型片,意指古罗马的着装风格,后来泛指古装剧的一种亚类型,其内容多取材自古希腊、古罗马神话或圣经故事,强调场面的宏大。(资料来源:微信公众号"老片痴影症")

的势力,另一方则是温和的、尊重知识分子的、奉行民主与和平政策的力量。马尔斯·威斯汀豪斯(Mars M. Westinghouse)甚至给出证据,争辩称希特勒是有意以古代斯巴达为榜样来塑造纳粹德国。冷战时期,苏联轻而易举地便将德国在记者心目中的形象塑造为现代斯巴达。北约被比作雅典提洛同盟(Delian),而华约则被比作斯巴达(伯罗奔尼撒)联盟。某些记者清楚地知道,斯巴达赢得了伯罗奔尼撒战争的胜利,因而他们对这一类比颇感心惊,他们都将朝鲜战争与越南战争和雅典入侵西西里最终导致的悲惨后果进行了比较。他们对伯罗奔尼撒战争的批评明显针对的是20世纪的美国人。他们将这场战争本身及雅典的失败都归咎于雅典帝国主义——换言之,他们指责的是雅典只考虑自身利益,不顾其他民族的发展。与之形成对比的是,修昔底德和普鲁塔克却对暴民提出了批评,称造成这一切悲剧的原因在于过分扩大了民主的范围。这些古代的历史学家指责民主制度反复无常,对于领袖过于苛责,才导致尼西亚斯(Nicias)出现致命的动摇;他们将毁灭性的西西里远征视作暴民自负与无知对深思熟虑与审慎的胜利。被古人及早期现代人认为由于民主泛滥而引起的失败,在20世纪的记者眼里,却是由于民主程度不够而导致的。在这些记者看来,雅典就如同其本身拥有过的某位悲剧人物,是一个近乎完美的存在,可惜拥有一个致命的缺陷。这给美国带来的教训是,要将其民主原则应用到对外政策方面,而不是加以摒弃。[10]

直到20世纪60年代,美国人才开始质疑雅典所谓的"民主"——现在人们都认为民主至关重要,就连威权型政体也声称要有民主。女权主义者指责雅典剥夺女性公民权、虐待女性的做法以及雅典的奴隶制度，以此对雅典的民主制度提出了质疑。讽刺的是，这些批评抨击的是雅典平等主义的缺乏，而美国建国者们却因过分平等主义而对城邦制提出批评。认识上的差异反映了"民主"一词的含糊性，该词在希腊语中表示"人民统治"。同美国建国者们一样，过去人们认为民主势必会造成公民直接参与法律制定——无论这个"公民身份"的定义多么狭隘，因而认为民主是纯粹的古代现象。而现在，人们认为民主意味着所有成人都有可能参与政治事务——无论他们的参与多么间接，所以认为民主是纯粹的现代事物。[11]

从建国初期发展至今，美国人对古代的看法经历了巨大的变化，这一改变反映了美国社会的急骤变革。建国者们将罗马与斯巴达视作钟爱的共和国典范，而将雅典当作负面典型，声称雅典的直接民主存在不稳定性与暴力可能。与之形成对比的是，南北战争之前的美国人之所以将雅典视作典范，正是因为其民主性，许多人认为城邦能够取得令人难以置信的学识与艺术成就正是得益于其民主性。南方人尤其钦佩雅典，因为同美国南北战争之前的南方一样，雅典各阶层成年男性公民享有的平等，正是得益于奴隶制这一不平等的制度。对古典时期的历史有所了解的多数现代美国人将雅典当作他们特别喜爱的模式，认为雅典是一个民主天才丛生的城市，其唯一不容原谅的错误就是其公民权过于狭窄；他们憎恶斯巴达，认为那是一个令人讨厌的极权主义培育基地；他们也讨厌罗马共和国的寡头政治体制。

近年来，虽然公众对古典文学知识的了解有所衰退，减少了谈古论今的次数，但只要人类仍然面对着同样的基础性问题，并且仍然能够接触到古典文学，这种比较或许永远不会停止。希腊罗马古典文学，对各种条件下的人类状况进行了描绘，因而能得到普遍的应用。古典文学提供了一场品类丰富的自助餐会，各种类型的个体及社会都可以从中调配出最适合他们品味的盛宴。但古典作品并不仅仅是将曾经阅读过这些作品的个体与社会的个性和文化反映出来，他们还强化并帮助给出了这些模糊倾向的确切形式。

注 释

前言

1 讲到古典文学对美国建国者影响的书籍包括:Paul A. Rahe, *Republics, Ancient and Modern: Classical Republicanism and the American Revolution* (Chapel Hill: University of North Carolina Press, 1992); Susan Ford Wiltshire, *Greece, Rome, and the Bill of Rights* (Norman: University of Oklahoma Press, 1992); Carl J. Richard, *The Founders and the Classics: Greece, Rome, and the American Enlightenment* (Cambridge, Mass.: Harvard University Press, 1994); M. N. S. Sellers, *American Republicanism: Roman Ideology in the United States Constitution* (New York: New York University Press, 1994); and Gary L. Gregg, ed., *Vital Remnants: America's Founding and the Western Tradition* (Wilmington, Del.: ISI, 1999).

2 Meyer Reinhold, *Classica Americana: The Greek and Roman Heritage in the United States* (Detroit: Wayne State University Press, 1984); Caroline Winterer, *The Culture of Classicism: Ancient Greece and Rome in American Intellectual Life, 1780–1910* (Baltimore: Johns Hopkins University Press, 2002); Caroline Winterer, *The Mirror of Antiquity: American Women and the Classical Tradition, 1750–1900* (Ithaca: Cornell University Press, 2007), pp. 138–194.

3 Reinhold, *Classica Americana*, pp. 59 – 108,125 – 136,179.

1. 古典学的产生条件：学校、家庭及社会

1 Sheldon D. Cohen, *A History of Colonial Education, 1607 – 1776* (New York: John Wiley and Sons, 1974), pp. 11, 22 – 24; Robert Middlekauff, "A Persistent Tradition: The Classical Curriculum in Eighteenth-Century New England," *William and Mary Quarterly*, 3d ser., 18 (January 1961): 56; Howard Mumford Jones, *Revolution and Romanticism* (Cambridge, Mass.: Harvard University Press, 1974), pp. 121 – 123, 343.

2 Meyer Reinhold, *Classica Americana: The Greek and Roman Heritage in the United States* (Detroit: Wayne State University Press, 1984), p. 183; Frederick Rudolph, *Curriculum: A History of the American Undergraduate Course of Study since 1636* (San Francisco: Jossey-Bass Publishers, 1977), p. 60; James McLachlan, *American Boarding Schools: A Historical Study* (New York: Scribner's Sons, 1970), p. 85.

3 Edward L. Pierce, ed., *Memoir and Letters of Charles Sumner* (London: Sampson Low, 1878), vol. 1, p. 37; Aida DiPace Donald et al., eds., *Diary of Charles Francis Adams* (Cambridge, Mass.: Harvard University Press, 1964 –), June 20, 1824, vol. 1, p. 198.

4 Joseph R. Berrigan, "The Impact of the Classics upon the South," *Classical Journal* 64 (Winter 1968 – 1969): 18 – 20; Robert Meriwether et al., eds., *The Papers of John C. Calhoun* (Columbia: University of South Carolina Press, 1959 –), Robert M. T. Hunter, "The Life of John C. Calhoun," 1843, vol. 17, pp. 8 – 9; John C. Calhoun, *A Disquisition on Government and Selections from the Discourse*, ed. Gordon Post (New York: Macmillan, 1953), p. viii; John Niven, *John C. Calhoun and the Price of Union: A Biography* (Baton Rouge: Louisiana State University Press, 1988), pp. 3 – 16; Charles M. Wiltse, *John C. Calhoun* (Indianapolis: Bobbs-Merrill, 1944 – 1951), vol. 1, p. 29; Edgar W. Knight, ed., *A Documentary History of Education in the South before 1860* (Chapel Hill: University of North Carolina Press, 1949 – 1953), A

Description of the University of Georgia, 1849, vol. 3, pp. 344; Introduction, vol. 4, pp. 2 – 3.

5 Kim Tolley, "Science for Ladies, Classics for Gentlemen: A Comparative Analysis of Scientific Subjects in the Curricula of Boys' and Girls' Secondary Schools in the United States, 1794 – 1850," *History of Education Quarterly* 36 (Summer 1996): 132n9, 143, 151; Christie Ann Farnham, *The Education of the Southern Belle: Higher Education and Student Socialization in the Antebellum South* (New York: New York University Press, 1994), p. 31. For reference to the exclusion of girls from Germany's famous classical schools (gymnasia) see Suzanne L. Marchand, *Down from Olympus: Archaeology and Philhellenism in Germany*, 1750 – 1970 (Princeton: Princeton University Press, 1996), p. 5.

6 Mary Kelley, "Reading Women/Women Reading: The Making of Learned Women in Antebellum America," *Journal of American History* 83 (September 1996): 404; Caroline Winterer, *The Mirror of Antiquity: American Women and the Classical Tradition*, 1750 – 1900 (Ithaca: Cornell University Press, 2007), pp. 146 – 147.

7 Michael O'Brien, *Conjectures of Order: Intellectual Life and the American South*, 1810 – 1860 (Chapel Hill: University of North Carolina Press, 2004), p. 592.

8 Winterer, *Mirror of Antiquity*, pp. 181 – 182,187.

9 William H. McGuffey, ed., *McGuffey's Sixth Eclectic Reader* (New York: American Book Company, 1880), pp. 205 – 206,234 – 238,281 – 285,390 – 392,401 – 405; John H. Westerhoff III, *McGuffey and His Readers: Piety, Morality, and Education in Nineteenth-Century America* (Nashville: Abingdon, 1978), pp. 14, 136,150.

10 Richard M. Gummere, *The American Colonial Mind and the Classical Tradition: Essays in Comparative Culture* (Cambridge, Mass.: Harvard University Press, 1963), pp. 56 – 57.

11 George P. Schmidt, "Intellectual Crosscurrents in American Colleges, 1825 – 1855," *American Historical Review* 42 (October 1936): 46; Knight, *Documentary History*, Extracts from the Ordinances for the Government of the University of Alabama, vol. 3,

p. 244; William D. Williamson of Maine Visits and Comments on the University of North Carolina, 1843, vol. 3, p. 297; Minutes of the Board of Trustees of Davidson College, North Carolina, 1836 – 1854, vol. 4, pp. 308 – 309; Announcement of Sharon College, Mississippi, 1842, vol. 4, p. 331; Michael O'Brien, *A Character of Hugh Legaré* (Knoxville: University of Tennessee Press, 1985), p. 14.

12　Charles Coleman Sellers, *Dickinson College: A History* (Middletown, Conn. : Wesleyan University Press, 1973), p. 221; Rudolph, *Curriculum*, pp. 54,64 – 66; Niven, *John C. Calhoun and the Price of Union*, p. 17.

13　Walter R. Agard, "Classics on the Midwest Frontier," *Classical Journal* 51 (1955): 106 – 110; Rudolph, *Curriculum*, p. 60; Schmidt, "Intellectual Crosscurrents in American Colleges," p. 62; Reinhold, *Classica Americana*, p. 330.

14　Rudolph, *Curriculum*, p. 79; Knight, *Documentary History*, William D. Williamson of Maine Visits and Comments on the University of North Carolina, 1843, vol. 3, pp. 297 – 298; Schedule of Classes, South Carolina College, 1854, vol. 3, p. 375; Classification of Students in the University of Virginia by Subjects Studied, 1857, vol. 3, p. 424; An Act to Establish the University of Texas, 1858, vol. 3, p. 442; Minutes of the Board of Trustees of Davidson College, North Carolina, 1836 – 1854, vol. 4, p. 309; Laws of Wake Forest College, North Carolina, 1839, vol. 4, p. 324; Announcement of Sharon College, Mississippi, 1842, vol. 4, pp. 331 – 333; O'Brien, *Conjectures of Order*, p. 1007; Richard Beale Davis, *Intellectual Life in Jefferson's Virginia* (Chapel Hill: University of North Carolina Press, 1973), pp. 55 – 57,69; Schmidt, "Intellectual Crosscurrents in American Colleges," pp. 62,66; O'Brien, *Character of Hugh Legaré*, p. 14.

15　Knight, *Documentary History*, Robert Edward Lee Is Endorsed to Secretary of War John C. Calhoun for Appointment to the United States Military Academy, 1824, vol. 4, p. 150; Board of Visitors of Virginia Military Institute Memorializes the General Assembly, 1845, vol. 4, p. 174; Comments on James H. Thornwell's Letter to Governor Manning on Military Schools in South Carolina, 1854, vol.

4, p. 192; Editorial on the Opening of the Military Academy of Louisiana, 1860, vol. 4, pp. 229; Regulations Prepared by Sherman for the Military Academy of Louisiana, 1860, vol. 4, p. 230; Elizabeth Fox-Genovese and Eugene D. Genovese, *The Mind of the Master Class: History and Faith in the Southern Slaveholders' Worldview* (Cambridge: Cambridge University Press, 2005), p. 254; Meriwether et al., *Papers of John C. Calhoun*, James H. Rion to Calhoun, November 18,1843, vol. 17, p. 551.

16 Tolley, "Science for Ladies, Classics for Gentlemen," p. 135; Winterer, *Mirror of Antiquity*, pp. 150, 154; Louis B. Wright, *Culture on the Moving Frontier* (Bloomington: Indiana University Press, 1955), pp. 104, 152; Farnham, *Education of the Southern Belle*, p. 32.

17 Knight, *Documentary History*, Educational Activities of the Baptists in Mississippi, 1852, vol. 4, pp. 399; Report on the Inauguration of Spartanburg Female College, South Carolina, 1855, vol. 4, pp. 441 – 442; A Syllabus of a Course of Vacation Reading Is Provided for the Students at South Carolina Female Collegiate Institute, 1836, vol. 5, pp. 413 – 416; Sharon Female College Is Established in Madison County, Mississippi, 1843, vol. 5, p. 421; Suggestions for Placing a Daughter at School Are Made, 1853, vol. 5, p. 435; The Purposes of Spartanburg Female College, South Carolina, Are Given, 1855, vol. 5, p. 440; Farnham, *Education of the Southern Belle*, pp. 15, 17 – 18, 20, 22, 24 – 25, 27; Fox-Genovese and Genovese, *Mind of the Master Class*, p. 257; Barbara Solomon, *In the Company of Educated Women: A History of Women and Higher Education in America* (New Haven: Yale University Press, 1985), p. 23; O'Brien, *Conjectures of Order*, p. 260.

18 Susan Phinney Conrad, *Perish the Thought: Intellectual Women in Romantic America*, 1830 – 1860 (Oxford: Oxford University Press, 1976), pp. 196 – 198, 208.

19 Caroline Winterer, *The Culture of Classicism: Ancient Greece and Rome in American Intellectual Life*, 1780 – 1910 (Baltimore: Johns Hopkins University Press, 2002), pp. 32 – 33, 56 – 57; Reinhold, *Classica Americana*, pp. 185 – 186; Richard Hofstadter and Wilson

注　释 | 337

Smith, eds. , *American Higher Education: A Documentary History* (Chicago: University of Chicago Press, 1961), Robert Finley on National Uniformity in Textbooks, 1815, vol. 1, pp. 220 - 221.

20　James McLachlan, "Classical Names, American Identities," in John W. Eadie, ed. , *Classical Traditions in Early America* (Ann Arbor: Center for the Coordination of Ancient and Modern Studies, 1976), pp. 87 - 91; James McLachlan, "The Choice of Hercules," in Lawrence Stone, ed. , *The University in Society* (Princeton: Princeton University Press, 1974), vol. 2, pp. 474,478; Reinhold, *Classica Americana*, p. 154; Rudolph, *Curriculum*, pp. 95 - 96.

21　Knight, *Documentary History*, Hampden-Sydney College Holds Commencement Exercises, 1825, vol. 4, p. 287; Spartanburg, South Carolina, and Its Colleges Are Praised, 1857, vol. 4, p. 481; Commencement Exercises at Normal College, North Carolina, Are Reported, 1857, vol. 5, p. 256; Wayne K. Durill, "The Power of Ancient Words: Classical Teaching and Social Change at South Carolina College," *Journal of Southern History* 65 (August 1999): 478.

22　Paul Revere Frothingham, *Edward Everett: Orator and Statesman* (Boston: Houghton Mifflin, 1925; reprint, Port Washington, N. Y. : Kennikat Press, 1971), pp. 58 - 59; Reinhold, *Classica Americana*, pp. 184 - 185,205; Winterer, *Culture of Classicism*, p. 52; William H. Gilman et al. , eds. , *The Journals and Miscellaneous Notebooks of Ralph Waldo Emerson* (Cambridge, Mass. : Harvard University Press, 1960 - 1982), April 4,1820, vol. 1, p. 13; Donald et al. , *Diary of Charles Francis Adams*, September 27,1824, vol. 1, p. 340; October 7,1824, vol. 1, p. 366.

23　Winterer, *Culture of Classicism*, pp. 59 - 61,76,95.

24　Donald et al. , *Diary of Charles Francis Adams*, December 26, 1831, vol. 4, p. 205; Gilman et al. , *Journals of Ralph Waldo Emerson*, February 11,1855, vol. 13, p. 401.

25　Michael O'Brien, "Politics, Romanticism, and Hugh Legaré: The Fondness of Disappointed Love," and Richard Lounsbury, "Ludibria Rerum Mortalium: Charlestonian Intellectuals and Their Classics," in David Moltke-Hansen and Michael O'Brien, eds. , *Intellectual*

Life in Antebellum Charleston (Knoxville: University of Tennessee Press, 1986), pp. 142, 339, 347 - 348, 354, 357, 359; O'Brien, *Character of Hugh Legaré*, pp. 81, 95, 97, 104.

26　George Fitzhugh, *Cannibals All: Slaves without Masters* (Richmond: A. Morris, 1857; reprint, Cambridge, Mass.: Harvard University Press, 1960), p. 58; George Fitzhugh, *Sociology for the South, or The Failure of Free Society* (Richmond: A. Morris, 1854; reprint, New York: Burt Franklin, 1965), p. 159.

27　Winterer, *Culture of Classicism*, pp. 92, 150; Charles M. Wiltse, ed., *The Papers of Daniel Webster: Correspondence* (Hanover, N. H.: University Press of New England, 1974 -), Daniel Fletcher Webster to Webster, December 24, 1830, vol. 3, pp. 92; Durill, "Power of Ancient Words," pp. 483, 489; Reinhold, *Classica Americana*, p. 333; Charles Minnigerode, "The Greek Dramatists," *Southern Literary Messenger* 8 (1842): 606 - 611, 793 - 798; 9 (1843): 96 - 104.

28　Durill, "Power of Ancient Words," p. 495; Michael O'Brien, ed., *All Clever Men, Who Make Their Way: Critical Discourse in the Old South* (Athens: University of Georgia Press, 1992), George Frederick Holmes, "Hegel's Philosophy of History," 1843, p. 222; Neal Gillespie, *The Collapse of Orthodoxy: The Intellectual Ordeal of George Frederick Holmes* (Charlottesville: University Press of Virginia, 1972), pp. 10, 72, 89 - 90.

29　Reinhold, *Classica Americana*, pp. 204 - 208, 211; Ward W. Briggs Jr., "Basil L. Gildersleeve at the University of Virginia," in Herbert W. Benario and Ward W. Briggs Jr., eds., *Basil Lanneau Gildersleeve: An American Classicist* (Baltimore: Johns Hopkins University Press, 1986), p. 9; Durill, "Power of Ancient Words," pp. 471, 487; Frank Friedel, *Francis Lieber: Nineteenth-Century Liberal* (Baton Rouge: Louisiana State University Press, 1947), pp. 39, 138, 184.

30　Winterer, *Culture of Classicism*, pp. 59 - 60, 79 - 80; Briggs, "Basil L. Gildersleeve at the University of Virginia," pp. 12 - 13; George A. Kennedy, "Gildersleeve, the Journal, and Philology in America," in Benario and Briggs, *Basil Lanneau Gildersleeve*, pp. 42, 44.

31 Richard Beale Davis, *Literature and Society in Early Virginia*, 1608 – 1840 (Baton Rouge: Louisiana State University Press, 1973), p. 301.
32 Winterer, *Culture of Classicism*, pp. 125 – 129.
33 George H. Callcott, *History in the United States*, 1800 – 1860 (Baltimore: Johns Hopkins Press, 1970), pp. 58, 92 – 94.
34 Winterer, *Culture of Classicism*, pp. 34, 36; Durill, "Power of Ancient Words," pp. 469 – 470; Lounsbury, "Ludibria Rerum Mortalium," p. 365.
35 Wiltse, *Papers of Daniel Webster*, Autobiography, 1829, vol. 1, pp. 9 – 10, 13; John Adams to Webster, December 23, 1821, vol. 1, p. 298; Daniel Fletcher Webster to Webster, December 24, 1830, vol. 3, p. 92.
36 Stephen Botein, "Cicero as Role Model for Early American Lawyers," *Classical Journal* 73 (April-May 1978): 318 – 320; Lounsbury, "Ludibria Rerum Mortalium," p. 338; O'Brien, *Character of Hugh Legaré*, p. 19; Davis, *Literature and Society in Early Virginia*, p. 302.
37 O'Brien, *Character of Hugh Legaré*, pp. 106, 109; Fox-Genovese and Genovese, *Mind of the Master Class*, p. 277; Arthur H. Shaffer, "David Ramsay and the Limits of Revolutionary Nationalism," in Moltke-Hansen and O'Brien, *Intellectual Life in Antebellum Charleston*, p. 48.
38 Reinhold, *Classica Americana*, pp. 268 – 272; William Charvat et al., eds., *The Works of Nathaniel Hawthorne* (Columbus: Ohio State University Press, 1962 – 1988), French and Italian Notebooks, March 23, 1858, vol. 14, p. 138; April 12, 1858, vol. 14, p. 166; June 2, 1858, vol. 14, p. 267; June 11, 1858, vol. 14, pp. 307 – 308; William Vance, *America's Rome* (New Haven: Yale University Press, 1989), vol. 1, pp. 294, 363 – 364; Pierce, *Memoir and Letters of Charles Sumner*, Sumner to George S. Hilliard, May 19, 1839, vol. 2, p. 99; July 13, 1839, vol. 2, p. 103; David B. Tyack, *George Ticknor and the Boston Brahmins* (Cambridge, Mass.: Harvard University Press, 1967), p. 70.
39 O'Brien, *Conjectures of Order*, p. 153.
40 Peter Stein, "The Attraction of the Civil Law in Post-Revolutionary

America," *Virginia Law Review* 52(1966): 404 - 411, 419 - 420; Peter Shaw, *The Character of John Adams* (Chapel Hill: University of North Carolina Press, 1976), p. 31; Joseph Towne Wheeler, "Reading Interests of the Professional Classes in Colonial Maryland, 1700 - 1776," *Maryland Historical Magazine* 36 (September 1941): 283; Richard J. Hoffman, "Classics in the Courts of the United States, 1790 - 1800," *American Journal of Legal History* 22 (January 1978): 57, 62, 68 - 69, 71 - 73; M. H. Hoeflich, *Roman and Civil Law and the Development of Anglo-American Jurisprudence in the Nineteenth Century* (Athens: University of Georgia Press, 1997), pp. 44, 135, 139.

41　Hoeflich, *Roman and Civil Law*, pp. 27 - 28, 42, 52, 57 - 64, 68.

42　Ibid., pp. 2, 7, 51, 72, 134, 138.

43　Vance, *America's Rome*, vol. 1, pp. 17 - 18; Winterer, *Mirror of Antiquity*, p. 216n26.

44　Gilbert Chinard, *Honest John Adams* (Boston: Little, Brown, 1933), pp. 11 - 12; Adrienne Koch and William Peden, eds., *The Selected Writings of John and John Quincy Adams* (New York: Alfred A. Knopf, 1946), John Adams to Benjamin Waterhouse, April 24, 1785, p. 72; Charles Francis Adams, ed., *Memoirs of John Quincy Adams, Comprising Portions of His Diary from 1795 to 1848* (Philadelphia, 1874 - 1877; reprint, New York: AMS Press, 1970), June 6, 1795, vol. 1, pp. 168 - 169; Douglas Adair and John A. Schutz, *The Spur of Fame: Dialogues of John Adams and Benjamin Rush*, 1805 - 1813 (San Marino, Calif.: Huntington Library, 1966), John Adams to Benjamin Rush, July 23, 1806, p. 59.

45　Reinhold, *Classica Americana*, pp. 239, 259; Adams, *Memoirs of John Quincy Adams*, August 13, 1809, vol. 2, p. 5; August 14, 1809, vol. 2, p. 6; December 7, 1809, vol. 2, p. 76; October 9, 1811, vol. 2, p. 315; October 13, 1811, vol. 2, pp. 316 - 317; February 12, 1812, vol. 2, p. 342; April 5, 1813, vol. 2, p. 456; May 10, 1819, vol. 4, p. 361.

46　Adams, *Memoirs of John Quincy Adams*, June 30, 1825, vol. 7, p. 30; October 15, 1826, vol. 7, p. 151; November 18, 1827, vol. 7, p.

356; November 30, 1827, vol. 7, p. 365; June 29, 1828, vol. 7, p. 415; February 4, 1828, vol. 7, p. 421; March 16, 1828, vol. 7, p. 475; March 17, 1828, vol. 7, pp. 475 - 476; Donald et al., *Diary of Charles Francis Adams*, Introduction, vol. 4, p. vii.

47　Adams, *Memoirs of John Quincy Adams*, March 16, 1829, vol. 8, p. 114; March 17, 1829, vol. 8, p. 114; March 20, 1829, vol. 8, p. 117; April 3, 1829, vol. 8, pp. 127 - 128; April 10, 1829, vol. 8, p. 135; October 24, 1830, vol. 8, p. 243; November 8, 1830, vol. 8, p. 248; Donald et al., *Diary of Charles Francis Adams*, February 18, 1830, vol. 3, p. 166n1; Jack Shepherd, *Cannibals of the Heart: A Personal Biography of Louisa Catherine and John Quincy Adams* (New York: McGraw-Hill, 1980), p. 6.

48　John Quincy Adams, *Lectures on Rhetoric and Oratory* (Cambridge, Mass: Hilliard and Metcalf, 1810; reprint, New York: Russell and Russell, 1962), vol. 2, pp. 396 - 397; Gilman et al., *Journals of Ralph Waldo Emerson*, 1861, vol. 6, pp. 330 - 331.

49　Adams, *Memoirs of John Quincy Adams*, April 24, 1829, vol. 8, p. 143; April 30, 1829, vol. 8, pp. 148 - 149; April 6, 1835, vol. 9, p. 231; October 17, 1837, vol. 9, p. 415; March 14 - 18, 1839, vol. 10, pp. 119 - 122.

50　Ibid., September 3, 1838, vol. 10, pp. 32 - 35; May 22, 1839, vol. 10, p. 123.

51　Samuel Flagg Bemis, *John Quincy Adams and the Union* (New York: AlfredA. Knopf, 1956), p. 210; William Lee Miller, *Arguing about Slavery: The Great Battle in the United States Congress* (New York: Alfred A. Knopf, 1996), pp. 179, 465; Anthony Everett, *Cicero: The Life and Times of Rome's Greatest Politician* (New York: Random House, 2003), pp. 79, 83.

52　Shepherd, *Cannibals of the Heart*, pp. 165, 274; Donald et al., *Diary of Charles Francis Adams*, May 1, 1824, vol. 1, p. 106; February 4, 1828, vol. 2, p. 171n2; February 10, 1828, vol. 2, p. 171n2; November 15, 1832, vol. 4, p. 399n1; Bemis, *John Quincy Adams and the Union*, p. 204.

53　Reinhold, *Classica Americana*, pp. 149, 151, 233; Shaw, *Character of John Adams*, p. 317; Koch and Peden, *Selected Writings of John and John Quincy Adams*, John Quincy Adams to John Adams, October 29, 1816, p. 291; Adams, *Memoirs of John Quincy Adams*, June 11, 1819, vol. 4, pp. 391 - 392.

54 Donald et al. , *Diary of Charles Francis Adams*, January 4, 1820, vol. 1, p. 2; January 8, 1820, vol. 1, p. 4; January 20, 1820, vol. 1, p. 5; December 18, 1823, vol. 1, p. 10; March 8, 1824, vol. 1, p. 101; May 4, 1824, vol. 1, p. 115; May 10, 1824, vol. 1, p. 129; May 13, 1824, vol. 1, p. 136; May 18, 1824, vol. 1, p. 147; June 9, 1824, vol. 1, p. 177; June 23, 1824, vol. 2, p. 203; September 12- November 12, 1825, vol. 2, pp. 11 - 19; April 25, 1827, vol. 2, p. 124; July 31, 1827, vol. 2, p. 146; November 25, 1827, vol. 2, p. 172n2; February 10, 1828, vol. 2, p. 172n2; December 13, 1827, vol. 2, p. 192; January 4, 1828, vol. 2, p. 202; February 3 - 4, 1828, vol. 2, p. 210; July 14 - 15, 1828, vol. 2, pp. 256 - 257.

55 Ibid. , August 20, 1836, vol. 7, p. 74; April 10, 1837, vol. 7, p. 221; May 22, 1837, vol. 7, p. 248; February 2, 1839, vol. 8, pp. 183. For some of Charles Francis's interesting comments about specific classics see October 11, 1829, vol. 3, p. 42; November 20, 1829, vol. 3, p. 81; November 27, 1829, vol. 3, p. 88; February 5, 1830, vol. 3, p. 155; February 11, 1830, vol. 3, p. 159; February 18, 1830, vol. 3, pp. 165 - 166; March 2, 1830, vol. 3, p. 177; March 9, 1830, vol. 3, p. 182; March 23, 1830, vol. 3, p. 194; March 27, 1830, vol. 3, p. 198; October 16, 1830, vol. 3, pp. 340 - 341; November 12 - 13, 1830, vol. 3, p. 361; December 13 - 15, 1830, vol. 3, pp. 381 - 382; February 8, 1831, vol. 3, p. 418; June 20, 1831, vol. 4, p. 71; June 25, 1831, vol. 4, p. 75; July 8, 1831, vol. 4, p. 85; August 1, 1831, vol. 4, p. 102; August 12, 1831, vol. 4, p. 110; September 7, 1831, vol. 4, pp. 130 - 131; September 22, 1831, vol. 4, p. 143; November 24, 1831, vol. 4, p. 184; December 23, 1831, vol. 4, p. 203; January 10, 1832, vol. 4, p. 218; January 25, 1832, vol. 4, p. 228; February 25, 1832, vol. 4, p. 247; March 2 - 3, 1832, vol. 4, pp. 252 - 253; March 6 - 7, 1832, vol. 4, pp. 254 - 255; April 15, 1832, vol. 4, p. 279; June 11, 1832, vol. 4, p. 312; July 13, 1832, vol. 4, p. 328; September 12, 1836, vol. 7, p. 92; February 10, 1837, vol. 7, p. 182; July 10, 1837, vol. 7, p. 276; September 1, 1837, vol. 7, pp. 306 -

307; December 3, 1837, vol. 7, p. 353; February 13, 1838, vol. 7, p. 399; March 17,1838, vol. 8, p. 8; September 21,1838, vol. 8, p. 113; September 27,1838, vol. 8, p. 116; December 8,1838, vol. 8, p. 152; December 27,1838, vol. 8, p. 161; February7,1839, vol. 8, p. 185; May 8,1839, vol. 8, p. 230; June 28,1839, vol. 8, p. 256; July 22-24,1839, vol. 8, pp. 268-269; August 1,1839, vol. 8, p. 273; October 9-10,1839, vol. 8, p. 306; December 11,1839, vol. 8, p. 340; January31,1840, vol. 8, p. 368; February 27,1840, vol. 8, p. 379.

56 Charles Francis Adams, ed., *The Life and Works of John Adams* (Boston: Little, Brown, 1850-1856), vol. 1, p. 637.

57 Meriwether et al., *Papers of John C. Calhoun*, Calhoun to Thomas J. Johnson, March 20, 1836, vol. 13, p. 117; Calhoun to James Edward Calhoun Jr., November 3,1847, vol. 24, p. 642; Calhoun to Anna Maria Calhoun Clemson, December 26,1847, vol. 25, p. 40; Calhoun to James Edward Calhoun Jr., January 22,1848, vol. 25, p. 142; Fox-Genovese and Genovese, *Mind of the Master Class*, p. 126.

58 Gilman et al., *Journals of Ralph Waldo Emerson*, March 18,1836, vol. 5, p. 159; April 3,1836, vol. 5, p. 159; 1850, vol. 11, p. 303; Ralph L. Rusk, ed., *The Letters of Ralph Waldo Emerson* (New York: Columbia University Press, 1939), Emerson to William Emerson, November 30,1850, vol. 4, p. 236n230; Emerson to Ellen Emerson, December 18,1852, vol. 4, p. 333; January 23,1854, vol. 4, p. 422; Emerson to Lidian Emerson, January 7, 1853, vol. 4, p. 341.

59 Bernard Mayo, *Henry Clay: Spokesman of the New West* (Boston: Houghton Mifflin, 1937), vol. 1, pp. 26-27; Glyndon G. Van Deusen, *The Life of Henry Clay* (Boston: Little, Brown, 1937), pp. 11,14.

60 Agard, "Classics on the Midwest Frontier," pp. 103-105. For references to Boston, Charleston, and the North Carolinian see Edwin A. Miles, "The Old South and the Classical World," *North Carolina Historical Review* 48 (1971): 271. For references to Ovid, New York, and the Athenaeums see Talbot Hamlin, *Greek Revival Architecture in America* (Oxford: Oxford University Press, 1944),

pp. 98,266. For reference to Lexington see Wright, *Culture onthe Moving Frontier*, p. 94. For reference to Syracuse see George R. Stewart, *Names on the Land: A Historical Account of Place-Naming in the United States* (New York: Random House, 1945), p. 239. For reference to the ship names see Adams, *Memoirs of John Quincy Adams*, April 24,1811, vol. 2, p. 256; June 22,1811, vol. 2, p. 276; August 6,1811, vol. 2, p. 289; September29,1820, vol. 5, p. 181. For references to Philippi and the Leonidas see Roy Basler, ed., *The Collected Works of Abraham Lincoln* (New Brunswick, N. J.: Rutgers University Press, 1953), Lincoln to Simon Cameron, July 18, 1861, vol. 4, p. 451n1; Lincoln to the House of Representatives, December 23,1861, vol. 5, p. 79n1. For reference to Neptune see Francis H. Allen and Bradford Torrey, eds., *The Journal of Henry David Thoreau* (Salt Lake City: Gibbs M. Smith, 1984), September 12, 1853, vol. 5, p. 427n2. For references to Roman Nose and slave names see Sam B. Smith et al., eds., *The Papers of Andrew Jackson* (Knoxville: University of Tennessee Press, 1980), Eastern Cherokees toJackson, July 2,1817, vol. 4, p. 122; James Jackson Hanna to Jackson, January 30,1820, vol. 4, p. 35; Drew Gilpin Faust, *James Henry Hammond andthe Old South: A Design for Mastery* (Baton Rouge: Louisiana State University Press, 1982), pp. 84,88; O'Brien, *Character of Hugh Legaré*, p. 5.

61 Hamlin, *Greek Revival Architecture in America*, p. 98; Rusk, *Letters of Ralph Waldo Emerson*, Emerson to John Boynton Hill, July 3,1822, vol. 1, pp. 119 – 120; Winterer, *Mirror of Antiquity*, p. 157.

62 Wright, *Culture on the Moving Frontier*, pp. 230 – 231,234.

63 Callcott, *History in the United States*, p. 93.

64 Marie Sally Cleary, *The Bulfinch Solution: Teaching the Ancient Classics in American Schools* (Salem, N. H.: Ayer, 1989), pp. 1, 20, 40 – 41, 48, 52, 74, 76; Burton Feldman and Robert D. Richardson, eds., *The Rise of Modern Mythology*, 1680 – 1860 (Bloomington: Indiana University Press, 1972), pp. 509 – 510.

65 Knight, *Documentary History*, Extracts from the Speech of John Tyler in the General Assembly of Virginia on the Proposal to Move

the College of William and Mary to Richmond, 1825, vol. 4, p. 267; Gene Waddell, "The Introduction of Greek Revival Architecture to Charleston," in David Moltke-Hansen, ed. , *Art in the Lives of South Carolinians: Nineteenth-Century Chapters* (Charleston: Carolina Art Association, 1979), pp. Gwa-1-Gwa-2, Gwa-6; Reinhold, Classica Americana,pp. 218-219; Garry Wills, *Lincoln at Gettysburg: The Words That Remade America* (New York: Simon and Schuster, 1992), p. 43; Agard, "Classics on the Midwestern Frontier," p. 104.

66 Winterer, *Culture of Classicism*, p. 65; Hamlin, *Greek Revival Architecture in America*, pp. 70, 81, 86 - 87; Robert E. Riegel, *Young America*, 1830 - 1840 (Norman: University of Oklahoma Press, 1949; reprint ed. , Westport, Conn. : Greenwood Press, 1973), p. 10; Wendy A. Cooper, *Classical Taste in America*, 1800 - 1840(New York: Abbeville Press and Baltimore Museum of Art, 1993),pp. 78-79.

67 Hamlin, *Greek Revival Architecture in America*, pp. 97,326; Kenneth W. Severens, "Architectural Taste in Ante-bellum Charleston," and Herbert A. Johnson, "Courthouse Design, Financing, and Maintenance in Antebellum South Carolina," in Moltke-Hansen, *Art in the Lives of South Carolinians*, pp. KS-4, HJ-2; Riegel, *Young America*, p. 365.

68 Cooper, *Classical Taste in America*, pp. 14,32 - 33,40,46 - 50,97, 142,144, 146, 153, 165 - 168, 201 - 203, 208 - 209; Winterer, *Culture of Classicism*, pp. 144 - 145; Agard, "Classics on the Midwestern Frontier," p. 104.

69 Cooper, *Classical Taste in America*,pp. 238-239.

70 Ibid. , pp. 15,261-263; Miles, "Old South and the Classical World," p. 259;Vance, *America's Rome*,vol. 1, pp. 204,226-228,232-233, 248 - 249,260,320,346; Caroline Winterer, "Venus on the Sofa: Women, Neoclassicism,and the Early American Republic," *Modern Intellectual History* 2 (Spring2005): 10.

71 R. A. McNeal, "Athens and Nineteenth-Century Panoramic Art," *International Journal of the Classical Tradition* 1 (Winter 1995): 81 - 84; Winterer, *Culture of Classicism*, pp. 66 - 67; Cooper,

Classical Taste in America, pp. 88 – 91.
72　Vance, *America's Rome*, vol. 1, pp. 4 – 5, 51, 77, 92 – 94.
73　Wayne Craven, "Horatio Greenough's Statue of Washington and Phidias'Zeus," *Art Quarterly* 26 (Winter 1963): 429 – 430; Garry Wills, *Cincinnatus: George Washington and the Enlightenment* (Garden City, N. Y.: Doubleday, 1984), pp. 12 – 13, 70, 118; Callcott, *History in the United States*, p. 29; Cooper, *Classical Taste in America*, pp. 19 – 20, 65, 73, 165 – 166, 247 – 248.
74　Winterer, *Culture of Classicism*, p. 53.
75　Wills, *Lincoln at Gettysburg*, pp. 63 – 64; Cooper, *Classical Taste in America*, p. 21.
76　Meriwether et al. , *Papers of John C. Calhoun*, vol. 10, p. 248; vol. 13, p. 67; vol. 14, p. 17; vol. 15, p. 7; vol. 17, p. 158; vol. 20, p. 185; vol. 22, p. 565. For reference to the use of "Gracchus" see Eugene D. Genovese, "The Gracchi and Their Mother in the Mind of American Slaveholders," *Journal of the Historical Society* 2 (Summer/Fall 2002): 455. For reference to the Minerva Club see Wright, *Culture on the Moving Frontier*, p. 228. For reference to Cimon see Donald et al. , *Diary of Charles Francis Adams*, May 2, 1831, vol. 4, p. 39.
77　Gillespie, *Collapse of Orthodoxy*, pp. 8, 10, 67 – 72, 90; Reinhold, *Classica Americana*, p. 331; O'Brien, *Character of Hugh Legaré*, pp. 60 – 61, 75, 247; Cooper, *Classical Taste in America*, pp. 191 – 192; Fox-Genovese and Genovese, *Mind of the Master Class*, p. 258.
78　Davis, *Literature and Society in Early Virginia*, pp. 278 – 279, 281, 284 – 285; Davis, *Intellectual Life in Jefferson's Virginia*, p. 114.
79　Margaret Malamud, *Ancient Rome and Modern America* (London: WileyBlackwell, forthcoming, 2009), p. 46; Wright, *Culture on the Moving Frontier*, p. 116.
80　Davis, *Intellectual Life in Jefferson's Virginia*, pp. 162, 372; Davis, *Literature and Society in Early Virginia*, pp. 280 – 281.

2. 民主

1　Richard Hofstadter and Wilson Smith, eds. , *American Higher*

注 释 | 347

    Education: A Documentary History (Chicago: University of Chicago Press, 1961), Daniel Webster Argues the Dartmouth Case, 1819, vol. 1, pp. 212 – 213; Charles M. Wiltse, ed., *The Papers of Daniel Webster: Correspondence* (Hanover, N. H.: University Press of New England, 1974 –), Autobiography, 1829, vol. 1, p. 13; William H. Gilman et al., eds., *The Journals and Miscellaneous Notebooks of Ralph Waldo Emerson* (Cambridge, Mass.: Harvard University Press, 1960 – 1982), May 1, 1845, vol. 9, pp. 379 – 381; Marcus Cunliffe, *George Washington: Man and Monument* (Boston: Little, Brown, 1958), p. 192; Kenneth E. Shewmaker, ed., *Daniel Webster: "The Completest Man"* (Hanover, N. H.: University Press of New England, 1990), The Dignity and Importance of History, 1852, pp. 131 – 132; Edwin A. Miles, "The Young American Nation and the Classical World," *Journal of the History of Ideas* 35 (April-June 1974): 267; Freeman Cleaves, *Old Tippecanoe: William Henry Harrison and His Time* (New York: Scribner's Sons, 1939), pp. 6, 10.

2 Douglas L. Wilson, "What Jefferson and Lincoln Read," *Atlantic* 267 (January 1991): 54 – 57, 60.

3 William Herndon, *Herndon's Life of Lincoln* (Cleveland: World Publishing Company, 1942; reprint, New York: Da Capo Press, 1983), p. 248; Garry Wills, *Lincoln at Gettysburg: The Words That Remade America* (New York: Simon and Schuster, 1992), p. 174.

4 Wills, *Lincoln at Gettysburg*, pp. 41, 52 – 59, 249 – 254.

5 Susan Ford Wiltshire, "Sam Houston and the Iliad," *Tennessee Historical Quarterly* 32 (Fall 1973): 249 – 254.

6 Miles, "Young American Nation and the Classical World," p. 265; Talbot Hamlin, *Greek Revival Architecture in America* (Oxford: Oxford University Press, 1944), pp. 46, 238 – 239; Caroline Winterer, *The Mirror of Antiquity: American Women and the Classical Tradition*, 1750 – 1900 (Ithaca: Cornell University Press, 2007), p. 38; Elizabeth Fox-Genovese and Eugene D. Genovese, *The Mind of the Master Class: History and Faith in the Southern Slaveholders' Worldview* (Cambridge: Cambridge University Press, 2005), p. 254; Wendy A. Cooper, *Classical Taste in America*,

1800 – 1840 (New York: Abbeville Press and Baltimore Museum of Art, 1993), p. 73.
7 Miles, "Young American Nation and the Classical World," p. 267n34.
8 Edwin A. Miles, "The Old South and the Classical World," *North Carolina Historical Review* 48 (1971): 258; Richard Beale Davis, *Intellectual Life in Jefferson's Virginia* (Chapel Hill: University of North Carolina Press, 1973), pp. 111, 380; Fox-Genovese and Genovese, *Mind of the Master Class*, p. 250.
9 Jennifer Tolbert Roberts, *Athens on Trial: The Antidemocratic Tradition in Western Thought* (Princeton: Princeton University Press, 1994), pp. 236 – 237, 240, 247 – 248.
10 Caroline Winterer, "Classical Oratory and Fears of Demagoguery in the Antebellum Era," in Michael Meckler, ed. , *Classical Antiquity and the Politics of America: From George Washington to George W. Bush* (Waco, Tex. : Baylor University Press, 2006), p. 50; Wills, *Lincoln at Gettysburg*, p. 46; Caroline Winterer, "Victorian Antigone: Classicism and Women's Education in America, 1840 – 1890," *American Quarterly* 53 (March 2001): 76; Thomas R. Dew, *A Digest of the Laws, Customs, Manners, and Institutions of the Ancient and Modern Nations*, 2d ed. (New York: D. Appleton, 1870), pp. 84, 207 – 208; Gilman et al. , *Journals of Ralph Waldo Emerson*, July 23, 1848, vol. 10, p. 345; Ralph Waldo Emerson, *The Complete Works of Ralph Waldo Emerson* (Boston: Houghton Mifflin, 1903 – 1904; reprint, New York: AMS Press, 1968), *Society and Solitude*, vol. 7, pp. 201 – 202.
11 Caroline Winterer, *The Culture of Classicism: Ancient Greece and Rome in American Intellectual Life*, 1780 – 1910 (Baltimore: Johns Hopkins University Press, 2002), p. 72; Dew, *Digest*, pp. 153, 159; Charles Francis Adams, ed. , *Memoirs of John Quincy Adams, Comprising Portions of His Diary from* 1795 *to* 1848 (Philadelphia, 1874 – 1877; reprint, New York: AMS Press, 1970), December 21, 1811, vol. 2, p. 331; "Ancient and Modern Eloquence," *Southern Literary Messenger* 8 (1842): 169, 179 – 180, 185.
12 Wills, *Lincoln at Gettysburg*, pp. 215, 247.

注　释 | 349

13　Daniel Walker Howe, "Classical Education and Political Culture in Nineteenth Century America," *Intellectual History Newsletter* 5 (Spring 1983): 12.
14　Robert Meriwether et al. , eds. , *The Papers of John C. Calhoun* (Columbia: University of South Carolina Press, 1959 -), Speech in Reply to Daniel Webster on the Force Bill, February 26, 1833, vol. 2, p. 120; Dew, *Digest*, pp. 206, 210 - 211; Michael O'Brien, ed. , *All Clever Men, Who Make Their Way: Critical Discourse in the Old South* (Athens: University of Georgia Press, 1992), Thomas Roderick Dew, "Republicanism and Literature," 1836, pp. 156 - 157; Miles, "Old South and the Classical World," pp. 270 - 271.
15　Aida DiPace Donald et al. , *Diary of Charles Francis Adams* (Cambridge, Mass. : Harvard University Press, 1964 -), June 14, 1824, vol. 1, pp. 185 - 186; June 17, 1824, vol. 1, p. 192; June 18, 1824, vol. 1, pp. 193 - 194; June 21, 1824, vol. 1, p. 200; June 23, 1824, vol. 1, p. 203; July 9, 1824, vol. 1, p. 230; July 15, 1824, vol. 1, p. 241; July 16, 1824, vol. 1, p. 244; July 18, 1824, vol. 1, p. 246.
16　Ibid. , October 27, 1829, vol. 3, p. 58; November 24, 1829, vol. 3, p. 85; December 25, 1829, vol. 3, p. 115; January 25, 1830, vol. 3, pp. 142 - 143; June 1, 1830, vol. 3, p. 251; June 8 - 9, 1830, vol. 3, pp. 256 - 257; June 3, 1831, vol. 4, p. 61; July 31, 1832, vol. 4, p. 338.
17　Susan Pendergast Schoelwer, *Alamo Images: Changing Perceptions of a Texas Experience* (Dallas: De Golyer Library and Southern Methodist University Press, 1985), pp. 3, 5.
18　Wiltse, *Papers of Daniel Webster*, vol. 1, p. 332; Webster to Edward Everett, December 2, 1823, vol. 1, pp. 339 - 340; Jeremiah Mason to Webster, February 1, 1824, vol. 1, p. 351; Webster to Jeremiah Mason, February 15, 1824, vol. 1, p. 354; Daniel Webster, *The Great Speeches of Daniel Webster* (Boston: Little, Brown, 1919), "The Revolution in Greece," January 19, 1824, pp. 57 - 58; Donald et al. , *Diary of Charles Francis Adams*, January 22, 1824, vol. 1, p. 58; January 23, 1824, vol. 1, p. 61. For reference to Webster's statue of Demosthenes see John Stephens Crawford, "The

Classical Orator in Nineteenth Century American Sculpture," *American Art Journal* 6 (November 1974): 56.
19 Wiltse, *Papers of Daniel Webster*, January 2,1824, vol. 1, p. 345n2.
20 Adams, *Memoirs of John Quincy Adams*, December 21,1811, vol. 2, pp. 330 - 331; August 15,1823, vol. 6, p. 173; March 5,1828, vol. 7, p. 463.
21 Neal Gillespie, *The Collapse of Orthodoxy: The Intellectual Ordeal of George Frederick Holmes* (Charlottesville: University Press of Virginia, 1972), p. 73; Michael O'Brien, *A Character of Hugh Legaré* (Knoxville: University of Tennessee Press, 1985), pp. 98, 107; Edgar W. Knight, ed., *A Documentary History of Education in the South before* 1860 (Chapel Hill: University of North Carolina Press, 1949 - 1953), Charles Fenton Mercer's Discourse on Popular Education, 1826, vol. 2, pp. 315 - 318; William Vance, *America's Rome* (New Haven: Yale University Press, 1989), vol. 1, p. 14.
22 Adrienne Koch and William Peden, eds., *The Selected Writings of John and John Quincy Adams* (New York: Alfred A. Knopf, 1946), John Quincy Adams to Abigail Adams, December 31,1812, p. 284; Cleaves, *Old Tippecanoe*, pp. 183,212 - 213,239,296 - 297.
23 Meriwether et al., *Papers of John C. Calhoun*, vol. 11, p. 594; Fitzwilliam Byrdsall to Calhoun, June 29, 1846, vol. 23, p. 245; Miles, "Old South and the Classical World," p. 268.
24 William Y. Robinson, *Robert Toombs of Georgia* (Baton Rouge: Louisiana State University Press, 1966), p. 65.
25 O'Brien, *All Clever Men*, Henry Augustine Washington, "The Social System of Virginia," 1848, p. 253; Winterer, *Mirror of Antiquity*, pp. 134, 140, 158; Knight, *Documentary History*, C. G. Memminger Gives Address at the Opening of the Female High and Normal School in Charleston, South Carolina, 1859, vol. 5, p. 271; Meriwether et. al., *Papers of John C. Calhoun*, "A Visit to Fort Hill," by "A Traveller," *New York Herald*, July 26,1849. vol. 26, p. 527.
26 Richard Lounsbury, "Ludibria Rerum Mortalium: Charlestonian Intellectuals and Their Classics," in David Moltke-Hansen and Michael O'Brien, eds., *Intellectual Life in Antebellum Charleston*

(Knoxville: University of Tennessee Press, 1986), pp. 332 – 336; Richard C. Lounsbury, ed. , *Louisa S. McCord: Poems, Drama, Biography, Letters* (Charlottesville: University Press of Virginia, 1996), *Caius Gracchus*, pp. 170 – 171, 173, 220, 228; McCord to William Porcher Miles, June 12, 1848, p. 274.

27 Lounsbury, "Ludibria Rerum Mortalium," pp. 325, 328; Lounsbury, *Louisa S. McCord, Afterword*, pp. 414 – 415, 418.

28 Susan Smythe Bennett, "The Cheves Family of South Carolina," *South Carolina Historical and Genealogical Magazine* 35 (July 1934): 90 – 91.

29 Lounsbury, *Louisa S. McCord, Caius Gracchus*, pp. 183, 200 – 201; Margaret Farrand Thorp, *Female Persuasion: Six Strong-Minded Women* (New Haven: Yale University Press, 1949), pp. 182, 200.

30 Frederick M. Litto, "Addison's Cato in the Colonies," *William and Mary Quarterly*, 3d ser. , 23 (July 1966): 431, 448; Gillespie, *Collapse of Orthodoxy*, p. 73; Winterer, "Victorian Antigone," p. 80; George Fitzhugh, *Sociology for the South, or The Failure of Free Society* (Richmond: A. Morris, 1854; reprint, New York: Burt Franklin, 1965), p. 218.

31 Elizabeth Ann Bartlett, ed. , *Sarah Grimké: Letters on the Equality of the Sexes and Other Essays* (New Haven: Yale University Press, 1988), "Letters on the Equality of the Sexes," pp. 52, 63, 65.

32 Ibid. , p. 51; *The Education of Women*, p. 112.

33 Michael O'Brien, *Conjectures of Order: Intellectual Life and the American South*, 1810 – 1860 (Chapel Hill: University of North Carolina Press, 2004), pp. 254, 274.

34 Caroline Winterer, "Venus on the Sofa: Women, Neoclassicism, and the Early American Republic," *Modern Intellectual History* 2 (Spring 2005): 30.

35 Dew, *Digest*, pp. 162, 164 – 165.

36 Winterer, *Culture of Classicism*, p. 65.

37 Koch and Peden, *Selected Writings of John and John Quincy Adams*, John Quincy Adams to William Plumer, August 16, 1809, p. 269; Meriwether et al. , *Papers of John C. Calhoun*, "Patrick Henry" to the Editor of the *National Journal*, June 7, 1826, vol. 10,

p. 126; Dickson D. Bruce, "The Conservative Use of History in Early National Virginia," *Southern Studies* 19 (Summer 1980): 135.

38　Kimberly C. Shankman, *Compromise and the Constitution: The Political Thought of Henry Clay* (Lanham, Md.: Lexington Books, 1999), p. 39; Edwin A. Miles, "The Whig Party and the Menace of Caesar," *Tennessee Historical Quarterly* 27 (Winter 1968): 362 – 364; Stephen Botein, "Cicero as Role Model for Early American Lawyers," *Classical Journal* 73 (April-May 1978): 319 – 320.

39　Miles, "Whig Party and the Menace of Caesar," pp. 361,367.

40　Ibid., p. 370; Meriwether et al., *Papers of John C. Calhoun*, Speech on the Removal of the Deposits, January 13,1834, vol. 12, p. 221.

41　Meriwether et al., *Papers of John C. Calhoun*, Remarks on an Article in The [*Washington*] *Globe*, February 2,1835, vol. 12, p. 410; John Rhodehamel and Louise Taper, eds., "*Right or Wrong, God Judge Me*": The Writings of John Wilkes Booth (Urbana: University of Illinois Press, 1997), pp. 4, 16, 35; Louis J. Weichmann, *A True History of the Assassination of Abraham Lincoln and the Conspiracy of* 1865 (New York: Alfred A. Knopf, 1975), p. 41. For reference to Lawrence see Robert V. Remini, *Andrew Jackson and the Course of American Democracy*, 1833 – 1845 (New York: Harper and Row, 1977), p. 229.

42　Meriwether et al., *Papers of John C. Calhoun*, Andrew Jackson to John C. Calhoun, May 30,1830, vol. 11, p. 193.

43　Botein, "Cicero as Role Model for Early American Lawyers," p. 319; Miles, "Whig Party and the Menace of Caesar," pp. 368 – 369.

44　Miles, "Whig Party and the Menace of Caesar," pp. 373.

45　Ibid., pp. 371 – 373; Meriwether et al., *Papers of John C. Calhoun*, Speech on the Force Bill, February 15 – 16,1833, vol. 12, p. 72; Remarks on the Executive Patronage Report in Exchange with Thomas H. Benton, February 13,1835, vol. 12, p. 464; Remarks on Expunging the Senate Journal, March 3, 1835, vol. 12, p. 514; Remarks on the Motion to Expunge the Senate's Censure of Andrew Jackson, January 13,1837, vol. 13, p. 363.

46 Ralph Ketcham, *Presidents above Party: The First American Presidency*, 1789 - 1829 (Chapel Hill: University of North Carolina Press, 1984), pp. vii, x, 3 - 4,92,121 - 124,140; Gordon S. Wood, *The Radicalism of the American Revolution* (New York: Alfred A. Knopf, 1992), pp. 298 - 303; Daniel Walker Howe, *The Political Culture of the American Whigs* (Chicago: University of Chicago Press, 1979), p. 8.
47 Miles, "Whig Party and the Menace of Caesar," pp. 364 - 365,374 - 376. For Henry's Stamp Act Speech and an editor's endorsement of its genuineness see Robert Douthat Meade, ed., *Patrick Henry* (Philadelphia: J. B. Lippincott, 1957 - 1969), vol. 1, pp. 31,173 - 178.
48 Wiltshire, "Sam Houston," p. 254; Miles, "Whig Party and the Menace of Caesar," p. 376.
49 Miles, "Whig Party and the Menace of Caesar," p. 374.
50 Ibid., p. 379; Meriwether et al., *Papers of John C. Calhoun*, Franklin Smith to Calhoun, December 22,1847, vol. 25, pp. 35 - 37; James Gadsden to Calhoun, December 28, 1847, vol. 25, p. 46; Sylvester Graham to Calhoun, August 17, 1848, vol. 26, p. 12; Lounsbury, "Ludibria Rerum Mortalium," p. 360.
51 William Charvat et al., eds., *The Works of Nathaniel Hawthorne* (Columbus: Ohio State University Press, 1962 - 1988), Letters, Hawthorne to Franklin Pierce, July 5,1852, vol. 16, p. 562.
52 Meriwether et al., *Papers of John C. Calhoun*, Speech on the Revenue Bill, January 31, 1816, vol. 1, p. 326; Miles, "Old South and the Classical World," pp. 269,275. De Bow may have gotten the analogy of the North and the Germanic invaders who toppled the Roman Empire from George Frederick Holmes. See Drew Gilpin Faust, *A Sacred Circle: The Dilemma of the Intellectual in the Old South*, 1840 - 1860 (Baltimore: Johns Hopkins University Press, 1977), p. 76.
53 Meriwether et al., *Papers of John C. Calhoun*, William Henry Harrison to John C. Calhoun, April 30,1832, vol. 11, pp. 575 - 576, 578.
54 Miles, "Old South and the Classical World," p. 274; Winterer,

Culture of Classicism, p. 93; O'Brien, *All Clever Men*, Thomas Roderick Dew, "Republicanism and Literature," 1836, pp. 157 - 158,175; Fitzhugh, *Sociology for the South*, p. 202.

55 Knight, *Documentary History*, Charles Fenton Mercer's Discourse on Popular Education, 1826, vol. 2, p. 322; Meriwether et al., *Papers of John C. Calhoun*, Speech on the Dangers of Factious Opposition, January 5,1814, vol. 1, p. 196.

56 Bruce, "Conservative Use of History in Early National Virginia," p. 133; Fitzhugh, *Sociology for the South*, p. 295; Miles, "Whig Party and the Menace of Caesar," p. 376.

57 Paul K. Conkin, *Self-Evident Truths* (Bloomington: Indiana University Press, 1974), p. 146; John Calvin, *Institutes of the Christian Religion*, trans. Henry Beveridge (Grand Rapids: William B. Eerdman, 1970), vol. 2, pp. 656 - 657; Niccolò Machiavelli, *The Discourses of Niccolò Machiavelli*, trans. Leslie J. Walker (New Haven: Yale University Press, 1950), vol. 1, pp. 212 - 215; vol. 2, pp. 7 - 12, 271 - 315; Francesco Guicciardini, *Maxims and Reflections of a Renaissance Statesman*, trans. Mario Domandi (New York: Harper and Row, 1965), p. 13; Algernon Sidney, *Discourses concerning Government* (1751; reprint, London: Gregg International Publishers, 1968), pp. 130,139 - 140,434.

58 J. G. A. Pocock, ed., *The Political Works of James Harrington* (Cambridge: Cambridge University Press, 1977), pp. 459,607.

59 Gordon S. Wood, *Creation of the American Republic*, 1776 - 1787 (Chapel Hill: University of North Carolina Press, 1969), pp. 201 - 203,208,211,213 - 214,232 - 233.

60 Ibid., pp. 410,473,554,557 - 559; Max Farrand, ed., *The Records of the Federal Convention of* 1787, 3d ed. (New Haven: Yale University Press, 1966), vol. 1, pp. 299 - 300,308,402,422 - 424, 431 - 432; vol. 2, p. 299; Alexander Hamilton, John Jay, and James Madison, *The Federalist: A Commentary on the Constitution of the United States* (New York: Random House, 1941), nos. 47 and 63, pp. 313,410 - 411,415; John Adams, *A Defence of the Constitutions of Government of the United States of America* (1787 - 1788; reprint, New York: Da Capo Press, 1971); Paul Leicester Ford,

ed. , *Pamphlets on the Constitution of the United States: Published during Its Discussion by the People* (1888; reprint, New York: Burt Franklin, 1971), pp. 34 – 43, 57 – 58, 65, 189 – 190; Herbert J. Storing, ed. , *The Complete Antifederalist* (Chicago: University of Chicago Press, 1981), vol. 2, pp. 138 – 139; Jonathan Elliot, ed. , *Debates in the Several State Conventions on the Adoption of the Federal Constitution* (1888; reprint, New York: Burt Franklin, 1968), vol. 3, p. 218; vol. 4, pp. 326 – 329.

61 Hamilton, Jay, and Madison, *Federalist*, no. 10, pp. 58 – 59. Madison makes a similar argument in no. 51 as well. For reference to democratic reforms and to the rise of political parties see Conkin, *Self-Evident Truths*, pp. 184, 187, 193.

62 For reference to a famous attack on northern economic policies by the South's chief economist, John Taylor of Caroline, see Paul K. Conkin, *Prophets of Prosperity: America's First Political Economists* (Bloomington: Indiana University Press, 1980), pp. 57, 59, 61 – 78. For reference to the dispute over the expansion of slavery see David M. Potter, *Division and the Stresses of Reunion*, 1845 – 1876 (Glenview, Ill. : Scott, Foresman, and Co. , 1973), p. 24.

63 John C. Calhoun, *Disquisition on Government and Selections from the Discourse*, ed. C. Gordon Post (New York: Macmillan, 1953), pp. 20, 28, 37 – 38, 50 – 51.

64 Ibid. , pp. 23, 26 – 28, 35 – 36, 51; John M. Anderson, ed. , *Calhoun: Basic Documents* (State College, Penn. : Bald Eagle Press, 1952), On the Revenue Collection Bill, February 15 – 16, 1833, p. 181.

65 Calhoun, *Disquisition on Government*, pp. 56, 71 – 73.

66 Ibid. , p. 49; Selections from "A Discourse on the Constitution and Government of the United States," p. 102; Meriwether et al. , *Papers of John C. Calhoun*, Exposition Reported by the Special Committee, December 19, 1828, vol. 10, pp. 492 – 494, 514; William W. Freeling, *Prelude to Civil War: The Nullification Controversy in South Carolina*, 1816 – 1836 (New York: Harper and Row, 1966), pp. 265, 296 – 297.

67 Calhoun, *Disquisition on Government*, p. 53; Adams, *Defence*, vol. 3, p. 505; Eugene D. Genovese, "The Gracchi and Their Mother in

the Mind of American Slaveholders," *Journal of the Historical Society* 2 (Summer/Fall 2002): 469.
68 Meriwether et al., *Papers of John C. Calhoun*, Calhoun to A. D. Wallace, December 17,1840, vol. 15, p. 389.
69 David M. Potter, *The Impending Crisis*, 1848 – 1861 (New York: Harper and Row, 1976), pp. 281 – 284,419; Potter, *Division and the Stresses of Reunion*, p. 142.
70 John Niven, *John C. Calhoun and the Price of Union: A Biography* (Baton Rouge: Louisiana State University Press, 1988), p. 1; Potter, *Impending Crisis*, p. 446.
71 Potter, *Division and the Stresses of Reunion*, pp. 142,214 – 215.

3. 田园主义与功利主义

1 David B. Tyack, *George Ticknor and the Boston Brahmins* (Cambridge, Mass.: Harvard University Press, 1967), p. 128; Ralph Waldo Emerson, *The Complete Works of Ralph Waldo Emerson* (Boston: Houghton Mifflin, 1903 – 1904; reprint, New York: AMS Press, 1968), "Thoughts on Modern Literature," vol. 12, p. 311; Richard L. Bushman, introduction to Wendy A. Cooper, *Classical Taste in America*, 1800 – 1840 (New York: Abbeville Press and Baltimore Museum of Art, 1993), p. 22.
2 William H. Gilman et al., eds., *The Journals and Miscellaneous Notebooks of Ralph Waldo Emerson* (Cambridge, Mass.: Harvard University Press, 1960 – 1982), Date Unknown, vol. 6, p. 175.
3 Dorothea Wender, ed. and trans., *Roman Poetry from the Republic to the Silver Age* (Carbondale: Southern Illinois University Press, 1980), pp. 59 – 60.
4 Paul A. Rahe, *Republics, Ancient and Modern: Classical Republicanism and the American Revolution* (Chapel Hill: University of North Carolina Press, 1992), p. 414.
5 A. Whitney Griswold, "Jefferson's Agrarian Democracy," in Henry C. Dethloff, ed., *Thomas Jefferson and American Democracy* (Lexington, Mass.: D. C. Heath, 1971), pp. 40 – 42, 46 – 50; Richard K. Matthews, *The Radical Politics of Thomas Jefferson*:

A Revisionist View (Lawrence: University Press of Kansas, 1984), pp. 43,109-110. For a full discussion of classical economics, both in Europe and in America, see Paul K. Conkin, *Prophets of Prosperity: America's First Political Economists* (Bloomington: Indiana University Press, 1980).

6 Rowland Bertoff, "Independence and Attachment, Virtue and Interest: From Republican Citizen to Free Enterpriser, 1787-1837," in Richard L. Bushman, ed., *Uprooted Americans: Essays to Honor Oscar Handlin* (Boston: Little, Brown, 1979), p. 109; John William Ward, *Andrew Jackson: Symbol for an Age* (Oxford: Oxford University Press, 1955), pp. 229-230; William Vance, *America's Rome* (New Haven: Yale University Press, 1989), vol. 1, pp. 89,96-97.

7 Francis H. Allen and Bradford Torrey, eds., *The Journal of Henry David Thoreau* (Salt Lake City: Gibbs M. Smith, 1984), February 16,1838, vol. 1, p. 29.

8 Ibid., September 2,1851, vol. 2, pp. 444-445; September 3,1851, vol. 2, p. 450; December 22,1855, vol. 8, p. 56; March 26,1856, vol. 8, p. 229; December 13,1859, vol. 13, pp. 26-27; March 15, 1860, vol. 13, p. 195; Ethel Seybold, *Thoreau: The Quest and the Classics* (New Haven: Yale University Press, 1951), pp. 17,70-71.

9 For a full discussion of the educational proposals of Franklin, Rush, and Paine and their own uses of the classics see Carl J. Richard, *The Founders and the Classics: Greece, Rome, and the American Enlightenment* (Cambridge, Mass.: Harvard University Press, 1994), pp. 196-223.

10 Wayne K. Durill, "The Power of Ancient Words: Classical Teaching and Social Change at South Carolina College," *Journal of Southern History* 65 (August 1999): 478-479.

11 Ibid., pp. 479-480; Tyack, *George Ticknor and the Boston Brahmins*, pp. 69-72, 112; Melvin I. Urofsky, "Reforms and Response: The Yale Report of 1828," *History of Education Quarterly* 5 (March 1965): 54-57; Elizabeth Fox-Genovese and Eugene D. Genovese, *The Mind of the Master Class: History and Faith in the Southern Slaveholders' Worldview* (Cambridge:

Cambridge University Press, 2005), p. 261; George P. Schmidt, "Intellectual Crosscurrents in American Colleges, 1825 – 1855," *American Historical Review* 42 (October 1936): 52 – 53,57 – 58.

12　Richard Hofstadter and Wilson Smith, eds. , *American Higher Education: A Documentary History* (Chicago: University of Chicago Press, 1961), Henry Vethake Proposes Curricular and Teaching Changes, 1830, vol. 1, pp. 293 – 294,296.

13　Caroline Winterer, "Classical Oratory and Fears of Demagoguery in the Antebellum Era," in Michael Meckler, ed. , *Classical Antiquity and the Politics of America: From George Washington to George W. Bush* (Waco, Tex. : Baylor University Press, 2006), p. 43.

14　Robert A. McCaughey, *Josiah Quincy, 1772 – 1864: The Last Federalist* (Cambridge, Mass. : Harvard University Press, 1974), p. 166.

15　"Modern Ideas Concerning Education," *Southern Literary Messenger* 8(1842): 627.

16　Harvey Wish, "Aristotle, Plato, and the Mason-Dixon Line," *Journal of the History of Ideas* 10 (April 1949): 265; Fox-Genovese and Genovese, *Mind of the Master Class*, p. 281.

17　Schmidt, "Intellectual Crosscurrents in American Colleges," pp. 59 – 60.

18　Edgar W. Knight, ed. , *A Documentary History of Education in the South before* 1860 (Chapel Hill: University of North Carolina Press, 1949 – 1953), Henry Harrisse of the University of North Carolina on Collegiate Education, 1854, vol. 3, p. 382; A Senator in the Legislature of Texas Opposes the Bill for a University, 1856, vol. 3, p. 412; President James H. Thornwell of South Carolina College Writes to Governor Manning on Public Education in South Carolina, 1853, vol. 5, p. 153; Robert Meriwether et al. , eds. , *The Papers of John C. Calhoun* (Columbia: University of South Carolina Press, 1959 –), Anna Maria Calhoun Clemson to John C. Calhoun, December 5,1844, vol. 20, p. 466.

19　Daniel Walker Howe, *Making the American Self: Jonathan Edwards to Abraham Lincoln* (Cambridge, Mass. : Harvard University Press, 1997), p. 162; Louis Filler, ed. , *Horace Mann on* the Crisis in Education (Yellow Springs, Ohio: Antioch Press, 1965), pp. 23, 128, 221. For reference to the contributions of Aristarchus and the other Greek scientists see Carl J. Richard, *Twelve Greeks and Romans Who Changed the World* (Lanham, Md.: Rowman and Littlefield, 2003), pp. 17 – 27.

20 Louis B. Wright, *Culture on the Moving Frontier* (Bloomington: Indiana University Press, 1955), p. 165.

21 Jurgen Herbst, "The Yale Report of 1828," *International Journal of the Classical Tradition* 11 (Fall 2004): 228; Caroline Winterer, *The Culture of Classicism: Ancient Greece and Rome in American Intellectual Life*, 1780 – 1910 (Baltimore: Johns Hopkins University Press, 2002), p. 49; Frederick Rudolph, *Curriculum: A History of the American Undergraduate Course of Study since* 1636 (San Francisco: Jossey-Bass Publishers, 1977), p. 66; Hofstadter and Smith, *American Higher Education*, The Yale Report of 1828, vol. 1, pp. 282 – 283, 287.

22 Hofstadter and Smith, *American Higher Education*, The Yale Report of 1828, vol. 1, pp. 288; Meyer Reinhold, *Classica Americana: The Greek and Roman Heritage in the United States* (Detroit: Wayne State University Press, 1984), pp. 193 – 194.

23 Hofstadter and Smith, *American Higher Education*, The Yale Report of 1828, vol. 1, pp. 290 – 291.

24 Rudolph, *Curriculum*, pp. 67, 72; Herbst, "Yale Report of 1828," p. 227.

25 Reinhold, *Classica Americana*, p. 194; Herbst, "Yale Report of 1828," pp. 213, 221; Schmidt, "Intellectual Crosscurrents in American Colleges," pp. 53, 57 – 58, 65; Winterer, "Classical Oratory and Fears of Demagoguery in the Antebellum Era," p. 43; McCaughey, *Josiah Quincy*, pp. 147 – 148, 167 – 168; Ronald Story, "Harvard Students, the Boston Elite, and the New England Preparatory System, 1800 – 1870," *History of Education Quarterly* 15 (Fall 1975): 285; Rudolph, *Curriculum*, p. 73; Urofsky, "Reforms and Response," pp. 55, 62 – 63.

26 Schmidt, "Intellectual Crosscurrents in American Colleges," p. 62; Winterer, *Culture of Classicism*, pp. 68 – 69; Siobhan Moroney,

"Latin, Greek, and the American Schoolboy: Ancient Languages and Classical Determinism in the Early Republic," *Classical Journal* 96 (February – March 2001): 301; McCaughey, *Josiah Quincy*, p. 168.

27 Richard Lounsbury, "Ludibria Rerum Mortalium: Charleston Intellectuals and Their Classics," in David Moltke-Hansen and Michael O'Brien, eds., *Intellectual life in Antebellum Charleston* (Knoxville: University of Tennessee Press, 1986), pp. 361, 365 – 366; Michael O'Brien, *A Character of Hugh Legaré* (Knoxville: University of Tennessee Press, 1985), pp. 92 – 93.

28 O'Brien, *Character of Hugh Legaré*, pp. 73, 92, 100; Lounsbury, "Ludibria Rerum Mortalium," p. 366.

29 Fox-Genovese and Genovese, *Mind of the Master Class*, p. 262; Michael O'Brien, *Conjectures of Order: Intellectual Life and the American South*, 1810 – 1860 (Chapel Hill: University of North Carolina Press, 2004), pp. 1090 – 1091.

30 Charles Fraser, "On the Condition and Prospects of the Art of Painting in the United States," in David Moltke-Hansen, ed., *Art in the Lives of South Carolinians: Nineteenth-Century Chapters* (Charleston: Carolina Art Association, 1979), pp. CF-2, CF-10.

31 Henry David Thoreau, *Walden and Other Writings* (New York: Random House, 1981), p. 91; Seybold, *Thoreau*, pp. 57 – 58.

32 Gilman et al., *Journals of Ralph Waldo Emerson*, June 27, 1846, vol. 9, p. 440; 1850 – 1851, vol. 11, p. 324.

33 Edwin A. Miles, "The Old South and the Classical World," *North Carolina Historical Review* 48(1971): 260.

34 Knight, *Documentary History*, Extracts from President Basil Manly's Report on Collegiate Education to the Trustees of the University of Alabama, 1852, vol. 3, pp. 354 – 356.

35 Ibid., A Committee of the Faculty of the University of Alabama Opposes the Elective System of the University of Virginia, 1854, vol. 3, pp. 401 – 403.

36 Ibid., Criticisms of the Colleges, 1852, vol. 4, p. 379.

37 Vance, *America's Rome*, vol. 1, p. 364.

38 George Fitzhugh, *Cannibals All: Slaves without Masters* (Richmond: A. Morris, 1857; reprint, Cambridge, Mass.: Harvard

University Press, 1960), p. 193.
39. George Fitzhugh, *Sociology for the South, or The Failure of Free Society* (Richmond: A. Morris, 1854; reprint, New York: Burt Franklin, 1965), pp. 159, 242; Harvey Wish, *George Fitzhugh: Propagandist of the Old South* (Baton Rouge: Louisiana State University Press, 1943), p. 263.
40. Fitzhugh, *Sociology for the South*, pp. 155–156.
41. Drew Gilpin Faust, *James Henry Hammond and the Old South: A Design for Mastery* (Baton Rouge: Louisiana State University Press, 1982), pp. 266, 273–274.
42. Cooper, *Classical Taste in America*, p. 210.

4. 民族主义

1. Richard M. Gummere, *Seven Wise Men of Colonial America* (Cambridge, Mass.: Harvard University Press, 1967), p. 86; William van der Wyde, ed., *The Life and Works of Thomas Paine* (New Rochelle, N. Y.: Thomas Paine National Historical Association, 1925–1927), "The American Crisis," 1776, vol. 3, pp. 34–35; A. Owen Aldridge, "Thomas Paine and the Classics," *Eighteenth Century Studies* 1 (Summer 1968): 376.
2. Robert Green McCloskey, ed., *The Papers of James Wilson* (Cambridge, Mass.: Harvard University Press, 1967), Miscellaneous Papers, Oration Delivered on the Fourth of July, 1788, vol. 2, pp. 773–774; "On the Study of Law", 1790, vol. 1, pp. 69–71.
3. Garry Wills, *Lincoln at Gettysburg: The Words That Remade America* (New York: Simon and Schuster, 1992), p. 48; George Fitzhugh, *Cannibals All: Slaves without Masters* (Richmond: A. Morris, 1857; reprint, Cambridge, Mass.: Harvard University Press, 1960), p. 64; Edwin A. Miles, "The Young American Nation and the Classical World," *Journal of the History of Ideas* 13 (April–June 1974): 270.
4. William H. Gilman et al., eds., *The Journals and Miscellaneous Notebooks of Ralph Waldo Emerson* (Cambridge, Mass.: Harvard

University Press, 1960 – 1982), July 11, 1822, vol. 2, p. 4; December 21,1822, vol. 2, p. 73; February 1,1823, vol. 2, p. 95; Letter to Plato, May 2,1824, vol. 2, p. 246.

5 Miles, "Young American Nation and the Classical World," pp. 269, 274; Wendy A. Cooper, *Classical Taste in America*, 1800 – 1840 (New York: Abbeville Press and Baltimore Museum of Art, 1993), p. 65.

6 Michael O'Brien, ed., *All Clever Men, Who Make Their Way: Critical Discourse in the Old South* (Athens: University of Georgia Press, 1992), Frederick Adolphus Porcher, "Modern Art," 1852, pp. 332, 334 – 336. For Washington's statement see John S. Crawford, "The Classical Tradition in American Sculpture: Structure and Surface," *American Art Journal* 11 (April 1979): 41.

7 O'Brien, *All Clever Men*, Porcher, "Modern Art," p. 321; Richard Lounsbury, "Ludibria Rerum Mortalium: Charleston Intellectuals and Their Classics," in David Moltke-Hansen and Michael O' Brien, eds., *Intellectual Life in Antebellum Charleston* (Knoxville: University of Tennessee Press, 1986), pp. 350 – 351.

8 Talbot Hamlin, *Greek Revival Architecture in America* (Oxford: Oxford University Press, 1944), p. 56; Crawford, "Classical Tradition in American Sculpture," pp. 41 – 42.

9 Hamlin, *Greek Revival Architecture in America*, p. 60; Michael O'Brien, *Conjectures of Order: Intellectual Life and the American South*, 1810 – 1860 (Chapel Hill: University of North Carolina Press, 2004), p. 595; O'Brien, *All Clever Men*, Henry Augustine Washington, "The Social System of Virginia," 1848, p. 231.

10 Garry Wills, *Cincinnatus: George Washington and the Enlightenment* (Garden City, N. Y.: Doubleday, 1984), pp. 35,51.

11 Daniel Webster, *The Great Speeches of Daniel Webster* (Boston: Little, Brown, 1919), First Settlement of New England, December 22,1820, pp. 28 – 29.

12 Ibid., The Character of Washington, February 22,1832, p. 346.

13 Ibid., The Addition to the Capitol, July 4, 1851, pp. 641 – 642; Kenneth E. Shewmaker, ed., *Daniel Webster: "The Completest Man"* (Hanover, N. H.: University Press of New England, 1990),

注 释 | 363

The Dignity and Importance of History, 1852, p. 136.
14 Michael O'Brien, *A Character of Hugh Legaré* (Knoxville: University of Tennessee Press, 1985), pp. 42 - 44.
15 Richard Beale Davis, *Intellectual Life in Jefferson's Virginia*, 1790 - 1830 (Chapel Hill: University of North Carolina Press, 1973), pp. 372 - 373.
16 O'Brien, *All Clever Men*, Thomas Roderick Dew, "Republicanism and Literature," 1836, p. 139.
17 Robert Meriwether et al., eds., *The Papers of John C. Calhoun* (Columbia: University of South Carolina Press, 1959 -), Speech on the Loan Bill, February 25, 1814, vol. 1, p. 211; Elizabeth Fox-Genovese and Eugene D. Genovese, *The Mind of the Master Class: History and Faith in the Southern Slaveholders' Worldview* (Cambridge: Cambridge University Press, 2005), p. 278.
18 Frederick M. Litto, "Addison's Cato in the Colonies," *William and Mary Quarterly*, 3d ser., 23 (July 1966): 448.
19 Charles Sumner, *The Works of Charles Sumner* (Boston: Lee and Shepard, 1874 - 1883), "The True Grandeur of Nations," July 4, 1845, vol. 1, pp. 67 - 69.
20 William Vance, *America's Rome* (New Haven: Yale University Press, 1989), vol. 1, pp. 21,32.
21 William H. Pierson Jr., *American Buildings and Their Architects: Technology and the Picturesque*; *The Corporate and the Early Gothic Styles* (Garden City, N. Y.: Anchor Books, 1978), p. 6; Hamlin, *Greek Revival Architecture in America*, pp. 3,24,35.
22 Hamlin, *Greek Revival Architecture in America*, pp. 8,37,80,148, 347; Egon Verheyen, "'Unenlightened by a Single Ray of Antiquity': John Quincy Adams and the Design of the Pediment for the United States Capitol," *International Journal of the Classical Tradition* 3 (Fall 1996): 229.
23 Hamlin, *Greek Revival Architecture in America*, pp. 148, 223 - 225,346.
24 Ibid., pp. 61 - 62.
25 John Stephens Crawford, "The Classical Orator in Nineteenth-Century American Sculpture," *American Art Journal* 6 (November

1974): 59 - 61,67 - 69; Crawford, "Classical Tradition in American Sculpture," pp. 40,43 - 47.

26 Ralph L. Rusk, ed., *The Letters of Ralph Waldo Emerson* (New York: Columbia University Press, 1939), Emerson to John Boynton Hill, July 3,1822, vol. 1, p. 121; Gilman et al., *Journals of Ralph Waldo Emerson*, August 9,1840, vol. 7, p. 390.

27 Francis H. Allen and Bradford Torrey, eds., *The Journal of Henry David Thoreau* (Salt Lake City: Gibbs M. Smith, 1984), February 9, 1851, vol. 2, p. 151; Elzbieta Foeller-Pituch, "Ambiguous Heritage: Classical Myths in the Works of Nineteenth-Century American Writers," *International Journal of the Classical Tradition* 1 (Winter 1995): 98; Thomas R. Dew, *A Digest of the Laws, Customs, Manners, and Institutions of the Ancient and Modern Nations*, 2d ed. (New York: D. Appleton, 1870), p. 160.

28 Caroline Winterer, "Victorian Antigone: Classicism and Women's Education in America, 1840 - 1900," *American Quarterly* 53 (March 2001): 76; Dew, Digest, p. 210.

29 George A. Kennedy, "Gildersleeve, the Journal, and Philology in America," in Herbert W. Benario and Ward W. Briggs Jr., eds., *Basil Lanneau Gildersleeve: An American Classicist* (Baltimore: Johns Hopkins University Press, 1986), p. 45.

30 Miles, "Young American Nation and the Classical World," p. 263.

5. 浪漫主义

1 Michael O'Brien, ed., *All Clever Men, Who Make Their Way: Critical Discourse in the Old South* (Athens: University of Georgia Press, 1992), Thomas Roderick Dew, "Republicanism and Literature," 1836, p. 130.

2 Ibid., pp. 131 - 132,138.

3 Ibid., p. 139.

4 Meyer Reinhold, *Classica Americana: The Greek and Roman Heritage in the United States* (Detroit: Wayne State University Press, 1984), p. 329; Gay Wilson Allen and Sculley Bradley, eds., *The Collected Writings of Walt Whitman: Notebooks and*

注 释 | 365

Unpublished Prose Manuscripts (New York: New York University Press, 1984), Notebooks, 1850s, vol. 5, p. 1770; John Carl Miller, ed., *Edgar Allan Poe: Marginalia* (Charlottesville: University Press of Virginia, 1981), *Democratic Review*, July 1846, p. 118.

5 Arlin Turner, *Nathaniel Hawthorne: A Biography* (Oxford: Oxford University Press, 1980), p. 328; William Charvat et al., eds., *The Works of Nathaniel Hawthorne* (Columbus: Ohio State University Press, 1962 – 1988), Explanatory Notes, December 7, 1857, vol. 14, p. 725; Ralph Waldo Emerson, *Selected Essays* (New York: Penguin Books, 1982), "Self-Reliance," pp. 176, 183, 199 – 200; Ralph Waldo Emerson, *Essays: First and Second Series* (Mount Vernon: Peter Pauper Press, 1946), "History," p. 25; William H. Gilman et al., *The Journals and Miscellaneous Notebooks of Ralph Waldo Emerson* (Cambridge, Mass.: Harvard University Press, 1960 – 1982), August 19, 1832, vol. 4, p. 38; Carl Bode and Walter Harding, eds., *The Correspondence of Henry David Thoreau* (New York: New York University Press, 1958), Thoreau to H. G. O. Blake, July 21, 1852, p. 286.

6 L. H. Butterfield, ed., *The Adams Family Correspondence* (Cambridge, Mass.: Harvard University Press, 1963 – 1973), John Adams to John Quincy Adams, February 12, 1781, vol. 4, p. 80; George Fitzhugh, *Cannibals All: Slaves without Masters* (Richmond: A. Morris, 1857; reprint, Cambridge, Mass.: Harvard University Press, 1960), pp. 61 – 64. For reference to the adherence of eighteenth-century authors like Alexander Pope to the so-called classical laws of literature see Patrick Critwell, "The Eighteenth Century: A Classical Age?"*Arion* 7 (Spring 1968): 120.

7 Gilman et al., *Journals of Ralph Waldo Emerson*, 1820, vol. 1, p. 228; May 31, 1840, vol. 7, p. 363; 1852, vol. 13, p. 59.

8 Ibid., March 26, 1839, vol. 7, p. 181; June 19, 1840, vol. 7, p. 505; Date Unknown, vol. 12, p. 233; Ralph Waldo Emerson, *The Complete Works of Ralph Waldo Emerson* (Boston: Houghton Mifflin, 1903 – 1904; reprint, New York: AMS Press, 1968), "Art and Criticism," vol. 12, pp. 304 – 305; "Thoughts on Modern Literature," vol. 12, pp. 309 – 310.

9 Emerson, *Selected Essays*, "History," pp. 163 – 164, 166; "Self-Reliance," pp. 199 – 200; Emerson, *Complete Works of Ralph Waldo Emerson*, "History," vol. 2, pp. 26, 30; Gilman et al., *Journals of Ralph Waldo Emerson*, March 27, 1826, vol. 3, p. 16; October 30, 1835, vol. 5, p. 105; May 4, 1836, vol. 5, p. 150; July 2, 1836, vol. 5, p. 185; September 20, 1836, vol. 5, pp. 198 – 199; January 7, 1837, vol. 5, p. 279; Date Unknown, vol. 6, p. 221; 1859, vol. 14, p. 268.

10 Allen and Bradley, *Collected Writings of Walt Whitman*, Notebooks, 1856, vol. 5, pp. 1752 – 1753; Miller, *Edgar Allan Poe*, *Graham's Magazine*, November 1846, p. 132; December 1846, p. 141; *Southern Literary Messenger*, April 1849, p. 169; Francis H. Allen and Bradford Torrey, eds., *The Journal of Henry David Thoreau* (Salt Lake City: Gibbs M. Smith, 1984), January 2, 1840, vol. 1, p. 117.

11 Perry Miller, *The New England Mind* (New York: Macmillan, 1939), vol. 1, p. 278; Howard Mumford Jones, *Revolution and Romanticism* (Cambridge, Mass.: Harvard University Press, 1974), p. 128; Harvey Wish, "Aristotle, Plato, and the Mason-Dixon Line," *Journal of the History of Ideas* 10 (April 1949): 255; Daniel Walker Howe, *Making the American Self: Jonathan Edwards to Abraham Lincoln* (Cambridge, Mass.: Harvard University Press, 1997), p. 204.

12 Gilman et al., *Journals of Ralph Waldo Emerson*, "The Character of Socrates," 1820, vol. 1, pp. 207, 234, 257; Journal, February 14, 1828, vol. 3, pp. 106 – 107; September 27, 1830, vol. 3, p. 199; 1845 – 1848, vol. 10, p. 474.

13 Ibid., Letter to Plato, May 2, 1824, vol. 2, p. 246; Journal, 1824, vol. 2, p. 374; June 25, 1831, vol. 3, pp. 260 – 261; 1840, vol. 7, p. 335; 1844 – 1845, vol. 9, pp. 179, 215 – 216; April 19, 1845, vol. 9, p. 245; 1845 – 1848, vol. 10, p. 483; Ralph L. Rusk, ed., *The Letters of Ralph Waldo Emerson* (New York: Columbia University Press, 1939), Introduction, vol. 1, pp. liv – lv; Emerson to Elizabeth Hoar, July 18, 1841, vol. 2, pp. 429 – 430; May 7, 1842, vol. 3, p. 50; Emerson to Mary Moody Emerson, September 21, 1841, vol. 2,

p. 451; Emerson to James Elliot Cabot, August 19,1846, vol. 3, p. 343; Emerson to Samuel Gray Ward, March 25,1847, vol. 3, p. 387.

14 Gilman et al. , *Journals of Ralph Waldo Emerson*, August 25,1845, vol. 9,p. 248; 1845, vol. 9, p. 325; 1847, vol. 10, pp. 42 – 43; July 25,1847, vol. 10,p. 115; 1845 – 1848, vol. 10, p. 478; Rusk, *Letters of Ralph Waldo Emerson*,Emerson to William Emerson, April 21, 1833, vol. 1, p. 380; October 2,1845,vol. 3, pp. 305 – 306; July 27, 1849, vol. 4, p. 155; Emerson to John F. Heath, August 4,1842, vol. 3, p. 77; Emerson, *Complete Works of Ralph Waldo Emerson, Representative Men*, vol. 4, pp. 40 – 41.

15 Emerson, *Complete Works of Ralph Waldo Emerson, Representative Men*, vol. 4, pp. 37, 39, 44, 57, 78, 87; *Society and Solitude*, vol. 7, pp. 191, 198 – 200.

16 Ethel Seybold, *Thoreau: The Quest and the Classics* (New Haven: Yale University Press, 1951), pp. 62, 73, 83; Howe, *Making the American Self*, pp. 217,221 – 222,230 – 231.

17 Vincent Buranelli, *Edgar Allan Poe* (New York: Twayne Publishers, 1961),pp. 36,89,111,113.

18 Arthur Cushman McGiffert, ed. , *Young Emerson Speaks: Unpublished Discourses on Many Subjects* (Boston: Houghton, Mifflin, 1938; reprint, Port Washington, N. Y. : Kennikat Press, 1968), pp. 133,244; Emerson, *Selected Essays*,"Self-Reliance," p. 195; Gilman et al. , *Journals of Ralph Waldo Emerson*, February 22,1821, vol. 1, p. 203; 1830, vol. 3, pp. 365,367.

19 Allen and Torrey, *Journal of Henry David Thoreau*, February 7, 1838, vol. 1,pp. 26 – 27; Allen and Bradley, *Collected Writings of Walt Whitman*, "Epictetus," 1870, vol. 2, p. 886; Buranelli, *Edgar Allan Poe*, p. 52.

20 Charles Capper and David A. Hollinger, eds. , *The American Intellectual Tradition*, 3d ed. (Oxford: Oxford University Press, 1993), Ralph Waldo Emerson, "The Divinity School Address," 1838, vol. 1, p. 279; Taylor Stoehr, *Nay-Saying in Concord: Emerson, Alcott, and Thoreau* (Hamden, Conn. : Archon, 1979), p. 129; Emerson, *Complete Works of Ralph Waldo Emerson*,"Self-Reliance," vol. 2, p. 85.

21 Seybold, *Thoreau*, p. 17; Howe, *Making the American Self*, p. 245; Martin Luther King Jr., "Pilgrimage to Nonviolence," 1958, in Richard N. Current et al., eds., *Words That Made American History* (Boston: Little, Brown, 1978), vol. 2, p. 529. For Dickinson's quotation from *Antigone* see Richard M. Gummere, *The American Colonial Mind and the Classical Tradition: Essays in Comparative Culture* (Cambridge, Mass.: Harvard University Press, 1963), p. 115.

22 Stoehr, *Nay-Saying in Concord*, p. 129; Paul K. Conkin, *Puritans and Pragmatists: Eight Eminent American Thinkers* (Bloomington: Indiana University Press, 1968), pp. 163 – 165; Paul F. Boller Jr., *American Transcendentalism*, 1830 – 1860: *An Intellectual Inquiry* (New York: Putnam, 1974), p. 145; Gilman et al., *Journals of Ralph Waldo Emerson*, Date Unknown, vol. 6, p. 178.

23 Burton Feldman and Robert D. Richardson, eds., *The Rise of Modern Mythology* (Bloomington: Indiana University Press, 1972), pp. 517 – 518; Gilman et al., *Journals of Ralph Waldo Emerson*, October 1822, vol. 2, p. 23; 1853, vol. 13, pp. 133 – 134, 240 – 241; Emerson, *Complete Works of Ralph Waldo Emerson*, Society and Solitude, vol. 7, p. 197; "Solution," vol. 9, p. 221.

24 Seybold, *Thoreau*, pp. 30, 51 – 52, 76; Allen and Torrey, *Journal of Henry David Thoreau*, September 5, 1841, vol. 1, p. 284; January 8, 1842, vol. 1, p. 317; December 6, 1845, vol. 1, pp. 391, 393.

25 Seybold, *Thoreau*, pp. 29, 31 – 32, 52, 56 – 57; Allen and Torrey, *Journal of Henry David Thoreau*, November 20, 1837, vol. 1, p. 12; March 3, 1838, vol. 1, p. 31.

26 Seybold, *Thoreau*, pp. 10 – 12, 31; Feldman and Richardson, *Rise of Modern Mythology*, p. 527; Allen and Torrey, *Journal of Henry David Thoreau*, January 29, 1840, vol. 1, p. 116; January 10, 1851, vol. 2, p. 145.

27 Seybold, *Thoreau*, pp. 50 – 51; Allen and Torrey, *Journal of Henry David Thoreau*, July 14, 1845, vol. 1, p. 371. For reference to the theft of Thoreau's copy of the *Iliad* from his cabin see E. Christian Kopff, *The Devil Knows Latin: Why America Needs the Classical Tradition* (Wilmington, Del.: ISI, 1999), p. 99.

注　释 | 369

28　Seybold, *Thoreau*, pp. 16, 18, 35; Kevin P. Van Anglen, "The Sources of Thoreau's Greek Translations," in Joel Meyerson, ed., *Studies in the American Renaissance* (Boston: Twayne, 1980), pp. 293–294; Allen and Torrey, *Journal of Henry David Thoreau*, December 15, 1838, vol. 1, pp. 66–67; December 23, 1838, vol. 1, pp. 69–70; November 5, 1839, vol. 1, p. 93; November 8, 1839, vol. 1, p. 94; January 2, 1840, vol. 1, pp. 116–117.

29　Howe, *Making the American Self*, p. 214; Bell Gale Chavigny, ed., *The Woman and the Myth: Margaret Fuller's Life and Writings* (New York: Feminist Press, 1976), Memoirs, 1840, pp. 35, 38–41; Marie Cleary, "Freeing 'Incarcerated Souls': Margaret Fuller, Women, and Classical Mythology," *New England Classical Journal* 27 (Summer 2000): 65; Susan Phinney Conrad, *Perish the Thought: Intellectual Women in Romantic America*, 1830–1860 (Oxford: Oxford University Press, 1976), pp. 52, 54; Kopff, *Devil Knows Latin*, pp. 147–148; Talbot Hamlin, *Greek Revival Architecture in America* (Oxford: Oxford University Press, 1944), pp. 97, 315–316.

30　Cleary, "Freeing 'Incarcerated Souls'," pp. 62–65; Nancy Craig Simmons, "Margaret Fuller's Boston Conversations," in Joel Meyerson, ed., *Studies in the American Renaissance* (Charlottesville: University Press of Virginia, 1994), p. 204; Conrad, *Perish the Thought*, p. 53; Kopff, *Devil Knows Latin*, p. 148; Feldman and Richardson, *Rise of Modern Mythology*, p. 520; Howe, *Making the American Self*, p. 223.

31　Mason Wade, ed., *The Writings of Margaret Fuller* (New York: Viking, 1941), pp. 176–178, 180, 199, 216; Cleary, "Freeing 'Incarcerated Souls'," p. 66; William Vance, *America's Rome* (New Haven: Yale University Press, 1989), vol. 1, pp. 176–178.

32　Kopff, *Devil Knows Latin*, p. 157; Conrad, *Perish the Thought*, p. 48. For an interesting discussion of the role of the Hellenic movement, especially Greek drama and mythology, in strengthening nineteenth-century women's connection to the classics see Caroline Winterer, "Victorian Antigone: Classicism and Women's Education in America, 1840–1890," *American Quarterly* 53 (March 2001): 70–93.

33　Gregory A. Staley, "Washington Irving's *Sketch Book*: American *Odyssey*," unpublished manuscript, pp. 19 - 20.
34　Feldman and Richardson, *Rise of Modern Mythology*, p. 506; Gerard M. Sweeney, *Melville's Use of Classical Mythology* (Amsterdam: Rodopi N. V., 1975), pp. 32 - 33; Charvat, *Works of Nathaniel Hawthorne*, *The Wonder Book*, vol. 7, pp. 10 - 171; *Tanglewood Tales*, vol. 7, pp. 183 - 368; Letters, Hawthorne to Robert Carter, March 19,1853, vol. 16, pp. 652 - 653.
35　Feldman and Richardson, *Rise of Modern Mythology*, p. 514; Charvat, *Works of Nathaniel Hawthorne*, *The Marble Faun*, vol. 4, pp. 168, 173, 255, 457, 461; French and Italian Notebooks, May 1,1858, vol. 14, p. 198.
36　Charvat, *Works of Nathaniel Hawthorne*, *The Marble Faun*, vol. 4, pp. 8 - 11; French and Italian Notebooks, April 18,1858, vol. 14, pp. 173 - 174; April 22, 1858, vol. 14, p. 178; April 30,1858, vol. 14, p. 192; Hubert H. Hoeltje, *Inward Sky: The Mind and Heart of Nathaniel Hawthorne* (Durham, N. C.: Duke University Press, 1962), p. 503.
37　Hoeltje, *Inward Sky*, pp. 500 - 501; Charvat, *Works of Nathaniel Hawthorne*, *The Marble Faun*, vol. 4, p. 3.
38　Sweeney, *Melville's Use of Classical Mythology*, pp. 18, 21, 23 - 25, 28.
39　Ibid., pp. 29 - 30, 40 - 41, 55, 64, 153; Herman Melville, *Moby-Dick, or The Whale* (Evanston, Ill.: Northwestern University Press, 1988), p. 164.
40　Sweeney, *Melville's Use of Classical Mythology*, pp. 38, 42 - 45, 47 - 49, 67.
41　Ibid., pp. 51 - 52, 53, 55, 64.
42　Ibid., pp. 73 - 74, 77 - 78, 82.
43　Ibid., pp. 84 - 87, 91.
44　Ibid., p. 97.
45　Ibid., pp. 103 - 108, 111 - 112.
46　Ibid., pp. 113 - 115.
47　Ibid., pp. 116 - 117, 124 - 126, 129.
48　Ibid., pp. 23 - 24.

注 释 | 371

49 Ibid. , p. 139.
50 Thomas Ollive Mabbott, ed. , *Collected Works of Edgar Allan Poe* (Cambridge, Mass. : Harvard University Press, 1969 - 1978), "To Helen," 1831, vol. 1, p. 166; "The Raven," 1845, vol. 1, pp. 366, 368, 372 - 374; Darlene Harbour Unrue, "Edgar Allan Poe: The Romantic as Classicist," *International Journal of the Classical Tradition* 1 (Spring 1995): 116 - 119; Buranelli, *Edgar Allan Poe*, p. 100.
51 Charvat, *Works of Nathaniel Hawthorne*, Hawthorne to Francis Benoch, November 29, 1859, vol. 18, p. 204.
52 Rusk, *Letters of Ralph Waldo Emerson*, Introduction, vol. 1, pp. xxxi - xxxii; Emerson to Lidian Emerson, April 19, 1836, vol. 2, p. 9; Emerson to William Emerson, September 4, 1841, vol. 2, p. 444; Gilman et al. , *Journals of Ralph Waldo Emerson*, October 14, 1832, vol. 4, pp. 50 - 51; November 14, 1835, vol. 5, p. 109; August 3, 1837, vol. 5, p. 351; October 11, 1839, vol. 7, p. 269; November 14, 1839, vol. 7, p. 303; May 10, 1840, vol. 7, p. 496; October 9, 1841, vol. 8, p. 108; Emerson, *Complete Works of Ralph Waldo Emerson*, "Heroism," vol. 2, p. 248; *Society and Solitude*, vol. 7, pp. 73, 199 - 200.
53 Allen and Torrey, *Journal of Henry David Thoreau*, July 9, 1840, vol. 1, p. 165.
54 Dixon Wecter, *The Hero in America: A Chronicle of Hero-Worship* (Ann Arbor: University of Michigan Press, 1966), pp. 5, 489; Conrad, *Perish the Thought*, p. 208.
55 Emerson, *Complete Works of Ralph Waldo Emerson*, *Society and Solitude*, vol. 7, p. 200; Reinhold, *Classica Americana*, p. 260; Rusk, *Letters of Ralph Waldo Emerson*, Introduction, vol. 1, p. xxxii; Gilman et al. , *Journals of Ralph Waldo Emerson*, August 4, 1837, vol. 5, p. 352; August 5, 1837, vol. 5, p. 353.
56 Reinhold, *Classica Americana*, pp. 259 - 260; Rusk, *Letters of Ralph Waldo Emerson*, Emerson to James Elliot Cabot, April 13, 1857, vol. 5, p. 71; Emerson, *Complete Works of Ralph Waldo Emerson*, Introduction to 1871 edition of Plutarch's *Morals*, vol. 10, p. 297 - 298, 300 - 302, 318, 322.

6. 基督教

1 John C. Rolfe, *Cicero and His Influence* (Boston: M. Jones, 1925), pp. 115 – 118.

2 For reference to the medieval origins of the English and American colonial educational systems see Sheldon D. Cohen, *A History of Colonial Education*, 1607 – 1776 (New York: John Wiley and Sons, 1974), pp. 11,22 – 24.

3 Robert Middlekauff, "A Persistent Tradition: The Classical Curriculum in Eighteenth-Century New England," *William and Mary Quarterly*, 3d ser., 18 (January 1961): 56; Rolfe, *Cicero and His Influence*, p. 146; Wilson Smith, ed., *Theories of Education in Early America*, 1655 – 1819 (Indianapolis: Bobbs-Merrill, 1973), Charles Chauncy on Liberal Learning, 1635, p. 5; Cotton Mather, "An Essay on the Memory of My Venerable Master: Ezekiel Cheever," 1708, pp. 32 – 38. For reference to the influence of the CambridgePlatonists, see Daniel Walker Howe, *The Unitarian Conscience: Harvard Moral Philosophy*, 1805 – 1861 (Cambridge, Mass.: Harvard University Press, 1970), p. 43.

4 Lawrence A. Cremin, *American Education: The Colonial Experience*, 1607 – 1783 (New York: Harper and Row, 1970), pp. 175,321; Cohen, *History of Colonial Education*, pp. 98,166; Paul K. Conkin, *The Uneasy Center: Reformed Christianity in Antebellum America* (Chapel Hill: University of North Carolina Press, 1995), p. 57; Merrill D. Peterson, *James Madison: A Biography in His Own Words* (New York: Harper and Row, 1974), pp. 16,18; James Thomas Flexner, *The Young Hamilton: A Biography* (Boston: Little, Brown, 1978), p. 47; John C. Miller, *Sam Adams: Pioneer in Propaganda* (Stanford: Stanford University Press, 1936), pp. 6, 85, 228 – 229; Richard M. Gummere, *The American Colonial Mind and the Classical Tradition: Essays in Comparative Culture* (Cambridge, Mass.: Harvard University Press, 1963), p. 115; Meyer Reinhold, *Classica Americana: The Greek and Roman Heritage in the United States* (Detroit: Wayne

State University Press, 1984), p. 157.
5　Howe, *Unitarian Conscience*, pp. 43,190 – 191; Albert Ellery Bergh and Walter A. Lipscomb, eds. , *The Writings of Thomas Jefferson* (Washington, D. C. : Thomas Jefferson Memorial Association, 1903), Jefferson to William Short, October 31, 1819, vol. 15, pp. 219,223 – 224; Jefferson to Benjamin Waterhouse, June 26, 1822, vol. 15, p. 385; Lester J. Cappon, ed. , *The Adams Jefferson Letters: The Complete Correspondence between Thomas Jefferson and Abigail and John Adams* (Chapel Hill: University of North Carolina Press, 1959), Jefferson to John Adams, July 5, 1814, vol. 2, pp. 432 – 433. For a fuller discussion of Jefferson's philosophical views, see Carl J. Richard, *The Founders and the Classics: Greece, Rome, and the American Enlightenment* (Cambridge, Mass. : Harvard University Press, 1994), pp. 187 – 194.
6　Edward L. Pierce, ed. , *Memoir and Letters of Charles Sumner* (London: Sampson Low, 1878), Sumner to Henry Ware, August 22, 1843, vol. 2, pp. 266 – 267; Charles Sumner, *The Works of Charles Sumner* (Boston: Lee and Shepard, 1874 – 1883), The Scholar, the Jurist, the Artist, the Philanthropist, August 27, 1846, vol. 1, pp. 253 – 255.
7　Julian P. Boyd, ed. , *The Papers of Thomas Jefferson* (Princeton: Princeton University Press, 1950), Jefferson to Maria Cosway, October 12, 1786, vol. 10, p. 451; Zoltán Haraszti, *John Adams and the Prophets of Progress* (Cambridge, Mass. : Harvard University Press, 1952), p. 302.
8　Sumner, *Works of Charles Sumner*, Fame and Glory, August 11, 1847, vol. 2, p. 12.
9　Ibid. , vol. 2, pp. 13, 21 – 22.
10　Ibid. , vol. 2, pp. 22 – 23.
11　Pierce, *Memoir and Letters of Charles Sumner*, Memoir, vol. 1, pp. 36 – 37, 53, 59.
12　Ibid. , Letters, Sumner to George S. Hilliard, May 19, 1839, vol. 2, pp. 99 – 100; July 13, 1839, vol. 2, pp. 103 – 104; September 29, 1839, vol. 2, p. 115; Sumner to Henry Wadsworth Longfellow, July 26, 1839, vol. 2, p. 107; Sumner to Simon Greenleaf, July 27, 1839,

vol. 2, p. 108; Sumner to Dr. Samuel G. Howe, May 31,1844, vol. 2, p. 306.

13 Michael O'Brien, *A Character of Hugh Legaré* (Knoxville: University of Tennessee Press, 1985), pp. 19,79 - 80,102.

14 Ibid. , pp. 253 - 254,257 - 258.

15 Adrienne Koch and William Peden, eds. , *The Selected Writings of John and John Quincy Adams* (New York: Alfred A. Knopf, 1946), John Quincy Adamsto George Washington Adams, September 1,1811, pp. 279 - 281.

16 Charles Francis Adams, ed. , *Memoirs of John Quincy Adams, Comprising Portions of His Diary from* 1795 *to* 1848 (Philadelphia, 1874 - 1877; reprint, New York: AMS Press, 1970), April 5,1813, vol. 2, pp. 455 - 456; April 6, 1835, vol. 9, pp. 231 - 232; May 18, 1839, vol. 10, p. 122.

17 Ibid. , August 16,1811, vol. 2, p. 297; January 12,1812, vol. 2, pp. 333 - 334; October 13, 1822, vol. 6, pp. 78 - 79. For reference to Jefferson's belief in the necessity of an afterlife, see Bergh and Lipscomb, *Writings of Thomas Jefferson*, Jefferson to Benjamin Rush, April 21, 1803, vol. 10, p. 380; Jefferson to Benjamin Waterhouse, June 26, 1822, vol. 15, pp. 384 - 385; Jefferson to Augustus B. Woodward, March 24,1824, vol. 16, p. 18.

18 Aida DiPace Donald et al. , eds. , *Diary of Charles Francis Adams* (Cambridge, Mass. : Harvard University Press, 1964 -), September 17,1831, vol. 4, pp. 138 - 139; Peter Shaw, *The Character of John Adams* (Chapel Hill: University of North Carolina Press, 1976), p. 35.

19 Donald et al. , *Diary of Charles Francis Adams*, June 11,1832, vol. 4, p. 312; July 7,1832, vol. 4, p. 325; July 9,1832, vol. 4, p. 326; July 23,1832, vol. 4, p. 334; July 29,1832, vol. 4, p. 337; Ralph Waldo Emerson, *The Complete Works of Ralph Waldo Emerson* (Boston: Houghton Mifflin, 1903 - 1904; reprint, New York: AMS Press, 1968), Introduction to 1871 Edition of Plutarch's *Morals*, vol. 10, p. 312.

20 Richard C. Lounsbury, ed. , *Louisa S. McCord: Poems, Drama, Biography, Letters* (Charlottesville: University Press of Virginia,

1996), *Caius Gracchus*, p. 232; Afterword, p. 439.
21 Michael O'Brien, ed., *All Clever Men, Who Make Their Way: Critical Discourse in the Old South* (Athens: University of Georgia Press, 1992), James Warley Miles, "The Possibility and Nature of Theology," 1849, pp. 274 – 275.
22 Allan Nevins, *The State Universities and Democracy* (Urbana: University of Illinois Press, 1962), p. 40.
23 Jean S. Straub, "Teaching in the Friends' Latin School of Philadelphia in the Eighteenth Century," *Pennsylvania Magazine of History and Biography* 91 (October 1967): 453; Patrick Critwell, "The Eighteenth Century: A Classical Age?" *Arion* 7 (Spring 1968): 114 – 115.
24 Nathan G. Goodman, *Benjamin Rush: Physician and Citizen*, 1746 – 1813 (Philadelphia: University of Pennsylvania Press, 1934), p. 316; Reinhold, *Classica Americana*, pp. 131, 158; L. H. Butterfield, ed., *The Letters of Benjamin Rush* (Princeton: Princeton University Press, 1951), Rush to John Adams, July 21, 1789, vol. 1, p. 525.
25 Edwin Miles, "The Old South and the Classical World," *North Carolina Historical Review* 48 (1971): 261; Richard Lounsbury, "Ludibria Rerum Mortalium: Charleston Intellectuals and Their Classics," in David Moltke-Hansen and Michael O'Brien, eds., *Intellectual Life in Antebellum Charleston* (Knoxville: University of Tennessee Press, 1986), pp. 345 – 346, 362, 367.
26 Lounsbury, "Ludibria Rerum Mortalium," pp. 362 – 363, 365, 367.
27 Reinhold, *Classica Americana*, p. 238; Caroline Winterer, *The Culture of Classicism: Ancient Greece and Rome in American Intellectual Life*, 1780 – 1910 (Baltimore: Johns Hopkins University Press, 2002), p. 48.
28 Lilian Handlin, *George Bancroft: The Intellectual Democrat* (New York: Harper and Row, 1984), p. 42; Miles, "The Old South and the Classical World," p. 261; Egon Verheyen, "'Unenlightened by a Single Ray of Antiquity': John Quincy Adams and the Design of the Pediment for the United States Capitol," *International Journal of the Classical Tradition* 3 (Fall 1996): 226.

29　Neal Gillespie, *The Collapse of Orthodoxy: The Intellectual Ordeal of George Frederick Holmes* (Charlottesville: University Press of Virginia, 1972), pp. 40, 73 - 74.

30　William H. Gilman et al., eds., *The Journals and Miscellaneous Notebooks of Ralph Waldo Emerson*, "The Character of Socrates," 1820, vol. 1, p. 211; Journal, December 21, 1823, vol. 2, p. 193; Marie Cleary, "'Vague Irregular Notions': American Women and Classical Mythology, 1780 - 1855," *New England Classical Journal* 29 (Winter 2002): 229.

31　Walter R. Agard, "Classics on the Midwest Frontier," *Classical Journal* 51 (1955): 105; Richard Hofstadter and Wilson Smith, eds., *American Higher Education: A Documentary History* (Chicago: University of Chicago Press, 1961), J. H. Fairchild on the Antislavery Commitment of Oberlin, 1833 - 1834, vol. 1, p. 422.

32　Verheyen, "'Unenlightened by a Single Ray of Antiquity'," p. 228; Howard Mumford Jones, *O Strange New World: American Culture, the Formative Years* (New York: Viking Press, 1952), p. 265; O'Brien, *All Clever Men*, Frederick Adolphus Porcher, "Modern Art," 1852, pp. 324, 330 - 331; Lounsbury, "Ludibria Rerum Mortalium," p. 351; Frederick Rudolph, *Curriculum: A History of the American Undergraduate Course of Study since 1636* (San Francisco: Jossey-Bass Publishers, 1977), p. 141; Wendy A. Cooper, *Classical Taste in America*, 1800 - 1840 (New York: Abbeville Press and Baltimore Museum of Art, 1993), p. 84.

33　Cooper, *Classical Taste in America*, pp. 88, 100 - 101.

34　Talbot Hamlin, *Greek Revival Architecture in America* (Oxford: Oxford University Press, 1944), p. 322.

35　William Vance, *America's Rome* (New Haven: Yale University Press, 1989), vol. 1, pp. 226 - 227, 241.

36　Ralph L. Rusk, ed., *The Letters of Ralph Waldo Emerson* (New York: Columbia University Press, 1939), Emerson to Lidian Emerson, January 12, 1843, vol. 3, pp. 120 - 121; Emerson to Margaret Fuller, January 13, 1843, vol. 3, pp. 121 - 122; Gilman et al., *Journals of Ralph Waldo Emerson*, August 17, 1837, vol. 5, p. 363.

37 Malcolm Cowley, ed., *The Portable Hawthorne* (New York: Penguin Books, 1976), p. 19; Hubert H. Hoeltje, *Inward Sky: The Mind and Heart of Nathaniel Hawthorne* (Durham, N. C.: Duke University Press, 1962), pp. 487,490; William Charvat et al., eds., *The Works of Nathaniel Hawthorne* (Columbus: Ohio State University Press, 1962 – 1988), French and Italian Notebooks, June 4,1858, vol. 14, pp. 281,804; June 8,1858, vol. 14, pp. 298 – 299.
38 Charvat et al., *Works of Nathaniel Hawthorne*, *The Marble Faun*, vol. 4, pp. 123,134 – 135.
39 William Douglas Smyth, "The Artistic Experience of South Carolinians Abroad in the 1850s," and Gene Waddell, "Where Are Our Trumbulls?" in David Moltke-Hansen, ed., *Art in the Lives of South Carolinians: Nineteenth Century Chapters* (Charleston: Carolina Art Association, 1979), pp. WS-3-WS-4, GWb-11.
40 Melvin I. Urofsky, "Reforms and Response: The Yale Report of 1828," *History of Education Quarterly* 5 (March 1965): 61 – 62; George Fitzhugh, *Sociology for the South*, *or The Failure of Free Society* (Richmond: A. Morris, 1854; reprint, New York: Burt Franklin, 1965), pp. 115 – 116,135; Louis B. Wright,*Culture on the Moving Frontier* (Bloomington: Indiana University Press, 1955), p. 172.
41 Horace Mann, *Lectures on Education* (Boston: Ide and Dutton, 1855; reprint, New York: Arno Press, 1969), pp. 168 – 169,280.
42 William H. McGuffey, ed., *McGuffey's Sixth Eclectic Reader* (New York: American Books, 1880), pp. 438 – 439; Fitzhugh, *Sociology for the South*, pp. 111 – 112; Winterer, *Culture of Classicism*, p. 96; Michael O'Brien, *Conjectures of Order: Intellectual Life and the American South*, 1810 – 1860(Chapel Hill: University of North Carolina Press, 2004), p. 1143.
43 Rusk, *Letters of Ralph Waldo Emerson*, Emerson to John Boynton Hill, January 3,1823, vol. 1, p. 128; Gilman et al., *Journals of Ralph Waldo Emerson*,1825, vol. 2, pp. 413 – 415; 1830, vol. 3, p. 365; Emerson, *Complete Works of Ralph Waldo Emerson*, "Character," vol. 10, pp. 115 – 116; "The Sovereignty of Ethics," vol. 10, p. 209.

44 Emerson, *Complete Works of Ralph Waldo Emerson*, *Representative Men*, vol. 4, pp. 56 – 57; Gilman et al., *Journals of Ralph Waldo Emerson*, April 6, 1832, vol. 4, p. 11.
45 Emerson, *Complete Works of Ralph Waldo Emerson*, Introduction to 1871Edition of Plutarch's *Morals*, vol. 10, pp. 305,313 – 314,316.
46 Albert von Frank et al., eds., *The Complete Sermons of Ralph Waldo Emerson* (Columbia: University of Missouri Press, 1989 – 1991), "We Should Live Soberly, Righteously, and Godly in This Present World," May 3, 1829, vol. 1, p. 275; "We Are of God," October 24,1830, vol. 3, p. 21; Gilman et al., *Journals of Ralph Waldo Emerson*, December 28,1834, vol. 4, p. 380.
47 Adams, *Memoirs of John Quincy Adams*, October 13,1811, vol. 2, p. 317;November 10,1811, vol. 2, p. 324; April 13,1813, vol. 2, p. 461; April 17, 1813, vol. 2, p. 462; September 9,1818, vol. 4, p. 129; December 16,1827,vol. 7, p. 381.
48 Thomas R. Dew, *A Digest of the Laws*, *Customs*, *Manners*, *and Institutions ofthe Ancient and Modern Nations*, 2d ed. (New York: D. Appleton, 1870), p. 58.
49 Susan Phinney Conrad, *Perish the Thought: Intellectual Women in Romantic America*, 1830 – 1860 (Oxford: Oxford University Press, 1976), p. 213; Nancy Craig Simmons, "Margaret Fuller's Boston Conversations," in Joel Meyerson, ed., *Studies in the American Renaissance* (Charlottesville: University Press of Virginia, 1994), pp. 204,207.
50 Vance, *America's Rome*, vol. 1, pp. 23,25 – 26.
51 Ibid., pp. 164 – 165.
52 Adams, *Memoirs of John Quincy Adams*, April 1,1829, vol. 8, p. 126; April15,1831, vol. 8, p. 354.
53 Edgar W. Knight, ed., *A Documentary History of Education in the South before* 1860 (Chapel Hill: University of North Carolina Press, 1949 – 1953), Address of the Reverend William W. Wightman at the Laying of the Cornerstone of Wofford College, South Carolina, 1851, vol. 4, pp. 369 – 370,374.
54 Kenneth E. Shewmaker, ed., *Daniel Webster: "The Completest Man"* (Hanover, N. H.: University Press of New England, 1990),

The Dignity and Importance of History, 1852, p. 136.
55 Winterer, *Culture of Classicism*, pp. 80 – 81, 92; Mark Morford, "Early American School Editions of Ovid," *Classical Journal* 78 (Winter 1982 – 1983): 152 – 153, 157; Marie Sally Cleary, *The Bulfinch Solution: Teaching the Ancient Classics in American Schools* (Salem, N. H.: Ayer, 1989), pp. 44 – 45, 49; Burton Feldman and Robert D. Richardson, eds., *The Rise of Modern Mythology*, 1680 – 1860 (Bloomington: Indiana University Press, 1972), p. 513.
56 Feldman and Richardson, *Rise of Modern Mythology*, p. 506; Charvat et al., *The Works of Nathaniel Hawthorne*, *The Wonder Book*, vol. 7, p. 3; *Tanglewood Tales*, vol. 7, pp. 179, 301 – 302, 329.
57 Elizabeth Fox-Genovese and Eugene D. Genovese, *The Mind of the Master Class: History and Faith in the Southern Slaveholders' Worldview* (Cambridge: Cambridge University Press, 2005), p. 262.
58 Agard, "Classics on the Midwest Frontier," pp. 105, 107 – 108; Hamlin, *Greek Revival Architecture in America*, p. 369.
59 Koch and Peden, *Selected Writings of John and John Quincy Adams*, John Quincy Adams to John Adams, January 3, 1817, p. 292.

7. 奴隶制

1 William Peden, ed., *Notes on the State of Virginia* (Chapel Hill: University of North Carolina Press, 1955), pp. 138 – 143; P. J. Staudenraus, *The African Colonization Movement*, 1816 – 1865 (New York: Columbia University Press, 1961), pp. 70, 107, 174, 183, 187, 245, 251; Kate M. Rowland, ed., *The Life and Correspondence of George Mason* (New York: G. P. Putnam's Sons; reprint, New York: Russell and Russell, 1964), Scheme for Replevying Goods under Distress for Rent, 1765, vol. 1, p. 378; Max Farrand, ed., *The Records of the Federal Convention of* 1787, 3d ed. (New Haven: Yale University Press, 1966), vol. 2, pp. 370 – 372;

George Fitzhugh, *Cannibals All: Slaves without Masters* (Richmond: A. Morris, 1857; reprint, Cambridge, Mass.: Harvard University Press, 1960), p. 7.

2 William Sumner Jenkins, *Pro-slavery Thought in the Old South* (Chapel Hill: University of North Carolina Press, 1935), p. 291; Thomas R. Dew, *A Digest of the Laws, Customs, Manners, and Institutions of the Ancient and Modern Nations*, 2d ed. (New York: D. Appleton, 1870), pp. 78 - 79; Michael O'Brien, ed., *All Clever Men, Who Make Their Way: Critical Discourse in the Old South* (Athens: University of Georgia Press, 1992), Thomas Roderick Dew, "Republicanism and Literature," 1836, p. 168; Eugene D. Genovese, "The Gracchi and Their Mother in the Mind of American Slaveholders," *Journal of the Historical Society* 2 (Summer/Fall 2002): 466.

3 Joseph R. Berrigan, "The Impact of the Classics upon the South," *Classical Journal* 64 (Winter 1968 - 1969): 19.

4 Fitzhugh, *Cannibals All*, pp. 220, 245 - 246; George Fitzhugh, *Sociology for the South, or The Failure of Free Society* (Richmond: A. Morris, 1854; reprint, New York: Burt Franklin, 1965), pp. 93, 256; Susan Ford Wiltshire, "Jefferson, Calhoun, and the Slavery Debate: The Classics and the Two Minds of the South," *Southern Humanities Review* 11(1977): 37.

5 Michael O'Brien, *A Character of Hugh Legaré* (Knoxville: University of Tennessee Press, 1985), p. 101; Richard C. Lounsbury, ed., *Louisa S. McCord: Poems, Drama, Biography, Letters* (Charlottesville: University Press of Virginia, 1996), *Caius Gracchus*, p. 189.

6 Genovese, "Gracchi and Their Mother in the Mind of American Slaveholders," pp. 458, 462 - 463, 465 - 466.

7 Fitzhugh, *Cannibals All*, pp. 133 - 134; Wayne K. Durill, "The Power of Ancient Words: Classical Teaching and Social Change at South Carolina College," *Journal of Southern History* 65 (August 1999): 496.

8 Fitzhugh, *Sociology for the South*, pp. 89 - 90, 147, 241 - 244.

9 Jennifer Tolbert Roberts, *Athens on Trial: The Antidemocratic*

Tradition in Western Thought (Princeton: Princeton University Press, 1994), p. 264; Drew Gilpin Faust, *A Sacred Circle: The Dilemma of the Intellectual in the Old South*, 1840 – 1860 (Baltimore: Johns Hopkins University Press, 1977), p. 119.

10　Lounsbury, *Louisa S. McCord*, *Caius Gracchus*, pp. 188, 228, 232, 437. For reference to southern praise for Seneca's call for the humane treatment of slaves, a call southerners equated with paternalism, see Elizabeth Fox-Genovese and Eugene D. Genovese, *The Mind of the Master Class: History and Faith in the Southern Slaveholders' Worldview* (Cambridge: Cambridge University Press, 2005), p. 279.

11　Edwin A. Miles, "The Old South and the Classical World," *North Carolina Historical Review* 48 (1971): 258, 263, 265; Edgar W. Knight, ed., *A Documentary History of Education in the South before* 1860 (Chapel Hill: University of North Carolina Press, 1949 – 1953), A Southern Commercial Convention at Richmond Resolves on "Home Institutions," 1856, vol. 5, p. 301; Durill, "Power of Ancient Words," pp. 496 – 497.

12　Susan Ford Wiltshire, "Aristotle in America," *Humanities* 8 (January – February 1987): 8 – 11.

13　Robert Meriwether et al., eds., *The Papers of John C. Calhoun* (Columbia: University of South Carolina Press, 1959 –), Calhoun to A. D. Wallace, December 17, 1840, vol. 15, p. 389; Fitzhugh, *Cannibals All*, pp. x. xii – xxxiii, 12 – 13, 53; Fitzhugh, *Sociology for the South*, p. 253.

14　Neal Gillespie, *The Collapse of Orthodoxy: The Intellectual Ordeal of George Frederick Holmes* (Charlottesville: University Press of Virginia, 1972), pp. 102, 113, 135; Wiltshire, "Aristotle in America," pp. 10 – 11; Dew, *Digest*, p. 210; Harvey Wish, "Aristotle, Plato, and the Mason-Dixon Line," *Journal of the History of Ideas* 10 (April 1949): 259 – 260.

15　John C. Calhoun, *A Disquisition on Government and Selections from the Discourse*, ed. C. Gordon Post (New York: Macmillan, 1953), pp. 42 – 44; Wiltshire, "Jefferson, Calhoun, and the Slavery Debate," p. 36.

16 Fitzhugh, *Sociology for the South*, pp. 83, 285; Fitzhugh, *Cannibals All*, p. 201.
17 Fitzhugh, *Cannibals All*, pp. 194, 207 - 208; Fitzhugh, *Sociology for the South*, p. 253; Roberts, *Athens on Trial*, p. 281; Harvey Wish, *George Fitzhugh: Propagandist of the Old South* (Baton Rouge: Louisiana State University Press, 1943), pp. 230 - 231.
18 Wish, "Aristotle, Plato, and the Mason-Dixon Line," p. 258; Paul F. Paskoff and Daniel J. Wilson, eds., *The Cause of the South: Selections from "De Bow's Review,"* 1846 - 1867 (Baton Rouge: Louisiana State University Press, 1982), Dr. D. McCauley, "Humbugiana," p. 142.
19 Calhoun, *Disquisition on Government*, pp. 40 - 41, 44 - 45.
20 Fitzhugh, *Cannibals All*, pp. 71, 193 - 194.
21 Fitzhugh, *Sociology for the South*, pp. 26 - 27, 70.
22 Fitzhugh, *Cannibals All*, p. 8.
23 Ibid., p. 78; Fitzhugh, *Sociology for the South*, p. 70.
24 David Brion Davis, *Slavery and Human Progress* (Oxford: Oxford University Press, 1984), pp. 24, 112; Walter M. Merrill et al., eds., *The Letters of William Lloyd Garrison* (Cambridge, Mass.: Harvard University Press, 1971 - 1981), To the Editor of the *Salem Gazette*, vol. 1, p. 20; Garrison to Henry E. Benson, November 4, 1836, vol. 2, p. 181; December 17, 1836, vol. 2, p. 192n; Daniel Walker Howe, *Making the American Self: Jonathan Edwards to Abraham Lincoln* (Cambridge, Mass.: Harvard University Press, 1997), p. 150; John W. Blassingame, ed., *The Frederick Douglass Papers* (New Haven: Yale University Press, 1979 -), "The Significance of Emancipation in the West Indies," August 3, 1857, volume 3, p. 193; "Fighting the Rebels with One Hand," vol. 3, pp. 470, 474; Waldo E. Martin, *The Mind of Frederick Douglass* (Chapel Hill: University of North Carolina Press, 1984), p. 168.
25 Blassingame, *Frederick Douglass Papers*, "We Are in the Midst of a Moral Revolution," May 10, 1854, vol. 2, p. 488; "The Clans of the Negro Ethnologically Considered," July 12, 1854, vol. 2, p. 508.
26 David S. Wiesen, "Herodotus and the Modern Debate over Race and Slavery," *Ancient World* 3(1980): 3, 11.

27 William Charvat et al., eds., *The Works of Nathaniel Hawthorne* (Columbus: Ohio State University Press, 1962 – 1988), vol. 4, p. 126.
28 Wiesen, "Herodotus and the Modern Debate over Race and Slavery," p. 11; Elzbieta Foeller-Pituch, "Ambiguous Heritage: Classical Myths in the Works of Nineteenth-Century American Writers," *International Journal of the Classical Tradition* 1 (Winter 1995): 101.
29 Caroline Winterer, *The Mirror of Antiquity: American Women and the Classical Tradition*, 1750 – 1900 (Ithaca: Cornell University Press, 2007), pp. 185, 187.
30 Charles Sumner, *The Works of Charles Sumner* (Boston: Lee and Shepard, 1874 – 1883), "White Slavery in the Barbary States," February 17, 1847, vol. 1, pp. 396 – 398.
31 Ibid., vol. 1, pp. 398 – 399.
32 William H. Gilman et al., eds., *The Journals and Miscellaneous Notebooks of Ralph Waldo Emerson* (Cambridge, Mass.: Harvard University Press, 1960 – 1982), 1851, vol. 11, pp. 346, 353.
33 Larry Ceplair, ed., *The Public Years of Sarah and Angelina Grimké: Selected Writings*, 1835 – 1839 (New York: Columbia University Press, 1989), Angelina Grimké, "Appeal to the Christian Women of the South," pp. 59 – 60, 62; William Vance, *America's Rome* (New Haven: Yale University Press, 1989), vol. 1, p. 32.
34 Sterling Stuckey, ed., *The Ideological Origins of Black Nationalism* (Boston: Beacon Press, 1972), David Walker, *Appeal to the Coloured Citizens of theWorld*, 1829, pp. 55 – 56; Margaret Malamud, *Ancient Rome and Modern America* (London: Wiley-Blackwell, forthcoming, 2009), pp. 70 – 71.
35 Paul A. Rahe, *Republics, Ancient and Modern: Classical Republicanism and the American Revolution* (Chapel Hill: University of North Carolina Press, 1992), pp. 71, 115, 509; Paul K. Conkin, *Self-Evident Truths* (Bloomington: Indiana University Press, 1974), pp. 92, 95, 100.
36 Ralph Waldo Emerson, *The Complete Works of Ralph Waldo Emerson* (Boston: Houghton Mifflin, 1903 – 1904; reprint, New

York: AMS Press, 1968), The Fugitive Slave Law, May 3, 1851, vol. 11, pp. 226 – 227, 238 – 239; Lurton D. Ingersoll, *The Life of Horace Greeley* (New York: Beekman Publishers, 1974), pp. 250 – 251.

37 Sumner, *Works of Charles Sumner*, Freedom National, Slavery Sectional, August 26, 1852, vol. 3, pp. 192 – 193; Gordon F. Hostetler, "The BrownlowPryne Debate," in Jeffrey Auer, ed., *Antislavery and Disunion*, 1858 – 1861: *Studies in the Rhetoric of Compromise and Conflict* (New York: Harper and Row, 1963), p. 20; Caroline Winterer, "Victorian Antigone: Classicism and Women's Education in America, 1840 – 1900," *American Quarterly* 53 (March2001): 75.

38 Sumner, *Works of Charles Sumner*, Presidential Candidates and the Issues, August 29, 1860, vol. 5, pp. 252 – 253. For reference to the development of the Greek theory of popular sovereignty and its importance see Conkin, *SelfEvident Truths*, pp. 30, 50 – 51, 54, 59.

39 Wish, *George Fitzhugh*, pp. 98 – 99, 118; Faust, *Sacred Circle*, pp. 84, 120.

40 Jean V. Matthews, *Rufus Choate: The Law and Civic Virtue* (Philadelphia: Temple University Press, 1980), pp. 201 – 202, 228.

41 Mark Twain, *Life on the Mississippi* (New York: Bantam Books, 1981), pp. 219 – 220.

42 Ibid., p. 195; Talbot Hamlin, *Greek Revival Architecture in America* (Oxford: Oxford University Press, 1944), p. 266; Vance, *America's Rome*, vol. 1, p. 53.

43 For a discussion of the limited nature of the influence of Scott, who was actually against slavery, on the South, see Fox-Genovese and Genovese, *Mind of the Master Class*, pp. 135 – 136, 306 – 307, 328.

结语

1 Henry Adams, *The Education of Henry Adams: An Autobiography* (Boston: Houghton Mifflin, 1918), vol. 1, pp. 52 – 53; Meyer Reinhold, "Survey of the Scholarship on Classical Traditions in Early America," in John W. Eadie, ed., *Classical Traditions in Early*

America (Ann Arbor: Center for the Coordination of Ancient and Modern Studies, 1976), p. 4; Caroline Winterer, *The Culture of Classicism: Ancient Greece and Rome in American Intellectual Life*, 1780–1910 (Baltimore: Johns Hopkins University Press, 2002), p. 139.

2　Zoltán Haraszti, *John Adams and the Prophets of Progress* (Cambridge, Mass. : Harvard University Press, 1952), p. 16.

3　Michael Meckler, "The Rise of Populism, the Decline of Classical Education, and the Seventeenth Amendment," in Michael Meckler, ed. , *Classical Antiquity and the Politics of America: From George Washington to George W. Bush* (Waco, Tex. : Baylor University Press, 2006), pp. 69–71; A. R. Burn, *The Pelican History of Greece* (New York: Penguin Books, 1965), p. 130.

4　Louis Menand, *The Metaphysical Club* (New York: Farrar, Straus and Giroux, 2001), pp. 3–4, 35, 43, 46–47, 51, 55–56, 61–63, 68–69, 342–344; Oliver Wendell Holmes Jr. , *The Common Law* (Cambridge, Mass. : Harvard University Press, 1963), p. 5; Oliver Wendell Holmes Jr. , *The Path of the Law*, 1897, in Louis Menand, ed. , *Pragmatism: A Reader* (New York: Vintage Books, 1997), pp. 146, 153–154; Oliver Wendell Holmes Jr. , "Natural Law," 1918, in Charles Capper and David A. Hollinger, eds. , *The American Intellectual Tradition*, 3d ed. (Oxford: Oxford University Press, 1997), vol. 2, pp. 128–129.

5　Frank M. Turner, *The Greek Heritage in Victorian Britain* (New Haven: Yale University Press, 1981), p. 5.

6　Winterer, *Culture of Classicism*, pp. 100–101, 107, 117–119, 142, 147–148; Robert A. McCaughey, "The Transformation of American Academic Life: Harvard University, 1821–1892," *Perspectives in American History* 8 (1974): 242; Meyer Reinhold, *Classica Americana: The Greek and Roman Heritage in the United States* (Detroit: Wayne State University Press, 1984), p. 333.

7　For the complete text of the poem, see Caroline Winterer, *The Mirror of Antiquity: American Women and the Classical Tradition*, 1750–1900 (Ithaca: Cornell University Press, 2007), p. 208.

8　Bernard Bailyn, *The Ideological Origins of the American*

Revolution, 2d ed. (Cambridge, Mass.: Harvard University Press, 1992), pp. 23 – 27, 44; John R. Alden, *A History of the American Revolution* (New York: Alfred A. Knopf, 1969), p. 21.

9 Winterer, *Culture of Classicism*, pp. 102, 133 – 134; Daniel Walker Howe, "Classical Education and Political Culture in Nineteenth-Century America," *Intellectual History Newsletter* 5 (Spring 1983): 13.

10 Frederick L. Schuman, "Final Warning to America: Excerpts from Demosthenes," trans. J. H. Vince, *Nation* 151 (August 17, 1940): 132 – 134; Frederick H. Cramer, "Demosthenes Redivivus: A Page from the Record of Isolationism," *Foreign Affairs* 19 (April 1941): 530 – 550; "Case Studies in Isolationism," *American Mercury* 53 (July 1941): 49 – 55; Mars M. Westinghouse, "Nazi Germany and Ancient Sparta," *Education* 65 (November 1944): 152 – 164; Robert Campbell, "How a Democracy Died: A Fateful War between Athens and Sparta Points to the Dangers to Freedom Today," *Life* 30 (January 1, 1951): 88 – 90, 93 – 96; "Lessons of Athens," *New Republic* 124 (January 15, 1961): 5 – 6; Buell G. Gallagher, "Hope and History," *Saturday Review* 36 (July 4, 1953): 24 – 25; Gerald W. Johnson, "God Was Bored," *New Republic* 145 (September 11, 1961): 10; Richard Ned Lebow, "Thucydides' Speech to the American Senate," *Bulletin of the Atomic Scientists* 35 (December 1979): 7 – 8. For a fuller discussion of the post-Civil War influence of Rome on American novels, films, circuses, and casinos like Caesar's Palace, see Margaret Malamud, *Ancient Rome and Modern America* (London: Wiley-Blackwell, forthcoming, 2009), pp. 98 – 259.

11 For modern criticism of Athens' treatment of women, see Eva Keuls, *The Reign of Phallus: Sexual Politics in Ancient Athens* (New York: Harper and Row, 1985).

索 引

Abolitionists 废奴主义者, xii, 26, 38, 181–183, 185, 187, 190–191, 193–203

Achaean League 阿凯亚同盟, 49

Achilles 阿喀琉斯, 118, 164

Adams, Abigail 阿比盖尔·亚当斯, 54

Adams, Charles Francis 查尔斯·弗朗西斯·亚当斯, 2, 11–12, 24, 27–29, 50–51, 53, 161–162, 205

Adams, Charles Francis Jr. 小查尔斯·弗朗西斯·亚当斯, 204–205

Adams, George Washington 乔治·华盛顿·亚当斯, 26–28

Adams, Henry 亨利·亚当斯, 14, 19, 204–205, 208

Adams, John 约翰·亚当斯, 18, 29, 112, 163; middle-class origins of 中产阶级出身的约翰·亚当斯, xiii; and Roman civil law, 罗马民法和约翰·亚当斯 21; and classical education 约翰·亚当斯和古典学教育, 22–23, 28, 124, 205; and antiparty sentiment 约翰·亚当斯和反党派情绪, 67; and mixed government theory 约翰·亚当斯和混合政府理论, 75, 79–80; and classical versus Christian ethics 约翰·亚当斯、古典伦理和基督教伦理, 155–156, 161, 180

Adams, John Quincy 约翰·昆西·亚当斯, 37, 45, 47, 54; and classical education 约翰·昆西·亚当斯和古典教育, 22–29, 124, 177, 205; and the Greek War of Independ-ence, 约翰·昆西·亚当斯和希腊独立战争 53; and Julius Caesar 约翰·昆西·亚当斯和尤利乌斯·恺撒, 62–63; and anti-party sentiment 约翰·昆西·

亚当斯和反党派情绪，67；and the relationship between Christianity and the classics 约翰·昆西·亚当斯论基督教教义与古典文学间的关系，159–161, 174–175, 180；and neoclassical art 约翰·昆西·亚当斯和新古典主义艺术，165, 167

Adams, Louisa 路易莎·亚当斯，25, 28

Adams, Samuel 塞缪尔·亚当斯，154, 177

Addison, Joseph 约瑟夫·艾迪生，4, 25, 55, 59, 113, 171

Aeneas 埃涅阿斯，94, 99, 118, 141, 164–165

Aeschylus 埃斯库罗斯，2, 6, 14, 29, 123, 127, 135, 137, 141–142

Aesop 伊索，43

African Americans 美国黑人，xi, 1, 4, 40–41, 181–203

Agamemnon 阿伽门农，136, 144, 165

Agesilaus 阿格西劳斯，126, 148, 174

Ajax 埃阿斯，44

Alamo, battle of the 阿拉莫战役，44, 51–52

Alaric 阿拉里克，70

Alcott, Bronson 布朗森·奥尔科特，88, 131

Alexander the Great 亚历山大大帝，5, 63, 72, 135, 152, 154, 187–188, 191

Ambrose 安布罗斯，152

American Philological Association 美国语文协会，16, 119

American Revolution 美国革命，29, 31, 43, 108; and classical education 美国革命与古典学教育，2; and classical history 美国革命与古典历史，20, 112, 117; and antiparty sentiment 美国革命与反党派情绪，67; and mixed government 美国革命与混合政府，74; and the Great Awakening 美国革命与大觉醒运动，153–154; and natural law 美国革命与自然法则，199; and popular sovereignty 美国革命与人民主权，200; and feudalism 美国革命与封建制度，202; classical inspiration for 古典文学给予美国革命的启发，203

Amherst College 阿默斯特学院，89, 96, 156

Anacreon 阿那克里翁，25, 36, 127, 137

Anaxagoras 阿那克萨哥拉，126, 132, 173, 175

Anaximander 阿那克西曼德，205

Anthon, Charles 查尔斯·安东，10, 17, 32

Antifederalists 反联邦党人，75

Antigone《安提戈涅》，59, 133, 200

Antony, Mark (Marcus Antonius) 马克·安东尼，4, 24, 63, 66,

108，209
Apollo 阿波罗，4，13，20，138-139，145-147，163，170
Apollonius 阿波罗尼奥斯，117
Aquinas, Thomas 托马斯·阿奎那，73-74，153
Areopagus 最高法院，71
Ares (Mars) 战神阿瑞斯（玛尔斯），138，140，163
Ariadne 阿里阿德涅，36，167
Aristarchus 阿利斯塔克，93
Aristides the Just 阿里斯提得斯，38，107，110，171，185，194
Aristophanes 阿里斯托芬，14，29，51，124，166，191
Aristotle 亚里士多德，32，92，98，207; and slavery 亚里士多德与奴隶制，xii，80，184，186-193，196，202; in education 亚里士多德论教育，7，23，29; and mixed government theory 亚里士多德与混合政府理论，73，77; and pastoralism 亚里士多德与田园主义，85，103; and science 亚里士多德与科学，93; and the Transcendentalists 亚里士多德与先验论者，127-128，131，148; and Christianity 亚里士多德与基督教，153，172，177，180; and Sparta 亚里士多德与斯巴达，182; and natural law 亚里士多德与自然法则，199-200
Artemis (Diana) 阿耳忒弥斯（狄安娜），139，165

Arthurian Legends 亚瑟王传奇，134
Athena (Minerva) 雅典娜（弥涅耳瓦），11，31，38-39，45，138-140，144，147
Atlas 阿特拉斯，31，57，140
Atreus 阿特柔斯，144，147
Attila 阿提拉，70
Augustine 奥古斯丁，125，153，200
Augustus (Octavian) 奥古斯都（屋大维），9，24，46，62，67，84，121
Aurelius, Marcus 马可·奥勒留，165

Bacon, Francis 培根，92
Bailyn, Bernard 伯纳德·贝林，209
Bancroft, George 乔治·班克罗夫特，2，10，15，19-20，46-47，149，165
Beecher, Catharine 凯瑟琳·比彻，8
Beecher, Lyman 莱曼·比彻，170
Benjamin, Asher 阿舍·本杰明，34
Benton, Thomas Hart 托马斯·哈特·本顿，68，73，87
Berrigan, Joseph 约瑟夫·贝里根，3，183
Bible《圣经》，34，43，73，84，177，179，207; and slavery《圣经》和奴隶制，xii，181; in education《圣经》教育，2-6，170-

171，187；compared to the classics《圣经》与古典文学作品的对比，132，135，156，160，163-166，172，174-176，188；and natural law《圣经》与自然法则，152

Biddle, Nicholas 尼古拉斯·比德尔，24，34，44-45

Bird, Robert Montgomery 罗伯特·蒙哥马利·伯德，22

Blake, William 威廉·布莱克，163

Bonaparte, Napoleon 拿破仑·波拿巴，21，54，63

Booth, John Wilkes 约翰·威尔克斯·布思，65

Boston Latin School 波士顿拉丁语学校，2，33，157

Bowdoin College 鲍登学院，167

British Museum 大英博物馆，123

Brown University (College of Rhode Island) 布朗大学（罗得岛学院），5，92，96，153

Brutus, Lucius Junius 布鲁图，22，65

Brutus, Marcus 马库斯·布鲁图，4，24，60，65，68，121，171-172

Buchanan, James 詹姆斯·比沙南，68

Bulfinch, Thomas 托马斯·布尔芬奇，33，179

Bulwer-Lytton, Edward 爱德华·布尔沃-利顿，32

Burke, Edmund 埃德蒙·伯克，25

Bushman, Richard L. 理查德·布什曼，35，84

Byron, George Gordon, Lord 拜伦勋爵，4，11

Caesar, Julius 尤利乌斯·恺撒，124，171-172；in education 恺撒与教育，2，5，8，18，23，99，138；assassination of 恺撒被暗杀，4，42，65；and the fear of conspiracies against liberty 恺撒与对反自由图谋的担心，62-70，184

Calhoun, Floride 弗洛里德·卡尔霍恩，57

Calhoun, John C. 约翰·卡尔霍恩，49，57，68，113，168；and classical education 卡尔霍恩与古典学教育，3，8，30，93；sculpted as a Roman 卡尔霍恩被刻画为罗马人，37，108-109；and the Greek War of Independence 卡尔霍恩与希腊独立战争，53；compared to Roman heroes 卡尔霍恩被比作罗马英雄，55；and Julius Caesar 卡尔霍恩与尤利乌斯·恺撒，62，64-66，69；and Roman emperors 卡尔霍恩与罗马皇帝，66-67；and decentralized government 卡尔霍恩与去中心化的政府模式，70-71；and antiparty sentiment 卡尔霍恩与反党派情绪，72；and mixed government theory 卡

索 引

尔霍恩与混合政府理论, 73 - 82; and slavery 卡尔霍恩与奴隶制, 80, 185, 188 - 190, 192
California Gold Rush 加利福尼亚淘金潮, 94
Caligula 卡利古拉, 66
Calvin, John 约翰·加尔文, 73 - 74
Cambridge University 剑桥大学, 128, 153, 207
Canova, Antonio 安东尼奥·贾诺瓦, 36 - 37, 109, 170
Capitoline Museum 卡皮托里尼博物馆, 140
Carlyle, Thomas 托马斯·卡莱尔, 139
Carnegie, Andrew 安德鲁·卡内基, 206
Carthage 迦太基, 31, 36; and the Punic Wars 迦太基与布匿战争, 54 - 56, 68, 72, 198 - 199; and commercialism 迦太基与重商主义, 83, 85, 87, 92
Cass, Lewis 刘易斯·卡斯, 55
Cassius 卡修斯, 4, 63
Catiline (Lucius Sergius Catalina) 喀提林, 5, 18, 28, 68, 156, 171
Cato the Elder 老加图, 84, 88, 103, 135, 156, 197
Cato the Younger 小加图, 28, 55, 59, 68 - 69, 110, 171
Catullus 卡图卢斯, 147
Chaeronea, battle of 喀罗尼亚战役, 72

Channing, William Ellery 威廉·埃勒里·钱宁, 10, 96, 149, 154
Charles I, king of England 英国国王查理一世, 68
Chase, Samuel 塞缪尔·蔡斯, 21
Chaucer, Geoffrey 杰弗里·乔叟, 136
Cheever, Ezekiel 伊齐基尔·奇弗, 153
Cheves, Langdon 兰登·切夫斯, 58 - 59
Child, Lydia Maria 莉迪娅·玛丽亚·蔡尔德, 194 - 195
Choate, Rufus 鲁弗斯·乔特, 18, 201
Christianity 基督教, 111; and women 基督教与妇女, 60, 197; relationship to the classics 基督教与古典文学的关系, 104, 111, 114, 126 - 128, 133, 135, 152 - 180, 206 - 207; and slavery 基督教与奴隶制, 195, 198 - 199
Cicero 西塞罗, 60, 99, 147, 177; in education 西塞罗与教育, 2, 4 - 9, 15, 97, 138; as an orator 演讲家西塞罗, 18 - 19, 40, 42, 47 - 48, 59, 72, 112, 116; and the Adams family 西塞罗与亚当斯家族, 23 - 29, 63; as a role model 作为典范的西塞罗, 55, 64 - 65, 68 - 70, 107 - 109; and mixed government theory 西塞罗与混合政府理论, 73, 78;

and classical ethics 西塞罗与古典伦理学，114，152-154，156-158，160-161，164-165，172，174-175；and natural law 西塞罗与自然法则，133，199-201；and the gods 西塞罗与诸神，159-160，171-172，174-175；and slavery 西塞罗与奴隶制，186，197

Cincinnatus 辛辛纳图斯，37-38，54-55，68-69，85，107，110

Civil Law, Roman 罗马民法，21-22，102，159

Civil War, U. S. 美国内战，x，2，22，25，43-44，70，83，194；causes of 美国内战的起因，xii，81，201-202；and the decline of the classics 美国内战与古典学的衰落，96，147，205-207

Classical Education 古典学教育，ix, xi，1-18，22，30，40-41，88-104，153，207-209

Classical Mythology 古典神话，33，39；and Romanticism 古典神话与浪漫主义，xi-xii，120，134-148，151；in education 古典神话在教育领域，15；and Christianity 古典神话与基督教，160，163-166，175-176，178-179

Clay, Henry 亨利·克莱，31，44，53，63-64，66-69，112

Clemson, Anna Calhoun 安娜·卡尔霍恩·克莱姆森，30，93

Cleopatra 克莱奥帕特拉，195，209

Clytemnestra 克吕泰墨斯特拉，144-145，163，165

Cold War 冷战，209-210

Cole, Thomas 托马斯·科尔，37，87

College of William and Mary 威廉玛丽学院，14，47

Colosseum 古罗马斗兽场，4，20，93，111，158，199

Colossus of Rhodes 罗得岛巨像，208

Columbia University (King's College) 哥伦比亚大学（国王学院），6，10，97

Columella 科鲁美拉，88

Commodus 康茂德，122

Common Law, English 英国习惯法，21-22

Compromise of 1850 1850年妥协案，44，81，201

Concurrent Majority, theory of 一致多数理论，77-82

Confederate States of America 美利坚联盟国，3，56，58，62

Constantine 君士坦丁，121

Cooper, James Fenimore 詹姆斯·弗尼莫尔·库珀，19-20，34，176

Cooper, Thomas 托马斯·库珀，165

Cooper, Wendy 温迪·库珀，45

Copernicus, Nicolaus 尼古拉·哥白尼，93

Cornelia 科尔内利娅，32，56-58，

60，186

Cornelius Nepos 康涅利乌斯·尼波斯，2，5

Cornell University 康奈尔大学，207

Cowper, William 威廉·柯柏，39，155

Crassus 克拉苏，68

Crawford, Thomas 托马斯·克劳福德，36，108，115，117

Crawford, William H. 威廉·克劳福德，2

Crockett, Davy 戴维·克罗克特，109

Cromwell, Oliver 奥利弗·克伦威尔，62-63，65，68

Dartmouth College 达特茅斯学院，6，42，153

Darwin, Charles 查尔斯·达尔文，205

David, Jacques-Louis 雅克-路易斯·大卫，167

David, king 大卫王，149，156，160

Davidson College 戴维森学院，5，7

Davis, David Brion 大卫·布里翁·戴维斯，193-194

Davis, Jefferson 杰斐逊·戴维斯，19

Day, Jeremiah 杰里迈亚·戴，6，94-97

De Bow, J. D. B. 德鲍，70，92，186-187

De Bow's Review《德鲍评论》，58，92，189，191

Decatur, Stephen 斯蒂芬·迪凯特，114

Deism 自然神论，180

Delphi, oracle of 德尔菲神谕，145

Democracy 民主，ix，xi，38，40-83，120-122，181，210-211

Democratic-Republican Party 民主共和党，67，86

Demosthenes 狄摩西尼，148，194; in education 狄摩西尼与教育，7，15，97，99; as an orator 演说家狄摩西尼，12-13，18，47-48，59，72，177，201; and the Adams family 狄摩西尼和亚当斯家族，23-25，27，29; as a role model 作为典范的狄摩西尼，52-53，55，69，111-112，157，197; and classical ethics 狄摩西尼与古典伦理学，154; and slavery 狄摩西尼和奴隶制，186

Dew, Thomas Roderick 托马斯·迪尤，71-72; and ancient Greek democracy 迪尤与古希腊民主，47，49-50，118，120; and ancient Greek women 迪尤与古希腊妇女，61-62; and ationalism 迪尤与民族主义，112-113; and Augustan literature 迪尤与奥古斯都时代的文学，121-122; and Christianity 迪尤与基督教，175; and slavery 迪尤与奴隶制，182，184，186;

and Aristotle 迪尤与亚里士多德, 189
Dickinson, John 约翰·迪金森, 75, 133
Dido 狄多, 165
Dimock, Susan 苏珊·迪莫克, 9
Diogenes the Cynic 第欧根尼, 126
Dionysus (Bacchus) 狄俄尼索斯（巴克斯）, 138, 140, 163
Douglass, Frederick 弗雷德里克·道格拉斯, 194
Dred Scott vs. Sandford《斯科特案》, 81
Duane, William J. 威廉·杜安, 64

Egypt 埃及, 54, 70, 72, 103, 160, 185, 194–195
Electra 伊莱克特拉, 145–146
Elgin Marbles 埃尔金大理石雕, 11, 123
Emerson, Ellen 艾伦·爱默生, 30, 32
Emerson, Ralph Waldo 拉尔夫·沃尔多·爱默生, 12, 25, 42, 110, 139; and classical education 爱默生与古典学教育, 11, 30, 100; and classical and neoclassical art 爱默生与古典主义及新古典主义艺术, 32, 168; and ancient Greek democracy 爱默生与古希腊民主, 47; and Plutarch 爱默生与普鲁塔克, 84, 148–151; and nationalism 爱默生与民族主义, 107–108, 117; and nonconformity 爱默生与特立独行, 123–127; and Neoplatonism 爱默生与新柏拉图主义, 127–131; and Stoicism 爱默生与坚忍克己, 131–134, 161, 173; and classical mythology 爱默生与古典神话, 134–135, 138, 166; and the compatibility of the classics with Christianity 爱默生论古典哲学与基督教教义的相似性, 172–174; and the *Fugitive Slave Law* of 1850 爱默生与1850年《逃亡奴隶法案》, 197, 199
English, John, Roman Catholic bishop 罗马天主教会主教约翰·英格利希, 99, 179
English Bill of Rights 英国权利法案, 199
Enlightenment, the 启蒙运动, xii, 105, 120, 152
Epaminondas 伊巴密浓达, 126, 174
Epictetus 爱比克泰德, 110, 132, 165
Epicureanism 享乐主义, 154–155, 160, 170, 173–174
Erechtheum 厄瑞克透斯, 34, 36
Eros (Cupid) 厄洛斯（丘比特）, 35, 38
Ethiopians 埃塞俄比亚人, 190, 195
Euclid 欧几里得, 7–8, 31, 43, 130, 187
Euripides 欧里庇得斯, 6, 12–14, 29–31, 124, 137, 141, 145–

索　引

146，196

Evangelicals 福音派，154，162，166，180

Evans, Augusta Jane 奥古斯丁娜·简·埃文斯，62

Everett, Edward 爱德华·埃弗里特，24，52，54; and classical education 爱德华·埃弗里特和古典学教育，10 - 12，14 - 15，42; and neoclassical art 爱德华·埃弗里特和新古典主义艺术，36，38; Ciceronian rhetoric of 爱德华·埃弗里特的西塞罗式修辞术，43，48，194; and ancient Greek democracy 爱德华·埃弗里特与古希腊民主，71; and nationa-lism 爱德华·埃弗里特与民族主义，107，110; and the *Fugi-tive Slave Law* of 1850 爱德华·埃弗里特与1850年《逃亡奴隶法案》，197

Fabius 费比乌斯，54，107，110

The Federalist《联邦党人文集》，75 - 76，188

Federalist Party 联邦党，62，66，72，113

Felton, Cornelius Conway 康涅利乌斯·康韦·费尔顿，12，15，39，97，158，172，178

Female Academies 女子学校，3，56

Female Colleges 女子学院，8 - 9

Feudalism 封建制度，202

Fitzhugh, George 乔治·菲茨休，13; and women 乔治·菲茨休与女性，59; and centralized government 乔治·菲茨休与中央集权制政府，72; and human nature 乔治·菲茨休论人性，73; and commercialism and industria-lization 乔治·菲茨休论重商主义与工业化，102 - 103，193; and the slavish copying of classical models 乔治·菲茨休论古板模仿古代典范，107，110，124 - 125; and classical ethics 乔治·菲茨休与古典伦理学，170 - 171; and the compatibility of the classics with Christianity 乔治·菲茨休论古典哲学与基督教教义的相似性，171 - 172; and slavery 乔治·菲茨休论奴隶制，182 - 188，190; and Aristotle 乔治·菲茨休论亚里士多德，188，190 - 193

Florence, Italy 意大利佛罗伦萨，20，100，170

Forum, Roman 罗马讲坛，18，35，37，54，57，158

France 法国，22，63，76，86，115，119，124，148，181

Franklin, Benjamin 本杰明·富兰克林，43，89，98，112，171，185

French, Daniel Chester 丹尼尔·切斯特·法兰奇，117

French Revolution 法国革命，135

Frieze, Henry 亨利·弗里兹，16

Fugitive Slave Law of 1850 1850

年《逃亡奴隶法案》, 197, 199-201

Fuller, Margaret 玛格丽特·富勒, 114, 131, 138-139, 175-176

Fuller, Timothy 蒂莫西·富勒, 138

Furies 复仇女神, 145, 162

Gadsden, James 詹姆斯·加兹登, 69

Galen 盖伦, 103, 173

Gallatin, Albert 艾伯特·加勒廷, 91, 96

Gandhi, Mohandas K. 莫汉达斯·甘地, 133

Garfield, James 詹姆斯·加菲尔德, 6-7

Garner, Margaret 玛格丽特·加纳, 195-196

Garrison, William Lloyd 威廉·劳埃德·加里森, 183, 194

George III, king of Great Britain 英国国王乔治三世, 67-68, 74, 86, 209

German Classicism 德国古典主义, 2, 10, 14-15, 17, 21, 23, 46

Germanic Tribes 日耳曼部落, 70

Gettysburg, battle of 葛底斯堡战役, 48

Gettysburg Address 葛底斯堡演说, 43, 50

Gibbon, Edward 爱德华·吉本, 30, 178

Gildersleeve, Basil Lanneau 巴兹尔·兰诺·吉尔德斯利夫, 14-16, 119

Gilmer, Francis Walker 弗朗西斯·沃克·吉尔默, 40, 112

Gladiatorial Combat 罗马角斗士格斗, 22, 36, 122, 126, 170, 199, 202

Glorious Revolution 光荣革命, 199

Goldsmith, Oliver 奥利弗·哥尔德斯密斯, 17

Gorgias 高尔吉亚, 130, 196

Gothic Architecture 哥特式建筑, 125, 185, 202

Gracchus, Gaius 盖约·格拉古, 22, 56-59, 87, 148, 162, 184, 186

Gracchus, Tiberius 提比略·格拉古, 56-57, 80, 87, 148, 184

Great Awakening 大觉醒, 153-154

Great Britain 英国, 2, 50, 129, 183; and the common law 英国与习惯法, 21; and ancient Greek democracy 英国与古希腊民主制度, 46; and mixed government theory 英国与混合政府理论, 74; and the Industrial Revolution 英国与工业革命, 76, 83, 181, 193; and pastoralism 英国与田园主义, 86-88; and imperialism 英国与帝国主义, 113; and American neoclassical architec-ture 英国与美国新古典主义建筑, 115; and classical education 英国与古典学教育, 209

Greek War of Independence 希腊独立战争, 11, 15, 52-53

Greeley, Horace 霍勒斯·格里利, 191, 199, 201

Greenough, Horatio 霍拉肖·格里诺, 36-37, 108, 117, 167-168

Grimké, Angelina 安杰利娜·格里姆克, 197-198

Grimké, Sarah 莎拉·格里姆克, 60-61

Grimké, Thomas 托马斯·格里姆克, 97-99, 164-165

Grote, George 乔治·格罗特, 46

Hades 哈得斯, 147, 161

Hadrian 哈德良, 117, 161

Hamilcar Barca 哈米尔卡·巴卡, 56

Hamilton, Alexander 亚历山大·汉密尔顿, 21, 62, 75, 86, 153

Hamilton, Edith 伊迪丝·汉密尔顿, 33

Hamlin, Talbot 塔尔博特·哈姆林, 35, 116

Hammond, James Henry 詹姆斯·亨利·哈蒙德, 55, 103

Hannibal 汉尼拔, 20, 32, 54, 56, 68, 110, 198-199

Harper's "Classical Library", 哈珀"古典文学丛书", 39, 141

Harrington, James 詹姆斯·哈林顿, 74

Harrison, William Henry 威廉·亨利·哈里森, 42, 54-55, 70-71

Harvard University 哈佛大学, 36-37, 54, 128, 150, 157, 165; classical instruction at 哈佛大学的古典学教育, 2, 11, 17; entrance requirements at 哈佛大学入学要求, 5, 96; curriculum of 哈佛大学的课程, 6, 14, 18, 89, 91, 97, 204, 207; presidents of 哈佛大学校长, 12, 28, 42, 83, 175; and the Adams family 哈佛大学与亚当斯家族, 22-23, 28; and Neoplatonism 哈佛大学与新柏拉图主义, 154

Hawthorne, Nathaniel 纳撒内尔·霍桑, 19-20, 69-70, 123, 140-141, 148, 168-170, 179, 195

Hayne, Robert Y. 罗伯特·海恩, 56

Hector 赫克托耳, 32, 39, 60

Helen 海伦, 147-148

Henry, Patrick 帕特里克·亨利, 62, 68, 112

Hera (Juno) 赫拉(朱诺), 138, 144

Heracles (Hercules) 赫拉克勒斯, 11, 23, 103, 139-140, 165

Herculaneum 赫库兰尼姆, 19-20

Hermes (Mercury) 赫尔墨斯(墨丘利), 138, 140, 163

Hermitage 修道院, 44-45

Herndon, William 威廉·赫恩登, 43

Herodotus 希罗多德，12，29，31，102，135－136；in education 希罗多德与教育，6－7，10，15；and Africans 希罗多德论非洲人，190，194－195

Hesiod 赫西奥德，x，84

Hippocrates 喜帕恰斯，103

Hobbes, Thomas 托马斯·霍布斯，191－192

Holmes, George Frederick 乔治·弗雷德里克·霍姆斯，14，39，54，69，100；and ancient Greek women 霍姆斯与古希腊妇女，59；on the superiority of Christian to classical ethics 霍姆斯论基督教教义对古典伦理学的优越性，166；and slavery 霍姆斯论奴隶制，184，186；and Aristotle 霍姆斯与亚里士多德，188－189

Holmes, Oliver Wendell Jr. 奥利弗·温德尔·霍姆斯，206

Homer 荷马，15－16，31－33，36，39，44，102，130，134，147，158，166；in education 荷马与教育，2，6－8，12，17，91－92，97，99；and the Adams family 荷马与亚当斯家族，23－24，27－29；and nonconformity 荷马论特立独行，124，126－127；and Henry David Thoreau 荷马与亨利·大卫·梭罗，135－137；and Rip Van Winkle 荷马和瑞普·凡·温克尔，140；and Herman Melville 荷马与赫尔曼·梅尔维尔，141－142；and Christianity 荷马与基督教教义，154－155，163－165；and slavery 荷马论奴隶制，196

Homestead Act《宅地法案》，87

Horace 贺拉斯，32，89，125，147，157－158；in education 贺拉斯与教育，2－4，6－7，9，18，99，138；and the Adams family 贺拉斯与亚当斯家族，23－29；and Augustus 贺拉斯与奥古斯都，46，122；and pastoralism 贺拉斯与田园主义，84；and nationalism 贺拉斯与民族主义，113；and nonconformity 贺拉斯论特立独行，127；and Christianity 贺拉斯与基督教教义，154，160，178

Horatius 霍雷修斯，55

Hortensia 霍尔滕西娅，60

Hosmer, Harriet 哈丽雅特·霍斯默，32，36

Houdon, Jean-Antoine 乌东，108－109

Houston, Sam 山姆·休斯敦，42，44，53，68，137

Howe, Daniel Walker 丹尼尔·沃克·豪，48－49，128

Industrial Revolution 工业革命，ix，83，89，94，181，193，205，207

Irving, Washington 华盛顿·欧文，5，59，139－140

索 引

Jackson, Andrew 安德鲁·杰克逊, 24, 37, 42, 44-45, 49, 63-70, 79
Jacksonian Democrats 杰克逊式民主, 67-69
Jefferson, Thomas 托马斯·杰斐逊, 29, 31, 40, 75, 79; and Roman civil law 托马斯·杰斐逊与罗马民法, 21; and neoclassical architecture 托马斯·杰斐逊与新古典主义建筑, 33-34; and classical rhetoric 托马斯·杰斐逊与古典修辞学, 47; and Julius Caesar 托马斯·杰斐逊与尤利乌斯·恺撒, 62; and pastoralism 托马斯·杰斐逊与田园主义, 86-87; and nationalism 托马斯·杰斐逊与民族主义, 105, 112, 115; and classical philosophy 托马斯·杰斐逊与古典哲学, 154-155, 161; and slavery 托马斯·杰斐逊与奴隶制, 182, 198; and the Declaration of Independence 托马斯·杰斐逊与独立宣言, 190, 192
Jerome 圣哲罗姆, 152-153
Jesus 耶稣, 126-127, 138, 152, 163-164, 174, 177, 180
Johns Hopkins University 约翰斯·霍普金斯大学, 207
Jonson, Ben 本·琼森, 150
Jugurtha 朱古达, 69
Justinian 尤斯蒂尼安, 22, 102, 159

Juvenal 尤维纳利斯, 2, 6-7, 9, 18, 157

Kansas-Nebraska Act《堪萨斯-内布拉斯加法案》, 200
Kant, Immanuel 伊曼努尔·康德, 103
Keats, John 约翰·济慈, 123
King, Martin Luther Jr. 亚瑟王, 133
Kingsley, James Luce 詹姆斯·卢斯·金斯利, 94-97
Kronos (Saturn) 克洛诺斯(萨图尔努斯), 138, 173

Ladies' Magazine《女性杂志》, 56, 61
Landor, Walter Savage 沃尔特·萨维奇·兰登, 47
Laocoön《拉奥孔》, 19-20, 36, 99, 146
Latrobe, Benjamin 本杰明·拉特罗布, 33-34, 45, 115
Lawrence, Richard 理查德·劳伦斯, 65
Lazarus, Emma 艾玛·拉扎勒斯, 208
Lee, Robert E. 罗伯特·李, 8
Legaré, Hugh Swinton 休·斯温顿·莱加列, 39, 54, 69; and Hellenism 莱加列与希腊化风潮, 12-13; and classical education 莱加列与古典学教育, 16-17, 97-99; and Cicero 莱加列与西塞罗, 18-19; and Virgil 莱

加列与维吉尔，19；and Roman civil law 莱加列与罗马民法，21 - 22；and nationalism 莱加列与民族主义，112；on the superiority of Christian to classical ethics 莱加列论基督教教义对古典伦理学的优越性，158 - 159；and slavery 莱加列与奴隶制，184

L'Enfant, Pierre 皮埃尔·恩坊，115

Leonidas 列奥尼达，32，51 - 52，171

Lieber, Francis 弗朗西斯·利伯，15，21

Lincoln, Abraham 亚伯拉罕·林肯，34，42 - 44，50，65，81，150

Lincoln Memorial 林肯纪念堂，117

Livy 李维，6 - 7，9，27，29，44，78，85，89

Locke, John 约翰·洛克，92，131，191 - 193

Long, Robert Cary 罗伯特·卡里·朗，116

Longfellow, Henry Wadsworth 亨利·沃兹沃思·朗费罗，33，158

Longinus 朗吉驽斯，23，124

Louisiana Purchase 路易斯安那购地案，86

Louisiana State University (Military Academy of Louisiana) 路易斯安那州立大学（路易斯安那军事学院），8

Lowell, James Russell 詹姆斯·罗素·洛厄尔，150

Lucretius 卢克莱修，19，27，91，155

Luther, Martin 马丁·路德，153

Lycurgus 来库古，23，38，51，106，182，185 - 186

Lysander 来山得，159

Macaulay, Thomas 托马斯·麦考莱，46

Macedon 马其顿，47，49，53，71 - 72，112，187，191，195，209

Machiavelli, Niccolò 尼科洛·马基雅维里，73 - 74

Madison, James 詹姆斯·麦迪逊，75 - 77，79，86，153，182

Maecenas 米西纳斯，84，121

Manifest Destiny 昭昭天命，105，112 - 114

Manly, Basil 巴兹尔·曼利，100 - 101

Mann, Horace 霍勒斯·曼，5，10，26，93 - 94，171

Marathon, battle of 马拉松战役，46，102，107，110 - 111

Marcellus 马塞勒斯，55，110

Marcia 马西娅，59

Marius 马略，36，44，62，69

Marshall, John 约翰·马歇尔，31，149

Mason, George 乔治·梅森，182

Mather, Cotton 科顿·马瑟，153

McCord, David 大卫·麦科德，57 - 58

McCord, Louisa S. 路易莎·麦科德, 22, 57-61, 162, 184, 186
McGuffey, William H. 威廉·麦加菲, 4-5, 59, 171
Medusa 美杜莎, 32, 140, 142
Melville, Herman 赫尔曼·梅尔维尔, 19-20, 102, 141-147
Mercer, Charles Fenton 查尔斯·芬顿·默瑟, 54, 72
Methodists《卫理公会评论季刊》, 47, 163
Mexican War 墨西哥战争, 56, 69-70, 114
Middle Ages 中世纪, 2, 74, 134, 153, 159, 193, 200, 202
Middleton, Conyers 科尼尔斯·米德尔顿, 18, 28
Miles, Edwin A. 埃德温·迈尔斯, 119
Mill, John Stuart 约翰·斯图亚特·密尔, 46
Mills, Robert 罗伯特·米尔斯, 33-34, 44-45, 109-110
Miltiades 米太亚得, 68
Milton, John 约翰·弥尔顿, 129, 165
Missouri Compromise《密苏里妥协案》, 200
Mitford, William 威廉·米特福德, 28, 50-51
Mixed Government, theory of 混合政府理论, 46, 73-82, 85
Monroe, James 詹姆斯·门罗, 31, 52, 62-63, 182
Monroe Doctrine 门罗宣言, 52-53
Montesquieu, Charles de Secondat 孟德斯鸠, 61
Moral Relativism 道德相对论, 206-207
Morrill Act (1862)《莫里尔法案》, 205
Moses 摩西, 185, 190
Mount Olympus 奥林匹斯山, 87, 137, 149
Munford, William 威廉·芒福德, 39

Nationalism 民族主义, ix-x, 105-122
Native Americans 美洲土著, 32, 39, 44, 79, 117, 124, 137, 156
Natural Aristocracy, concept of 天生贵族概念, 74, 77
Natural Law, theory of 自然法则理论, xii, 21, 120, 133, 181, 196, 199-201, 206-207
Natural Slave, concept of 天生奴隶概念, 80, 187-191
Neoclassical Architecture 新古典主义建筑, x, 33-35, 38, 44-45, 115-116, 151, 177, 180, 202
Neoclassical Art 新古典主义艺术, xi, 32, 35-38, 89, 108-109, 116-117, 166-170, 208
Neoplatonism 新柏拉图主义, xii, 120, 126-132, 153-154, 173-174
Nero 尼禄, 65-67, 122, 161

Nestor 涅斯托耳，136
New Orleans，battle of 新奥尔良战役，68，87
Newton, Isaac 艾萨克·牛顿，129
New York University 纽约大学，91，96
Nonconformity, doctrine of 特立独行的原则，120，123-127，132
Nullification Crisis 拒行联邦法危机，49，66，79
Numa 努马，106，110，185

Oberlin College 奥伯林学院，166，179-180
Odysseus (Ulysses) 奥德修斯（尤利西斯），32，71，94，110，137，140
Oedipus 俄狄浦斯，143-144
Olympic Games 奥林匹克运动会，149，154，156
Orestes 俄瑞斯忒斯，142，144-146
Original Sin, doctrine of 原罪，207
Ottoman Empire 奥斯曼帝国，11，52-53
Ovid 奥维德，31，33，122，125，157; in education 奥维德与教育，2，5，8，10，138; and John Quincy Adams 奥维德与约翰·昆西·亚当斯，23-25，177; and Nathaniel Hawthorne 奥维德与纳撒内尔·霍桑，140; and Edgar Allan Poe 奥维德与埃德加·爱伦·坡，147; and Christianity 奥维德与基督教教义，160，163，166，178-179
Oxford University 牛津大学，207

Paine, Thomas 托马斯·潘恩，89，106
Paley, William 威廉·佩利，172
Panic of 1837 1837年大恐慌，66-67
Pantheon 万神庙，140，176
Parthenon 帕特农神庙，13，36，39，93，99，102，196; as a model for the Second Bank of the United States 作为美国第二银行范式的帕特农神庙，34; and the Romantics 帕特农神庙与浪漫主义，117，123，126
Pastoralism 田园主义，x，84-88
Paternalism 家长制，186
Paul, the apostle 使徒保罗，84，149，152，180
Peabody, Elizabeth 伊丽莎白·皮博迪，10，175
Peale, Charles Willson 查尔斯·威尔逊·皮尔，37
Peloponnesian War 伯罗奔尼撒战争，43，48，51-52，210
Pericles 伯里克利，11，43-44，47-48，50，60，68，98-99，157
Persephone (Proserpine) 珀耳塞福涅，36，140，167，178-179
Perseus, the satirist 珀耳修斯，6
Persian Wars 波斯战争，9，43，49，51-52，55，72，107，110-111
Persico, Luigi 路易吉·珀西科，

167
Phaedrus《斐德罗篇》, 2, 37, 196
Pharsalus, battle of 法萨卢斯战役, 65
Phelps, Almira 阿尔迈拉·费尔普斯, 8
Phidias 菲迪亚斯, 36, 109, 111, 117, 167–168
Philip II of Macedon 马其顿国王腓力二世, 47, 53, 71–72, 112, 187
Phocion 福基翁, 38, 126–127, 148, 174
Phoenicians 腓尼基人, 11, 72
Physiocrats 重农主义者, 86
Pickering, John 约翰·皮克林, 10
Pierce, Franklin 富兰克林·皮尔斯, 69–70
Pike, Albert 艾伯特·派克, 22
Pilgrims 朝圣者/从英国移居美洲的清教徒, 18, 110–111
Pindar 品达, 25, 137, 149, 154, 186
Plato 柏拉图, 4, 10, 18, 93, 98–99, 111; in education 柏拉图与教育, 7, 15; and the Adams family 柏拉图与亚当斯家族, 23–24, 28–29; and democracy 柏拉图与民主, 73, 189; and Ralph Waldo Emerson 柏拉图与爱默生, 84, 107–108, 124, 126–131, 134–135, 150; and other Romantics 柏拉图与其他浪漫主义者, 131; and Christianity 柏拉图与基督教教义, 153–154, 158–159, 162, 166, 172–174, 177; and slavery 柏拉图与奴隶制, 186, 188, 196–197; versus Aristotle 柏拉图与亚里士多德, 190–191; and natural law 柏拉图与自然法则, 199

Pliny the Elder 老普林尼, 103, 147
Pliny the Younger 小普林尼, 27, 29, 89
Plotinus 柏罗丁, 127–129
Plutarch 普鲁塔克, 31, 56–57, 64, 85; in education 普鲁塔克与教育, 2; and the Adams family 普鲁塔克与亚当斯家族, 23–29; and Ralph Waldo Emerson 普鲁塔克与爱默生, 30, 84, 107, 125–127, 135, 148–151; and the "great-man theory" of history 普鲁塔克与历史上的"伟人"理论, 120, 149; and Christianity 普鲁塔克与基督教教义, 153, 159–160, 173, 175; and Athenian democracy 普鲁塔克与雅典民主, 210
Plymouth, Massachusetts 马萨诸塞普利茅斯, 6, 18, 25–26, 110–111
Poe, Edgar Allan 埃德加·爱伦·坡, 123, 127, 131–132, 147–148
Polk, James Knox 詹姆斯·波尔克, 19, 45
Polybius 波里比阿, 56, 72–74,

76-79, 85
Polyclitus 波利克里托斯, 117
Pompeii 庞贝城, 19-20, 32, 157
Pompey (Gnaeus Pompeius) 庞培, 37, 62-64, 66, 169
Pope, Alexander 亚历山大·蒲柏, 39, 44, 137, 196
Popular Sovereignty, theory of 人民主权理论, 200
Porcher, Frederick 弗雷德里克·波尔谢, 108-109, 167
Portia 波西娅, 60
Poseidon (Neptune) 波塞冬, 31-32
Powers, Hiram 海勒姆·鲍尔斯, 36-37, 58, 108-109, 167-169
Praetorian Guard 忠实追随者, 66-67
Praxiteles 普拉克西特列斯, 20, 117, 140
Presbyterians 长老会教徒, 163, 171
Princeton University (College of NewJersey) 普林斯顿大学(新泽西学院), 10, 34, 90, 153
Prometheus 普罗米修斯, 126-127, 137-138, 142-143
Protestant Reformation 新教改革, 2, 91, 153
Psalms 圣歌, 156, 160, 177, 179
Psyche 普叙刻, 138, 167
Ptolemy, Claudius 托勒密, 165
Punic Wars 布匿战争, 54-56, 73, 85

Purdue University 普渡大学, 6
Puritans 清教徒, 128, 133, 153-154, 178
Pygmalion 皮格马利翁, 208
Pythagoras 毕达哥拉斯, 27, 37, 93, 129, 132, 155-156, 177

Quincy, Eliza 伊丽莎·昆西, 175
Quincy, Josiah 乔赛亚·昆西, 91, 96-97, 175
Quintilian 昆体良, 23, 29, 60, 116, 177

Ramsay, David 大卫·拉姆齐, 19
Randolph, John 约翰·伦道夫, 45, 71
Randolph, Thomas Mann 托马斯·曼·伦道夫, 40
Regulus 雷古勒斯, 110, 171
Reinhold, Meyer 迈耶·莱因霍尔德, ix-x, 14, 96
Renaissance 文艺复兴, xii, 74, 144
Resurrection, the 肉身复活, 132
Ricardo, David 大卫·李嘉图, 86
Rivers, William J. 威廉·里韦尔斯, 14, 185
Rollin, Charles 查尔斯·罗林, 42
Roman Catholics 罗马天主教, 2, 91, 99, 153, 179
Romanticism 浪漫主义, ix, xi-xii, 120-152, 202
Romulus 罗穆卢斯, 118
Round Hill School 圆山学校, 2
Rush, Benjamin, 89, 163-164

Russia 俄罗斯，23，54

Rutgers University（Queen's College）罗格斯大学（女王学院），153

Rutledge, Harriot Horry 哈里奥特·霍里·拉特利奇，4

Sallust 萨卢斯特，2，5-8，18，23，38，85

Sappho 萨福，4，28，59，147

Scholastics, medieval 中世纪经院学派，153，200

Scientific Revolution 科学革命，93

Scipio Africanus 大西庇阿，54-56，60，110，185

Scott, Walter 沃尔特·斯科特，149，164，201-202

Scott, Winfield 温菲尔德·斯科特，69

Second Bank of the United States 美国第二银行，34，64-66，68

Second Great Awakening 第二次大觉醒，ix，152，158

Sejanus 塞扬努斯，66，121-122

Seneca 塞涅卡，29，31，153，161-162，175

Seneca Falls Declaration 塞尼卡福尔斯感伤宣言，131

Separation of Powers, theory of the 分权理论，78

Sermon on the Mount 登山训众，154-156，180

Seward, William H. 威廉·苏厄德，200

Shakespeare, William 威廉·莎士比亚，107，142，150，165；and Julius Caesar 莎士比亚与恺撒，4，65-66；and Greekdrama 莎士比亚与希腊戏剧，30，147；and nonconformity 莎士比亚与特立独行，124，127

Sherman, William T. 威廉·舍曼，8

Sidney, Algernon, 阿尔杰农·西德尼 74

Slavery 奴隶制，ix，26，38，81，163-164，181-203；and Aristotle 奴隶制与亚里士多德，xii，80，184，186-193，196，202；and the founders 奴隶制与美国的建国者们，xii，182；in Athens 雅典的奴隶制，47，210-211；in the western territories 西方奴隶制，56，70，76-77；and the U. S. Civil War 奴隶制与美国内战，205-206

Smith, Adam 亚当·斯密，86，171

Smith, Margaret Bayard 玛格丽特·贝亚德·史密斯，61

Socialism 社会主义，190-191，193

Socrates 苏格拉底，93，110-111，128，132，171；in education 苏格拉底与教育，7，15；and John QuincyAdams 苏格拉底与约翰·昆西·亚当斯，23-24；and pastoralism 苏格拉底与田园主义，86；and nonconformity 苏格拉底与特立独行，120，

126; and Christianity 苏格拉底与基督教, 154, 174–175
Solon 梭伦, 23, 29, 72, 106, 185
Sophocles 索福克勒斯, 29, 31, 33, 98, 111, 134, 137, 141; in education 索福克勒斯与教育, 2, 6, 14; and *Antigone* 索福克勒斯与《安提戈涅》, 59, 133, 200; and nonconformity 索福克勒斯与特立独行, 124, 133
Southern Literary Messenger《南方文学新报》, 14, 47–48, 91, 118–119, 191
Spartacus 斯巴达克斯, 22, 32, 209
Spoils System 分赃制, 66
Stanton, Elizabeth Cady 伊丽莎白·卡迪·斯坦顿, 8
State of Nature, concept of the "自然状态"概念, 191–193
Statue of Liberty 自由女神像, 208
Stephens, Alexander 亚历山大·斯蒂芬斯, 3
Stoicism 斯多葛学派, xii, 27, 120, 131–134, 149, 154, 160–162, 170–173, 176
Story, Joseph 约瑟夫·斯托里, 18, 21–22, 38, 65, 97
Story, William Wetmore 威廉·韦特莫尔·斯托里, 36, 195
Stowe, Harriet Beecher 哈丽雅特·比彻·斯托, 8
Strabo 斯特拉博, 136
Strickland, William 威廉·斯特里克兰, 34, 45, 115

Suetonius 苏埃托尼乌斯, 23, 29
Sulla 苏拉, 62, 66
Sumner, Charles 查尔斯·萨姆纳, 19–20, 114, 154–158, 196–197, 199–200
Syracuse 锡拉丘兹, 31

Tacitus 塔西佗, 19, 122, 197; in education 塔西佗与教育, 2, 6–8, 10, 18; and the Adams family 塔西佗与亚当斯家族, 23–24, 27–29, 161; and German women 塔西佗与德国女性, 60; and slavery 塔西佗与奴隶制, 184
Tarquin 塔昆, 65
Taylor, Zachary 扎卡里·泰勒, 69–70
Telemachus 忒勒马科斯, 45, 110
Terence 泰伦提乌斯, 6, 10, 28, 91, 196–197
Thebes 底比斯, 32, 129
Themistocles 塞米斯托克利斯, 50, 159, 167
Theocritus 忒奥克里托斯, 84
Thermopylae, battle of 温泉关战役, 15, 44, 51–52, 107, 171
Theseus 忒修斯, 167
Thoreau, Henry David 亨利·大卫·梭罗, 87–88, 99–100, 118, 120, 124, 127, 131–133, 135–138, 149
Thornwell, James Henley 詹姆斯·桑韦尔, 92, 172
Thucydides 修昔底德, 13, 31,

98, 106–107, 150; in education 修昔底德与教育, 7; and the Adams family 修昔底德与亚当斯家族, 27, 29; and Pericles' *Funeral Oration* 修昔底德与伯里克利《在阵亡将士国葬典礼上的演说》, 43, 60; and slavery 修昔底德与奴隶制, 186; and Athenian democracy 修昔底德与雅典式民主, 210

Tiberius, the emperor 提比略, 62, 65–67, 121–122

Ticknor, George 乔治·蒂克纳, 89, 97

Titans 泰坦族人, 138

Toombs, Robert 罗伯特·图姆斯, 56, 182

Torso Belvedere《贝尔维德勒的英雄躯体》, 20–21, 117

Trajan 图拉真, 122

Transcendentalists 先验论者, xi–xii, 120, 123, 127–139, 190

Troy 特洛伊, 31, 94, 118, 135, 140, 142

Trumbull, John 约翰·特朗布尔, 37

Turner, Frederick Jackson 弗雷德里克·杰克逊·特纳, 7

Twain, Mark 马克·吐温, 201–202

Tyler, John 约翰·泰勒, 21, 33

Underground Railroad 地下铁路, 129

Unitarians 一神论者, 17, 128, 139, 154, 172

University of Alabama 亚拉巴马大学, 5, 100–101

University of Chicago 芝加哥大学, 207

University of Georgia (Franklin College) 佐治亚大学(富兰克林学院), 3

University of Göttingen 哥廷根大学, 14–15

University of Michigan 密歇根大学, 6, 16

University of Mississippi 密西西比大学, 100

University of North Carolina 北卡罗来纳大学, 5, 19, 30, 92

University of South Carolina (South Carolina College) 南卡罗来纳大学(南卡罗来纳学院), 165, 172, 185; entrance requirements at 入学要求, 5; curriculum of 课程, 7, 14–15, 89, 92; commencement exercises at 毕业典礼, 11; classical instruction at 古典学教育, 17

University of Texas 得克萨斯大学, 8

University of Tübingen 蒂宾根大学, 12

University of Virginia 弗吉尼亚大学, 7–8, 14–16, 33, 36, 39–40, 101

University of Wisconsin 威斯康星大学, 6

U. S. Capitol 美国国会大厦, 34,

37，52，109，111，115，165，167－168

U. S. Constitution 美国宪法，x，xii，71，75－76，78，106，199－200，203

U. S. Treasury Building 美国财政大厦，34

Utilitarianism 功利主义，x，83，88－105，185，191，207

Van Buren, Martin 马丁·范布伦，66－67

Vanderlyn, John 约翰·范德林，36，167

Varro 瓦罗，88，103

Vatican Museum 梵蒂冈博物馆，19－21，146，169

Venus 维纳斯，20，32，36，168－170

Venus de Medici《美第奇的维纳斯》，20，169

Venus de Milo《米洛的维纳斯》，36，168

Virgil 维吉尔，19，31－33，89，112；in education 维吉尔与教育，2－9，17－18，30，92，97，99；and the Adams family 维吉尔与亚当斯家族，23－24，29；and Augustus 维吉尔与奥古斯都，46，122；and pastoralism 维吉尔与田园主义，84－88；and the Romantics 维吉尔与浪漫主义，135－136，138，141；and Christianity 维吉尔与基督教教义，154，157，164－166

Virginia Constitutional Convention of 1830 1830年弗吉尼亚制宪会议，62，72

Virginia and Kentucky Resolutions 弗吉尼亚与肯塔基决议案，79

Virginia Military Institute 弗吉尼亚军事学院，8

Virginius 弗吉尼厄斯，196

Vulgate *Bible* 拉丁文译本(《圣经》武加大译本)，91

Waddel, Moses 摩西·瓦德尔，2－3

Wake Forrest College 维克·福里斯特学院，7

Walker, David 大卫·沃克，198－199

Wallon, Henri 亨利·瓦隆，149

Walter, Thomas U. 托马斯·沃尔特，34，116

Ware, William 威廉·韦尔，114，176，198

War of 1812 1812年战争，54，113

Washington, Booker T. 布克·华盛顿，195

Washington, George 乔治·华盛顿，39，43，56，68－70，72－73，111，149；depicted in classical dress 刻画为衣着古典服饰的华盛顿，37－38，108－109，117，167－169；compared to classical heroes 被比作古典英雄的华盛顿，54，105，107－108，110，112，171；and antiparty sentiment 华盛顿与反

党派情绪, 67; and pastoralism 华盛顿与田园主义, 86; and slavery 华盛顿与奴隶制, 182, 185

Washington College (Washington and LeeCollege) 华盛顿和李大学(华盛顿学院), 7-8

Washington Monument 华盛顿纪念碑, 34

Way, Caroline 卡罗琳·韦, 9

Wayland, Francis 弗朗西斯·韦兰, 92, 96

Webster, Daniel 丹尼尔·韦伯斯特, 26, 37-38, 55, 117, 124; and classical education 韦伯斯特与古典学教育, 14, 17-18; and classical rhetoric 韦伯斯特与古典修辞术, 42, 49; and the Greek War of Independence 韦伯斯特与希腊独立战争, 52-53; and nationalism 韦伯斯特与民族主义, 110-112; on the need tocombine classical republicanism with Christianity 韦伯斯特论将古典共和主义与基督教教义相结合的必要性, 178; and the *Fugitive Slave Law* of 1850 韦伯斯特与1850年《逃亡奴隶法案》, 197, 201

Webster, Noah 诺厄·韦伯斯特, 59, 113

Weems, Parson 帕森·威姆斯, 110, 149

Wesley, John 约翰·韦斯利, 163, 200

West Point Academy 西点军校, 8

Whig Party 辉格党, 63-69

Whitman, Walt 沃尔特·惠特曼, 118, 123, 127, 132

Whitney, Eli 伊莱·惠特尼, 181

Wills, Garry 加里·威尔斯, 43

Wilmot Proviso 威尔莫特但书, 70

Wilson, James 詹姆斯·威尔逊, 21, 106

Winckelmann, Johann 约翰·温克尔曼, 89

Winterer, Caroline 卡罗琳·温特尔, ix, xiii, 208

Winthrop, John 约翰·温思罗普, 5

Wise, Henry A. 亨利·怀斯, 66

Women 女性, ix, 36, 131, 210; and classical education 女性与古典学教育, xi, 1, 3-4, 8-10, 40-41; and classical mythology 女性与古典神话, xi, 138-139; in democratic society 民主社会中的女性, 56-62; and slavery 女性与奴隶制, 190-191, 197-198

World War I 第一次世界大战, 207, 209

World War II 第二次世界大战, 209

Wythe, George 乔治·威思, 21, 31

Xenophon 色诺芬, 4-7, 11, 23, 99, 106-107, 132, 195

Xerxes 薛西斯, 72

Yale Report（1828）《耶鲁报告》，94-97，101

Yale University 耶鲁大学，3，6，94-97，101，207

Young, Arthur 阿瑟·扬，86

Zama, battle of 扎马战场，72

Zeno 芝诺，132

Zeus (Jupiter) 宙斯（朱庇特），37，116-117，126-127，138，142，163，167-168，196

译后记

2017年秋,我接复旦大学通识教育中心委托,着手翻译《古典传统在美国》一书。初接任务,内心十分忐忑;虽然从事西方文史哲类著述的翻译工作已有十多年,从专业知识的积累上来讲,对西方古典文明也有一定程度的了解,但首次接受母校委托,仍恐学力不济,有辱所托,于是孜孜以求,不敢有丝毫懈怠。

工作历时近一年,前后阅读、翻译、校对、修订、润色不下五次;译稿正式交付前,又请史学专业出身的先生对译稿进行审读,指出其中的理解与用词存疑之处,再反复斟酌,仔细修订。

书中涉及的历史知识、文学作品众多,其中,有相当部分的重要人物与文学作品曾多次被译为中文,早为中国读者所熟悉。然而,由于译法不统一,同一人物或事件出现多种不同的表述,本书在翻译过程中同样面临选择标准的难题。为避免因译法差异而出现理解或认识上的偏差,本书多采用知名出版社或知名学者的译法;在面对多个同样流传颇广的译法时,以译者注的形式对多个译名进行了标注,希望能最大程度上有助于读者的阅读。

由于日常工作和家庭事务颇为琐碎与繁重,本书的翻译只能在孩子熟睡后的静夜里进行。所幸不负所托,译稿最终得以按时完成。感谢复旦大学通识教育中心的信任,以及中心同事、出版社编辑不辞辛劳的协调和沟通;感谢先生任劳任怨,始终作为我译稿的第一读者,并提供有益的建议;感谢家人对我的无私支持。

翻译永远在路上,每一次重读,都会有新的理解、新的感悟。呈现在读者面前的也许并非最完美的译文,也许会有错漏,还望能够理解,也真诚地希望得到读者的批评和指正。

史晓洁

2019 年 2 月 6 日